이상문학상 작품집

2008년도 이상문학상 작품집
제32회 대상 수상작 권여선 〈사랑을 믿다〉 외 7편

ⓒ 문학사상사, 2008

2008년도 제32회 이상문학상 작품집

사랑을 믿다 외 7편

문학사상사

제32회 이상문학상 대상 수상작 선정 이유서

2008년도 제32회 이상문학상 대상 수상작으로 소설가 권여선 씨의 단편소설 〈사랑을 믿다〉를 선정한다.

이 작품은 두 남녀의 사랑에 대한 감정과 그 기복을 그려내면서도 디테일을 과감하게 생략하고 등장인물의 감정을 최대한 절제함으로써 끝까지 그들의 사랑에 대한 깨달음이 들춰나지 않도록 '숨기기'에 성공하고 있다. 이 독특한 서술 방식은 '드러내기'의 방법을 통해 추구해 온 리얼리티의 성과 못지않은 새로운 서사의 공간을 창조해내고 있다. 이 공간은 물론 작가의 몫이라기보다는 독자의 몫에 해당한다. 이른바 상상적 참여에 의해 독자들이 더욱 풍요로운 사랑의 이야기를 이 공간에 채워 넣을 수 있기 때문이다.

이 작품에서 시도하고 있는 새로운 기법이 오늘날 소설이 빠져들기 쉬운 상상력의 부박성浮薄性을 극복할 수 있는 서사의 미학을 가능하게 하고 있다는 점을 높이 평가하여 이상문학상 대상 수상의 영예를 드린다.

2008년 1월

이상문학상 심사위원회

김윤식, 서영은, 윤후명, 권영민, 권지예

차 례

권여선

| 대상 수상작 |

사랑을 믿다

1965년 경북 안동에서 태어났다.
서울대학교 국문과 및 동 대학원을 졸업하였고,
인하대 국문과에서 박사 과정을 수료했다.
1996년 장편소설 《푸르른 틈새》로 상상문학상을 수상하며 등단,
소설집으로 《처녀치마》 《분홍 리본의 시절》이 있다.
오영수 문학상을 수상했다.

사랑을 믿다

동네에 단골 술집이 생긴다는 건 일상생활에는 재앙일지 몰라도 기억에 대해서는 한없는 축복이다.

지난 2월 늦은 저녁이었다. 혼자 이 술집에 들른 것은 내 입장에서도 다소 의외였다. 나는 소주나 막걸리를 즐기지 않았고 이 집은 맥주나 와인 같은 것은 팔게 생기지 않았다. 그런데도 나는 문을 열고 들어가 자리를 잡고 술을 시켰다. 주문한 안주가 나오기 전에 김치와 나물들이 나왔다. 제대로 들어왔다는, 아니 제대로 걸려들었다는 느낌이었다. 밑반찬만으로 술을 반병 비우기에 부족함이 없었다. 그 후로 이 집은 내가 이틀이나 사흘에 한 번꼴로 들르는 단골 술집이 되었다.

빈대떡에 막걸리, 찌개에 소주, 몇 가지 나물들과 김치를 늘어놓고 혼자 술을 마시면서 하는 생각이란, 맞아 그때 그런 얘길 했었지라든가 왜 그랬을까 그녀는, 하는 식의 소소한 과거사이다. 이 집에 발을 들여놓는 순간 나는 미래에 대한 불안이라든가 당장 해결해야 할 시급한 문제로부터 자유로워진다. 이곳은 내게 오로지 기억, 기억, 그렇게 속삭이는 장소가 되었다. 천천히 술을 마시다 보면 홀연, 낫 놓고 기억 자를 모르듯, 기억 속의 내가 뭣도 모르고 살아온 모양이 환등처럼 떠오른다. 현실의 시간은 밤이지만 이곳에서 나는 기억의 한낮을 산다. 요즘 내가 그 땡볕 아래서 기다리는 인물은, 숨겨둔 단골 술집처럼 나는 남몰래 마음에 두고 좋아하지만, 그쪽은 이제 나를 한낱 친구로만 여기고 잊었을 한 여자이다. 기억이란 오지 않는 상대를 기다리는 방식이며 포즈이기도 하다는 걸 나는 이곳에서 배운다.

사랑을 잃는 것이 모든 것을 잃는 것처럼 절망적으로 느껴지는 때가 있다. 온 인류가 그런 일을 겪지는 않을 것이다. 손쉽게 극복하는 경우도 있을 것이고 그런 게 있는 줄도 모른 채 늙어버리는 경우도 있을 것이다. 드물게는, 상상하기도 끔찍하지만, 죽을 때까지 그런 경험만 반복하는 사람도 있을 것이다. 어떤 삶이 더 낫다고 말할 수는 없다. 분명히 말할 수 있는 건 나도 삼 년 전에 그런 일을 겪었다는 정도이다. 서른다섯의 나이에 자랑할 일도 아니지만 비밀도 아니다. 난 사랑을 믿은 적이 있고 믿은 만큼 당한 적이 있다. 지금 돌이켜 생각하면 사랑을 믿은 적이 있다는 고백이 어처구니없게 느껴진다.

사랑과 믿음, 상당히 어려운 조합이다. 그나마 소망은 뺀다 쳐도, 사랑과 믿음 중 하나만도 제대로 감당하기 힘든 터에 감히 둘을 술목 관계로 엮어 사랑을 믿은 적이 있다니. 믿음을 사랑한 적이 있다는 말만큼이나 뭐가 뭔지 모르게 모호하고 추상적이다. 나처럼 겁과 의심이 많고 감정에 인색한 인간이 뭘 믿은 적이 있다고? 티컵 강아지가 드래곤을 대적하겠다고 날뛰는 것만큼 안쓰럽고 우스꽝스러운 경우가 아닌가.

인생을 살다 보면 까마득하여 도저히 다가설 수 없는 것으로 보였던 것이 의외로 손쉽게 실현 가능한 것으로 여겨지는 때가 오기도 한다. 나 또한 그런 순간에 들렸던 것뿐이다. 더 기막힌 건 앞으로 살다 보면 그런 일이 또 찾아오지 말란 법도 없다는 사실이다. 그렇다고 우산이나 상비약을 챙기듯 미리 대비할 수도 없다. 사랑을 믿는다는 해괴한 경험은 유비무환의 정신으로 퇴치하거나 예방할 수 없는, 문이 벌컥 열리듯 밖에서 열리는 종류의 체험이니까. 두 손 놓고 고스란히 당할 수밖에 없는 고통이니까.

하지만 가장 기막힌 경우는 따로 있다. 언젠가 내가 누군가의 문을 벌컥 열고 들어가 그런 고통을 안겨주고 유유히 빠져나온 적이 있다는 사실이다. 그 당시에 나는 그런 사실을 전혀 몰랐다. 그렇다고 해서 내가 저지른 죄가 가벼워지는 건 아니다. 몰랐기 때문에, 몰랐다는 사실까지 나의 죄에 곱절 가중된다. 다른 사람도 아니고 그녀의 사랑을 몰랐다는, 발등을 짓찧을 죄까지 말이다.

내가 기억하는 한에서 그녀는 못생긴 편도, 매력이 없는 편도 아니었다. 내 어법이 이렇게 졸렬하고 인색하다. 누군가가 아름답다든가 매력적이라고 말하는 일이 나로서는 쉽지가 않다. 대상이 아름답다거나 매력적이라고 긍정하는 순간, 불현듯 그 규정의 한 모서리가 대상과 어긋나는 듯한 불편함이 나를 사로잡는다. 그리하여 대상이 아름답고 매력적이라고 말하는 대신, 아름답지 않은 건 아니라든지 매력적이지 않은 건 아니라든지 하는 조잡한 이중부정을 각주처럼 달아놓고서야 마음이 편안해지는 식이다.

하지만 그녀에 대해서 이것만은 확실히 말할 수 있다. 첫인상은 평범했지만 콧날 끝에서 윗입술에 이르는 인중선이 깎은 듯 단정해 과녁처럼 시선의 포인트가 잡혔다는 것. 그래서 사람들이 그녀의 윗입술의 움직임에, 다시 말해 그녀의 말에 집중하게 된다는 점에서 어쩌면 막연히 예쁜 얼굴보다 여러모로 유리한 얼굴이라 할 수도 있었다. 키는 중간 정도에 날씬한 편이었다. 몸매처럼 성격도 기름기가 없이 박하처럼 싸한 기운을 내뿜었다. 그녀는 머리가 나쁘지도 않았고 몸이 게으르지도 않았다. 그렇다고 재빠르다는 느낌을 줄 만큼은 아니었는데, 마치 암컷 영양처럼 우아하게 민첩하고 영리할 따름이었다.

그녀에 대해 여기까지 생각한 후 나는 잠시 어리둥절해졌다. 취기 때문에 내가 그녀에 대해 너무 너그러워진 건 아닌가 하는 생각이 들었다. 그럴 수도 있다. 그녀도 나만큼이나 서툴고 겁이 많은 인간이었다는 걸 나는 안다. 넘쳐흐르는 감정의 절실함보다 한 오라기의 자존심을 선택하는 인색한 성격이었다는 것도 안다. 하지만 내가 무슨 말을 하겠는가. 마지막으로 그녀를 만난 이래로 내 머릿속의 그녀는 어디에 놓든, 무엇을 담든, 항상 아담하면서도 고독해 보이는 도자기의 윤곽선을 떠올리게 한다. 어쩌면 그때 그녀에게서 들은 묘한 얘기 때문인지도 모르겠다. 삼 년 전 내가 한 여자로부터 실연을 당했을 즈음의 얘기이며, 그녀를 한동안 못 보고 지내다 삼 년 만에 만났을 때의 얘기이다. 삼층짜리 건물에 얽힌 얘기기도 하니, 삼박자가 딱 들어맞는 얘기다.

그녀는 나를 만나자마자 예약해둔 술집까지 십오 분가량 걸어야 한다고 말했다.

"괜찮지?"

나는 물론 괜찮다고 했다. 화장을 하지 않은 그녀는 얼굴빛이 어두 웠고 볼이 약간 부어 동남아 여자 같은 분위기를 풍겼다. 그녀는 모자 달린 점퍼에 운동화 차림이었는데 그 차림에 맞게 걸음도 빨랐다. 횡 단보도 앞에 잠시 멈춰 섰을 때 그녀가 나를 돌아보았다.

"지난주에 큰고모님께서 돌아가셨어."

내가 오, 그래? 하는데 그녀가 피식 웃었다. 나는 친척 어른이 돌아 가셨다고 말하면서 그녀가 왜 피식 웃는지 의아했다. 신호가 바뀌자 그녀는 횡단보도 쪽으로 발을 내디디면서 혼잣말하듯 중얼거렸다. 정 확하진 않지만 희한하다든가 뭐라고 한 것 같았다. 주위를 둘러보았 지만 희한한 것은 없었다. 굳이 희한하다면 그녀 쪽이 약간 그랬다. 큰고모님께서 돌아가셨는데 왜 피식 웃느냐 말이다. 예전부터 그녀는 내게 가끔 이런 의아함을 불러일으키는 행동을 하는 편이긴 했다.

그녀가 안내한 술집은 몹시 좁고 기차처럼 길었다. 그런 후미지고 허름한 술집을 예약까지 해야 한다는 사실이 놀라웠다. 단지 네 개의 테이블이 일렬종대로 놓여 있을 뿐이었고 오른쪽 벽을 따라 겨우 사 람이 지나다닐 만한 통로가 있었다. 입구 맞은편 기차 머리 쪽이 주방 이었다. 우리가 앉은 세 번째 자리의 왼쪽 벽에는 작은 유리창이 뚫려 있었는데, 말이 유리창이지 미닫이도 여닫이도 아닌, 벽에 박힌 직사 각형의 유리에 불과했다. 바깥은 조그만 주차장이었다. 유리 너머로 캄캄한 주차장에 웅크린 몇 대의 차들과 희미한 주차관리소 불빛이 보였다.

"제육과 해물을 반반 주세요."

그녀의 말에 어려 보이는 여종업원이 눈을 빠르게 깜빡였다.

"반반? 무엇이, 반반을요?"

여종업원은 한국어가 서툰 것 같았다.

"이것과 이것을 반반씩 달라고요."

그녀가 벽에 붙은 메뉴판의 항목을 하나씩 가리켰다. 여종업원은 메뉴판 위쪽 얼룩진 천장 모서리를 골똘히 쳐다보았다. 무슨 거창한 암산이라도 하는 듯 머릿속이 복잡한 표정이었다. 마침내 주방에서 주인으로 보이는 여자가 뛰어나왔다. 그녀는 제육볶음과 해물볶음을 반반씩, 가격은 이만오천 원에 하기로 주인 여자와 삼 초 만에 결정을 보았다.

"내 마음대로 시켰는데, 괜찮지?"

나는 괜찮다고 대답했다. 솔직히 말하면 냉동 재료를 벌건 양념에 대충 볶아내는 요리를 좋아하지 않았지만 안주 같은 건 안중에도 없던 터라 달리 반대 의견을 내지 않았다. 그녀가 목소리를 낮추어 투덜거렸다.

"여긴 다 좋은데 종업원이 자주 갈려. 올 때마다 늘 반반씩 시키는데도 말이 안 통하는 종업원이 오면 처음부터 다시 시작해야 하니까 축적의 보람이 없어."

"그래도 주문하는 네 노하우는 상당히 축적된 것처럼 보이던데?"

"글쎄. 설왕설래하는 시간이 좀 단축된 듯도 하고."

"여기 자주 오나 보지?"

"비싸니까 자주는 못 와. 가끔 오지."

그녀는 조금 변한 듯했고 나는 그녀가 조금 낯설어졌다. 그 집의 모든 안주는 일괄 이만 원이었다. 술집 외양에 비해서는 비싼 편이라고 할 수 있었지만 어쨌든 이만 원이었다. 그녀는 이만 원짜리 안주 두 가지를 반반씩, 오천 원만 추가하는 선에서 시켰고 이제껏 그렇게 해왔다는 것이다.

나는 그녀와 이십대 후반을 함께 보냈다. 자주 만날 때는 일주일에 두어 번, 드물어도 한 달에 한두 번은 만나는 사이였다. 딱히 약속을 정해서 만난 기억은 없었다. 같은 일을 하다 보니 오다가다 부딪치고 얽히게 되었고 취향이나 스타일이 비슷해 각별한 친밀감을 느꼈다. 우리의 만남이 끊어진 건 그녀가 업무를 바꾸면서부터였다. 마침 그때 나도 막 연애에 돌입한 시점이라 그녀에게 따로 연락을 하게 되지 않았다.

그녀에게 경제관념이 생긴 것, 자기 입맛 위주로 음식을 시키는 것, 이런 것이 그녀가 변한 부분이라고 할 수 있을까? 잘 모르겠다. 차림새로 보아 그녀가 예전보다 수수해졌다는 건 분명했다. 예전엔 목걸이나 반지는 몰라도 귀걸이 하나는 독특한 걸로 달고 다니길 즐겼는데 그날은 아무 금붙이도 달거나 걸고 있지 않았다. 나는 경제관념이 가난에서 온다는 편견을 따르고 싶지는 않았다. 하지만 자기 입맛 위주로 음식을 시키는 것, 이 대목은 생각해볼 여지가 있었다. 별안간 미식가가 되었다는 뜻일 수도 있고 타인에 대한 배려가 줄어든 탓일 수도 있었다. 그리고 이 경우는 생각하고 싶지 않지만, 기회가 왔을 때 입맛을 만족시키지 않으면 안 될 정도로 입에 맞는 음식을 먹지 못하고 지낸다는 뜻일 수도 있었다. 이럴 경우, 이것은 그녀에게 생긴 놀라운 경제관념과 더불어 무엇을 의미하겠는가. 그녀가 물질적으로뿐만 아니라 정신적으로도 대단히 가난해졌다는 뜻 아니겠는가. 우리가 못 보고 지낸 삼 년 동안에.

"한 이 년쯤 됐나?"

그녀가 혼잣말하듯 중얼거렸다. 내가 삼 년이라고 정정해주려는데 그녀가 유리 너머 주차장 쪽을 응시하며, 처음 이 집에 온 게, 라고 덧붙였다. 나는 그저 오 그래? 하고 말았다. 그녀가 잠시 뒤 덧붙였다.

"실연당한 친구 덕에 이 집을 알게 됐지."

실연이라는 말에 나는 기습을 당한 듯 움찔했다. 결혼까지 약속했던 여자가 나를 떠났다는 단순한 사실이 새삼스레 상기되면서 가슴 밑바닥에서 독초처럼 쓰디쓴 고통의 싹이 돋아나는 느낌이었다.

"실연당한 친구?"

"응."

그녀의 말에 따르면 그 친구는 남자에게 심한 배신을 당하고 그녀에게서 조언과 위로를 듣고자 했다는 것이다. 그 말에 내가 적잖은 관심을 보이는 순간 그녀는 갑자기 자리에서 일어났다. 좁은 통로를 지나 주방 앞으로 간 그녀는 여종업원에게 냉장고와 수납장 쪽을 가리키며 손짓을 해 보였다. 술을 시키는 것 같았다. 술이 필요한 얘기이긴 했다. 특히 내게는 더 그랬다.

나는 종종 실연의 유대감에 대해 생각한다. 세상에는 내가 떠나든 그들이 떠나든 둘 중 한쪽은 어느 별인가로 떠났으면 좋겠다 싶은, 참으로 호감이 가지 않는 인간형들이 있다. 그런데 만일 내가 우연히 그들 중 누군가가 얼마 전에 지독한 실연을 당했다는 사실을 알게 되었다고 하자. 나는 몇 초 전까지만 해도 같은 하늘을 이고 살기조차 싫었던 그 인간을 내 집에 데려와 술을 대접하고 같은 천장 아래 재울수도 있다. 심지어 술 냄새를 풍기는 그 인간의 입술에 부디 슬픈 꿈

일랑 꾸지 말라고 굿나잇 키스까지 해줄 용의가 있다. 허기의 유대나 가난의 유대 같은 것이 있고, 시험강박의 유대, 채식주의의 유대, 실종 자녀를 둔 부모들의 유대 등이 있을 수 있다. 내가 별난 인간이어서 그런지 몰라도 나는 실연의 유대만큼 대책 없이 축축하고 뒤끝 없이 아리따운 유대를 상상할 수 없다. 그래서였을까. 그때 그 기차간 같은 술집에서 나는 그녀가 술을 시키는 걸 바라보면서 얼굴 한번 본 적 없는 그녀의 친구가 무척 가깝게 느껴졌다. 그녀의 친구와 나 사이에 생겨날 실연의 유대에 대한 예감만으로도 가슴이 설렜다. 물론 그녀의 매개가 절대적으로 필요한 상황이었다. 자리로 돌아온 그녀가 물었다.

"차도 안 가지고 왔으니까 조금 마시는 것도 괜찮지?"

나는 역시 괜찮다고 대답했다.

"맥주하고 소주 시켰는데 어때?"

오, 그래? 나는 소주를 좋아하지 않았지만 이의를 제기하지 않았다. 맥주를 마시면 그만이니까. 그리고 이런 기차간 같은 분위기에서 실연에 대한 얘기를 듣다 보면 소주 몇 잔 정도는 곁들이게도 될 테니까.

"맥주에 소주를 섞어 마시자. 괜찮지?"

맥주에 소주를 섞는다니 기겁을 할 일이었지만 나는 이미 엉겁결에 괜찮다고 말해버린 후였다. 그녀는 뭔가를 미리 결정한 후 한발 늦게 내 의사를 타진해왔다. 이것도 그녀가 변한 부분 중 하나일지 모른다고 나는 생각했다. 나는 그녀를 만난 후 줄곧 오, 그래? 아니면 괜찮아, 라는 말만 되풀이하고 있는 듯한 느낌이었다.

"그래, 그 친구한테는 뭔가 도움이 되는 얘길 해줬어?"

"그 친구? 아아."

그녀가 입꼬리를 올리며 웃었다.

"내가 도움이 되고 말고 할 것도 없었어."

"왜?"

그녀의 친구는 절망적인 기분에 휩싸인 와중에서도 하루 전에 미리 이 술집을 예약해놓았다고 했다.

"그건 충분히 희망이 있다는 증거 아니겠어?"

"희망? 무슨 희망?"

"사는 데 애착이 있는 한 희망은 있는 거잖아. 나는 그 희망을 은근히 훼방 놓는 시늉만 하면 됐고."

희망을 훼방 놓는다는 게 무슨 뜻인지 나는 이해할 수 없었다. 그녀가 간단히 설명했다.

"그래야 거기 희망이 있다는 걸 알지. 뭔가 잔뜩 어질러놓아야 거기 공간이 있다는 걸 알듯이."

설명을 듣고 나면 더 모를 듯한 느낌이 드는 것, 이 또한 그녀의 희한한 면 중 하나였다. 훼방을 놓아야 거기 희망이 있다는 걸 안다니. 뭔가를 잔뜩 어질러놓아야 거기 공간이 있다는 걸 안다니. 무슨 설명이 이런가.

여종업원이 쟁반을 날라 왔다. 쟁반에 놓인 것들을 흘깃 훑어보던 내 시선이 술병에 고정되었다. 그제야 나는 비싸서 이 집에 자주 못 온다는 그녀의 말을 이해했다. 그것은 안주에 대한 얘기가 아니라 술에 대한 얘기였다. 국그릇과 반찬 접시들 옆에 맥주 두 병과, 목이 긴 도자기 병에 든 안동소주 한 병이 얌전히 놓여 있었다. 그러니까 그녀는 맥주에 안동소주를 섞자는 거였다. 이 또한 희한했다.

이 집 반찬들은 확실히 납품받지 않은 것들이라고, 직접 아주머니가 장을 봐서 매일 만드는 것들이라고, 그녀를 이곳에 처음 데려온 친구는 힘주어 강조했다고 한다. 그러고 나서 묻지도 않고 그녀의 잔에 맥주를 따르고 안동소주를 섞었다. 고통은 무례를 용서하게 만드는 법이다. 친구는 술부터 들이켰고 그녀는 국부터 떠먹었다. 들이닥쳐 냉수 한 잔 먹고 바로 본론에 돌입하는 빚쟁이처럼 친구는 술잔을 내려놓고 다그치듯 물었다.

"넌 그때 어땠어? 이럴 땐 어떻게 해야 계속 숨을 쉬고 살 수가 있는 거야?"

내 어리둥절한 표정에 그녀가 술을 천천히 한 모금 마시고 말했다.

"내가 그 친구보다 일 년 먼저 비슷한 일을 당한 적이 있었거든."

처음 듣는 얘기였다. 머릿속이 혼란스러웠다. 누가 보았다면 그때 나의 표정은 안주 반반을 이해하기 위해 여종업원이 지었던 바로 그 복잡다단한 표정과 흡사했을 것이다. 그녀의 친구가 이 년 전에 실연을 당했고 그보다 일 년 먼저 그녀가 실연을 당했다면 그녀는 삼 년 전에 실연을 당했다는 계산이 나온다. 삼 년 전이라면 우리는 스물아홉이었고, 자주는 아니어도 가끔씩은 만나고 있을 즈음이었다. 그녀의 상대가 내가 아는 녀석일지 모른다는 생각이 드는 순간 문득 얼토당토않은 의혹이 솟구쳤다. 그러나 이번에도 나는 고작 이렇게 말했을 뿐이다.

"오, 그래?"

일 년 전 그녀는 어떻게 숨을 쉬었던가. 그녀에게도 살고 싶다는 희망이 있었던가. 물론 있었을 것이다. 결코 희망의 모습으로 존재하지 않아 그녀가 그것을 알아보는 데 시간이 걸렸을 뿐.

"모든 걸 잃었다고 생각하는 순간 말이야."

그녀의 말에 친구가 처연히 고개를 들었다.

"가만히 돌아보면 여전히 뭔가 남아 있다는 걸 깨닫게 될 거야."

"대관절 뭐가 남아 있다는 거야?"

"글쎄. 그걸 뭐라고 설명해야 할까. 별로 보잘것없는 것들이긴 하지."

"그러니 무슨 상관이야? 엄청나게 대단한 것이 남아 있다고 해도 난 상관없어."

친구가 한 손으로 과장되게 허공을 그었다.

"아니! 보잘것없어! 정말 보잘것없는 것들만 남아 있지!"

친구는 멍한 눈으로 그녀를 바라보았다. 그 눈빛에는 그녀가 구원의 메시지를 주리라는 기대와 어떤 것도 자신을 구원할 수 없으리라는 체념이 안주 반반처럼 섞여 있었다.

"하지만 그 보잘것없는 것들이 상황을 바꿔놓거든. 거의 뒤집어놓는다고도 할 수 있지."

친구가 갑자기 상체를 앞으로 쑥 내밀었다.

"내가 어떻게 해야 상황이 뒤집힐 수 있다는 거야?"

친구는 그녀의 말을 오해하고 있었다. 상황이 뒤집힐 수 있다는 의미를 어떻게든 애인이 다시 돌아오게 만들 비법이 있다는 식으로 해석해선 곤란했다. 그녀는 냉정하게 말할 필요를 느꼈다.

"이를테면 친척집에 심부름을 간다든가, 업무 파트너의 경조사를 챙긴다든가 하는 것들. 그런 일들을 받아들여."

순식간에 친구의 눈빛에 배신감이 차올랐다. 친척집? 경조사? 친구는 그녀가 자기를 진지하게 대하지 않는다고, 심지어 조롱하고 있다고 생각했다. 친구는 상체를 뒤로 물렸다.

"나는 네가 무슨 말을 하는지 전혀 모르겠다. 차라리 할 말이 없으면 가만히 앉아 있어주든지."

친구는 갑자기 국그릇 위로 눈물을 떨어뜨리기 시작했다. 친구는 원래 눈물이 많았는데 연애를 하면서 눈물이 더 늘었고, 애인과 결별한 후론 눈물이 거의 주량만큼 늘었다고 할 수 있었다. 그녀는 안동소주가 섞인 맥주를 한 모금 마신 후 마지막으로 이렇게 말했다.

"보이지 않는 건 아닌데 너무 초라하고 하찮아서 어디 한번 보자 하고 덤벼들 마음이 생기지 않는 그런 것들 있잖아. 그런 보잘것없는 것들이 네 주위에 널려 있거든. 대상이든, 일이든, 남아 있는 그것들에 집중해. 집중이 안 되면 마지못해서라도 감정이 그쪽으로 흐르도록 아주 미세한 각도를 만들어주라고. 네 마음의 메인보드를 살짝만 기울여주라고."

그러나 친구는 그녀의 말에 귀 기울이지 않았고 그녀도 더는 말하지 않았다. 생각해보니 그녀도 일 년 전, 몸이건 마음이건 어느 쪽으로도 기울이려는 노력을 하지 않았던 것 같았다. 겉으로는 살 맞은 짐승처럼 꿈틀댔지만, 그 안쪽에서는 표면장력으로 팽팽한 절망의 비커를 붙들고 쓰디쓴 고통의 한 방울도 쏟지 않으려 안간힘을 쓰고 있었다. 그녀의 내면은 어떤 위로나 이해에도 귀 기울이지 않았고 가히 미친 균형이라 부를 만한 부동의 자세로 육체의 성마른 날뜀을 꼿꼿이 노려보고 있었다. 그런 시절을 견디자면 어쩔 수 없이 표독해지기 마련인데 그 표독함은 이를테면 맥주에 희석된 안동소주처럼 너무도 특별하고 아름다운 표독함이라 할 수 있었다. 그때 그녀는 자기 앞에서 울고 있는 친구 또한 어렴풋이 느끼고 있으리라 생각했다. 자신이 이 고통을 누구보다 즐기고 있다는 것을. 오래도록 기념하고 싶어 한다는 것을. 고통이 사라진 뒤를 더욱 견딜 수 없어한다는 것을.

나는 그녀가 따라놓은 술을 마셨다. 싱거운 맥주 맛 속에 뾰족한 심처럼 독한 안동소주 향이 박혀 있었다. 그녀의 친구는 이미 원경으로 물러났다. 이제 실연의 유대는 그녀와 나, 둘 사이에 맺어졌다. 나는 떫은 혀끝으로 더듬더듬 물었다.

"너는 그때 어떻게 극복, 아니, 수습? 너는 어떻게 했지?"

그녀는 국그릇 옆에 숟가락을 내려놓으며 말했다.

"내 경우는 운이 좋았지."

그녀의 어머니는 탁월한 훼방꾼 역할을 했다. 그녀는 결국 큰고모님 댁을 방문하기로 했다. 어머니가 며칠 동안 계속해서 조르지 않았다면, 그리고 혹시 그 사람이 금전적인 문제로 자신을 떠났을지 모른다는 망상이 그날 아침 그녀의 머릿속을 가득 채우지 않았다면 그녀가 무거운 선물 보따리를 들고 큰고모님 댁을 찾아가는 일은 없었을 것이다.

"금전적인 문제로 실연을 당했단 말이야?"

나는 그녀가 실연을 당한 적이 있다는 말을 들었을 때보다 더 놀랐다. 실연의 상대가 혹시 내가 아니었을까 하는 민망하고 얼토당토않은 의혹이 깨끗이 사라졌다. 그 대신 그때 내가 도대체 무엇을 하고 있었기에 그녀가 금전적인 문제 따위로 배신할 놈을 사귀는 것도 모르고 있었던가, 하는 오라비 같은 회한이 밀려왔다. 그저 내 생각에, 라며 그녀는 빈 국그릇을 한쪽으로 밀어놓았다. 여전히 의심쩍어하는 내 표정을 보고 그녀가 고개를 흔들었다.

"지금 시점에서는 확실히 말할 수 있어. 금전적인 문제는 아니었어. 하지만 워낙 몰리면 그런 생각이 들기도 하잖아."

그녀의 말을 듣는 순간 나는 불현듯 내 여자가 나를 떠난 이유가 금전적인 데 있을지도 모른다는 망상에 사로잡혔다. 그럴 수 있었다. 충분히 그럴 수 있었다. 그렇다면 지금 나는 워낙 몰리고 있는 셈인가. 어이없게도 그랬다. 그녀가 내 컵을 잡으며 말했다.

"천천히 마셔."

그녀의 큰고모님 댁은 전철로 한 시간도 넘게 걸리는 시 외곽 끝자락에 있었다. 그녀가 방문하기 일 년 전쯤 그곳으로 이사했는데, 그녀는 큰고모님이 이사한 후로 한 번도 그 집을 방문해본 적이 없었다. 그녀의 어머니 말로는 전체가 사층 건물로, 삼층에는 큰고모님 부부만이 외롭게 살고 있다고 했다.

"자식이 없으니까……."

그녀의 어머니는 이 대목에서 말을 흐렸다. 처음부터 큰고모님 부부에게 자식이 없었던 건 아니었다. 그녀의 고종사촌 오빠는 어려서도 아니고 젊어서 죽었다. 서른이 되기 직전이었고 제대 후 삼 년 반 넘게 준비한 회계사 시험에 합격한 지 얼마 되지 않아서였다. 술에 취한 상태로 화장실에 가다가 난간이 없는 계단 옆으로 추락하는 어이없는 사고였다. 떨어지면서 머리를 다쳤고 하루가 지나서야 머리가 피범벅이 된 시체로 발견되었다.

그녀의 어머니는 큰고모님 부부의 소유로 된 사층 건물이 하나밖에 없는 조카딸인 그녀에게 상속될 가능성이 높다고 생각해 그녀가 그 댁을 자주 방문해 살가운 딸 노릇을 하며 미래의 소유물을 찬찬히 살펴두기를 바라고 있었다. 그녀의 어머니는 열흘 동안 미주 관광을 다녀오는 길에 사온 선물을 꼭 큰고모님 댁에 전해달라고 며칠 동안 그녀를 설득했다고 했다.

"그런데 그게 뭐였는지 아직도 모르겠어. 무척 무거웠거든. 설마 미국에서 꿀 같은 걸 사오진 않았을 텐데 꼭 꿀단지였던 것 같아."

"꿀 비슷하다면 잼 아닐까?"

"잼? 환갑 넘은 노인들에게 잼을 선물하는 것도 이상하지 않아?"

"노인들이 단 걸 얼마나 좋아하는데?"

"그래? 그럼 잼이라고 해두지 뭐."

그녀는 무거운 잼 단지가 든 보따리와 대충의 약도만 가지고 큰고모님 댁을 찾아 나섰다. 비록 변두리라고는 해도 사층 건물이었다. 그 사람이 자신을 떠났다는 것이 자명한 상황에서, 그녀는 그 사람이 무엇을 놓쳤는지 꼼꼼히 확인해둘 필요가 있었다. 그 당시 그녀는 자기 소유물의 가치들을 하나하나 점검하는 데 몰두해 있었다. 그녀가 동전 한 푼을 챙기는 순간 그 사람은 동전 한 푼을 빼앗기는 식이었다. 그런 텅 빈 탐욕의 몸짓만이 다시는 만날 길 없는 그 사람에게 그녀가 할 수 있는 유일한 복수였다. 그녀가 그런 산수에 골몰했다는 게 나로서는 적잖이 흥미로웠다. 배울 수 있다면 가장 배우고 싶은 산수였다.

그녀가 직접 가보니 안타깝게도 큰고모님 부부의 상가 건물은 사층이 아니라 삼층이었다. 모든 건물이 그렇듯 옥상 위에 평수가 작은 성냥갑 모양의 옥탑방이 얹혀 있었는데 그녀의 어머니는 그것도 엄연히 한 층으로 계산에 넣은 것이었다. 사거리 근처의 상가 밀집 지역에 위치하긴 했지만 큰고모님 부부의 건물은 주변 건물에 비해 면적도 좁고 초라했다. 일층은 돼지갈비를 파는 식당이었고, 이층은 조그만 여행사 사무실이었다. 소위 사층이라는 조그만 옥탑방은 철학관 간판을 달고 있었다. 그녀는 무거운 잼 단지가 든 보따리를 질질 끌다시피 하여 계단을 올라갔다. 큰고모님 부부가 살고 있다는 삼층의 현관문은 조금 열려 있었다. 초인종 옆에 옥상 쪽 철학관을 표시하는 작고 빨간 플라스틱 딱지가 붙어 있었다.

그녀는 초인종을 누를까 하다가 열려 있는 문을 그대로 당겼다. 현관에 들어서자마자 주름진 회색 커튼이 앞을 가로막았다. 그녀는 현관 입구에 커튼을 쳐놓은 집을 처음 보았다. 왼편에는 거울이 달린 신발장이 놓여 있었다. 커튼과 거울이 놓인 좁다란 사각의 공간은 지하 상가에 흔히 설치된 증명사진을 찍는 무인 촬영소의 내부와 흡사해서, 그녀는 신발장 어딘가에 돈을 밀어 넣고 뭔가를 작동시켜야 하지 않을까 하는 생각마저 들었다.

그녀는 짐을 내려놓고 신발을 벗으려다 멈칫했다. 어디다 신발을 벗어야 좋을지 알 수 없었다. 적동색 타일이 깔린 현관에는 이미 여러 켤레의 신발들이 어지럽게 놓여 있었다. 큰고모부의 것으로 짐작되는 남자 구두 한 켤레와 슬리퍼, 큰고모의 것으로 생각되는 여성용 단화, 고무신, 샌들 등이었다. 일단 신발들만 봐서는 큰고모님 부부만 외롭게 사는 집이 아니라 대가족이 북적대는 집 같았다. 그녀는 현관 한 귀퉁이에 신발을 벗어놓고 주름진 회색 커튼을 들추었다. 왜 그런지 모르겠지만 회색 커튼을 젖히기 직전 그녀의 가슴속에 낯설고 두려운 느낌이 몰려왔다.

커튼을 젖히고 안쪽으로 한 발 내딛는 순간 그녀는 실내에 있던 사람들의 시선이 일제히 자기 쪽으로 집중되는 걸 느꼈다. 선물 보따리를 끌어들이느라 커튼 안으로 상체만 들이민 상태에서도 그녀는 그들의 시선을 강하게 의식할 수 있었다. 창 쪽에도 두꺼운 회색 커튼이 드리워 있어 한낮인데도 실내는 밝지 않았다. 왼편 소파에 웅크린 세 명의 여자가 노골적인 호기심에 가득 찬 눈빛으로 그녀를 쳐다보고 있었다.

기다리던 안주 반반이 나왔다. 상추를 곁들인다거나 브로콜리를 얹는 따위의 데커레이션이 완벽하게 생략된, 둥근 접시에 검붉은 빛깔의 내용물만 반반씩 담겨 있었다.

"먹어봐. 한번 먹으면 잊기 힘든 맛이야."

그녀는 담배를 피우고 있었다. 나는 마루타가 된 기분으로 술을 한 모금 마시고 제육과 오징어를 함께 집어 입 안에 넣었다. 무엇이라고 할까, 혀의 돌기들이 일제히 놀라 일어나며 환호하는 느낌이었다. 재료나 양념도 훌륭했지만 프라이팬에 볶은 것을 다시 연탄불에 직화구이를 했는지 맵고 기름진 맛 끝에 고소한 탄불 맛이 느껴졌다. 술은 술대로 안주는 안주대로 한 겹 한 겹 얇고 정교하게 엇갈리고 스며드는 독특한 맛의 조화였다.

"대단한데!"

나는 그녀를 만난 뒤 처음으로 내 느낌을 솔직히 표현했다는 생각이 들었다. 그럴 줄 알았다는 듯 그녀가 미소를 지으며 담배를 바닥에 떨어뜨려 밟아 껐다. 이 집에서는 그런 고전적인 담뱃불 끄기가 허용되나 보았다. 나는 돌연 유쾌해졌다.

"그래서? 그 여자들은 누구였는데?"

"가만, 가만. 나도 안주 좀 먹고."

"그래. 그렇지. 어서 먹자. 먹고 얘기하자."

내가 아니라 혀의 돌기들이 말했다.

그녀는 엉겁결에 세 명의 여자에게 인사를 했다. 제일 안쪽에 앉은 여자가 그녀를 향해 고개를 까딱거렸다. 그녀는 선물 보따리를 벽에 세워놓고 그 자리에 가만히 서 있었다. 그릇에 담긴 물처럼 고요하게 산다던 큰고모님 부부 댁에 그렇게 많은 손님들이 방문해 있으리라곤 짐작도 못했다. 가만히 살펴보니 여자들의 연령대가 아주 다양했다. 그녀를 향해 고개를 까딱인 안쪽 여자는 족히 칠십은 훌쩍 넘긴 노파였고, 눈가에 기미가 촘촘히 박힌 가운데 여자는 삼십대 후반쯤으로 보였다. 그녀 가까이에 앉은 눈꼬리가 치켜 올라간 여자만이 큰고모님과 비슷한 환갑 언저리인 듯했다.

"이쪽으로 와 앉으셔."

노파가 말했다. 그러나 노파의 손가락은 이쪽이라는 말과 달리 맞은편에 놓인 등받이 없는 동그란 의자를 가리켰다. 그곳은 실내에서 가장 밝다고 할 수 있는 자리였다. 그녀는 순간적으로 그곳에 앉는 것을 거부하고 싶었다.

"큰고모님은 지금 안 계신가요?"

그녀의 물음에 세 여자가 일제히 반응을 보였다. 큰고모님이라네, 라고 노파가 말하자, 그러게요, 라고 가운데 여자가 대꾸했고, 눈꼬리 사나운 여자가 그녀 쪽으로 목을 쭉 빼며 물었다.

"큰고모님이라면, 여길 자주 들락거리는 편인가?"

들락거린다는 말이 귀에 거슬렸지만 그녀는 왠지 모르게 변명을 해야 할 것 같은 생각이 들었다.

"아뇨, 자주는 못 오고, 한참 만에 왔습니다. 큰고모님은 어디 가셨어요?"

그러자 또 여자들이 활기를 띠었다. 어디 가셨을 리가 있냐느니, 문도 열려 있지 않았냐느니, 먼저 온 손님이 계시다느니, 우리도 기다리는 중이니 처녀도 거기 앉아 기다리라느니, 누가 하는지도 알 수 없는 말들이 그들 무리에서 쏟아져 나왔다. 노파가 재차 손가락으로 맞은편 의자를 가리키는 바람에 그녀는 엉겁결에 그 자리에 뙤똑 앉았다. 모두들 그녀의 다음 말을 기다리는 기색이어서 그녀는 이렇게 덧붙였다.

"큰고모님이 여기로 옮겨오신 후론 처음 와 뵙는 거예요."

그녀의 말에 다시 여자들이 술렁거렸다. 그녀가 무슨 말만 하면 그런 식이었다. 기미 낀 여자가, 여기로 옮겨오신 지 얼마 안 되었나 봐요, 하자 노파가 그러게, 라고 대꾸했고, 눈꼬리 사나운 여자가 다시 목을 쭉 빼며 물었다.

"처녀는 고모님이 여기로 언제 옮겨오셨는지 아나?"

"한 일 년 정도 된 걸로 알고 있습니다."

"그전엔 어디 계셨는데?"

"서울 화곡동 쪽에 사셨습니다."

"어머, 화곡동에 우리 큰형님이 사시는데 그때 함께 올걸."

가운데 여자가 안타깝다는 듯 외쳤다.

"그래, 화곡동에 계실 적에도 자주 드나들었나?"

이번에는 노파가 그녀를 구슬리듯 물었다.

"아뇨, 자주는 못 뵙고 일 년에 한두 번 정도."

그녀는 살짝 횟수를 늘려 말했다. 눈꼬리 사나운 여자가 날카롭게 추궁하듯 물었다.

"일 년에 한두 번이면 자주 아닌가?"

"자주라고는 할 수 없지."

노파가 큰고모님을 자주 방문하지 못한 그녀를 힐책하듯 의미심장하게 고개를 저었다.

"그래, 아가씨는 무슨 볼일로 왔어요?"

가운데 여자가 조심스럽게 물었다. 그녀는 뭐라고 대답해야 좋을지 몰랐다.

"거, 초면에 그런 걸 물으면 실례 아닌가?"

노파의 말에 눈꼬리 사나운 환갑 여자가 큭큭 웃었다. 그녀는 좀 성가시게 되었다는 생각이 들었다. 그때 가운데 여자가 고개를 숙이고 어깨를 움찔대기 시작했다. 갑자기 울음을 터뜨리려는 모습처럼 보였는데, 자세히 보니 뜨개질감을 손에 들고 뜨개질을 시작한 것이었다. 알록달록한 치마 위에 알록달록한 뜨개실과 바늘을 얹어두었나 본데, 그런 사실을 전혀 몰랐던 그녀로서는 그 번개 같은 뜨개질 동작이 격한 감정을 억누르는 마법의 몸짓처럼 느껴졌다. 가운데 여자는 손을 빠르게 놀려 뜨개질을 하면서 말했다.

"저는요, 할머니. 이름 보고는 딱 남잔 줄 알았거든요."

노파가 낮게 웅얼거렸다.

"여자라니까, 여자."

"차라리 여자인 게 낫지요."

눈꼬리 사나운 여자가 말을 받았다. 그들은 그녀가 오기 전에 나누던 얘기라도 있었던지 이런 소리들을 한마디씩 주고받으며 그녀의 눈치를 살폈다. 그녀는 눈을 내리깔고 못 들은 척했다. 지금이라도 큰고모님이 나오기 전에 선물 보따리만 놓고 가버리는 게 좋지 않을까 하는 생각도 들었다. 그녀가 고개를 들자 세 여자는 기대하는 눈빛으로 그녀를 바라보았다. 마치 무대 한가운데 스포트라이트를 받고 앉아 있는 느낌이었다.

"저는 이걸 큰고모님께 전해드리고 가기만 하면 되거든요. 여기 놓고 갈 테니 말씀 좀 전해주시겠어요?"

노파가 괘씸하다는 듯 손을 홰홰 내저었다.

"아니 무슨 소리! 여기까지 왔으면 뵙고 가야지."

"손님들도 많이 계시고 해서……."

노파는 그녀의 말을 끝까지 들으려고도 하지 않았다.

"어차피 날을 잡고 뵈러 왔으니 여유를 갖고 기다려. 뭐 급한 일이 있다고? 왕고모님이 얼마나 섭섭해하시겠나? 또 아나? 왕고모님이 좋은 선물을 주실지."

노파의 말에 눈꼬리 사나운 여자가 또 큭큭 웃었다. 환갑 넘은 나이에 어울리지 않는 웃음이었다. 그럴 리는 없지만 그녀는 세 여자가 자신이 큰고모님을 방문한 의도에 대해 무슨 낌새를 채고 자기들끼리 눈짓을 해대며 번갈아 그녀를 떠보는 게 아닐까 싶은 생각이 들었다. 그리고 큰고모님을 무슨 이유로 왕고모님이라고 바꿔 부르는지도 알 수 없었다. 큰고모님 부부가 언제 이사 왔는지 모르는 걸 보면 이 집과 흉허물 없이 지내는 사이는 아닌 것 같았다. 어쩌면 상가 임대료나 파출 업무 같은 사업상의 문제로 아쉬운 소리를 하러 온 여자들 같은 생각도 들었다. 그래서 이들이 공연히 그녀에게까지 불순한 혐의를 두고 저의를 탐색하려는 것 같아 그녀는 가능한 한 말을 아끼기로 했다.

실내를 가득 채운 낡은 가구들과 여기저기 굴러다니는 잡동사니들, 얼룩덜룩 때가 낀 리놀륨 바닥은 집주인의 오랜 방치를 말해주고 있었다. 그런 퇴락한 분위기 속에 낯선 여자들과 함께 앉아 있자니 그녀는 약간의 곤욕스러움을 느꼈다. 침묵을 지키는 그녀가 못내 아니꼽다는 듯 마침내 여자들은 자기들끼리 얘기를 나누기 시작했다.

　"애기엄마는 집에 대관절 무슨 일이 있어?"

　노파가 물었다.

　"전 정말 죽어도 여기 안 오려고 했어요."

　가운데 여자가 목숨이라도 건 듯 빠른 속도로 뜨개질을 하며 대답했다.

　"그런데? 어떻게 오게 됐어?"

　눈꼬리 여자가 물었다.

　"즈이 큰형님 말씀이 사람이 살면서 너무 까칠하게 그러는 거 아니라고 하시더라고요."

　"옳지! 화곡동 사신다는 그니로군."

　"네, 맞아요, 할머니. 즈이 큰형님은 학교에서 애들 가르치는 선생님이세요. 그런데 학교 선생님들도 좋은 게 좋은 거라고 다들 여러 군데서 알아보고 다닌다네요."

　"그렇다니까, 글쎄!"

　눈꼬리 여자가 추임새를 넣었다.

　"그러면서 이러시는 거예요. 세상에 죽어도 못하는 게 어딨고 죽어도 꼭 해야 하는 게 어딨냐고요. 그 말이 그렇게 가슴에 콕 집히는 거예요. 그렇지 않아요, 아주머니? 살다 보면 죽어도 이건 못하겠다 죽어도 이건 해야겠다 그런 말 많이 하잖아요? 그런데 정말 죽어도 그런 게 어디 있겠어요? 그런 건 없다 생각하니까 못 올 것도 없겠다 싶더라고요."

그들은 이제 그들만의 이야기에 빠져 그녀에게 별 관심을 보이지 않았다. 그러자 오히려 그녀 쪽에서 그들에게 부쩍 관심이 생겼다. 그녀는 그들의 얘기 속에서 큰고모님 부부와의 친교에 대한 힌트를 얻으려고 애썼지만 대화 내용이 워낙 요령부득이라 쉽지 않았다.

그들은 정해진 순서라도 있는 듯 돌아가며 얘기를 했다. 우선 노파가 옛이야기 책에나 나올 법한 희한한 질병에 관한 얘기를 하자, 뒤를 이어 눈꼬리 여자가 얼마 전에 신문에 보도된 유괴사건 얘기를 했다. 마지막으로 가운데 여자가 남자의 지독한 바람기에 대해 비난을 퍼부었다. 얘기가 한 바퀴 돌자 다시 노파가 쥐나 벌레를 이용한 민간요법적인 처방을 줄줄 늘어놓았고, 눈꼬리 사나운 여자는 이를 갈며 우리나라 경찰의 무능함을 개탄했다. 자기 차례가 되었는데도 가운데 여자가 조용히 뜨개질만 하는 바람에 실내에는 침묵이 흘렀다. 잠시 후 눈꼬리 사나운 여자가 애잔한 목소리로 물었다.

"애기가 몇이야?"

"하나요."

"하나? 아들이겠군."

노파가 끼어들었다.

"네. 이제 겨우 초등학교 삼학년이에요."

"우리 막내 손주보다 한 학년 위군."

눈꼬리 사나운 여자가 무슨 선서라도 하듯 엄숙하게 말하더니, 살아 있다면, 이라고 덧붙였다. 이 말을 신호로 노파는 신들린 듯 만능고약에 대한 찬사를 늘어놓았고, 눈꼬리 사나운 여자는 낮게 염불인지 주문인지를 외웠고, 삼십대 여자는 훌쩍훌쩍 울기 시작했다. 그러면서도 가끔 콧물을 훔칠 때 빼고는 양손으로 빠르게 뜨개질을 계속했다.

그녀는 머릿속이 텅 비어가는 느낌이었다. 그녀는 그들이 나누는 대화에서 의미라기보다는 어떤 기운을 감지했다. 그것은 꿀이나 잼처럼 끈적하게 조이고 당겨오는 불행의 인력 같은 것이었다. 그들의 이야기가 슬픈 리듬을 띤 환상성을 갖고 있어 그녀는 자신이 어디에 있는지조차 잊었다. 갑자기 노파가 쉰 소리로 툴툴거렸을 때에야 그녀는 긴 몽상에서 깨어났다.

"되게 더디네, 거참."

눈꼬리 올라간 환갑 여자가 대꾸했다.

"먼저 온 손님이 오래 걸리는 모양이에요."

"누구든 사연이 많겠죠."

어느새 울음을 그친 삼십대 여자가 받았다.

"목이 칼칼하네."

"자판기라도 하나 마련해두지 않고서."

"그러게 말이에요."

그녀는 좀 이상하다는 생각이 들었다. 집 안에 자동판매기를 들여놓는 사람이 어디 있는가. 그때 커튼 너머에서 현관문이 당겨지는 소리와 함께 거친 숨소리가 들려왔다. 여자들의 고개가 일제히 돌아갔다. 그녀의 고개도 돌아갔다. 쿵쿵거리면서 쩝쩝거리는 소리와 함께 커튼이 휙쩍 열리더니 그녀의 큰고모부님이 모습을 드러냈다. 그녀는 의자에서 엉거주춤 일어섰다. 큰고모부의 흐릿한 눈빛에서 그녀는 자기를 알아보지 못했다는 걸 느꼈다. 큰고모부는 입에 이쑤시개를 문

채 그곳에 앉은 여자들을 내려다보았다. 노파가 고개를 까딱하며 그녀에게 그랬듯이, 이쪽으로 와 앉으셔, 라고 말했다. 큰고모부는 그 말은 무시한 채 이렇게 중얼거렸다.

"보아하니 뭐들 보러 오셨나 본데……."

큰고모부는 안쪽으로 잠깐 시선을 돌렸다.

"이 사람은 아직도 자나?"

큰고모부는 다시 그들을 향하더니 가볍게 나가라는 손짓을 했다.

"철학관 오셨으면 한 층 더 올라가시오."

"네에? 여기가 아니라고요?"

세 여자가 동시에 일어섰다. 가운데 여자의 알록달록한 치마에서 실뭉치가 또르르 굴러 떨어졌다.

"보면 모르십니까? 여긴 가정집이오."

노파가 다시 소파에 쭈그리고 앉아 벗어놓았던 버선을 꿰며 말했다.

"아이고. 다들 가정집 같은 데다 신단을 꾸미고들 하니까 여기도 그런 줄 알았지."

큰고모부는 천천히 이를 쑤시면서 말했다.

"그놈의 콩꼬투리만 한 철학관 딱지를 떼고 당장 큼지막하게 새로 만들라고 하든지 해야지."

왜 그랬는지 모르지만 그녀는 세 여자들을 따라 우르르 밖으로 몰려나왔다. 그들은 초인종 옆에 붙은 빨간 딱지 속에서 자신들이 오해할 수밖에 없었던 변명거리를 찾으려 했다. 철학관 딱지에는, 기미 긴 여자가 "이름 보고 남자인 줄 알았어요" 했던 남자 이름 석 자가 '도사'라는 글자와 함께 새겨져 있었다. 글자 아래에 위쪽을 가리키는 화살표가 있었는데 그 가느다란 선이 세 여자의 원성을 샀다.

그들은 계단을 올라갔고 그녀는 계단을 내려왔다. 옥탑방 도사는 자신이 왕고모님으로 불린 사실을 모르겠지만, 그녀는 세 여자가 왕고모님 도사에게 어떤 선물을 받으러 가는지 알 수 있었다. 계단을 한 칸 한 칸 밟을 때마다 그녀는 뭔가에 들씌운 듯 중얼중얼 빌고 또 빌었다. 희귀병을 앓는 친지의 완쾌를, 유괴된 손자의 생사를, 바람난 남편의 귀가를, 자식을 앞세운 뒤 늙어가는 부부의 평안과 명랑을 빌었다. 그녀가 타인을 위해 뭔가를 이토록 절박하게 빌어본 적은 없었다. 계단을 다 내려왔을 때 그녀는 스스로가 다른 사람이 된 것처럼 느꼈다. 다만 계단을 올라갔다 내려온 것뿐인데, 삼층 큰고모님 댁에 무거운 잼 단지만이 아니라 그녀를 그녀이게 만들었던 본성의 작은 칩마저 함께 두고 온 듯했다.

그때 뵈었던 큰고모부님이 일 년 전에 돌아가셨다. 그리고 지난달에 그녀는 큰고모님이 돌아가셨다는 연락을 받았다. 그나마 다행인 것은 자연사라는 사실이었다. 큰고모부가 자살한 지 일 년 만이었다. 기일은 하루 차이였다. 아들이 죽은 뒤로 늘 기운이 없고 비몽사몽이라 남편 점심 한번 제대로 차려준 적 없던 큰고모는 남편의 첫 제사상을 차리기 위해 아침 일찍 일어나 장을 보러 나섰다. 갑작스레 몰아닥친 늦추위에 꽁꽁 언 채 삼층 계단을 힘겹게 올라와 집에 들어서자마자 큰고모는 몸을 녹일 셈으로 뜨거운 물을 마셨다. 그게 화근이었다. 큰고모는 뜨거운 물을 삼킨 순간부터 끙끙 앓다 그날 밤에 돌아가셨다. 생전의 큰고모부가 점심때마다 내려가 식사를 하곤 했던 일층 돼지갈비집 주인여자가 임종을 지켰다. 큰고모의 마지막 유언은, 그때 찬물을 먹었어야 했는데, 였다고 했다. 그리고 삼층 건물은 그녀에게 상속되었다.

그녀의 얘기는 여기까지였다. 이 얘기를 듣는 데 서너 시간이 걸렸다. 우리는 안동소주 한 병과 셀 수 없이 많은 맥주병을 비웠고 이십분 간격으로 번갈아 주차장에 있는 화장실에 다녀왔다. 누가 물어온다면 나는 다만 그녀의 얘기의 개요만을 전달할 수 있을 뿐이다. 그러나 이런 식의 이야기에서 개요란 얼마나 허망한가. 우중충한 공예품이 가는 솔질에 의해 희끄무레한 먼지를 벗고 세밀한 장식의 윤곽과 색깔을 드러내듯, 인중선이 분명한 그녀의 윗입술에서 흘러나온 찬찬한 묘사는 내게 정오 무렵 낡은 삼층 건물 가정집 거실에서 일어난 풍경들을 오롯이 드러내주었다. 그런데 나는 그것을 이 정도로밖에는 전달할 수가 없다. 나는 그녀가 낯선 여자들과 마주 앉아 있는 동안 그녀 내부에서 무슨 일이 일어났는지 모른다. 그녀 또한 그것을 표현하지 못했다. 그게 무엇이든 어디 보자 하고 덤벼들면 보잘것없는 것이긴 할 것이다. 그러나 그것이 그녀를 바꿔놓았다는 것은 분명했다.

　술집을 나올 때 나는 그녀가 이미 계산을 마쳤다는 걸 알았다. 먼저 만나자고 연락한 내가 술값을 내도록 해주는 게 도리였다. 내 표정에서 비난의 기미를 알아챈 그녀가 피식 웃었다. 피식. 그렇다. 순간 나는 모든 걸 깨달았다. 얼토당토않은 의혹은 진실이었다. 그래서 그녀는 큰고모님께서 돌아가셨다고 말하면서 피식 웃었던 것이다. 나도 피식 웃었지만, 그것은 웃음이라기보다 입가에 인 조용한 경련에 가까웠다. 나는 그녀가 횡단보도를 건너면서 중얼거렸던 말을 상기했다. 과연, 그녀의 큰고모님 부부와 나의 인연은 희한했다. 내가 그녀의 사랑을 모른 채 한 여자와 연애를 시작했을 때 그녀는 실연의 고통을 안고 큰고모님댁 삼층 건물을 방문했고, 내가 그 여자에게 실연을 당하고 삼 년 만에 그녀를 찾았을 때 그녀는 돌아가신 큰고모님 부부로부터 삼층 건물을 상속받았다. 나는 어쩌면 내 것이 되었을지도 모를 낡은 삼층짜리 상가 건물을 떠올렸다. 회색 커튼을 쳐놓은 괴상한 현관과 어두운 실내, 옥상으로 향하는 계단 벽에 붙어 있었을 빨간 플라스틱 딱지까지 생생했다.

그녀는 주차장 쪽에서 나온 늙은 남자에게 살짝 손을 들어 보였다. 차를 가지고 오지 않았다는 신호였다. 그녀는 일곱 시를 가리키는 시곗바늘의 각도처럼 편안해 보였다. 그녀가 편안하다면 나로서도 반가운 일이었다. 그러나 이제 그녀는 누구를 만나도 가슴이 설레지 않는 것이다. 그리고 누가 자신에게 가슴이 설레길 원하지도 않는 것이다. 그녀는 사랑의 고통으로부터 너무 먼 어딘가로 초월해버린 것 같았다. 그녀는 훨씬 더 관대하고 자연스러워졌지만 더 이상 사랑을 믿지는 않는 것 같았다. 이런 생각은 나를 슬프게 했다. 자신의 소유물을 하나하나 점검하여 나로부터 그것을 하나하나 빼앗는 식의 무력한 산수에 골몰했던 스물아홉의 그녀는 어디로 갔을까.

그때 나는 어쩌면 나도 모르게 놓쳐버린 스물아홉의 그녀로 인해 뒤늦은 실연을 앓게 되리라는 생각을 했다. 너무 늦어 격렬하지는 않겠지만, 격렬할 수도 없겠지만, 그래서 입술을 피나게 씹어대진 않겠지만, 희미해진 사진 속 윤곽을 더듬듯 손끝이 닳도록 무언가의 테두리를 하염없이 더듬어나갈 만짐의 세월이 시작되리라는 예감이었다. 그 예감은 지난 2월 내가 이 술집을 찾아든 순간 적중했다.

동네에 단골 술집이 생겼다는 건 기억에 대해서는 한없는 축복이지만 청춘에 대해서는 만종과 같다. 사랑을 믿던 한 시기가 끝났으며, 뒤를 돌아보아야만 앞으로 나아갈 수 있는 나이가 되었다는 것을 의미한다. 나는 지금 서른다섯이라는 인생의 한낮을 지나고 있다. 태양은 머리 꼭대기에서 이글거리지만 이미 저묾과 어둠을 예비하고 있다. 내 생애의 조도는 여기가 최대치다. 이보다 더 밝은 날은 내게 다시 오지 않을 것이다.

　내 인생이 연령의 절반을 꼭짓점으로 하여 직각으로 꺾이는 형태라면, 그녀의 인생은 앞쪽이 다소 높은 산의 능선처럼 삼분의 일 지점에서 봉우리를 이룬 후 부드럽게 흘러내리는 형태일 것이다. 누구에게나 개인적인 멜로디가 있다. 이십대 후반 무렵 나만큼이나 겁이 많고 감정에 인색했던 그녀가 내게 보내온 노래는 매우 낮은 음역의, 들릴 듯 말 듯한 작고 희미한 멜로디였으리라. 나는 그것을 나와 무관한, 그녀의 희한한 개성으로 간주했다. 스물아홉의 봉우리에서 그녀는 너무 일찍 철들었고 다가올 어둠에 너무 일찍 눈이 익어버렸다. 낡은 삼층 건물의 어둑한 실내에서 그녀가 낯선 여인들을 통해 본 것은 그녀의 미래가 그리는 능선이었을까. 삼 년 전 그녀는 이미 오후를 사는 사람의 나른한 눈빛을 갖고 있었다. 그리하여 그녀는 지금의 내 대낮 같은 기다림을 알아보지 못한다. 그리고 그것은 전적으로 그녀의 작은 노랫소리를 알아듣지 못하고 다른 여자의 새된 노래에 혹한 내 귀의 어두움에서 비롯된 일이다.

　사랑을 잃는 것이 모든 것을 잃는 것은 아니라는 것쯤은 나도 안다. 그런데 희한한 건 그녀의 큰고모님 부부와 나의 질긴 인연이 아직 끝나지 않았다는 사실이다. 나는 옥상에 옥탑방을 얹은 낡은 삼층짜리 건물을 그냥 지나치지 못하며 가벼운 실수나 후회거리가 생기면 이렇게 말하곤 한다.

　그때 찬물을 먹었어야 했는데.

헤어지기 전 그녀가 내게 마지막으로 물었다.

"괜찮지?"

"괜찮네."

물론 기차처럼 긴 술집에 대한 품평이었지만, 나는 그녀의 얘기를 듣는 동안 내가 겪고 있는 실연의 고통이 서서히 무뎌지는 것을 느꼈다. 나는 그녀의 괜찮냐는 물음에 괜찮다는 대답을 되풀이하면서, 그녀가 자꾸 나의 안부를 묻고 나는 그것에 괜찮다고 대답을 하는 듯한 착각이 들었다. 괜찮지? 괜찮아. 그러면서 나는 정말 괜찮아졌다. 이제 모든 것은 소소한 과거사가 되었다. 나는 기차간 모양의 술집 분위기를 내는 이 단골 술집에 혼자 앉아, 맞아 그때 그런 얘길 했었지라든가 왜 그랬을까 그녀는, 하고 생각한다. 그녀의 이름, 그녀가 했던 얘기들, 그녀의 피식 웃던 표정, 그녀의 단정한 인중선과 윗입술을 떠올린다. 그녀는 오지 않고 나는 사랑을 믿지 않는다. 돌이켜보면 엄청난 위로가 필요한 일이 아니었다. 사랑이 보잘것없다면 위로도 보잘것없어야 마땅하다. 그 보잘것없음이 우리를 바꾼다. 그 시린 진리를 찬물처럼 받아들이면 됐다.

| 대상 수상 작가 자선 대표작 |

내 정원의 붉은 열매

권여선

역시 너희도 별 볼일 없는 집단이었단 말이지.
위와 아래를, 안과 밖을, 푸른 꽃과 붉은 열매를, 위치와 차원을, 무늬와 여백을 보조리 한꺼번에
초월하고 극복할 듯 기염을 토하면서도, 폭력이나 일삼고 여자 후배를 희롱하는가 하면,
여자 후배의 자고 간다는 말 한마디를 그렇게 통속적인 방식으로 해석하고
비난하고 배척하는 결벽한 집단이었단 말이지.

※ 이 작품은 대상 수상 작가 권여선 씨가 이제까지 쓴 작품 중에서
자신의 대표작으로 선정한 단편소설입니다. ─편집자

내 정원의 붉은 열매

사랑하는 사람이 죽었다는 말을

내가 베란다에 식물을 키워보려 한다고 말하자 현수가 말했다.

"물구멍 없는 화분에 키워."

현수는 긴 대젓가락을 능숙하게 놀려 자기 앞접시와 내 앞접시에 부추만두 하나씩을 내려놓았다. 젓가락질 잘하는 사람이 머리가 좋다고 했던가. 얼마나 사뿐히 집었던지 얇은 찹쌀피에는 젓가락에 눌린 자국조차 없었다. 물구멍 없는 화분에 내가 별 관심을 보이지 않자 현수가 답답하다는 듯 물었다.

"물구멍 없는 화분이 얼마나 혁명적인지 모르지?"

물구멍 없는 화분이 얼마나 혁명적인지 나는 몰랐다. 그저 화분 공장 입장에서, 물구멍을 막는 데 들어가는 재료값과 물구멍을 뚫지 않아 절약되는 공정 사이에서 어느 게 더 이익일까, 장난삼아 저울질해

보았을 따름이다. 그러나 현수의 설명을 들으면서 나는 솔직히 놀라지 않을 수 없었다.

현수의 말에 따르면 물구멍이 없는 화분은 디자인의 혁명이 아니라 질료의 혁명이라는 것이었다. 당연히 그럴 것이었다. 물이 빠지지 않아도 되는 특별한 흙의 발명이 화분의 물구멍을 없앴다. 그리하여 화분 자체를 없앴다. 못 쓰는 솥이나 냄비, 쓰레기통, 세숫대야, 바가지 등등 어떤 그릇이나 용기도 화분이 될 수 있다는 것이다. 더불어 물구멍이 없으니 물받이도 필요 없다는 것이다.

"하 참!"

그제야 내 입에서 탄식이 흘러나왔다. 그럼 화분 공장은 망한 것이다.

"심지어 이 만두도 말이야."

현수는 젓가락으로 부추만두의 솟아오른 봉오리를 살짝 찔렀다.

"안에 특별한 흙을 조금 담고 부추 씨를 심으면 훌륭한 미니 화분이 될 수 있지."

멋지게 설명을 마무리한 현수는 와인을 마시고 만두피의 구멍에 입을 대고 즙을 빨았다. 만두가 입속으로 들어갈 때 현수의 입술 사이에 그어진 레드 와인 자국이 언뜻 보였다. 나는 내 접시 위에 놓인 부추만두를 내려다보았다. 투명한 찹쌀피 위로 부추의 싱그러운 초록빛이 배어나고 있었다. 만두가 화분이 되어 부추를 자라게 할 수 있다니, 흥미로운 얘기였다. 나는 그 밖에 또 무엇이 화분이 될 수 있을까 생각해보았다. 현수가 대바구니에서 이번에는 새우만두 하나를 집었다. 부추만두가 화분이 될 수 있다면 저 연분홍빛 통새우 살이 은은하게 내비치는 새우만두는 어항이 될 수도 있겠군, 하고 생각하는데 문득 내 입에서 이런 물음이 튀어나왔다.

"그렇다면 방도?"

현수는 새우만두를 입에 넣으려다 말고 물었다.

"방? 룸 말하는 거야?"

"응."

현수는 잠시 생각한 뒤 대답했다.

"그렇지. 창문만 봉쇄한다면 이론상으로 충분히 화분이 될 수 있지."

방이 화분이 될 수 있다니 과연 혁명적인 일이었다.

"방 정도면 정원도 되겠다."

현수의 입이 벌어지면서 자줏빛 와인 선이 열리는가 싶더니 그 사이로 분홍 장미의 볼록한 꽃잎 같은 새우만두가 사라졌다. 그 광경을 바라보는 순간 갑자기 내 머릿속에서 만두 속즙이 터지듯 기억의 물방울이 톡 터졌다. 오랫동안 잊고 있었던 장면 하나가 떠올랐다. 마치 꿈에서인 듯 나는 P형과 단둘이 걷고 있었다. 화사한 봄꽃이 만개한 주택가였다.

현수는 계속 만두를 먹으면서 실내에서 키우면 좋은 식물에 대해 얘기했다. 내 앞접시에는 여전히 초록빛 부추만두 하나가 놓여 있었다. 한 김 걷히고 식어가는 만두처럼 기억 속의 장면들이 조금씩 분명해지면서 모양을 잡아갔다. 최근에 현수를 몇 번 만나면서 자주 겪는 일이었다. 오래전에 잊었다고 생각했던 일들이 어둠 속 등대 불빛처럼 깜빡깜빡 떠오르곤 했다. 나는 와인을 한 모금 마시고 만두를, 아니 작은 화분을 입에 넣었다.

P형을 생각할 때면 나는 언제나 그 방을 떠올리곤 했다. 아니, 그

방을 떠올릴 때면 P형을 생각했는지도 모른다. 그때는 그런 식이었다. 만두의 피처럼, 식물의 화분처럼, 선배라는 존재는 방을 하나씩 가지고 있었고 그 방으로 상징되었다. 한때 P형이 살았던 그 방, 난곡 주택가를 지나 한없이 언덕을 올라 녹슬고 칠이 벗겨진 초록색 철문을 밀고 들어가면 나타나던 그 방. 창문도 없던 그 방은 뒤집힌 화분처럼 한쪽 벽이 비스듬히 기울어 있었다. 그러고 보니 귀가 잘 들리지 않는 P형의 어깨도 그렇게 비스듬히 기울어 있었던 것 같다. 그렇다면 P형과 단둘이 걸었던 그 길은 난곡 주택가였던가.

내가 발이 넓은 현수에게 P형의 소식을 물어볼까 망설이는데 현수의 휴대전화 벨이 울렸다. 현수는 잘 들리지 않는지 휴대전화를 귀에 바짝 갖다 대고 통화를 했다. 현수의 목소리가 높아졌다.

"뭐? 누가 죽었다고?"

나는 와인을 마시다 말고 잔을 내려놓았다. 누군지 모르지만 이렇게 추운 날 죽다니, 라는 생각밖에 들지 않았다. 내일 새벽에는 기온이 영하 13도까지 내려간다고 했다. 강풍을 동반한 추위라 체감온도는 영하 20도에 육박할 것이라고 했다.

"알았어."

현수는 나를 쳐다보더니 휴대전화를 들고 자리에서 일어났다. 중국풍 카페의 실내는 난방이 잘되어 더운 편이었다. 나는 둥근 와인 잔을 한 손으로 감싸고 천천히 돌렸다. 대바구니 보 위에 남은 두어 개의 만두가 찹쌀피가 마르면서 투명함을 잃고 화분처럼 굳어가고 있었다.

곰곰이 따져보니 P형과 함께 걸었던 봄꽃 만발한 주택가는 내가 처음에 생각했던 것처럼 난곡 입구 주택가가 아니었다. 그때에만 해도 나는 P형의 방에 대해 모르고 있었다. 그러니 P형에 대해서도 모르고 있었던 셈이다. 그때 나는 P형을 처음 만났다.

그날 나는 두 시에 수업이 있었다. 일전에 내가 현수에게 사회과학 공부에 관심이 있다고 말하자 현수는 별일 아니라는 듯 이렇게 대꾸했다.

내가 하는 공부 모임에 들어와.

서울 출신에다 재수까지 한 현수는 신입생답지 않게 노련하고 냉소적인 편이었다. 무엇에도 놀라거나 당황하는 일이 드물었다. 지방에서 갓 올라온 내게 현수는 대학 생활의 안내자이자 스승이었다. 그러나 여럿이 모여 책을 읽고 토론을 한다는 것이 그토록 조심스럽고 번거로운 절차가 필요한 일이라곤 나는 상상조차 못했다. 여러 번의 전언이 오간 끝에 모임을 이끄는 선배가 직접 나를 만나보고 결정하겠다는 통보가 왔다.

하 참! 그때 나는 속으로 탄식했다. 현수는 '내가 하는 모임'이라고 말해선 안 되었다. 아무리 내게 지도와 편달을 아끼지 않는 현수라 할지라도, 아니 그렇기 때문에 더욱 현수는 '내가 참가하는 모임'이라고 정확히 말했어야 했다. 현수의 작은 유치를 엿본 것 같아 나는 그녀가 더 친밀하게 여겨졌다. 아무튼 그날 아침 현수는 나를 만나자마자 오후 두 시에 교문 앞 서점으로 가보라고 했다. 수업이 있다는 내 말을 현수는 특유의 몸짓으로 가볍게 무시했다.

P형이 두 시부터 기다리겠다고 했어. 그 형은 십 분만 지나면 가버릴 거야. 원래 바쁜 사람이기도 하지만 스타일이 그래. 안 기다려. 수업이야 한 번쯤 빼먹어도 괜찮잖아? 유감스럽게도 나는 절대 빼먹으면 안 되는 수업이라 함께 못 가. 이과 수업들이 주로 그래. P형에게

네 인상착의를 말해뒀어. P형은 별 특징이 없어서 뭐라고 말해줄 수가 없네. 안경은 안 꼈고, 좀 말랐고, 어딘가 삐딱해.

문과였던 나는 할 수 없이 두 시 수업을 빼먹고 서점으로 갔다. 학교 옆이 등산로 입구여서 교문 앞에는 등산객들을 상대로 가벼운 안줏감과 술을 파는 올망졸망한 노점들이 많았다. 그 가운데 끼여 있는 서점은 지식의 수문장이라기보다 못난 자식들을 줄줄이 거느린 고지식한 가장처럼 보였다. 서점 계단에는 취한 노인들이 나른한 자세로 앉아 있었고 서점 문은 술집 문처럼 반쯤 열려 있었다. 서점 안에는 학생들이 열 명 정도 있었는데 반 정도가 안경을 안 끼고 마른 학생들이었다. 그중 어딘가 삐딱한 사람이 없나 둘러보는데 누군가 내게 다가왔다.

P형이세요?

P형이 등을 돌리며 말했다.

일단 나가자.

나는 P형을 따라 서점을 나왔다. 나는 현수가 내 인상착의를 어떻게 말했기에 P형이 대번에 나를 알아보았는지 궁금했다. 나 역시 별다른 특징이 없었고 안경을 안 끼었고 좀 말랐을 따름이었다. P형과 다른 점이라면 성별이 여자이고 어딘가가 삐딱하지 않다는 정도인데, 삐딱하지 않다는 것이 식별의 표지가 된다는 건 기본적으로 말이 안 됐다.

집이 어디냐?

고향 말씀이세요?

뭐라고?

고향 말씀하시는 건지.

아니. 지금 사는 곳.

하숙합니다.

저쪽?

P형이 턱으로 하숙촌 방향을 가리켰다.

네.

그럼 거기까지 좀 걷자.

하숙촌까지는 세 정류장쯤 되었지만 당시에는 누구나 그 정도 거리는 걸어 다녔다. 나는 입학한 지 한 달도 못 되어 걷는 데 자신이 붙었다. 그래서였을까. 처음 교내 미팅을 했을 때 나는 파트너와 산책 삼아 교정을 한 바퀴 돌기로 했다. 세 시간 넘게 걸렸지만 어느 쪽에서도 먼저 그만두자는 말을 하지 않았다. 쌀쌀한 기운이 남아 있는 초봄이었는데도 우리는 땀범벅이 되었다. 원래의 자리로 돌아오자마자 우리는 허둥지둥 서둘러 헤어졌다. 둘 다 혹시 상대방이 내친김에 삼십분 넘게 걸리는 하숙촌까지 걸어가 커피나 한 잔 하자고 말할까 봐 두려웠던 것이다. 서로를 믿지 못해 허둥지둥, 그것으로 끝이었다. 그런 식으로 미팅에 성공할 수는 없었을 것이다. 파트너에 대해서는 기억나는 게 없지만 오랜 산책의 막바지에 지친 몸을 이끌고 한 발짝씩 걸음을 뗄 때마다 끝나지 않을 바느질을 한 땀 한 땀 박아나가는 듯 지루하고 막막하던 느낌만은 또렷했다.

아버지는 뭐 하시니?

회사 다니십니다.

회사?

네.

무슨 회사?

기계부품 같은 것 만드는 회사입니다.

뭐라고?

P형이 내 쪽으로 어깨를 기울였다.

기계부품 만드는 회사리고요.

작지?

네?

이번에는 내가 P형 쪽으로 어깨를 기울였다.

회사 규모 말이야.

별로 큰 회사는 아닙니다.

그럼 마찌꼬바네.

P는 이렇게 말하고 누런 청자 담뱃갑을 꺼내 한 대 피워 물었다. 물론 마찌꼬바였다. 하지만 마찌꼬바는, 자기가 마찌꼬바라는 건 알지만 누가 마찌꼬바라고 하면 도저히 참지 못하는, 앤의 빨강머리 같은 존재 아닌가. 아버지 뭐 하시냐는데 마찌꼬바 다니십니다, 라고 말할 수는 없는 것 아닌가. 나는 살며시 P형을 훔쳐보았다. P형은 눈이 작고 코가 뾰족하고 중키에 마른 편이었다. 흔한 격자무늬 셔츠에 베이지색 점퍼와 회색 바지를 입고 있었다. 전체적으로 평범해 보였지만 선량한 인상은 아니었다. 뾰족한 코끝에 날카로운 심문관의 영혼이 깃든 듯한 느낌이어서 나는 다소 긴장하고 있었다.

담배 피우니?

안 피웁니다.

점심은 먹었니?

네.

P형은 돌연 듣기 거북할 정도의 목 긁는 소리를 내더니 옆쪽으로 가래침을 탁 뱉었다. 상대가 누구든 자기의 관념과 습관을 변함없이 유

지할 듯한 사람이었다. 하늘은 흐렸지만 구름이 얇아 사방이 환했다. 주택가 담장에는 봄꽃들이 피어 있었다. 이런 시간에 이런 길을 P형 같은 사람과 함께 걷고 있자니 이상한 기분이 들었다. 어딘가 삐딱하다는 현수의 말은 어깨에 관한 얘기였을까, 심성에 대한 얘기였을까. 아무튼 요는 P형과 내가, 난곡의 그 삐딱한 방이 아니라 내 하숙집으로 향하는 주택가 꽃길을 걸었다는 사실이다.

통화가 오래 걸리리라는 예상과 달리 현수는 곧 자리로 돌아왔다. 현수는 부고 전화를 받은 사람답지 않게 침착한 얼굴로 조금 전에 하던 식물 이야기를 계속했다. 그런 식의 지루하고 의미 없는 설명이 얼마간 이어졌다.

"물구멍 없는 화분! 이건 꼭 외워둬라. 네 베란다에 신천지가 열릴 거다."

현수는 잔을 들어 내게 축배를 드는 시늉까지 했다.

"외울 것까지야. 그런데 누가 죽었대?"

내 말이 끝나기도 전에 현수가 손을 번쩍 들어 올렸다.

"아냐. 신경 쓰지 마. 신경 쓸 일 아니야. 됐어."

이럴 때의 현수는 만사에 시큰둥하고 성가신 일이라면 딱 질색하던 예전의 모습 그대로였다. 나는 입을 다물었다. 사람이 죽었는데 됐다니. 뭐든 제대로 숨기지 못하는 내 표정에서 그런 비난의 기미를 알아챈 현수가 양보하듯 말했다.

"나중에 천천히 얘기하자고."

나는 현수에게 P형에 관해 물어보려던 생각이 말끔히 사라지는 것을 느꼈다. 현수는 예전부터도 P형에게 관심이 없었다. 어쩌면 속으

로는 P형을 은근히 멸시하고 조롱하고 있었는지도 모르겠다는 생각
마저 들었다. 잠시 후 현수가 낮게 절규하듯 말했다.

"내가 이래서 미친다!"

나는 앞접시에 놓인 새우만두의 피를 조금씩 뜯어내다 말고 고개를
들었다. 현수는 왠지 모르게 흥분한 것처럼 보였다. 현수는 내 잔에
자신의 잔을 부딪친 뒤 와인을 쭉 들이켜고 신경질적으로 입술을 핥
았다. 입술 사이의 붉은 라인이 흩어졌다.

"전에 택시를 탔는데 택시 기사도 나를 그렇게 보더라."

"어떻게……?"

나는 어물어물 말을 흐렸다.

"전화로 누가 죽었니 마니 하는 얘기를 하다 끊으니까 기사가 차 돌
릴까요 묻더라고. 아뇨, 됐어요, 그냥 갑시다, 했더니 말이 없어. 얼굴
은 안 보이는데 괘씸해하는 기색이 뒤통수에 역력한 거야. 완전 싸가
지구만, 사람이 죽었는데 됐다니, 뭐 그런 식이지."

가만히 생각해보니 직업이 직업이니만큼 현수가 이런 부고 전화를
받는 일은 특별한 일이 아닐 수도 있겠다 싶었다. 현수는 외국계 보험
회사의 매니저였다. 현수가 거의 십오륙 년 만에 내게 전화를 걸어와
자신의 직업을 밝혔을 때 나는 적잖이 경계했다. 보험에 가입할 형편
이 못 되는 몇 가지 이유를 급히 생각해내기도 했다. 그러나 현수는
나와 몇 번 만나면서 보험 얘기를 꺼낸 적은 한 번도 없었다. 나는 현
수에게 조금 미안한 마음이 들었다.

"이런 전화, 자주 받나 보구나."

나는 현수의 잔에 와인을 따르고 남은 것은 내 잔에 다 따랐다.

"자주라면 자주고. 한동안 잠잠하더니 또 시작인 거지."

나는 그 말이 무슨 뜻인지 몰랐다. 현수는 웨이터를 부르더니 새로운 종류의 만두를 더 시키고 종이봉투에서 와인 한 병을 꺼내 따달라고 주문했다.

"여긴 코르키지가 싸. 만두도 맛있는 편이고."

"만두가 예쁘다."

"실컷 즐겨. 예쁜 것도 비용에 포함되니까."

결국 나는 먼저 묻지 않을 수 없었다.

"그런데 뭐가 잠잠하다가 또 시작이라는 거야?"

현수가 기다렸다는 듯 빙긋 웃었다. 그러자 미소년 같던 예전의 인상이, 이목구비의 윤곽을 허무는 두툼한 살집 사이로 새싹처럼 살그머니 고개를 내미는 듯도 했다.

"산타 기억나니?"

현수의 입에서 너무 뜻밖의 이름이 나오는 바람에 내 상체가 움찔했다.

"산타? 산타형 말이야?"

현수는 어쩐지 내 반응을 재미있어하고 있는 것 같았다.

"나 산타랑 계속 연락하고 살았어."

"그랬구나."

나는 고개를 끄덕였다. 현수와 산타, 듣고 보니 그럴 줄 알았다는 생각이 들었다.

"이런 주사가 생긴 지는 몇 년 됐지. 한두 달에 한 번씩은 이런 전화질이다. 술 먹고 자면 밤마다 누가 죽는 꿈을 꾼대. 이미 죽어서 누워 있는 사람을 볼 때도 있고 가끔 자기가 누군가를 죽일 때도 있단다."

"누가 진짜 죽은 건 아니고?"

"진짜 죽긴? 순 개꿈이지."

나는 웃었다. 현수도 나를 따라 웃었다.

"참, 어이가 없지. 이번에는 누가 죽었다는지 아니?"

"누구?"

"놀라지 마. P형이 죽었단다."

술기운이 사르르 오르면서 손바닥이 따뜻해졌다. 와인은 술기운이 따스하게 오른다고, 그래서 오늘처럼 추운 날 마셔야 한다고 첫 병을 딸 때 현수가 말했다. 실제로 죽지 않았어도 산타의 꿈속에서 죽어 있었을 P형을 생각하자 자연스레 그 방의 전구 불빛이 은은하게 떠올랐다. 천장에서 구불구불 내려온 전선 끝에 매달린 전구를 와인 잔 쥐듯 가볍게 감싸고 꼭지를 틀면 방 안 가득 퍼지던 그 불빛. 그러고 보니 전구도 충분히 화분이 될 수 있었다.

무심한 사람의 입에서 들었네

P형의 방은 난곡 입구 주택가를 지나 거의 언덕 꼭대기쯤에 있었다. 방의 한쪽 벽은 두부모를 비스듬히 내리친 듯 천장의 반 넘은 지점부터 급격히 기울어 있었다. 기운 벽면에는 앉은뱅이 책상과 유리문이 달린 찬장, 밥솥 같은 키 작은 가구나 물품들이 놓여 있었다. 다행히 물이 새지는 않았지만 벽지는 낡고 누덕누덕했다. 그래서 방은 이중으로 기운 듯한 느낌을 주었다. 천장이 기운 쪽에 작은 화분을 놓고 아늑한 다락방의 분위기를 낼 수도 있었을 것을, 그때는 아무도 그런 것에 신경 쓰지 않았다.

P형의 지도를 받는 신입생들은 일주일에 한 번씩 그 방에 모여 공부를 했다. '내가 하는 모임' 운운했던 현수 역시 평범한 신입회원에 불

과했다. 공부가 끝날 즈음이면 한 선배가 라면과 술이 든 봉지를 들고 나타났다. 그 선배의 이름은 공개되지 않았으므로 우리는 그를 산타 형이라고 불렀다. 산타형은 별칭에 걸맞게 생닭을 사와 삶아주기도 하고 꽁치나 고등어를 넣은 김치찌개를 끓여주기도 했다. 어느 날은 잔뜩 취해서 아래쪽 주택가에서 닥치는 대로 꺾은 꽃으로 커다란 꽃 다발을 만들어오기도 했다. 그래서 봄꽃에 얽힌 내 기억이 뒤섞였는 지도 모른다.

P형이 진지하고 유머가 결여된 엄격한 느낌을 주는 선배였다면 산 타는 경박하고 충동적이면서도 왠지 한없이 너그러울 듯한 느낌을 주 는 선배였다. 시간이 흐르면서 신입생들은 종종 집에 가는 척하고 그 방을 나와 산타와 어울리곤 했다. 이상하게도 P형을 따돌렸다는 사실 에 대해 아무도 가책을 느끼지 않았다. P형에게는 P형의 의무가 있고 그것은 이미 종료되었다는 식이었다. 그리고 우리의 신비로운 미꾸라 지, 시냇물처럼 경쾌하고 조약돌처럼 매끄러운 산타와의 천렵 파티가 시작되었다는 식이었다.

나는 한동안 산타를 내가 교제하는 어떤 범주에 넣어야 할지 몰라 망설였다. 선배라고 하기엔 존경심이 적었고, 그저 아는 사람이라고 하기엔 위험할 만큼 가까웠다. 당시로서는 신뢰할 수 없는 선배라는 범주는 언어도단이며 이율배반이었다. 이상하게도 나는 산타와의 술 자리에서는 언제나 과음을 했다. 종내는 술을 못 이기고 탁자에 엎어 져 곯아떨어지는 적도 많았다. 언젠가 잠에서 깨보니 신입생 친구들 은 모두 가버리고 없고 산타만이 남아 있었다. 산타는 혼자서도 술을 잘 마셨다. 내가 부스스 일어나자 산타는 술잔을 비워 내게 건네며 물 었다.

너 요즘 고민이 뭐니?

산타가 종종 신입생들에게 던지는 질문이었다. 현수는 이런 식의 질문을 불쾌해했다. 후배들에게 억지로 고민을 쥐어짜내 실토하도록 만드는 악취미적인 질문이라는 게 똑떨어지는 이유였다. 그러나 덜떨어진 내가 경험한 산타의 질문은 달랐다. 그것은 내게 뭔가를 물어주었다. 소통을 열고, 나를 자폐된 내부에서 끌어내 술자리로 미혹하고, 내게 눈물과 토사물을 분출할 기회를 주는 감격적인 말건넴이었다. 너 요즘 고민이 뭐니? 이 질문은 혹한의 시절을 견디게 해준 우리 세대의 겨울 간식과 같았다. 겉은 델 정도로 뜨겁고 검고 위험하고 외설적이지만, 속은 노랗고 부드럽고 질척하고 달콤한 군고구마처럼, 그 질문은 감격적이고 맛있었다. 고작 한 살 많은 주제에 독판 어른인 척했지만 스물한 살의 현수도 산타가 한쪽 어깨를 부드럽게 쥐며 이렇게 물었을 때 똑같은 걸 느꼈으리라고 나는 생각한다. 너 요즘 고민이 뭐니?

그날 나는 울었던가, 토했던가. 어쨌든 산타가 마지막으로 내 귓가에 이렇게 속삭인 것만은 지금도 분명히 기억하고 있다.

나는 네가 너무 나를 닮아서 정말 걱정이다.

그 말은 우려라기보다 산타의 입에서 풍기는 술과 침 냄새만큼이나 은밀하고 달착지근한, 악마의 은총처럼 느껴졌다.

"산타는 지금 지방 대학에 내려가 있어."

현수는 새로 딴 와인을 한 모금 마시고 말했다.

"교수는 아니고 도서관 부관장. 그것도 임시직이라지 아마."

현수의 말에 따르면 산타는 온갖 직업을 전전했다는 것이다. 나로서는 그 이력을 듣기만도 숨차고 황홀했다. 부동산 중개업부터 병원 사무장을 거쳐 일식집 주방장까지, 종내는 직접 실내 포장마차와 건강식품 대리점을 연 적도 있다고 했다.

"포장마차 할 때 내가 가서 홍합탕도 끓이고 서빙도 하고 그랬지. 손님 없으면 그냥 문 닫고 둘이서 퍼마시는 거야. 산타가 술 하나는 참 맛있게 먹었지. 그걸 보면 악연이다 싶으면서도 왜 그렇게 모든 게 용서가 되던지. 그렇다고 뭐 나한테 몹쓸 짓을 했다는 건 아냐. 주변 사람들한테 정말 천하의 몹쓸 짓 많이 하고 다녔지. 그런데 머리는 술술 빠져가는 인간이 좋다고 술 쪽쪽 마시는 걸 보면 그냥 내가 대표로 용서가 되더라고."

테이블 옆 장식장에는 경극 차림을 한 중국 인형들이 진열되어 있었다. 나는 여전히 현수에게 P형의 소식을 묻지 못하고 있었다.

"그땐 젊었다, 그래도. 십 년도 더 전이니 징그럽게 젊었지. 오늘 아침에 베갯잇에 덮어놓은 타월에서 머리카락을 아홉 가닥이나 주웠어. 요즘 자면서 침을 흘리는 버릇이 생겼고 머리가 부쩍 빠져."

한 해가 저물어가건만 어제까지만 해도 나는 내 나이에 대해 별 느낌이 없었다. 현란한 이력을 가진 산타와 달리 나는 누가 잘못 꽂아놓은 작대기처럼 오랜 세월을 한 장소에 붙박혀 살아왔고 남은 생애도 그렇게 살아갈 터였다. 그러니 나이 따위가 무슨 상관인가. 차라리 근속연수라든가 퇴직연한 같은 것이 내게는 더 실감 있게 다가오는 숫자였다. 그런데 와인 탓인지 아니면 현수에게서 산타 얘기를 들은 탓인지, 내 나이를 생각하자 그 숫자의 왼쪽 예각에 가슴이라도 찔린 듯 뜨끔했다.

놋쇠 접시에 새로운 만두가 담겨 나왔다. 튀긴 듯한 길쭉한 만두는 양쪽 피가 열려 김밥 꼬투리처럼 색색의 재료가 살짝 내보였다.

"화분이 깨졌네."

내 중얼거림에 현수가 만두를 집으려던 젓가락을 내려놓고 잠시 머리를 긁적이며 나를 바라보았다. 못 알아들었나 싶어서, 화분이 깨졌다고, 하고 말을 반복하자 현수가 정색을 하고 물었다.

"너 원래부터 무척 음흉한 인간이었던 거, 너는 알고 있냐?"

"원래부터 음흉?"

"왜 안 물어봐?"

"뭘?"

"이 봐, 이 봐. 너 옛날에 P형과 사귀지 않았니?"

"하, 참!"

나는 고개를 돌렸다. 돌린 눈길에, 뭔가에 놀란 듯 팔을 들고 눈을 홉뜬 중국 인형이 들어왔다. 다시 현수를 보았을 때 현수의 왼쪽 눈 흰자가 레드 와인을 한 방울 떨어뜨린 듯 발그레하게 충혈되어 있었다.

"너 실핏줄 또 터지려나 보다."

현수가 가방에서 콤팩트를 꺼내 왼쪽 눈을 자세히 들여다보더니 투덜거렸다.

"이거 심상치 않군. 내가 그 인간 때문에 평생 장애인이 됐다는 거 아니냐."

현수는 거울을 꺼낸 김에 얼굴 전체를 비춰보더니 혀로 입술을 싹싹 핥았다.

"레드 와인이 마실 땐 좋은데 이게 문제야. 근데 너 아니야? 정말 아니었어?"

나는 무어라고 말해야 좋을지 몰랐다. P형과 사귀지는 않았지만 그렇다고 아무 사이도 아니라고 말할 수도 없었다. 현수가 산타 이야기를 허물없이 털어놓았으니 나도 그에 상응할 만한 이야기를 털어놓으면 좋으련만 사실 나와 P형 사이에는 그럴 만한 비밀스런 내용이 없었다. 현수가 이해한다는 투로 고개를 끄덕였다.

"P형 말만 듣고 내가 오해했다면 미안하다. 난 또 방에 자주 드나드는 사이인 줄 알았지."

순간 차디찬 기운이 내 등줄기를 훑고 지나갔다. 난곡 꼭대기의 그 방? 천장이 기운 그 방에 내가 자주 드나드는 사이인 줄 알았다고? 현수는 도대체 이런 사실을 누구에게서 들었을까.

"P형이 그런 얘길 했어?"

내 목소리가 떨려 나왔다.

"그렇지. 네가 안 했으면 P형이 한 거지."

현수는 모든 걸 알고 있었다. 그러고 보면 음흉한 건 현수였다. 그리고 경박하고 수다스러운 건 산타가 아니라 P형이었다.

터질 게 터졌다. 그날도 우리는 공부를 마치고 P형 방에서 우르르 나왔다. 산타가 우리를 사슴 몰듯 몇 정류장 떨어진 술집으로 몰아갔다. 말은 안 했지만 산타가 항상 P형 방에서 약간 거리가 있는 술집으로 우리를 데려간다는 걸 우리 모두 예민하게 느끼고 있었다.

그날따라 현수가 평소보다 사납게 군다는 생각은 했지만 사태가 그렇게까지 진행될 줄은 아무도 몰랐다. 참다못한 산타가 까족까족 대드는 현수의 뺨을 냅다 후려갈겼다. 그 바람에 현수는 쿵 소리가 날 정도로 심하게 머리를 벽에 부딪쳤다. 현수는 약간 어리둥절한 얼굴로 머리를 문지르면서 우리를 쳐다보았다. 맙소사! 실핏줄이 터져 왼쪽 눈 흰자위가 온통 새빨갰다. 우리는 피를 본 박쥐떼처럼 일제히 산타에게 덤벼들어 비난을 퍼부어댔다. 현수는 잠시 조용히 앉아 있더니 정신을 차린 순간 순식간에 술집을 뛰쳐나가 버렸다. 그리고 우리가 뭐라고 할 새도 없이 산타 또한 번개처럼 그 뒤를 따라 나갔다. 우리는 당사자들이 없는 자리에서 그들의 미묘한 갈등에 대해 열렬한 토론을 했다.

내가 그 광경을 본 것은 순전히 우연이었다. 옥외 화장실을 찾다가 골목을 잘못 접어든 나는 차라리 한적한 곳에서 볼일을 볼 요량으로 내처 걸어 올라갔다. 나는 산동네 축대 어귀에서 걸음을 멈췄다. 축대 주변은 마치 단풍나무 군락지 같았다. 가로등 불빛을 담뿍 머금은 단풍잎으로 둘러싸인 축대는 노랗고 빨간 알록달록한 조각보를 두른 공단 이불처럼 아름다웠다. 그러나 무엇에건 덥싹 덤벼들 줄 몰랐던 나는 그 풍경을 아름답다기보다 아깝다고 느꼈다. 어떤 봄꽃이 빛 받은 가을 단풍보다 아름다우랴. 나는 귀한 음식을 아껴 먹듯 축대 쪽을 조금씩 훔쳐보았다. 어쩌면 영어 단어를 외울 때 단어장을 한 번 보고 애먼 허공을 한 번 보는 식으로 그 풍경 전체를 외우고 싶어 그랬는지도 모른다.

어느 순간 작은 소음과 미세한 움직임이 내 신경을 끌어당겼다. 불빛이 닿지 않는 축대 그늘, 지린내가 풍기는 폭이 좁은 공터 쪽이었다. 내가 처음으로 본 것은 어둠 속에서 흔들리는 하얀 곡선이었다. 그 뒤에 누군가 서 있었다. 느느 또는 능능 하는 규칙적인 소리는 이빨이 새로 날 때 어린애가 혀끝으로 잇천장을 밀어내는 소리와도 같았다. 직각의 자세로 구부린 채 빗물 홈통을 붙들고 밀리지 않으려 애쓰는 현수가 있었고 그 뒤에서 수직의 자세로 현수의 엉덩이를 흔드는 산타가 있었다. 나는 그 광경의 의미를 단번에 알아챘고 얼른 시선을 축대 위쪽으로 돌렸다. 곧 그들 쪽에서 흐느끼는 듯한 소리가 났다. 나는 왠지 모를, 소용돌이처럼 휘몰아치는 슬픔을 느꼈다.

나는 무작정 걷고 또 걸었으며 걸으면서 중얼거렸다. 너 요즘 고민이 뭐니? 그 질문은 주문처럼 나를 흥분시켰고 또 진정시켜 주었다. 나는 난곡 입구까지 내처 걸었다. 언제나 그 자리에 서 있는 나무를 생각하듯 나는 P형을 떠올렸다. 어쩌면 그 방을 먼저 떠올렸는지도 모른다. 곧 P형을 볼 수 있으리라는 생각에 걸음이 급해졌다. 나는 헐떡거리며 언덕을 뛰어올라갔다. P형이 그 방에 없으리라는 생각은 들지 않았다.

오늘 여기서 자고 갈게요, 형!

문을 열자마자 나는 숨도 고르지 않고 이렇게 외쳤다. 앉은뱅이 책상 앞에 앉아 있던 P형이 고개를 돌렸다.

일단 들어와라.

방의 따스한 전구 불빛이 단풍처럼 나를 수줍게 물들였다. 나는 조심스레 들어가 앉았다. P형은 발바닥을 문지르며 작은 눈으로 나를 힐끔 바라보았다. 나는 P형의 눈이라기보다는 눈가, 눈을 둘러싼 갸름하고 길쭉한 윤곽만을 보았다.

술 먹었니?

네.

많이 먹었어?

네. 아니, 적당히.

잠시 침묵이 흘렀다.

적당히 먹었어요.

나는 집게손가락으로 고무장판에 눌어붙은 담뱃불 자국을 문질렀다. P형은 여전히 책상다리의 자세로 한쪽 발바닥을 문지르며 때를 벗겨냈다. 때로는 발바닥의 때를 방바닥에 떨어뜨리는 손짓을 하기도 했는데 실제로 때가 나와서인지 아니면 그저 짐짓 해보는 몸짓인지 나로서는 알 수 없었다. 그때는 그런 불결하고 위악적인 제스처가 일종의 진솔하고 리얼한 표현으로 이해되던 때였다.

그건 안 될 것 같다.

P형의 말이었다.

저, 못 가요.

버스가 끊겼다는 뜻이었지만 말하고 보니 뭔가 그 밖에 다른 뜻이 포함되어 있어도 좋을 듯했다. 나는 덧붙였다.

안 갈래요!

조용한 가운데 오래 앉아 있다 보니 자꾸 기운 벽 쪽으로 자세가 기우는 느낌이었다. 어쩌면 P형도 귀가 잘 안 들려서가 아니라 이렇게 기운 방에 오래 살다 보니 저절로 어깨가 한쪽으로 기울었는지 모르겠다는 생각이 들었다.

너…….

P형이 한참 만에 말을 꺼냈다.

네.

나는 긴장으로 목이 잠겼다.

너는 술만 취하면 무턱대고 상대방을 좋아한다고 고백하는 버릇이 있어.

P형의 입가에 비웃는 듯한 실주름이 잡혔다. 순간 나는 장판의 담뱃불 자국에 집게손가락을 댄 채 꼼짝도 할 수 없었다.

그거 별로 안 좋은 버릇이야. 알지?

나는 몰랐다. 그게 나쁜 버릇인지도 몰랐고, 내게 그런 버릇이 있다는 것도 몰랐다. 그때 나는 순간적으로, 어쩌면 이건 P형이 지어내는 거짓말일 수도 있다고 생각했다. 하지만 왜 이런 모욕적인 거짓말을 지어낸단 말인가. 걸핏하면 술에 취해 누군가에게 사랑을 고백하는 버릇이 있다는, 이 잔인한 말은 과연 진실인가, 아니면 사랑을 거절하는 P형의 위악적인 방식인가.

오늘은 내가 소주 한 병 사다 줄 테니까 그거 먹고 차 다니면 가라.

수치감이 밀랍처럼 내 몸을 휘감았다. P형이 방을 나갔다. 슬리퍼 신는 소리, 부엌 덧문이 열리는 소리, 초록색 철문이 삐걱 열리는 소리, 희미하게 멀어지는 슬리퍼 끄는 소리가 들렸다. 나는 아무 소리도 들리지 않을 때까지 귀를 기울였다. 더 이상 아무 소리도 들려오지 않자 나는 벼락을 맞은 듯 옆으로 쓰러졌다. 벽이 기울어 방바닥과 예각을 이루는 곳에 머리가 닿았다. 나는 그 자세 그대로 머리를 벽에 바짝 붙이고 있었다. 벽에는 아무리 밀어도 머리끝이 닿지 않는 빈 각이 있었고 그곳에 보이지 않는 분노의 뿔이 돋아나는 것 같았다. 역시 너희도 별 볼일 없는 집단이었단 말이지. 위와 아래를, 안과 밖을, 푸른 꽃과 붉은 열매를, 위치와 차원을, 무늬와 여백을 모조리 한꺼번에 초월하고 극복할 듯 기염을 토하면서도, 폭력이나 일삼고 여자 후배를 희롱하는가 하면, 여자 후배의 자고 간다는 말 한마디를 그렇게 통속적인 방식으로 해석하고 비난하고 배척하는 결벽한 집단이었단 말이지. 나는 몸을 일으켜 그 방을 나왔다. 다시는 혼자서 이 방의 문턱을 넘는 일은 없으리라 생각했다. 중간에 P형을 만날까 봐 언덕길 중턱 골목에 잠시 숨어 있었다. 한참 만에 P형이 큰 봉지를 들고 나타났다.

P형은 슬리퍼를 끌며 언덕을 뛰어올라갔고 나는 반대방향으로 뛰어내려왔다. 그제야 온몸이 저릿할 정도의 격심한 요의가 몰려왔다.

그 후로도 나는 계속 그 방에 드나들었지만 공식적인 공부 모임을 할 때뿐이었다. 그날 밤 언덕길 중턱에서 그랬듯 나는 P형과 멀어지기 위해 항상 숨이 가빴고 감전된 듯 아랫도리가 저렸다. 초겨울까지 우리는 P형의 방에서 공부를 했다. 겨울방학이 시작되면서 공부 모임을 지도하는 선배가 바뀌었고 방도 그 선배의 방으로 바뀌었다. 바뀐 방도 남루하기 짝이 없었지만 천장이 기울거나 하진 않았다. 공부가 끝나도 찾아오는 사람이 없었고 안주는 빈약하기 그지없었다. 어떤 때는 굳어빠진 밥에 간장과 마가린을 넣고 물을 붓고 끓여 안주로 삼기도 했다. 우리는 새로운 선배의 방에서 겨울 합숙을 했다. 합숙이 끝난 후에도 P형이나 산타를 볼 수 없었다. 그들의 소식조차 들을 수 없었다. 현수가 언뜻 말을 흘리길, 산타는 감옥도 아니고 군대에 끌려갔다고 했다.

P형은?

몰라.

알면서 부러 그런다는 투였다.

그리고 나도 또한 무심히

현수와 함께 도로변에 서 있는데 양 무릎이 꽝꽝 어는 것 같았다.

"나도 이렇게 머리가 시린데 머리가 다 빠진 그 인간은 오죽할까."

그 인간이라면 산타일 터였다. 때론 위악을 떨고 때론 위선을 떨며 세상 오만을 다 떨지만 자신을 평생 장애인으로 만든 대머리 산타를 아직도 따스하게 걱정할 줄 아는 것, 이게 현수의 매력이었다. 연말이라 택시는 좀처럼 잡히지 않았다.

"내가 음흉했다는 말…… 무슨 뜻이야?"

추위 때문에 말을 하는 게 무엇인가의 뚜껑을 억지로 여닫는 일처럼 힘들게 느껴졌다.

"어쩌면 둔했던 건지도 모르지. 알면서도 의뭉을 떠는 줄 알았는데, 그게 아니었다면, 아둔해서 뭘 몰랐던 거겠지."

"뭘 몰라?"

"이제 와서 무슨 상관이야? 나는 어느 쪽이냐 하면…… 네가 차라리 음흉한 쪽이었으면 좋았겠다 싶어."

현수 역시 힘겹게 말을 잇고 있었다.

"우리 옛날에 같이 공부할 때, 내가 술 취하면, 아무한테나 좋아한다고 고백하고 그랬니?"

말끝이 얼음가루처럼 파슬파슬 부서졌다.

"아무한테나 뭐라고?"

"사랑 고백하고 그랬냐고?"

"하하!"

갓 쪄낸 찐빵처럼 현수의 벌린 입에서 흰 김이 무럭무럭 났다.

"기억 안 나? 너 한때 술만 취하면 벌떡 일어나서 사랑합니다! 외치고 픽 쓰러졌잖아."

내가 그랬던가? 전혀 기억에 없었다.

"그때 P형은 없지 않았니?"

"없었지. 산타가 은근히 따돌리고 그랬으니까. 우리까지 왜 그랬나 몰라. 참 좋은 선배였는데. P형이 너 술버릇 가지고 뭐라 그러데?"

"아니, 그냥 알고 있더라고."

현수는 미간을 살짝 찌푸렸다. 피부가 굳어 있어 그것조차 매우 힘겨운 움직임처럼 보였다.

"신다기 얘기했겠지. 산타가 그런 짓을 잘했어 후배들하고의 친밀감을 과시하는 얘기들. 눈 깜짝 안 하고 이간질도 잘 시키는 인간인데 뭐. 우리 얘기를 시시콜콜 떠들고 다닌 걸 나도 나중에 알았어."

우리 얘기라면 둘이 사귄 얘기겠다. 내가 아무리 아둔해도 그 정도는 알아들을 수 있었다. 그렇게 보자면, 내가 그 방에 혼자 갔던 걸, 자고 가겠다고까지 했던 걸 떠벌인 P형도 마찬가지 아닌가. 나는 단호하게 말했다.

"P형이 뭐라고 했건 나는 P형과 사귀지 않았어."

의도와 달리 혀가 굳어 있어 내 말은 내 귀에도 어떤 누명에 대한 절박한 호소처럼 들렸다.

"알았어. 알았다고. P형이 네 하숙방 위치를 잘 알고 있기에 자주 드나드는 사이인가 보다 생각한 것뿐이야."

하숙방? 그러니까 현수가 자주 드나드는 사이인 줄 알았다고 말한 그 방은 난곡의 그 방이 아니라 내 하숙방이었단 말인가? 뇌의 한 부분이 얼어버린 듯 나는 순간적으로 멍한 기분이 되었다. 현수는 P형에 관한 얘기를 몇 가지 늘어놓았다. 안타깝게도 요즘 근황이 아니라 모두 옛날 얘기들이었다. 그런데도 나는 생판 처음 듣는 얘기뿐이었다. 현수는 아무렇지도 않게 P형 방에 자주 드나들었나 보았다.

"언젠가 지나가다 들러서 밥을 해준 적이 있거든. 그런데 냄새가 너무 나더라고."

"그 방이 워낙 더러웠으니까."

"아니. 방이 아니라 밥솥에서."

"방이나 밥솥이나 다 더럽고 다 화분이 될 수 있지."

현수가 그 방에 자주 들락거렸다는 사실에 나는 다소 삐딱한 마음이 되었다.

"너 취했냐? 무슨 소리 하고 있어?"

"글쎄 뭐가 어쨌다고!"

"밥을 했는데 밥솥에서 냄새가 나서 밥을 먹을 수가 없더라니까."

"그래서 뭐?"

산타가 밥솥에 닭을 삶고 나면 아무리 솥을 닦아도 며칠 동안 밥에서 닭 냄새가 났다 했다. 산타가 생선탕을 끓이고 나면 P형은 며칠 동안 생선 비린내가 나는 밥을 먹어야 했다고 했다. 그 다음부터 현수는 산타가 무슨 안주를 만들겠다고 날뛰면 자기가 먼저 긴장이 되더라고 했다. P형에게 또 무슨 냄새나는 밥을 먹이려나 싶어서.

"참 무던한 사람이었지. 언젠가 P형이 네가 시 쓰고 싶어 한다는 얘길 하는데 부럽더라. 네 하숙집에 갔을 때 그런 얘기 했었다며? 야, 왔다, 먼저 타라."

나는 현수가 열어준 뒷문으로 얼떨결에 택시에 올라탔다. 마지막으로 물어야 할 것이 남아 있었다. 지금 묻지 않으면 영영 묻지 못할 것 같았다.

"잠깐만! 현수야!"

현수가 빙긋 웃었다. 어두운 가운데서도 나는 현수의 화장한 얼굴이 살얼음처럼 잔잔히 깨지면서 가는 주름들이 잡히는 것을 보았다. 왼쪽 눈이 충혈되고 입술 사이로 검붉은 와인 자국이 선명한 현수의 얼굴은 잘못 만들어진 중국 인형처럼 보였다.

"P형은 어떻게 지낸대?"

"몰라."

"정말 몰라?"

"아, 몰라, 몰라."

현수가 들고 있던 종이가방을 내 무릎 위에 얹더니 차 문을 쾅 닫았다. 알고 있다는 뜻이었다.

기사는 말없이 요금계를 눌렀다. 택시 안은 어두웠다. 현수가 준 종이가방에는 우리가 미처 마시지 못한 와인 한 병과 클립 파일에 끼워진 연금보험 가입증서가 들어 있었다. 나는 종이가방을 바닥에 세우고 두 손을 맞잡았다. 기분이 나쁘기는커녕 현수의 작은 영악을 엿본 것 같아 언젠가처럼 유쾌해졌다.

백미러가 검어 기사의 얼굴은 볼 수 없었다. 디지털 시계는 01:45를 가리켰다. 조수석의 안전벨트는 센베이처럼 말려 쇠고리에 걸쳐 있었다. 나는 머리를 받침대에 기댔다. 어깨에 힘이 풀리고 무릎에 감각이 없었다. 팔다리가 녹은 쇠고기처럼 너덜너덜해졌다. 차는 다리를 건너 강변도로로 접어들었다. 차창 밖으로 온몸에 노란 꼬마전구가 박힌 나무들이 휙휙 지나갔다. 어둠 속 노랗게 점묘된 나무들의 윤곽선이 비현실적으로 보였다. 차가 속도를 내면서 차창을 스쳐가는 자잘한 노란빛은 밤바다를 타고 흐르는 자디잔 야광 치어떼의 무리처럼 보였다. 언젠가도 이렇게 어두운 배경 위로 흐르는 치어떼의 형상을 물끄러미 바라보았던 기억이 났다.

현관문을 닫지 못할 만큼 항상 신발로 넘쳐나던 하숙집 현관은 거의 텅 비어 있었다. 집 안에는 아무도 없는 듯했다. 나는 친구와 방을 같이 쓰고 있었으므로 P형을 방으로 안내하는 대신 육중한 타원형 테이블이 놓인 식당으로 안내했다. 그게 주인아주머니가 언제 들이닥쳐도 보기에 나쁘지 않을 듯했다.

큼직한 황색 양은 주전자에는 진하게 우린 보리차가 가득 들어 있었다. 나는 찬장에서 작은 냄비를 꺼내 물을 끓였다. 일회용 커피믹스 두 개는 방에서 가져왔다. 그 당시 하숙생들은 모두 커피믹스나 차 티백 같은 것을 각자 방에 갖춰놓고 먹었다. 찻잔 두 개에 커피를 탔다. P형과 나는 창가 가까운 테이블 끝부분에 마주 보고 앉았다. 창 쪽에서 스며든 햇빛이 창틀 밑에 놓인 커다란 고무나무 화분을 지나 테이블 한쪽 면에 간신히 다다르려 애쓰고 있었다. 창가의 빛이 닿을락 말락하는 타원형 테이블의 둥근 부분과 나와 P형 사이의 선분을 잇는다면 멋진 활이 하나 만들어질 각도였다.

커피에서 희미하게 음식 냄새가 나는 듯했다. 물을 끓인 냄비에 배어 있던 냄새였는지도 모르고, 어쩌면 테이블 중앙에 놓인 반찬 그릇에서 풍기는 냄새였는지도 모른다. 반찬 그릇들은 모기장 같은 푸른 망을 씌운 반구형 철사 틀 안에 옹기종기 모여 있었다. P형은 말없이 커피를 마시다 말고 문득 새장 같은 반구형 덮개를 살짝 들어 올렸다. 반찬은 깻잎조림과 멸치볶음, 김구이 같은 것들이었다. P형이 덮개를 내려놓는 걸 보는 순간 왠지 나는 P형이 그 반찬들을 몹시 먹고 싶어 한다는 느낌을 받았다.

P형은 내게 입학하기 전에 생각했던 꿈이라든가 입학한 후에 느낀 점이라든가 하는 것을 물었다. 나는 테이블 표면의 긁힌 자국을 문지르거나 고무나무의 두꺼운 녹색 잎 위에 내려앉은 얇은 먼지를 바라보며 천천히 대답을 했다. 나는 시를 쓰고 싶은데 아버지는 고등학교

영어교사가 되기를 바라신다는 것, 대학에 들어와서는 거의 시를 못 썼는데 왠지 더 쓰고 싶지 않다는 것, 그렇다고 영어교사가 되기는 더 싫다는 것, 뭘 해야 할지 잘 모르겠다는 것, 사회구조나 현실상황 같은 것을 알 수 있는 공부를 하고 싶다는 것 등과 같은 내용이었다.

모레 저녁에 모임이 있어. 그때부터 참석하도록 해.

P형은 난곡행 버스 번호와 내려야 할 정류장을 말해주었다.

여섯 시 정각에 정류장에서 보자.

P형은 마지막으로 반찬 그릇을 덮은 반구형 망을 힐끗 쳐다본 다음 의자에서 일어났다. 나는 이 정도 얘기를 하기 위해 P형이 왜 내 하숙집까지 와야 했는지 알 수 없었다. 모레 저녁 여섯 시 정각에 정류장에 도착해야 할 존재가 나 자신이 아니라 저 반찬들이 아닐까 싶은 느낌마저 들었다. 아무래도 P형이 점심을 먹지 못해 그런 것 같았지만 사실 P형은 밥이나 반찬에 대해서는 한마디도 하지 않았다. 내게 점심을 먹었냐고 물어봤고 반찬 그릇 덮개를 살짝 들었다 놨을 뿐이었다. 그것은 아무 의미도 없는 말이거나 행동일 수 있었다. 그러나 나는 P형이 간 후에 서둘러 밥솥 뚜껑을 열어보았다. 밥은커녕 솥도 없었다. 그제야 나는 밥솥의 코드가 빠져 있다는 것을 알았다. P형은 그것을 이미 보았는지도 모른다. 나는 이상한 혼란에 휩싸여 물을 끓인 냄비와 찻잔 두 개를 박박 닦아놓았다.

희미한 햇살이 서향 창을 타고 테이블의 반쯤까지 들어와 있었다. 반구형 덮개의 그물무늬가 반찬 그릇 위에 어룽거렸고 검정 테이블 표면 위엔 물 많은 행주로 닦은 얼룩의 점선들이 치어떼의 형상으로 남아 있었다. 식당 안은 너무 고요하고 천연덕스러워 아무도 다녀가지 않은 듯했다. 나는 조금 전에 P형이 앉았던 의자에 앉았다. 몸에서 기운이 빠져나가면서 나른한 느낌이 들었다. 조금 전 내가 앉아 있던 의자 뒤편 벽에는 매일 한 장씩 뜯어내는 일력이 걸려 있었다. 4월 10일 황금당. 몇 시쯤 되었는지 몰라도 무엇을 해야 할지 모를 애매한 시간이라는 것만은 분명했다. 나는 한참 동안이나 어디론가 맹렬히 헤엄쳐가는 듯한 테이블 위의 치어떼 무늬를 멍하니 내려다보았다.

그 말에 귀를 기울였네

택시가 갑자기 방향을 꺾는 바람에 목이 심하게 흔들렸다. 속도의 불규칙한 완급에 나는 급히 손잡이를 움켜쥐었다.

"어이구, 죄송합니다. 뭐가 휙 지나가는 것 같아서."

기사가 말했다. 대체 무엇이 휙 지나갔을까, 생각하는데 내 입에서 뜬금없는 말이 튀어나왔다.

"그 방을 지나갑니까?"

"네? 어디요, 손님?"

"난곡을 지나가냐고요?"

"아, 난곡이요? 뭐 그렇게 가도 되죠."

택시 기사의 얼굴은 여전히 보이지 않았다.

"거기 요즘 땅값 엄청 올랐죠. 그리로 가나 이리로 가나 거리는 비슷해요. 난곡 쪽으로 갈까요?"

"아뇨, 됐습니다, 그냥 가세요."

나는 현수처럼 말하고 있었다. 다행히 기사의 뒤통수에는 별로 개씸해하는 기색이 없었다.

대학을 졸업하고 오랜 시간이 지난 뒤 나는 P형이 살았던 그 방에 찾아가 본 적이 있다. 그때 그 동네는 재개발 지구로 지정되어 한창

철거가 진행되고 있었다. 깨진 중국집 간판과 폐차된 차들, 산더미 같은 쓰레기들과 건물들의 검은 구멍은 그곳을 폐허처럼 보이게 했다.

그 방은 무너지시 않고 그대로 있었다. 그러나 이미 사람이 산지 않는지 초록색 철문은 반쯤 떨어져 나갔고 주인집 현관문은 활짝 열려 있었다. 나는 철문 안쪽으로 발을 들여놓으려다 그만두었다. 다시는 혼자서 이 철문을 밀고 들어서지 않겠다고 이를 악물었던 기억이 떠올랐다. 곧 허물어질 듯한 시멘트 담장 너머로 그 방의 닫힌 쪽문이 보였다. 쪽문에 달린 두 장의 유리 중 하나는 깨져 있었다. 깨진 유리 안은 컴컴해서 아무것도 보이지 않았다. 유리 안쪽을 오래도록 들여다보고 있자니 방에서 어떤 소리가 들려오는 것 같았다. 소리에도 기울기가 있다면 한쪽이 비스듬히 기운 쇠잔한 소리였다. 곧 사라져갈 연약한 존재의 기침 같은, 멀리서 들려오는 종소리의 흔적 같은. 어쩌면 그것은 뒤집힌 화분 속에서 오래전에 죽은 식물의 뿌리가 말라 쪼그라들어가는 버석거림 같은 것이었는지 모른다.

찻잔이나 술잔, 밥공기 같은 것이 결코 화분이 될 수 없던 시절에도, 한쪽 모서리가 기운 사다리꼴의 그 방은 내게 충분히 훌륭한 화분이었다. 한때 나는 시루 속 콩나물처럼 동료들과 함께 그 방에서 쑥쑥 자라났다. 나와 동료들 사이에 건널 수 없는 간격이 존재함을 느낄 때마다 나는 미칠 듯이 괴로웠다. 그 당시의 나는 젊기 때문에 차이를 못 견딘다는 걸 알지 못했다. 젊기 때문에 차이를 과장하고 젊기 때문에 차이에 민감하다는 것을 몰랐다. 조사 하나, 어휘 하나에도 이고 살아야 할 하늘을 가르던 시절이었다.

술만 취하면 무턱대고 상대방에게 사랑을 고백하는 버릇이 있다고 나를 나무란 P형의 말은, 지금 생각해보면 P형이 내게 건넨 최초의 농담이었는지 모른다. 직접 본 적은 없지만 자신도 나의 대책 없이 충동적인 술버릇을 알고 있다는 암시적인 표현이었는지 모른다. 그 말을 할 때 P형의 입가에 잡힌 주름은 비웃음이 아니라 장난기였는지 모른다. 내가 골목 모퉁이에 숨어서 지켜보았을 때 P형은 소주 한 병이 아니라 꽤 큰 봉지를 들고 숨차게 언덕을 뛰어오르고 있었다. 그 봉지 속엔 무엇이 들어 있었을까. 짭짤한 포와 달콤한 과자들이 가득 들어 있었을까. P형과 나 사이에 가로놓인 장벽은 무엇이었을까. 어째서 나는 나보다 고작 한 살 많을 뿐인, 따지고 보면 현수와 동갑인 스물한 살의 청년에게 무조건적인 신뢰와 절대적인 관용을 기대했던가. 그때는 상상조차 못했지만 어쩌면 P형은 내가 자고 가기를 바랐는지도 모른다. 그러나 이 모든 상상이 사실이었다고 해서 달라지는 건 없다. 어딘가 삐딱하다는 현수의 말은 정확했다. 바람 부는 날의 빗줄기처럼, 틀린 글자를 지우는 교정선처럼, 어떤 비스듬한 바이어스가 P형의 삶을 긋고 지나갔고 나는 그 빗금의 끄트머리에 걸려 있다 제 풀에 떨어져 나온 것뿐이었다. 차라리 술 취해서 아무에게나 사랑을 고백하는 버릇을 가졌던 게 나았다. 현수의 말대로 차라리 음흉한 쪽인 게 나았다. 기억에 아무 흔적도 남기지 않은 그 많은 시간 속에서, 아둔하고 자존감만 높았던 나는, 나만 모르는 장소에서 나만 모르는 얼마나 많은 수치스런 행위와 제멋대로의 오해를 반복했던 것일까.

내릴 곳이 가까웠다. 나는 머리를 매만지고 자일리톨을 씹고 콤팩트를 꺼냈다. 거울 속에 비친 내 얼굴은 현수 못지않게 나이가 들어 있었다. 나름대로 주의했음에도 내 입술에 역시 희미한 자줏빛 와인 선이 배어 있었다. 그토록 다른 성격에 그토록 다른 경로를 밟아 살아왔건만 우리는 같은 불량 기계에서 나온 중국 인형처럼 닮아 있었다. 콤팩트 뚜껑을 닫을 때 거울 표면 위로, 현수와 내가 함께 손잡고 그곳까지 가게 될, 노파이 초상 같은 것이 휙 지나갔다. 순간 나는 종이 봉투 속에 든 연금보험 증서를 떠올렸다. 전구를 감싸 쥐었을 때처럼 손바닥이 따스해졌다. 보험증서는 마치 그곳까지 같이 가자는 현수 식의 초청장 같았다.

무엇인가가 완성되는 순간은 그것을 완전히 잃고, 잃었다는 것마저 완전히 잊고, 오랜 세월이 흐른 뒤 우연히 그 언저리를 헛짚는 순간이다. 택시 기사가 보았다시피 한겨울 새벽 거리를 무서운 속도로 내달리는 심야 택시의 묵시록적인 관통 속에서 휙 지나가듯 내 첫사랑은 완성되었다. 그리고 완성된 순간 비스듬히 금이 가버렸다. 하지만 혹시 말이다, 사태는 너무 늦었고 나는 너무 늙었지만 말이다, 만약 산타가 아니라 P형이 그날 밤, 그 비스듬한 화분 방에서 몸을 살짝 기울여 내 귀를 버찌 열매처럼 빨갛게 물들이며 이렇게 속삭여주었다면 어땠을까.

너 요즘 고민이 뭐니? 나는 네가 너무 나를 닮아서 정말 걱정이다.

어쨌든 P형은 첫눈에 나를 알아보았고 마찌꼬바를 마찌꼬바라고 분명히 말할 줄 알았던 내 첫 선배였으니 말이다.

*출처: 《소진의 기억》(문학동네)

| 우수상 수상작 |

목신의 어떤 오후

정영문

1965년 경남 함양 출생.
서울대 심리학과 졸업.
1996년 《작가세계》에 장편소설 《겨우 존재하는 인간》으로 등단.
소설집 《달에 홀린 광대》 《꿈》 《검은 이야기 사슬》 《더없이 어렴풋한 일요일》,
장편소설 《하품》 《중얼거리다》 《겨우 존재하는 인간》 《핏기 없는 독백》 등.
동서문학상 수상.

목신의 어떤 오후

우리는 어느 평일 오후의 평온함 속에서 호숫가에 앉아 있었다. 호숫가의 물푸레나무 가지들은 수면에 닿을 것처럼 늘어져 있었는데, 실제로 그중에는 수면에 닿아 있는 것도 있었으며, 가을로 접어든 숲의 활엽수들에서 바람에 흩날린 낙엽이 이따금 수면 위로 떨어져 물 위를 떠다녔다. 물은 깨끗하고 잔잔했지만 수영을 하기에는 너무 차가웠다. 서쪽 하늘에는 구름이 끼어 있었지만 하늘은 대체로 맑았다.

호수 바깥에는 숲이 있었는데 그 숲은 출입을 완강하게 거부하며, 일단 입장한 사람은 그 안에 꼼짝없이 가둬버리는 듯한, 모든 것이 뒤엉킨 것 같은 울창하고 사나운 모습의 숲은 아니었다. 그 숲에는 어떤 거인이 기분 내키는 대로 던져놓은 것 같은 바위들로 이루어진 작은 언덕이 있었는데, 언덕 꼭대기에는 거북처럼 생긴 커다란 바위가 자리하고 있었다. 실제로 그 바위는 거북바위라는 이름을 가진 것으로 우리가 있는 곳에서 봤을 때는 어떤 동물의 형태를 찾기 어려웠지만, 반대쪽에서 보면 마치 거북처럼 보이지는 않더라도 그것의 이름이 거북바위라는 생각을 하며 보면 거북처럼 보이기도 했다. 어쨌든 그 바위는 거북의 머리와 몸통에 해당되는 것 같은, 서로 붙어 있는, 크기가 다른 두 개의 바위로 이루어져 있었다. 이름을 가진 대부분의 바위들이 그렇듯, 그것이 거북바위라는 이름을 갖게 된 데에는 거북을 조금은 닮은 형상 때문만이 아니라 어떤 전설 또한 있을 수도 있었지만 그것이 어떤 것인지는 알 수 없었다.

파이프 담배를 물고 있는 그는 똑바로 앉아 있었으며, 그녀는 작은 바위에 등을 기댄 채로 반쯤 누워 있었고, 나는 깔개 위에 누워 있었다. 호숫가의 공터에 있는 우리는 나름대로 어떤 풍경 속의 인물들을 그린―인물보다는 풍경에 초점이 맞춰진―그림에서처럼 괜찮은 구도를 이루고 있었다. 우리 옆에는 마개를 연 포도주 한 병과 술이 채워진 잔과 과일 같은 먹을 것들이 있었다. 그가 꼿꼿이 앉아 있는 것은 머리에 쓰고 있는 하얀 맥고모자 때문이었는데, 그는 밖에서는 그 모자를 좀처럼 벗지 않았다. 모자는 특이하게도 옆쪽에 방울새처럼 보이는 까만 작은 새 한 마리가 약간 뻔뻔스런 느낌을 주며 장식으로 붙어 있었는데 그나마 오래되어 깃털이 빠지고, 새의 모습을 거의 잃어버려 가까이서 보지 않고는 새라는 것을 알 수 없어 덜 지나치다는 느낌을 주었다. 사실 얼굴이 많이 타 무척 검은 그는 해를 가릴 필요도 없었다. 그의 얼굴은 이미 너무도 타 더 탈 수도 없는 것처럼 보였고, 조금 더 탄다고 해도 달라 보이지도 않을 것이었다. 그리고 가을 햇살은 그다지 따갑지 않았고, 그것에 얼굴을 노출시키는 것은 기분 좋은 정도였다. 그럼에도 그는 얼굴을 그늘 속에 가리고 있었다.

우리는 조금 전 그가 한 어떤 얘기 때문에 잠시 웃었다. 그는 자신이 어렸을 때 강둑에 서서 홍수에 불어난 강물에 자신의 아버지가 떠내려가는 것을 보았던 얘기를 했다. 그다지 넓지 않은 강이었고, 그는 어떤 이유에서 자신을 향해 얼굴을 돌린 채로 급류에 떠내려가는 자신의 아버지의 얼굴을 똑똑히 보았는데, 그 얼굴은 약간 당황해하는 것 같으면서도 자랑스러운 뭔가를 할 때처럼 환한 모습이기도 했다. 그의 아버지는 거의 웃고 있는 것 같았다. 더 나아가 그의 아버지는 그를 향해 손까지 흔들었으며, 그 역시 누군가를 향해 어떤 응원을 할 때처럼 자신의 아버지를 향해 손을 흔들었다. 그는 그것이 이상하면서도 흐뭇한 광경이었다고 했다. 어쨌든 그의 아버지는 급류에 떠내려가 실종되는 대신 그날 저녁 나뭇가지에 아가미를 꿴 물고기들을 들고 집에 돌아왔고, 그들 가족은 저녁으로 물고기를 먹었다. 어쩌면 그의 아버지는 급류에 휩쓸린 것이 아니라 어떤 이유에서 급류 속으로 뛰어들었는지도 몰랐다. 그렇지 않다면 당황한 기색이라곤 없이 그렇게 손을 흔들며 유유히 떠내려갔을 수는 없었을 거라고 그는 말했다.

급류 속으로 뛰어들 수도 있잖아, 그가 말했다. 그는 우리를 보며 미소를 지었다.

급류를 보고 그 속으로 뛰어들고 싶은 충동을 느끼는 사람들은 있지만 실제로 뛰어드는 사람은 많지 않지, 내가 말했다.

아무튼 급류에 떠내려가는 그의 모습은 슬퍼 보였지만 그럼에도 이상하게도 마음을 설레게 했지, 그가 그 얘기의 결론처럼 말했다.

어쩌면 그가 그 이야기를 한 것은 조금 전 작은 고기잡이배를 탄 어부가 우리가 있는 곳에서 조금 떨어진 곳으로 와 미리 쳐놓은 그물을 건진 후 우리에게 손을 흔든 뒤 딴 곳으로 가서였는지도 몰랐다. 우리는 그물에 걸린 은빛 물고기들이 몸부림을 치는 것까지도 볼 수 있었다. 우리는 손을 흔드는 그를 향해 손을 흔들어주었다. 은빛으로 반짝이는 수많은 물고기들 역시 우리를 향해 손을 흔드는 것 같았다.

그가 어린 시절의 또 다른 얘기를 했다. 시골에서 어린 시절을 보낸 그는 놀라운 어린 시절을 보낸 듯 어린 시절에 대해서 할 이야기가 많이 있었다. 그 일이 있은 지 얼마 후 어느 날 서커스단이 와 공연을 했을 때였어, 그가 말했다. 공연이 거의 끝날 무렵 어떤 이유로 서커스단의 커다란 천막 안에서 내 아버지가 누군가와 시비 끝에 그 누군가에게 맞아 쓰러져 피를 흘리고 있는 것을 보았지. 그것은 마치 서커스 공연의 마지막 순서처럼 보였어. 나는 사람들과 함께 그 장면을 지켜보며 이상한 흥분을 느꼈어. 그것은 그가 전에도 한 적이 있는 얘기였지만 우리는 그것을 들으며 다시 웃음을 지었다. 그 싸움으로 인해 마지막 공연이었던 코끼리 묘기 공연이 잠시 중단되어야 했고, 코끼리들도 잠시 자신들의 묘기를 보여주는 것을 멈추고 그 소동을 구경해야 했고, 결국 싸움을 한 두 사람은 바깥으로 끌려 나가야 했지. 밤에 먼지를 뒤집어쓴 아버지와 함께 집으로 돌아가며 나는 아버지가 내게 커다란 존재로 다가오는 것을 느끼며, 그 부푼 느낌을 누르기 위해 지금은 기억이 나지 않는 어떤 노래를 마음속으로 계속해서 불러야 했지.

그의 말에 따르면 그의 아버지는 점잖은 사람이었고, 산책 도중 그와 마주치거나 하면 낯선 사람을 만났을 때처럼 아무 말 없이 그의 인사를 정중하게 받으며 자신의 길을 가곤 했다고 했다. 가끔은 우리가 서로를 비껴간 후 몇 발자국을 뗀 뒤 뒤를 돌아보았을 때 그가 뒤를 돌아보며 내가 누구인지 잘 생각이 나지 않다가 문득 생각이 난 듯 나를 향해 고개를 까닥하는 것을 보며 나 역시 고개를 까닥하기도 했지, 그가 말했다. 그의 아버지는 그가 이해하기 어려운 사람이었고, 그는 한때 자신의 아버지를 좀 더 잘 이해하기 위해 그의 알려지지 않은 과거사에 대해, 단지 호기심에, 조사를 한 적도 있었다. 그의 아버지가 식민지 시절 아주 먼 국경 지역에서 독립운동을 했다는 소문이 집안에 풍문처럼 나돌았었다. 하지만 그것을 뒷받침할 만한 어떤 증거도 없었다. 그는 조사를 했지만 확인되지 않았고 확인될 수 없는 소문만을 다시금 확인했을 뿐이었다. 결국 그는 자신의 아버지가 오래전 혼란스러웠던 어느 시기에 먼 곳을 가긴 했지만 독립투사이기보다는 오히려 마적이나 그와 비슷한 존재로 변방을 떠돌았을 거라는, 역시 확인되지 않았고 확인될 수 없는 어떤 결론에 이르게 되었다. 오히려 마적이 더 근사하게 여겨지기도 해, 그가 말했다. 그것이 그에게도 더 어울리고. 그는 우리의 동의를 구하듯 우리를 쳐다보았다. 우리는 아무 말 없이 그를 쳐다보았다. 그리고 어느 쪽이었다 해도 그가 별로 중요한 역할은 하지 않은 게 분명해, 그가 말했다. 그와 관련해 중요한 점은 그거야.

잠시 그는 고개를 돌려 아무 말 없이 호수를 바라보았는데 어쩌면 오랜 시간이 지나 몇 년 전 결국 물에 빠져 죽은 자신의 아버지를 생각하고 있는지도 몰랐다. 오래전 홍수로 불어난 강물을 떠내려간 혹은 헤엄쳐간, 그리고 한때 독립투사로 혹은 마적으로 활동했던 그의 아버지는 강에서 익사체로 발견되었다. 그는 언젠가 그 사실을 얘기하면서 자신의 아버지에 대한 두 기억 속에서 그가 젊은 시절 마적으로 활동했으며 나이가 든 어느 날에는 급류를 헤엄쳐간 것이 분명하다는 얘기를 했는데 마치 그 두 가지가 서로를 설명해주기라도 한다는 투였다.

우리는 어린 시절의 얘기를 좀 더 했다. 그녀는 어린 시절의 이야기가 별로 없다는 투였다. 문득 나는 어린 시절 어느 집의 외양간 앞에서 낳은 지 얼마 되지 않는 송아지를 구경하고 있는데, 그 송아지가 다가와 내 얼굴 앞으로 자신의 얼굴을 내밀었을 때 송아지의 코에서 뿜어져 나온 뜨거운 콧김이 얼굴에 닿았던 기억이 떠올랐다. 우리의 얼굴이 완전히 닿지 않은 상태에서 이루어진 그 이상한 접촉은 뜨거운 불에 닿았을 때처럼 강렬한 기억으로 남아 있었는데, 그 기억은 내가 어린 시절을 떠올릴 때면 아무런 맥락 없이 떠오르곤 하는 것이었다.

우리가 함께 그 호수로 소풍 비슷한 것을 온 이유는 분명치 않았다. 우리가 사는 집 근처에는 그 안에 있으면 어느 정도 숲 속에 있다는 느낌을 주는 숲이 있었고, 가끔 그러는 것처럼 그곳으로 갈 수도 있었다. 그럼에도 어쩌면 차로 몇 시간이 걸리는 거리의, 얼마간의 공간적인 이동이 이루어졌다는 느낌이 필요했는지도 몰랐다. 그리고 그녀와 내가 그와 함께하는 짧은 여행을 더 늦기 전에 한 번은 해야 한다고 느껴서였는지도 몰랐다. 그는 최근 들어 몸이 급속도로 나빠졌고, 곧 차를 타고 하는 여행은 더 이상 할 수 없게 될지도 몰랐다. 실제로 얼마 전에는 그가 밤중에 갑자기 몸이 아파 응급실에 가야 하는 상황이 발생했다. 한데 그날 혼자 집에 있던 그는 멀지 않은 곳에 있는 병원을 다소 터무니없게도, 자신이 구급차에 실려가는 것과 자신의 몸을 움켜쥔 채로 걸어서 가는 것 중―그는 그 두 가지가 무척 다른 것으로 느껴졌고, 그것은 신중하게 결정해야 할 일처럼 여겨졌다고 했다―어느 것이 더 근사한 느낌을 줄지에 대한 고민으로 밤을 새웠는데 그사이 다행히 몸은 나아졌다.

어쨌든 우리는 일생이 하루로 집약되는 것 같은 하루를, 무척 나른하고 몽롱하고 길게 느껴지는 일생 같은 하루를 보내기를 원했고, 그 결과 소풍을 가기로 결정을 했다. 하지만 출발이 늦었고, 호수에 이르렀을 때에는 이미 오후도 중반이 지난 상태였다. 그리고 오는 동안에는 어떤 기대에 차 다소 들떠 있었지만, 호수에 도착해 우리 앞으로 펼쳐진 고요한 수면을 한참 동안 마주하고 있자 약간 멍한 상태가 되어가고 있었다.

자신의 아버지처럼 알 수 없는 구석이 있는 그는 자신을 그렇게 일컫지는 않았지만 일종의 독학자로 스스로를 생각하고 있었다. 하지만 독학자로서의 면모를 조금은 갖추고 있었지만 다분히 갖추고 있지는 않았다. 그는 계속해서 주제가 모호한 몇 가지 연구를 했다. 그는 한때는 조류와 어류 중의 어떤 종에 대해, 그것들의 날개와 눈에 많은 관심을 갖고 있었고, 그것에 관한 책들을 읽었다. 하지만 뭔가에 대한 그의 관심은 그리 오래가지 않았고, 곧 그는 새로운 주제로 나아갔다. 그가 해파리나 이끼에 대한 연구를 하게 되어, 그의 머릿속이 해파리나 이끼에 대한 생각으로 가득 차, 그렇지 않을 경우 그에게 아무런 의미도 없을 수도 있는 해파리나 이끼가 그의 삶 속에 커다란 의미를 가진 존재로 다가온다 해도 전혀 놀라울 것이 없었다. 독학자로서 그의 연구는 깊이도 없었고, 해당 분야에 있어 새로운 영역을 개척한 것도 아니었다. 독학자의 면모는 일정 수준 이하여야 한다는 듯, 전문 연구자와는 달리 어떤 한계를 넘어서서는 안 된다는 듯, 그의 관심은 자신의 어떤 변덕스런 호기심을 충족시키는 것에서 머물렀다. 얼마 전 주역에 대한 공부를 했던 그는 몸이 좋아지지 않으면서 최근에는 얼마 있지 않던 독학자로서의 면모 또한 잃어가고 있었다.

한데 그는 최근 들어 부쩍 정신이 오락가락했고, 자신이 누구인지, 무엇을 하고 있는지조차도 잊어버리곤 했다. 얼마 전 남부 해안에 있는 섬을 단체 여행객과 함께 여행한 그는 여행 도중에 의식을 잃고 쓰러져 병원 응급실로 실려간―그는 자신이 구급차에 실려가는 것과 자신의 몸을 움켜쥔 채로 걸어서 가는 것 중 어느 것이 더 근사한 느낌을 줄지에 대한 고민을 할 수 없었다―뒤 며칠 후 간신히 집으로 돌아오기도 했다. 그는 자신이 왜 그 관광객들 틈에서 여행을 하게 되었는지 전혀 기억을 하지 못했다.

그 일이 있기 전에도 그는 가끔 놀라운 짓을 했다. 어느 날 밤 그가 상추 한 움큼을 따, 마치 화환처럼 양손으로 든 채로, 수줍은 모습으로 우리 앞에 나타났을 때도 마찬가지였다. 그는 집 근처 누군가의 텃밭에서 몰래 딴 그 상추를 실제로 꽃으로 착각하고 있었다. 그녀가 그것을 받아 바구니 속에 넣어놓자 그는 그것을 왜 화병에 꽂지 않는지 물었고, 그녀가 그것은 꽃이 아니라 상추라는 말을 하자 이상하다는 표정으로 그것을 바라보았다. 그 후 우리가 식사를 할 때 그녀가 내온 상추를 보며 그는, 언제부터 우리가 꽃을 먹었지, 하고 말한 후 상추를 하나 먹고는, 이 꽃은 내가 알고 있는 상추 맛이 희미하게 나는군, 하고 말했다. 그는 그 상추를 정말로 꽃으로 생각하고 있었던 것이다. 그리고 그는 그 무렵 한동안 뭔가를 뿌리째 뽑는 것에서 즐거움을 느끼는 것처럼 집 근처 텃밭에서 뿌리째 뽑을 수 있고, 그렇게 뽑아야 하는 것들, 이를테면 파나 감자 같은 것을 뽑아오기도 했었다. 하지만 그는 파나 감자를 뽑은 것에 대해서는 아무런 설명도 하지 않았다. 나는 뭔가를 뿌리째 뽑는 것에서만 느낄 수 있는 어떤 기쁨이 있을 수도 있을 거라는 생각을 막연하게 했다.

그때 누군가가 거북바위 위에 나타나 우리 쪽을 향해 소리쳐 누군가를 불렀다. 하지만 우리를 부르는 것은 아니었고, 그는 우리를 보지도 못한 것처럼 보였다. 그는 잠시 주위를 두리번거리다가 바위에서 내려갔고, 숲 속으로 사라졌다. 그리고 조금 후에는 까치 한 마리가 어디에서 잡았는지 지렁이 서너 마리를 입에 문 채로 우리 가까운 곳에 내려앉아 숲을 향해 걸어가기 시작했다. 그것은 서너 마리로 모자라 더 많은 지렁이를 찾고 있는 것 같았다. 지렁이들은 긴 몸을 비틀며 꼼지락거리고 있었다. 그 까치가 사라지고 난 뒤에는 더 이상 아무것도 나타나지 않았다. 물을 마시러 숲에서 호숫가로 오는 짐승들은 없었다. 이제 짐승들은 밤에만 물을 마시러 호숫가로 오고, 물은 밤에만 마시는 것이라고 생각하게 되었는지도 몰랐다. 텅 빈 호수를 바라보고 있자 문득 겨울이 되어 수면이 얼어붙어 그곳을 찾은 겨울 철새들이 얼음 위를 걸어 다니는 모습이 떠올랐다. 목과 다리가 긴 새라면 더욱 어울릴 것처럼 여겨졌다. 새들은 딴 곳으로 날아가기 전 차가운 얼음 위에서 잠시 쉬며 구멍에서 물고기를 사냥할 수도 있을 것이었다. 그리고 눈이라도 오면 호수 위에는 새들의 발자국이 어지럽게 찍힐 것이었다. 내게는 하얀 호수 위에 어지럽게 찍혀 있을, 멀리서 보면 어떤 형상을 이루고 있을 수도 아닐 수도 있는, 새들의 발자국이 다가올 겨울의 모습으로 다가왔고, 그 때문에 겨울이 기다려졌다.

우리는 한동안 아무 말 없이 앉아 있었다. 포도주는 이제 반이 비어 있었다. 나는 물푸레나무의 가지가 만들어낸 그림자가 물 위에 희미하게 어른거리는 것을 보았다. 무척 권태롭게 느껴졌고, 나는 그 호숫가의, 자연 속에 짙게 배어 있는, 또는 자연 스스로 노골적으로 내비치는 권태는 자연의 일부가 될 때 비로소 온전하게 느낄 수 있는 것이며, 권태는 자연의 주된 본성이고, 자연 속의 권태는 도시의, 거리의 혹은 집의 권태와는 다른 권태이며, 권태의 다양한 종류 중에서도 자연이 뿜어내는 권태는 가장 자욱하며 지독한 느낌을 주는 것일 수도 있다는 모호한 생각을 했다. 그런데 그 모호한 생각을 하고 나자 모든 것이 모호하게만 생각되었고, 나는 모호한 느낌으로 주위를 둘러보았는데, 분명하게 눈길을 끄는 것이 있었다. 몇 마리의 새가 근처 바위 위에 앉아 있는 것이 보였다. 까만 새들이었고, 까마귀처럼 보였다. 그리고 그것들은 조금 후 우리가 앉아 있는 곳 가까이 왔고, 자신들이 까마귀라는 것을 보여주었다. 그리고 잠시 후에는 까마귀의 울음소리를 내며 까마귀임에 틀림없다는 것을 확인시켜 주었다. 나는 그럴 필요까지는 없는데, 하는 생각을 하며, 우리 역시 우리가 사람이라는 것을 확인시켜 줄 필요가 있지 않을까, 하는 생각을 했지만 그럴 필요까지는 없다는 생각을 했다. 그것들은 잠시 왔다 갔다 하며 먹을 것을 찾는 것처럼 보였지만 자신들이 찾는 것이 없는 듯 잠시 후 숲 속으로 날아갔고, 조금 뒤에는 까마귀와 다른 새들의 울음소리가 숲 속에서 들려왔다. 저 숲에서는 새들의 울음소리가 들리고, 새들이 숲을 차지한 것 같긴 하지만 그렇다고 저 숲이 새들의 숲은 아니지, 하고 나는 다시 다소 모호한 생각을 했다. 그리고 더 나아가 더욱 모호하게 생각을 하고자 했다. 어쩌면 너무도 분명한 모습으로 다가오는 호수와 하늘과 숲의 윤곽과 색채가 너무 압도하는 것으로 다가와 부담스럽게 여겨져서 그랬는지도 몰랐다. 어디선가 개가 짖는 것 같은 소리가 들리는 것 같았지만 분명치 않았다. 숲에서는 새들의 울음소리와 함께 다른 여러 가지 소리들도 들려왔다.

이 시간이면 오페라단의 연습실에서 들려오는 음악 소리가 생각나,

그녀가 말했다.

내가 그녀와 함께 사는 집 옆에는 꽤 유명한 어떤 오페라단이 있었고, 그래서 우리는 오후에 낮잠을 자다가 종종 테너나 소프라노 가수들의 연습 소리에 잠에서 깨곤 했다. 아주 가까이서 들리고, 들리는 대로 들을 수밖에 없는 그 소리는 대체로는 귀를 날카롭게 후벼 파는 소음으로 들리며 나로 하여금 침대에 누운 채로 그 소리에 귀를 기울이며 그 소리와 그것과는 무관한 다른 것들에 대해 분통을 터트린 후, 분통을 삭이느라 조금은 기운이 빠진 상태로 침대를 내려가게 했지만 가끔은 견딜 만하게, 그리고 드물게는 모든 것이 아득하게 느껴지며 아주 나른하고 편안하게 들리기도 했으며, 때로는—그럴 때가 좋았는데—기괴하게 들리며 그 소리에 이끌려 기괴한 상상의 세계로 들어가기도 했는데—상상 속에서 뭔가가 잠시 나를 어디론가 데려가 주는 것은 좋은 일이었다—, 한번은 기괴한 상상 속에서 어떤 숲에나 있는 이상한 모양의 문을 열고 들어가자 거대한 구덩이에 헤아릴 수 없이 많은 닭들이 죽은 채로 쌓여 있는 것과, 그 주위로 분홍색의 새끼 돼지들이 어떤 꿈을 꾸듯 천천히 걸어 다니는 것을, 또 한번은 몸에 불이 붙은 수많은 새들이 하늘로 날아오르는 것을 보기도 했다. 그리고 어떤 때에는 노랫소리를 듣고 있으면, 뭔가를 노래한다는 것이, 세상에 존재하는 모든 노래가 아주 이상하게 느껴지기도 했다. 음악이 드물게 내 안에서 어떤 힘을 행사하기도 했지만 대체로 대부분의 음악들은 끔찍할 정도로 지루하고 참기 어려웠다. 어떤 순간에 드물게 나의 어떤 상태와 거의 완전하게 조율되는 때에만 음악은 참을 수 있는 것으로 다가왔다. 그녀 또한 피아노를 연주하긴 했지만 그녀가 견딜 수 있는 음악은 아주 적었고, 사람들이 음악을 어떤 절대적인 것으로, 영혼을 직접 건드리는 것으로 믿는 것에는 과도한 뭔가가 있다고 생각했다. 그녀는 종교에 대해서와 마찬가지로 음악에 대한 미신이 너무 그리고 생각했다. 우리는 대부분의 음악에 대한 일종의 반감을 나눠 갖고 있었다. 대체로 나는 음악보다는 그녀가 어떤 곡을 몇 개의 음 혹은 몇 소절을 연주하다가 갑자기 마음이 바뀐 듯 연주를 멈추고 피아노의 뚜껑을 소리 나게 닫은 후 부엌으로 걸어가 부엌에서 뭔가를 하면서 내는 소리 같은 것이 더 좋았다. 예기치 않은, 질서도 일정한 배열도 없는 어떤 소리와 소음들이 음악보다 훨씬 더 근사한 경우가 많았으며, 거실의 괘종시계의 종소리나 근처 절에서 들려오는 종소리가 다른 소리들과 뒤섞여 나는 소리가, 새나 곤충들이 내는 소리가, 음악과 소리 사이의 경계에 있는 어떤 것이 나로 하여금 보다 귀를 기울이게 했다.

우리는 빈 잔을 채워 포도주를 조금 마신 후 호수 건너편 산들을 바라보았다. 그런데 그때, 우리가 그곳을 바라보고 있는데 아주 멀리 있는 산에서 어떤 신호처럼 연기가 피어오르기 시작했고, 그 연기는 점점 짙어지며 높이 치솟아 올랐다. 산에 불이 난 것처럼 보였지만 거리가 멀어 확인할 수는 없었다. 그럼에도 산불이 난 것처럼, 산불이 아닌 다음에는 그렇게 먼 거리에서 그렇게 연기가 치솟을 수 없게 솟아오르는 것이 보였다. 연기는 더욱 굵어지며 주위로 번져가고 있었다.

산불이 난 것 같아, 그녀가 말했다.

그런 것 같군, 내가 말했다.

산불이 났다고, 그가 물었다.

그는 시력이 좋지 않고, 연기를 보지 못하는 것 같았다. 그는 연기를 보지 못하는 것이 무척 아쉬운 듯, 그녀가 가리키는 방향을 바라보았다. 하지만 아무리 보아도 연기 같은 것은 보이지 않는 듯, 산에는 산불이 나기 마련이지, 하고 말했다. 그러면서 꼭 산불로 인한 연기일 필요는 없다는 듯 꺼져 있는 파이프에 불을 붙여 담배 연기가 솟아오르게 했다. 그러고는 담배 연기 너머로 산을 바라보며, 마치 산에 불이 난 것 같군, 하고 말했다.

그때 어디선가 보트 한 척이 나타나 파도와 거품을 일으키며 질주하더니 마치 갑자기 시동이 꺼진 것처럼 호수 한가운데에 멈춰 섰다. 사람들이 몇 명 타고 있는 것이 보였지만 거리가 멀어 그들이 무엇을 하고 있는지는 알 수 없었다. 그들은 뭔가를 물속에 던졌다가 꺼내는 것 같았다. 그리고 잠시 후에 보트는 출발을 했고 곧 반대쪽으로 사라졌다. 보트는 마치 아무런 이유 없이 그곳에 나타났다가 마찬가지로 아무런 이유 없이 사라져버린 것 같았다. 우리는 먼 산에서 피어오르는 연기를, 그리고 보트가 사라진 후 아무런 움직임도 없는 호수를 바라보았다. 뒤쪽 숲에서는 새들의 소리가 들려왔지만 앞쪽의 호수는 아주 고요했다. 소음의 세계와 정적의 세계가 우리의 앞뒤로 팽팽하게, 아니 정적의 세계가 좀 더 우세하게, 소음의 세계는 위축된 상태로 자리하고 있는 것 같았고, 우리는 정적의 세계에 좀 더 힘을 실어주듯 잠시 조용히 있었다.

그가 어떤 얘기를, 전에 그 얘기를 한 적이 있는지 묻는 것으로 시작했는데, 물론 우리는 그 얘기를 전에 들은 적이 있었다. 그가 오래전 외국의 어느 작은 읍에 있는 완벽하게 조용한 주택가 거리 귀퉁이에 서 있을 때였다. 그는 자신이 왜 그곳에 있게 되었는지는 기억하지 못했다. 한여름이었고, 빛과 그림자가 극적으로 대비되는 거리는 완전히 텅 비어 있었다. 그런데 어느 순간 거대한 정적을 깨며 어떤 소리가 처음에는 희미하게, 하지만 갑자기 요란하게 들렸고, 잠시 후에는 커다란 오토바이 한 대가 모퉁이를 돌아 텅 빈 거리에 나타났고, 순식간에 길지 않은 거리를 질주한 후 다시 앞쪽의 모퉁이를 돌아 사라지며 소음은 갑자기 희미해졌고, 마침내는 정적이 거리를 차지했다. 그는 뭔가에 얻어맞은 것처럼 꼼짝도 할 수 없는 상태로 그 자리에 서 있어야 했다고 했다. 그 정적은 오토바이가 나타나기 전의 정적과 다르지 않은 것이었지만 전혀 다른 성질의 정적처럼 여겨졌지, 그가 말했다. 오토바이의 굉음이 나를 관통한 것 같았고, 그 정적 속에서 나는 더 이상 존재하지 않는 것처럼 느껴졌어. 극적으로 대비되는 빛과 그림자가 그가 말한 순간의 어떤 배경을 이루고 있었다면 정적과 순간적으로 깨트려졌다가 다시 회복된 정적은 어떤 주제를 구성하는 것이었는지도 몰랐다.

그의 집에 있는 어떤 사진이, 그가 오래전 외국을 여행하며 찍은 사진이 떠올랐다(그는 여행을 많이 했고, 한번은 사막에서 여러 마리의, 적어도 열 마리는 넘는 거머리 비슷한 것에게 물린 적도 있었는데 그것들은 미나리 밭에서 볼 수 있는 거머리와는 다르게 생겼다고 했다). 그의 앨범 속에 있는 그것은 여름의 한낮처럼 빛이 강렬한 어떤 곳에서 하얀 벽을 배경으로 하얀 말을 찍은 사진이었다. 고삐도 안장도 없는 말은 마치 사진을 찍기 위해 그 장소에 배치한 것처럼, 그리고 말 자신도 카메라 앞에서 카메라를 의식하며 어떤 포즈를 취하고 있는 것처럼 다소 작위적인 모습으로 있었다. 어떤 결의에 차 있는 것 같기도, 자포자기 상태에 있는 것 같기도, 어떤 어려움을 겪고 있는 것 같기도 한 말은 그것을 보는 사람의 느낌에 따라 완전히 다른 느낌을 주었는데, 하얀 벽 속에서 출현한 것 같기도, 그 벽 속으로 사라질 것처럼 보이기도 했다. 나는 결국에는 벽 속으로 사라지는 말을 상상했다.

새 두 마리가 날아와 근처 나뭇가지에 앉아 있다가 잠시 지저귀다가 숲 속으로 날아갔다. 그녀가 갑자기 드뷔시의 〈목신의 오후의 전주곡〉을 낮게 흥얼거리며 그 곡의 원작 시의 일부를 읊조렸다. '새들은 낯선 거품과 하늘에 벌써 취하였다. 눈에 비치는 오랜 정원도 그 무엇도 바다에 잠긴 이 마음을 잡아두지 못하리.'

그리고 그녀는 명랑한 목소리로 전에도 한 적이 있는 어떤 얘기를 했다. 그녀가 어렸을 때 처음 남자 아이와 잤을 때의 일이었다. 어느 오후 텅 빈 집의 남자 아이의 방에서 둘이 알몸이 되어 사랑을 나누고 있는데 갑자기 나타난 그의 아버지가 문을 열고 뒤엉켜 있는 그들을 발견하게 된 것이었다. 발기된 남자 아이의 성기는 그녀의 몸속에 들어가 있었고, 둘은 무척 놀랐지만 그는 차마 성기를 빼내지 못했다. 결국 그 일은 그의 아버지가 남자 아이의 몸을 붙잡아 그를 사정없이 때려 둘을 억지로 떼어놓음으로써 끝이 났고, 그들의 최초의 사랑의 행위는 다소 어이없게 중단되어야 했는데, 그 남자 아이는 다름 아닌 우리와 함께 있는 그였는데, 그는 그녀의 사촌오빠였다.

그렇게까지 야만적으로 우리를 떼어놓을 건 없었어, 우리가 하던 일을 마저 끝낼 때까지 조금 기다릴 수도 있었을 텐데, 그가 이전에도 한 말을 다시 했다.

그 후로 우리는 사람들의 눈을 피해 숲 속으로 가 사랑을 나눠야 했지, 그녀가 말했다.

문득 그녀와 숲 속에서 사랑을 나누고 싶다는 욕망이 들었다. 어쩌면 그것은 조금 전 그녀가 말한 목신의 오후에 대한 시나 그녀의 사랑에 대한 이야기 때문일 수도, 아니면 내가 느낀 권태 때문일 수도, 아니면 조금 전 근처 나뭇가지에 있던 새 두 마리가 멀지 않은 숲 속 어딘가로 날아가 지저귀는 소리가 계속해서 들렸기 때문일 수도, 아니면 어쩌면 무질서하면서두 불경스러워 보이는 숲과, 숲에서 보내는 오후의 관능적인 느낌 때문일 수도 있었다. 나는 숲 속에서 사랑을 나누는 것을 상상했다. 두 사람이 다소 불편한 자세로 어떤 나무에 기대어, 어떻게든 서로를 애무하며, 어루만지는 것과 어루만져지는 것의 차이를 맛보며, 약간의 쾌감과 불쾌감을 동시에 느끼며 사랑을 나누고 있는데 문득 어느 순간 눈을 들자 근처 나뭇가지에 앉아 있는 새가, 혹은 수풀 속에 있는 들쥐가 우리를 이상하다는 듯, 혹은 놀랍다는 듯, 혹은 아무렇지 않다는 듯, 혹은 관심이 없다는 듯, 혹은 무섭다는 듯 쳐다보고 있는 것을 보며, 잠시 하던 일을 멈추고, 다른 건 몰라도 무서운 일은 아니니까 무서워하지는 말라고, 무섭게 할 생각은 결코 없었다고 소리치는 일이 일어날 수도 있었고, 그것은 기분 좋은 일이었다. 하지만 그녀와 숲 속으로 들어가 상상한 것을 실천하는 일은 무척 수고스런 것으로 여겨졌다. 그리고 내가 순간적으로 느낀 욕망은 그것이 일었다가 곧 사라지는 것을 약간 놀라워하며 지켜보는 식으로 그것에 대해 잊을 수 있는 것이었고, 나는 만약 가능하다면 오래 전 그들이 숲에서 그랬던 것처럼 그가 나를 대신해 그녀와 숲에서 사랑을 나눠도 좋을 거라는 생각을 했다. 하지만 그 순간 그는 오래전 숲 속에서 나눈 사랑을 떠올리며 숲에서 사랑을 나누고 싶어 하는 것 같지는 않았다.

우리는 잠시 말없이 있었다. 서로가 각자의 생각에 몰두하고 있다는 것은, 생각에 잠긴 우리의 표정으로도 알 수 있었다. 한데 우리가 의식하지 못하는 상태에서 우리에게 보이는, 물 위를 떠다니는 작은 나뭇잎이나 하늘의 구름 같은 것들이 우리를 어떤 생각으로 데려가거나 생각을 중단시키는 것 같았다. 잠시 눈을 감은 채로 하늘을 떠다니는 구름을 떠올리자 점차 졸음이 느껴졌다. 그녀 역시 졸린 것 같았다. 나는 자꾸만 감기는 눈으로 그녀 역시 눈이 감기는 것을 보았다. 그리고 눈앞에서, 어떤 날벌레 한 마리가 기력을 잃고 땅바닥에 떨어져 몸부림을 치는 것을 보았다. 그는 등을 돌린 채로 호수를 향해 앉아 있었다. 그는 잠이 든 것처럼 눈을 감고 있었지만 자고 있지는 않았다. 눈을 감은 상태로 그는 모자를 쓴 채로 머리를 긁을 때면 언제나 그러듯이 모자를 완전히 벗지는 않고 살짝 들어 그 사이로 손을 넣어 머리를 긁고는 언제 그랬냐는 듯이 모자를 다시 썼다. 하지만 그것으로는 모자랐던 듯 이번에는 아예 모자를 위로 들어 무척 쓸쓸한 사람처럼 머리를 뒤로 빗어 넘기고는 다시 모자를 썼다. 나는 잠시 일어나 걷고 싶었지만 일어나는 것이 귀찮았고, 그래서 누군가가 일어나면 그때 나도 일어나야겠다는 생각을 하며 그대로 있었다. 하지만 아무도 일어나지도, 일어날 기색을 보이지도 않았다.

누군가와 어떤 장소에 함께 있을 때 그 장소의 느낌이 부각되어 옆에 있는 사람의 존재에 대해 잊게 되거나 같이 있는 사람의 존재가 더욱 뚜렷하게 느껴져 그 장소가 배경보다도 더욱 희미한 것으로 물러나게 되는 경우가 있었지만 그 순간에는 그 두 가지 모두가 어렴풋하게만 느껴졌다. 나는 졸음에 몸을 맡기며 숲을 바라보았다. 갑자기 그곳에서 허리 위쪽은 사람의 모습이며 염소의 다리와 뿔을 갖고 있는 목신이 잠이 덜 깬 모습으로 비틀거리며 나온다 해도, 아니면 숲 속에 사는, 거의 알몸에 가까운 어떤 원시적인 부족들이 어떤 짐승의 탈을 쓴 채로 뛰쳐나와 어떤 노래를 부르며 춤을 춘다 해도 전혀 이상할 것이 없을 것 같았다. 하지만 노래하며 춤을 추는 원시적인 부족들을 숨기고 있지 않은 숲은 자신의 나무들이 바람에 아주 조금씩 가지가 흔들리게 하는 것으로 자신의 존재를 드러내고 있었다. 나는 몽롱한 의식으로 숲의 나무들을 바라보았다.

문득 대체로 동물들은 그 형태에 있어 대칭적이거나 대칭을 선호하지만 식물들은 그렇지 않다는 생각이 들었다. 식물들은 대칭을 완전히 무시하지는 않지만 웬만하면 무시하는 것처럼 여겨졌다. 그리고 어떤 식물들은 대칭을 참을 수 없어 하는 것처럼 보이기도 했다. 그 이유는 알 수 없었지만 그것은 계속해서 옮겨 다녀야 하고, 그래서 균형을 유지해야 하는 동물과는 달리, 딴 곳으로 이동할 수 없는 식물이 스스로에게 허용할 수 있는 자유와 어떤 관계가 있는 것 같았다. 그 점에서 덩굴식물은 식물의 그러한 점을 가장 잘 표현하고 있었다. 그리고 무엇보다도 식물이 동물처럼 대칭적일 경우 그것은 아주 기형적으로 보일 것 같았다. 이것은 별것이 아닌 사실로, 이미 아는 사람은 다 아는 알려진 사실일 수도 있었지만 그 사실을 스스로 알아냈다는 사실에 나는 기분이 좋아졌고, 어쩌면 이런 것이 독학자의 즐거움일 수도 있다는 생각을 했다. 나는 그러한 생각을 하며 주변의 나무들과 그 나무들을 타고 오르고 있는 덩굴식물—칡 같았다—들을 보았지만 거기에서 생각은 더 나아가지 못했다.

그때 그가 갑자기 자리에서 일어나, 마치 자신이 왜 갑자기 자리에서 일어나게 되었는지 잊은 듯 혹은 자리에서 일어나기 전 생각했던 것에 자신이 없어진 듯 잠시 머뭇거렸다. 그는 다시 앉을 것처럼 보였다. 조금 전 누군가가 일어나면 같이 일어나야겠다는 생각을 했던 나는 어떻게 된 일인지 그대로 있었다. 그사이 일어날 이유가 사라진 것처럼 여겨졌다. 그는 숲에 산책을 갔다 오겠다고 한 후 숲을 향해 가기 시작했다. 나는 그가 휘청거리며 걸어가는 모습을 잠시 지켜보았다.

결국 졸음이 나를 삼켰고, 나는 옆으로 뻗은 내 손을 자꾸만 감기는 눈으로 보며 그 손이 먼저 잠이 드는 것 같은 기분 속에서, 분명하지 않은 것들이 분명하지 않은 모습으로 날아가는 것을 분명하지 않게 본 듯한 느낌만은 분명하게 느끼며 잠이 들었고, 잠시 후에는 내가 깨어나는 데 필요한 힘은 그것에서 구할 수 있는 것처럼 먼저 깨어난 듯한 손의 손가락을 몇 번 구부렸다 펴기를 반복한 후 잠에서 깨어났다. 하지만 손을 가만히 하고 있자 그것이 나와는 별개의 존재인 것처럼, 그래서 그것이 어쩌면 호숫가를 걸어가 호수 속으로 첨벙 뛰어들 수도 있다는 이상한 생각이 들었지만 그럴 수는 없다는 생각을 하며 조금 전 꾼 꿈을 떠올렸다.

내가 어딘가를 걷고 있는데 모르는 누군가가 다가와 갑자기 내 팔을 잡아 비틀며 마구 웃었고, 나는 무슨 생각에서인지 어떤 말로써 그의 어깨를 못 쓰게 만들어야겠다는 생각을 하며—무엇보다도 그의 어깨를 못 쓰게 만듦으로써 그가 내게 왜 그런 짓을 하는지 알 수 있을 수도 있다는 생각이 들었으므로—, 그의 어깨를 못 쓰게 만들 말을 생각해내려 했지만 결국에는 아무런 적당한 말도 생각해내지 못한 꿈이었다. 그런데 이상하게도 차츰 그가 그렇게 한 것은 당연한 일처럼 여겨졌다. 나는 그 이야기를 조금 후 잠에서 깨어난 그녀에게 해 주었다. 우리는 우리가 꾼 꿈들을 이야기하기를 좋아했는데, 우리의 꿈에 해석이 가능한 어떤 의미가 있고, 그것을 해석하는 것도 의미 있는 일일 수도 있다는 생각을 하기도 했지만, 대체로는 꿈속의 이야기

자체를 즐기는 편이었다. 꿈이 우리를 알 수 없는 세계로 한 발 들어서게 하는 것 같은 느낌이 좋았다.

나 역시 꿈을 꿨는데 기억이 나지 않아, 다행히 자는 동안 가위가 눌리거나 하지는 않았어, 그녀가 말했다. 그녀는 종종 가위가 눌려 고통스러워했다. 그녀는 자신이 그날 아침에 꾼 꿈 얘기를 했다. 그녀는 우주 공간에서 테니스 선수처럼 테니스 선수들이 입는 하얀 옷을 입고 거대한 테니스 라켓으로 무서운 속도로 날아오며 급격히 작아져 그녀가 들고 있는 라켓으로 치기에 적당한 크기로 된 행성들을 쳐 무한한 공간 속으로 날려 보냈다.

맞아, 가위를 가져왔어야 했는데, 그녀가 누워 있는 나를 바라보며 말했다. 그랬다면 내 머리를 잘라줄 수도 있었다는 의미였다. 우리가 집 근처 숲에 갈 때면 종종 그녀는 가위를 가져가 내 머리를 잘라주었다. 대체로 그녀는 머리를 망쳐놓았고, 그래서 다시 제대로 잘라야 했지만 나도 그녀도 그녀가 내 머리를 자르는 것을 좋아했고, 그것은 우리의 숲에서 행하는 작은 의식이 되었다.

앉아 있는 그녀의 어깨 너머로, 멀리 하늘에서 비를 예고하는 것 같은 구름들이 몰려왔다. 숲 속으로 산책을 갔던 그가 숲에서 나왔다. 그가 숲 속에서 무엇을 했는지는 그가 말하기 전까지는 알 수 없었지만 그가 말을 한다 하더라도 그것으로는 그가 무엇을 했는지는 알 수 없는 말을 할 수도 있었다. 그는 자신의 모자 옆쪽에 솔방울 하나를 끼운 상태였다. 그의 어깨 너머로 그가 몰고 온 것 같은 먹구름들이 몰려왔다. 해가 가려지며 삽시간에 주위가 아주 컴컴해졌고, 잠시 구름 사이의 구멍으로 비치는, 강렬하게 떨어지는 빛의 원기둥이 두어 개 호수 위로 만들어졌다가 이내 자취를 감추며, 멀리 하늘에서 번개가 치며 천둥소리가 희미하게 하지만 꾸준하게 들려오며, 바람이 일면서 나뭇가지들이 휘청거리듯 떨며 심상치 않은 폭우를 예고했다. 눈앞에서 어떤 환상적이거나 굉장하거나 장엄한 장면이 펼쳐질 것처럼, 펼쳐지리라는 기대를 갖게 했는데, 아니나 다를까 조금 있자 굵은 빗방울이 떨어지기 시작했다. 우리는 자리를 피하지도 않고 곧 펼쳐질 자연의 드라마를 은근히 마음을 졸이며 기대했는데, 어떻게 해서 비가 곧 그칠 거라는 것을 미리 아는 새들이 요란하게 짖으며 날아다니기 시작했고, 잠시 후에는 거짓말처럼 비가 그치며 조금 전 그랬던 것처럼 삽시간에 구름이 걷히며 하늘이 맑아졌고, 해가 다시 비쳤다. 그렇게 자연의 드라마는 펼쳐지지 않는 것으로, 많은 아쉬움을, 아니 말로 표현하기 어려운 아쉬움을 남기며 펼쳐졌고, 우리는 우리의 얼굴 위에 떨어진 몇 개의 빗방울을 닦아내지 않고 그대로 두는 것으로 아쉬움을 조금이나마 달랠 수밖에 없었다. 우리는 점차 개고 있는 하늘을 바라보았다. 조금 후 나비 한 마리가 날아와 우리가 먹다 남긴 사과 한 쪽 위에 앉아 즙을 먹기 시작했다. 더 많은 나비들이 날아오지는 않았고, 충분히 배를 채운 나비는 딴 곳으로 날아갔다.

그때 어떤 남자가 숲 속에서 나와 우리 앞에 나타났다. 그는 손에 개목걸이가 달린 끈을 쥐고 있었다. 그는 얼마 전 언덕 위 거북바위에 서서 뭐라고 소리친 사람처럼 보였다. 그는 우리에게 혹시 검정색의 커다란 개를 한 마리 보았는지 물었다. 그는 개가 얼마나 큰지 팔을 벌려 보여주었는데, 그가 벌린 팔로는 그렇게 큰 개 같지는 않았다. 그는 개가 갈 데가 없는데 보이지 않는다고 했다. 실제로 우리가 있는 곳은 가운데 거북바위가 있는 언덕을 둘러싼 숲이 있는 작은 섬 같은 곳으로 뭍과는 구름다리로 연결되어 있었고, 그래서 그 개가 헤엄을 쳐 어디론가 간 게 아니라면 그 구름다리를 건너간 게 분명했다.

감쪽같이 사라져버린 게로군요, 내가 말했다.

마치 증발한 것처럼, 그녀가 말했다.

아니면, 땅속으로 꺼진 것처럼, 그녀의 사촌오빠가 말했다.

우리가 자신을 놀리기라도 하는 듯 그가 우리를 쏘아보았다. 그런데 단지 자신의 잃어버린 개를 찾고 있을 뿐인 그 무고한 남자가 놀림을 당하는 것도 당연하다는 분위기가 우리와 그 사이에 갑자기 조성된 것 같았다. 그는 어디론가 사라진 개가 그것을 놓지 않는 한 자신에게 반드시 돌아오기라도 할 것처럼 끈을 꼭 쥐고 있었다. 나는 그것만으로도 그가 놀림을 당해 마땅하다는 생각을 했다.

찾고 있는 게 개가 확실한가요, 그녀의 사촌오빠가 물었다.

그는 할 말을 잃고 우리를 노려보았다.

아까 개가 짖는 소리 같은 것이 들리는 것 같기는 했소, 내가 말했다. 남자는 개의 실종과 우리가 관련이 있는 것처럼, 우리가 그것을 숨기기라도 한 것처럼 우리를 가급적 수상쩍게 보려 하지만 그것이 잘 안 되는 듯, 그것이 못마땅한 듯 잠시 우리를, 그런 다음에는 우리와 한통속이라도 되는 듯 호수를 쳐다본 후 몸을 돌려 자신이 나왔던 숲 속으로 갔고, 그 안으로 사라졌다.

입에 뭔가를 물고 있는 검은 개를 본 것도 같아, 그가 말했다.

어떤 새를 물고 있는 것 같았어, 그녀가 말했다.

나는 커다란 잉어 한 마리를 물고 있는 개를 보았는데, 내가 말했다. 그 말을 하고 나자 문득 집 근처 절의 연못에 사는 잉어에 대한 생각이 떠올랐다. 잉어로서는 완전히 노년에 이른 그 잉어는 가끔 사람

가까이 다가와, 모든 것을 다 이해한다는 얼굴로—무엇을 다 이해한다는 것인지는 알 수 없었지만—사람을 빤히 보며 뭐라고 말을 하듯 입을 뻐끔거리곤 했다. 그럴 때면 나는 그것이 무슨 말을 하려 하는지 알겠다는 투로 그것을 보곤 했다. 나는 집에 돌아가면 그 잉어에게 이번 소풍에 대한 이야기를 해줄 수도 있을 거라는 생각을 했다.

조금 후 그 남자가 거북바위에 서 있는 것이 보였고, 그는 다시 우리 쪽을 향해 뭐라고 소리쳤다. 어디에서도 개가 짖는 소리는 들리지 않았다. 잠시 후에는 남자가 다시 사라졌다. 우리의 대화는 오래전 과거의 일에서 좀 더 가까운 현재의 일로 옮겨갔다.

집 마당에 텃밭을 가꿀까 봐, 그녀가 말했다. 그렇게 하면 그가 남의 집의 텃밭에서 뭔가를 훔치는 것을 막을 수도 있을 것이었다. 아니, 그가 마음껏 그 텃밭에서 뭔가를 따거나 뿌리째 뽑게 할 수도 있었다.

하지만 누가 텃밭을 가꾸지? 결국에 텃밭에 잡초들만 자라게 할 것이 아니라면 누군가가 그것을 가꿔야 했다. 우리 중에 텃밭을 텃밭의 모습을 유지하게 하며 가꿀 만한 사람은 없었다. 결국에는 벌레들이 텃밭을 가꾸게 될 것이었다. 텃밭 문제는 더 생각해보지 않아도 좋지 않은 생각이라는 것을 알 수 있었다.

며칠 전 산 티베트산 궤짝을 어떻게 해야 될지 모르겠어, 그가 말했다. 그는 그것을 어떤 골동품 가게에서 샀는데 골동품 주인이 몇 백 년은 된 것이라고 말한 그것은 무척 낡긴 했지만 아주 아름다웠다. 한데 문제는 그것에서 나는 지독한 냄새였다. 티베트의 어느 사원에 있었을 수도 있는 그것에는 몇 백 년에 걸쳐 향과 다른 냄새들이 스며들어 어떻게 해도 씻어낼 수 없는 악취가 풍기고 있었다. 그는 관에서 혹은 무덤에서 나는 것 같은 냄새가 나는 그 안에 아이의 시체를 넣어

둔 게 분명하다고 믿었다. 티베트의 수많은 기억을 담고 있는 것 같은 그 궤짝은 어떤 때 뚜껑을 열면 티베트의 승려들의 염불 소리가 들릴 것 같기도 했다. 어쨌든 그 냄새 덕분에 티베트에 가 있는 것 같기는 해, 그가 말했다.

우리는 한동안 아무 말 없이 있었다. 이제는 가야 할 때가 된 것 같았다. 포도주는 거의 바닥이 나 있었고, 잘라놓은 사과는 갈색을 띠고 있었다.

나의 문제는 내가 양귀비꽃을 너무도 좋아한다는 거야, 그녀가 불쑥 말했다.

우리가 함께 사는 집 창가에 있는 투명한 푸른색 화병 속에는 시든 양귀비꽃이 꽂혀 있었는데 그녀는 그것을 무척 좋아했고, 시간 가는 줄 모르고 그것을 바라보곤 했다. 그녀는 그 꽃을 시에서 조성한 어떤 공원에 심어진, 아편 성분이 없는 양귀비 밭에서 꺾어왔다. 그곳에는 양귀비꽃을 꺾지 말라는 팻말이 있었지만 그녀는 다른 건 모르지만 양귀비꽃만큼은 꺾어오지 않을 수 없다며 그것을 꺾어왔는데 나 또한 그 점에 있어서는 같은 생각이었다.

우리는 그녀가, 나의 문제는 내가 양귀비꽃을 너무도 좋아한다는 거야, 라고 한 말의 의미를 이해했는데, 그것은 우리만이 이해할 수 있는 것이었다. 그것은 말 그대로 양귀비꽃을 너무도 좋아하는 것이 문제라는 의미이기도 했고, 그것은 전혀 문제가 되지 않는 문제라는 의미이기도 했으며, 그것은 우리가 가진 모든 문제를 지시하는 것이기도 했다. 그리고 무엇보다도 그것은 그 순간 그녀가 느끼는 무료함을 표현해주는 것이었다.

가는 길에 온천이 있는데 온천에라도 갔다 갈까, 그가 물었다.

가면서 봐서, 그녀가 말했다.

그때 무슨 일에 동원된 것처럼 까마귀들이 다시 날아와 호숫가를 서성이며 다소 과장되게 울어댔다.

저것들이 하는 소리를 알아들을 수 있을 것 같아, 그가 말했다.

뭐라고 하는데, 그녀가 말했다.

우리에게 이제 가달라는 거야, 그가 말했다.

그 소리 속에는 마음을 심란하게 만드는 분명치 않은 뭔가가 분명하게 있다기보다는 그런 것을 상상하게 하는 것이 있었다. 그가 갈색으로 변한 사과 조각을 던져주자 까마귀들이 서로 다투며 그것을 쪼아 먹었다. 그런 다음 또 다른 먹을 것을 원하는 듯 우리를 바라보았다. 그가 다시 사과 껍질을 던져주었다. 껍질까지 먹어 치운 까마귀들은 또 다른 것을 주기를 기다렸지만 이제 그것들에게 줄 것은 없었다. 그럼에도 그것들은 기다렸고, 우리는 그것들을 기다리게 했다.

누군가에게서 들은 얘기야, 하고 그가 말했다. 그가 가족과 함께 어떤 호숫가로 피크닉을 가 자리를 잡고 식사를 하고 있는데 까마귀들이 주위로 몰려들었고, 그것들에게 어떤 음식을—겨자가 들어간 초밥이었을 거야—주자 그것들이 맛을 보고는 그 얼얼한 맛에 화가 나 사람들을 공격해 결국 피크닉을 포기하고 집으로 돌아갈 수밖에 없었다는 거야. 까마귀들과 맞서 싸울 수도 있었지만 까마귀들의 숫자가 훨씬 많았고, 그래서 기세등등한 그것들에게 기꺼이 져줬다고 해.

까마귀들이 싫어하는 음식을 챙겨오지 않은 게 아쉽군, 내가 말했다.

그랬다면 화가 난 까마귀들에게 쫓겨 돌아가면서도 마음껏 웃을 수 있었을 텐데, 그녀가 말했다.

까마귀들은 다시 딴 곳으로 날아갔다. 우리는 나란히 앉아 저물어가고 있는 저녁 무렵의 호수를 바라보았다. 그사이 새들의 노랫소리는 그쳐 있었다. 어쩌면 잠시 쉬고 있는지도, 아니면 다른 곳에 가 노래하고 있는지도 몰랐다. 호수와 호수를 에워싼 모든 곳이 고요했다. 호수는 그 자신이 가장 좋아하는 시간 중 하나를 내보이고 있는 것 같았다.

그가 갑자기 자리에서 일어나 호수 가장자리로 가 모자를 벗어 마치 그것을 호수 위로 던질 것처럼 잠시 들고 있었다. 나는 그가 모자를 던져 우리가 호수를 떠난 후에도 그가 던진, 방울새 모양의 장식이 달린 모자가 밤의 어두운 호수 위를 떠다니는 것도 괜찮을 거라는 생각을 했다. 어쩌면 집에 도착해 그 상상을 하며 잠이 들 수도 있었다. 하지만 나는 마음속으로 그가 모자를 호수에 던지기를 바라면서도 가만히 있었다. 왠지 그것은 운에 맡겨야 할 일처럼 여겨졌다. 하지만 그는 머리칼이 어떤 안정된 상태에 있어야 하는 것처럼 손가락으로 머리칼을 빗어 안정을 시킨 후 모자를 다시 썼다. 그런 다음 우리 쪽으로 몸을 돌려, 어떤 기쁜 일이라도 있는 듯이 미소를 지었다.

어쩌면 그 개는 지금쯤 호수를 헤엄쳐 건너갔을지도 몰라, 그가 말했다.

아니면 아직도 헤엄쳐 건너가고 있는지도 모르지, 그녀가 말했다.

우리는 함께 호수를 바라보았다. 이제 호수는 어두워져 그것을 둘러싼 산과 구분이 가지 않았고, 만약 어떤 개가 그 호수를 헤엄쳐 건너가고 있다 하더라도 그 어둠 속에서는 그것을 볼 수 없을 것이었다. 그때 그가 모자에 달고 있던 솔방울을 떼어내 그것을 호수 위로 던졌다. 작은 소리를 내며 떨어진 솔방울은 수면 위에 희미한 점으로 떠 있었고, 조금 후에는 어떤 물고기 한 마리가 수면 위로 뛰어오른

후 다시 떨어졌고, 그 뒤로는 모든 것이 조용했다. 우리는 작은 점 같은 솔방울이 짙어가는 어둠과 하나가 될 때까지 그것을 바라보며 있었다.

| 우수상 수상작 |

그 여름의 수사 修辭

하성란

1967년 서울 출생.
서울예대 문예창작과 졸업.
1996년 〈서울신문〉 신춘문예에 단편소설 〈풀〉로 등단.
소설집 《루빈의 술잔》 《옆집 여자》 《푸른수염의 첫번째 아내》 《웨하스》,
장편소설 《식사의 즐거움》 《삿뽀로 여인숙》 《내 영화의 주인공》 등.
동인문학상, 한국일보문학상, 이수문학상 수상.

그 여름의 수사 修辭

그해 여름 음력 7월 12일에 할머니가 죽었다. 전보가 왔을 때 엄마는 여름 배추로 김치를 담그던 중이었다. 전보는 때를 고르고 골라 꼭 이럴 때 온다고 엄마는 붉은 양념이 묻은 두 손을 내밀었다. 이크. 혹시라도 유니폼에 고추 양념이라도 튈까 집배원 청년이 뒤로 물러섰다. 집배원은 엄마 몸을 훑으면서 손을 대신해 전보문을 끼울 만한 틈새를 찾았고 엄마는 어디 받아 들 데가 없나 두 겨드랑이를 차례로 들썩거렸다가 다시 입을 조금 벌려보았다. 집배원이 엄마의 겨드랑이 쪽에 전보 쪽지를 내밀었지만 엄마는 턱을 치켜들며 입을 벌렸다. 에크. 이번에는 엄마가 겨드랑이를 벌렸지만 집배원은 엄마 입 쪽으로 손을 뻗었다. 이크. 마치 둘은 태껸이라도 하는 듯 보였다. 굼실굼실. 능청능청. 사람의 몸속에는 저마다의 사명감이라는 것이 있듯 리듬감이라는 것이 있다고 했다. 훗날 누군가에게서 이 말을 들었을 때 나는 이 순간을 떠올렸다. 그때 내 리듬은 톡톡토토독 톡톡토토독, 빠른 열 박자였다. 연일 삼십 도를 넘는 무더위가 기승을 부리던, 양력 날짜는 잊었고 음력 날짜로만 기억되는 한여름 어느 날이었다.

아차. 한참 손아래인 조카뻘 되는 사내지만 그래도 내외는 해야 되는 거 아닌가 하는 생각이 스쳤을 때, 그제야 이심전심 마음이 통한 집배원 청년은 두 귀까지 발갛게 얼굴이 달아올랐다. 엄마는 양념 묻은 손으로 전보를 받아 들었다. 모친금일새벽사망. 엄마는 간을 보듯 입맛을 다시고는 딱 두 마디만 했다. "각중에…… 복중에……" 느닷없는 할머니의 죽음에 대한 충격과 임종을 지키지 못한 안타까움이 '각중에', 푹푹 찌는 찜통 더위 속에서 치러야 할 초상 걱정이 '복중에'란 말에 담겨 있었다.

동洞을 통틀어 한두 대 구경할까 말까 했던 백색 전화기 대신 보급형 검정 전화기가 네다섯 집에 한 대꼴로 개통되던 때였다. 그런데도 여전히 학기 초마다 학교에서 실시하던 가정환경조사서에 피아노, 냉장고 항목 다음으로 전화가 자리 잡고 있던 때이기도 했다. 전화가 개통된 지 반년 가까이 지났지만 하루에 한 번도 전화벨이 울리지 않는 날이 허다했다. 그러니 육지의 끝에서 다시 배로 세 시간 남짓 들어가야 하는 섬에서 전화란 여전히 귀하디귀한 물건이었을 것이다. 바다에 공깃돌처럼 점점이 흩어진 섬들과 서울을 잇는 유일한 통신 수단은 우편이었다. 다급한 소식은 전보로 오갔다. 무소식이 희소식이라는 고릿적 말이 그래서 아직까지 효력을 발휘하던 때이기도 했다.

경부, 호남 고속도로의 개통으로 전국이 일일생활권 안으로 좁혀졌다지만 그때나 지금이나 그 섬은 내게 심증적으로 시차가 나는 타국처럼 멀었다. 섬에 다녀올 때마다 나는 이삼 일씩 시차 적응에 힘들어 하는 여행자처럼 낮에 자고 새벽에 말똥말똥 깨어 있었다.

나는 살아생전의 할머니를 너덧 번밖에 보지 못했다. 고작 두어 번 할머니를 봤을 뿐인 둘째는 콧물이 흐르는 것처럼 몇 번 훌쩍이더니 금방 무슨 일이라도 있었냐는 듯 놀러 나갔다. "할머니 오늘 새벽 사망 부산항에서 내일 열 시에 만납시다." 신문지 한 귀퉁이에 엄마의 말을 받아 적었다. 손구구를 해보지 않아도 열 자가 넘었다. 아버지가 있는 D시에도 전화기가 보급되기 시작했지만 아버지는 무슨 연유에선지 전화를 놓지 않았다. 전화는 쌍방향 통신 도구였다. 한마디로 우리 집 전화는 무용지물이었다. 나는 아버지와 할아버지의 관계가 아버지와 엄마의 관계가 꼭 우리 집 전화 같다는 생각을 했다. 그래서 오랫동안 그 누구에게도 벨은 울리지 않았다.

엄마는 종종 아버지에게 필요한 용건들을 편지로 썼다. 편지를 쓰다 급작스레 부레가 끓어오르면 편지를 구겨 던지고 어깃장을 놓듯 전보를 쳤다. 엄마가 하고 싶은 말을 퍼붓듯 다 쏟아놓으면 그것이 몇 자건 간에 나는 그걸 열 자로 요약했다. 전보는 열 자까지 기본 요금을 받았다. 엄마는 양념 묻은 '스뎅 다라이'를 소리 나게 헹궈 수돗가에 비스듬히 엎어놓고 동생들을 씻길 물을 '양은 바께스'에 받아 곤로에 안쳤다. 심지가 닳은 곤로는 쉽게 불이 붙지 않고 거무스레한 연기만 피웠다.

전보를 치려면 송수신기가 설치된 대형 우체국까지 가야 했다. 버스 의자에 앉아 엄마에게서 받아 적은 전문을 쓱 훑어보았다. 전보를 받을 아버지 입장에서 보자면 할머니, 란 호칭부터가 잘못이었다. 이상하게도 엄마들은 아이를 낳는 그 순간부터 모든 인척 관계를 아이의 입장에서 재정리해버린다. 급기야 언제부턴가 엄마는 남편을 아빠라고 부르기 시작했다. 영화도 한몫했다. 여주인공 역할의 엄앵란이란 배우가 남편 역을 맡은 남자 주인공을 배웅하면서 "아빠, 일찍 돌아오셔야 돼요"라고 콧소리를 한 것이 엄마들 사이에 유행처럼 번졌다. 엄마가 아버지를 아빠, 라고 부르자 기다렸다는 듯이 아버지는 엄마를 "한나야" 내 이름으로 부르기 시작했다.

아버지의 할머니는 어떤 사람이었을까. 아버지가 태어나기 한참 전에 할머니들은 이 세상 사람들이 아니었다. 아버지에게는 할머니, 하면 떠오르는 것이 아무것도 없었다. "결핍이라면 결핍이지." 언젠가 아버지가 말했다. 엄마가 옆에서 거들었다. "상처면 상처고." 엄만 일찍 아버지를 여의었다. 아버지, 하면 떠오르는 것이 아무것도 없었다. "할머니를 생각하면 시간 모자라 못 푼 마지막 문제 같아. 20점짜리 주관식 문제." 엄마가 무릎을 쳤다. "하, 그거 미치지, 미쳐." 그러다 엄마가 핏, 웃었다. "그 문제 답만 적어 냈으면 100점 만점 받았을 거고?" 엄마와 아버지는 딱 십 분이 문제였다. 십 분까지는 서로 잘 맞았다. 엄마의 말처럼 마지막 한 문제의 답만 적어 냈더라면 아버지의 삶은 100점 만점이었을까. 삼십대 중반 교직을 그만둔 뒤로 아버지는 손대는 족족 낭패를 겪었다. 그런 면에서 보자면 우리 할머니는 너덧 번밖에는 만나지 못했지만 매번 강렬한 인상을 남겼다. 몇 장의 사진 속에서 가장 강렬한 것은 역시 그 모습이다. 시골 변소라는 것은 허술하기 짝이 없었다. 어른 송장이라도 묻을 만한 커다란 독을 땅에 묻고 그 위에 널빤지 두 개를 얹어두었다. 들고나는 구멍 정도만 있을 뿐 걸쇠가 달린 문은 찾아볼 수도 없었다. 할머니는 인기척도 없이 그 널빤지 위에 앉아 있었다. 두 개의 널빤지 위에 고르게 힘을 분배하며 굽어 있는 청동빛 두 다리가 하관이 빤 할머니의 얼굴을 받쳐주고 있었다. 흡사 박물관에서 보았던 빗살무늬토기와 그 받침대 같았다. 역시 인기척도 없이 나타난 나를 보고도 할머니는 기다리고 있었던 사람처럼 움찔하지도 않았다. 나는 할머니의 두 다리가 만들어내는 예각에서 검고 축 늘어진 성깃성깃 털 몇 가닥 남지 않은 할머니의 거기를 다 보고 말았다. 할머니는 놀란 내 시선을 따라가 자기 것을 남의 것 들여다보듯 요모조모 뜯어보더니 낄낄 웃었다. "니 아배도 고모덜도 다 이 구녕에서 뽑았다 아이가." 그 뒤로 나는 할머니, 하면 악다구니를 쓰며 이웃집 여자와 머리 끄덩이를 잡은 채 먼지 나는 길 위를 구르던 모습이나 물 좋은 생선을 받기 위해 고무 다라이를 들고 억척스럽게 어시장을 향해 뛰던 모습 다 젖혀놓고 제일 먼저 할머니의 거기가 떠올랐다. 할머니의 거기에서 아버지와 고모들이 국수 면발처럼 뽑아지고 있었다.

우체국은 버스 정거장 맞은편 대로, 인도와 인도가 만나는 모퉁이에 비스듬히 서 있었다. 얼마 전 그곳 앞을 지나다가 그 건물을 발견하고 소리를 질렀다. 삼십 년이 지났는데 그 자리에 여전히 우체국인 채로 남아 있었다. 그때와 다른 건 그땐 그 건물이 가장 컸었는데 지금은 고층 빌딩에 둘러싸여 가장 작은 건물이 되었단 것뿐이었다. 그 건물 앞에 나 있던 육교는, 육교는 사라지고 없었다. 우체국으로 건너가지 못하도록 정말 육교가 없어졌으면, 바라던 때도 있었다. 어떤 전문이냐에 따라 육교는 짧게도 길게도 느껴졌다. 나는 육교를 건너가 엄마의 시끄러운 마음을 열 자로 요약해 전보를 치곤 했다.

우체국의 전보, 전신환 창구의 여직원은 내가 우체국 문을 열고 들어설 때부터 단박에 날 알아보았다. 나는 왼쪽 뺨으로 여직원의 시선을 받아내면서 소포 끈을 묶고 우표를 붙이는 사람들 사이에 낀 채 전보 문구를 고쳤다. 우선 '할머니'는 '어머니'로 바꾸었다가 다시 '모친'으로 고쳤다. 최대한 줄이거나 뺄 수 있는 말은 빼야 했다. '오늘 새벽'도 지웠다. 할머니가 언제 돌아가셨는지는 내일 부산항에서 만나면 차차 알게 될 일이었다. 반년 가까이 만나지 못한 엄마와 아버지가 말문을 뗄 화제도 남겨둬야 했다. 요령부득인 것도 다 요령이 있었다. 쳐내고 쳐내니 딱 모친사망부산항냄열시, 라는 문장이 가지를 정리한 정원수처럼 날씬해져서 서 있었다.

우체국 여직원이 날 기억하는 것은 다 그럴 만한 이유가 있어서였다. 열한 살짜리 계집애가 혼자 와서 '아이들위독급상경하시오'라는 전보를 쳐달라고 했으니 은연중에 내 얼굴을 흘끔 보았을 것이다. 게다가 열한 자 글자를 바득바득 열 자 가격에 해주면 안 되겠느냐고 우겨댔으니 눈코입까지 조목조목 따져보았을 것이다. 신출내기 여직원은 호기심을 참지 못했다. "아이들 다 위독한 것 같은데, 넌 대체 누구니?" 마음 같아선 그 여직원 앞에서 고개를 처박고 딱 죽고 싶었다. 여직원은 무슨 사정인지 말 안 해도 다 알겠다는 듯 고개를 깊게 두어 번 끄덕이더니 선심 쓰듯 '하시오'를 '바람'으로 고쳐 열 자를 맞춰주었다. 창구 앞에 서 있으면 안쪽에 난 방이 들여다보였다. 머리가 귀밑까지 벗어진 중년 사내가 앉아 이런저런 장비를 만지작거리면서 전보를 받거나 전보를 쳤다. 사내는 여직원이 건넨 쪽지를 받아 손가락으로 타전했다. 내용과는 다른 가볍고 날렵한 자음과 모음들이 뿔뿔이 날아가 D시의 우체국 수신부를 기준점으로 다시 모여 섯! 하는 모습이 그려졌다.

아이들이 위독하다는 전보에도 불구하고 아버지는 상경하지 않았다. 대신 때 이르게 핀 벚꽃 이파리들이 마당 가득 분분히 날렸소, 로 시작되는 장문의 편지를 보냈다. 편지를 읽을 때 엄마는 수줍어했다. 그래서 달콤한 문장들 사이에 숨어 있는 여유가 있으면 돈 좀 부쳐달 라는 부탁에도 화내지 않았다. 달이 차고 기울듯 엄마의 심경도 차고 기울기를 반복했다. 매번 통하지 않을 것을 알면서도 전보를 쳐대는 엄마를 보면 언젠가 봤던 사마귀가 떠올랐다. 어쩌다 길 한 중앙에 나 와 선 사마귀를 자전거 바퀴가 치고 지나갔다. 사마귀는 배 아랫쪽이 납작 눌렸다. 어찌어찌 겨우 일어선 사마귀는 성했던 방금 전의 모습 대로 돌아가기 위해 낫처럼 생긴 앞다리를 들어 올리려 안간힘을 썼 다. 또 누군가 밟고 지나갔다. 이번엔 아예 일어서지 못한 채 바닥에 납작 눌려 붙었다. 눌려 조금씩 죽어가면서도 사마귀는 서 있었을 때 처럼 앞다리를 낫처럼 세우려 눈에 띌 듯 말 듯 움직였다. 그 포즈만 이 진정 자신을 사마귀답게 한다는 듯, 엄마는 잊을 만하면 한 번씩 속뜻이 전달되지도 않을 전보를 쳤다.

언제부턴가 전보 창구의 여직원과 나 사이에는 말하지 않아도 통하 는 것이 있었다. 마구 지워지고 뭉개진 글자투성이의 쪽지를 창구 안 으로 내밀었다. 전보 문구를 한눈에 훑어본 여직원의 눈꼬리가 살짝 올라갔다. 쪽지가 창구 밖으로 다시 밀려나왔다. 나는 틀린 답안지를 받아 오답을 고치는 심정으로 또박또박 글씨를 썼다. 그 모습이 흡족 한 듯 쩝, 여직원은 입맛을 다셨다. 전문을 받아 든 중년 사내는 D시 를 향해 타전했다. 골똘히 부호를 보내고 있는 그의 옆모습이 처낼 말 너무 친 아홉 글자의 전보문처럼 조금은 헐벗은 듯 보였다. 모친사망 부산항낼열시. 나는 아까부터 여직원의 눈꼬리에 달려 있던 질문에 대한 답을 그제서야 할 수 있었다. "기예요." 정말? 직원이 눈꼬리를 치켜떴다. 버선목이면뒤집어보여. "기예요. 긴데 왜 아니래요?"

꿈도 없는 짧은 잠에서 불현듯 깨어 둘러보면 여전히 밤이었다. 조도를 낮춘 객실은 어둑했다. 모두들 곯아떨어졌는지 의자 등받이 위로 보이는 뒤통수는 몇 되지 않았다. 등이 배길 때마다 자세를 바꿀 엄두도 내지 못한 채 둘째는 인상만 썼다. 고개를 돌리자 복도 건너 옆자리에 앉은 엄마의 얼굴이 들어왔다. 엄마는 자면서도 인상을 쓰고 있었다. 아버지 꿈을 꾸는 게 분명했다. 규칙적인 기차의 리듬감 때문인지 밤이면 깨서 울어대던 막내는 한 번도 깨지 않았다.

종착역인 부산역에 내렸을 때는 정녕 오지 않을 것 같던 아침이 밝아 있었다. 자기 키만 한 빗자루를 든 청소부가 잠에서 덜 깬 얼굴로 플랫폼의 쓰레기를 모으고 있었다. 무박이나 다름없는 밤기차에서의 하룻밤에 뒤통수가 납작 눌리거나 눈이 퉁퉁 부은 사람들이 와르르 출구로 몰렸다. 무엇에 배겼는지 왼쪽 견갑골이 아팠다. 엄마는 칭얼대는 막내를 업고 보폭이 좁은 둘째는 앞서 걸리고 가볍지만 부피가 큰 가방은 내게 들린 채 부산항으로 갔다. 아버지를 기다리는 동안 여객선 개찰구 앞의 돼지국밥집에서 요기를 했다. 둘째와 내가 국밥 그릇 하나에 머리통을 부딪치며 밥보다는 장난에 골몰할 때 엄마는 국밥 국물을 막내 입에 떠 넣을 뿐 국밥은 한 숟가락도 입에 대지 않았다.

여객선 터미널은 사람들로 부산했다. 엄마 손을 놓치고 겁에 질린 아이가 사방을 둘러보며 울었다. 행상들이 사람들 틈을 비집고 다니면서 목청을 높였다. 알아들을 수 없는 사투리들이 떠다녔다. 혹시 아버지가 우리를 알아보지 못할까 봐 우리는 개찰구 바로 앞에 선 채 쏟아지는 땡볕을 머리통으로 다 받아내고 있었다. 일곱 살인 둘째는 아버지처럼 생긴 남자의 뒷모습만 보면 "아빠다!" 하고 외쳤다. 처음 몇 번은 둘째 말에 이 남자 저 남자 뒤를 쫓았지만 나중에는 거들떠보지도 않게 되었다. 열 시가 되자 울긋불긋한 옷을 입은 피서객들과 베 한복을 입은 촌부와 촌로들을 태운 여객선이 항구를 떠났다. 갈매기 떼가 일시에 날아올라 뱃전에 따라붙었다. 엄마는 재우쳐 물었다. "열 시, 분명히 열 시라고 했냐?" 아버지는 이번 전보 또한 앞의 무수한 전보들처럼 엄마의 엄포라고 생각하고 넘겨버린 듯했다. 엄마는 내 대답은 기다리지도 않았다는 듯 칫, 혼자 웃었다. "칫, 사람 꼴 우습 게 되는 거 한순간이네. 지 새끼 셋을 내 밑으로 빼놓고도 그렇게 날 몰라? 어떤 미친년이 사람 목숨 갖고 장난을 쳐?" 아따우습네왜날몰 라줘. 말은 그렇게 했지만 엄마야말로 일 년에도 두어 번 자식들의 목 숨을 경각에 놨다 내려놨다 하는 인물이었다.

엄마는 다시 막내를 둘러업었다. 둘째를 앞서 걸리고 뒤처지는 내 게 빽 성질을 내면서 버스 터미널로 가 D시로 가는 버스를 탔다. 정오 가 되자 해는 버스 천장 위에 떠서 버스를 양은 냄비처럼 달궈놓고 있 었다. 창문은 다 열려 있었지만 바람 한 점 불지 않았다. 나무 이파리 들은 정물화처럼 미동도 하지 않았다. 의자의 비닐 시트가 가장 먼저 뜨거워졌다. 시트와 닿은 맨살에 금방 땀이 고여 흘렀다. 물까지 데워 씻긴 공도 없이 동생들은 땟국이 좔좔 흘렀다. 터미널에서 사 먹인 복 숭아 과즙이 얼굴에 끈끈하게 묻어 버스 안으로 날아든 파리가 자꾸 달려들었다. 그럴 때마다 엄마는 입을 앙다물고 파리를 쫓아냈다. 버 스 뒤칸에 일렬로 앉은 우리는 목에 스프링을 댄 인형처럼 버스의 리 듬에 맞춰 고개를 까딱거리며 D시로 가고 있었다. 애써 온 길을 다시 한 시간 반가량 뒤로 물리는 셈이었다. 등받이 위로 드러난 각양각색의 뒤통수들도 *끄덕끄덕* 움직였다. 엄마는 막내를 안고 졸다가도 버스가 돌을 밟고 튀거나 별안간 버스가 급정거를 해 고개가 *끄으덕* 떨어지면 어김없이 눈을 떠 새삼스럽다는 듯 창밖 풍경을 훑어보곤 했다. 어젯밤 바른 분은 땀이 흐른 자리를 따라 얼룩덜룩 골이 파였다. 골 속으로 기미가 핀 맨살이 보였다.

폭이 좁은 강이 D시를 양분하며 관통해 흐르고 있었다. 자동차 생산 공장의 유니폼을 입은 수십 명의 직원들이 한꺼번에 자전거 요령을 울리며 다리를 지나갔다. 담이 높아 집 안이 들여다보이지 않는 고급 주택가를 지났다. 한여름에도 대중 목욕탕을 다녀오는지 샴푸와 비누 등속이 담긴 플라스틱 바구니를 든 아가씨 둘이 슬리퍼를 질질 끌며 지나갔다. 바구니에서 흐른 물이 점점이 그 뒤를 따라갔다. 마른 하천을 건넜다. 길 가던 사람에게 주소를 보여주었다. 우리가 지나친 길에 아버지의 집이 있었다.

빠리 의상실. 다른 곳보다 돌출된 쇼윈도 안에는 얼굴과 사지가 생략된 상반신 마네킹이 전라 상태로 놓여 있었다. 넓지 않은 점방은 이사 간 그대로 치우지 않았는지 실패와 천 조각들이 굴러다니고 있었다. 가게 안쪽 의자에 앉아 있는 사람은 분명 아버지였다. 아버지는 곤로에 감자를 찌고 있었다. 보지 못한 반년 사이 깡말라 두 눈이 움푹 꺼졌다. 왜 텅 빈 의상실에 앉아 이 시간에 감자나 삶고 있는 건지 아버지 자신도 모르는 듯했다. 점방 어디에서도 마당 분분히 날아 떨어진다는 벚나무는 보이지 않았다. 점방 앞은 축대로 막혀 전망도 좋지 않았다. 새것 같은 양은 냄비는 밑바닥만 검게 그을어 있었다. 뚜껑을 들썩이며 김이 올랐다. 아버지는 조심조심 뚜껑을 열고 쇠젓가락 끝으로 감자를 쑤셔보았다. 미싱을 들어낸 듯한 구멍 뚫린 탁자 위에 정백당이 수북이 담긴 작은 접시가 놓여 있었다.

문소리가 나자 아버지는 문 쪽은 거들떠보지도 않고 건성으로 말했다. "빠리 의상실, 영업 안 합니다." 빠리의상실영업은그만. 분이 뽀얗게 오른 하지감자 하나를 막 쇠젓가락으로 들어 올리는 아버지의 눈에 만족감이 가득했다. 감자 끝에 살짝 정백당을 묻히려는 순간 아버지의 눈이 점방에 들어선 엄마의 눈과 마주쳤다. 아버지는 쇠젓가락에 덴 듯 화들짝 놀라며 감자를 떨어뜨렸다. 엄마의 얼굴이 일그러졌다. 아이 셋과 함께한 부산으로 다시 D시로 이어지는 여정은 힘겨워서 엄마는 자꾸 아랫입술을 꼭 물었다. 엄마가 아버지에게 득달같이 달려들며 소리쳤다. "아빠, 지금 제정신이야? 왜 지금 이 시간에 여기 있냐고?" 니가제정신이게말이돼. 그제야 상황을 파악한 아버지가 엉거주춤 일어섰다. "각중에 뭔 일이고?" 아버지가 떨어뜨린 하지감자가 엄마의 신발에 밟혀 으깨졌다. 아버지는 넋이 나간 듯 중얼거렸다. "이기 뭔 일이고. 왜 하필 어무이고 왜." 엄마는 아버지를 다그쳤다. "아빠, 정말 왜 이래? 내가 무슨 잘못을 했어? 난 아빠랑 결혼해서 애 셋 낳은 죄밖에 없어. 그런데 나한테 왜 이래?" 애셋낳은죄난잘못없어. 갑자기 엄마 등에서 떨어져 사방을 두리번대던 막내가 바락바락 울어대기 시작했다. 엄마는 바닥에 털썩 주저앉았다. 하루동안 참았던 무더위와 갈증과 피로감이 한꺼번에 밀려들었다. 엄마의 발에 차인 곤로가 기우뚱 기울면서 양은 냄비가 엎어졌다. 감자들이 데굴데굴 굴러 점방 여기저기로 흩어졌다. 아버지는 어리벙벙해서 이 모든 상황들을 꿈인 듯 내려다보고만 있었다. 아버지가 바라던 삶은 뽀얀 하지감자를 삶을 때의 고요함인지도 모른다. 감자의 아린 맛과 섞인 정백당을 맛보는 아주 짧은 시간의 단맛인지도 모른다. 흙투성이가 되어 뭉개진 감자들이 눈에 들어왔다. 평화는 깨졌다. 엄마는 떼쟁이 아이처럼 두 다리를 바동거리면서 울었다. "물어내. 다 물어내. 물어내란 말이야." 이러니 좋다 다 때려 치워. 아버지는 이 참에 아이 버릇을 잡으려 매정한 체하는 아버지처럼 보고도 못 본 척 엄마에게서 고개를 돌려버렸다.

엄마는 한 번도 엄마의 아버지 앞에서 저렇게 울어본 적이 없었다. 아버지가 남겼다는 유품들을 안아도 보고 냄새도 맡아봤지만 아버지의 얼굴 대신 역삼각형의 도형만 그려졌다. 외할머니와 만나면 엄마는 늘 할아버지에 대해 물었다. 할아버지는 군인이었다. "어린 게 뭘 안다고 울다가도 아버지만 보면 울음을 딱 그쳤지." "모자만 쓰면 울어젖히는 통에 네 아버진 네 앞에서 모자를 벗었어. 누구 앞에서도 안 벗는 모잔데." 엄마는 엉엉 울었다. 어떻게든 우리에겐 아버지에 대한 추억을 남겨주겠다는 듯 엄마는 아기처럼 발버둥질 치고 있었다.

가게는 두 평 남짓한 방이 붙어 있었고 방은 그 방의 반만 한 부엌으로 이어졌다. 부엌 문을 열면 바로 주인집 마당과 통했다. 부뚜막에는 하지감자 박스만 덜렁 놓여 있고 쌀이나 다른 양념은 보이지 않았다. 연탄을 때지 않는 아궁이에는 아버지가 마신 듯한 빈 소주병들이 거꾸로 박혀 수정 결정체처럼 삐죽빼죽 솟아 있었다. 엄마 말을 빌리자면 미친년 궁뎅이만 한 부엌이었다. 여름 들어 내내 감자만 삶아 먹었는지 박스 안의 감자는 벌써 바닥을 보이고 있었다. 막내는 아버지가 손뼉을 치고 이름을 부를 때마다 울음을 터뜨리며 엄마 등에 매달렸다. 엄마가 궁뎅이를 돌릴 수도 없는 부엌에서 막내를 업고 이른 저녁을 차리는 동안 우리는 데면데면 점방에 아버지와 앉아 있었다. 아버지가 낯선 건 우리도 마찬가지였다. 긴 방학 끝나고 개학 첫날 마주친 담임 선생님 같았다.

아버지는 밤 아홉 시가 되자 가게문을 닫았다. 함석판으로 된 문덮개를 번호대로 끼우자 출입구 쪽의 마지막 함석판에 몸을 굽히고 간신히 드나들 수 있는 쪽문이 생겼다. "아부지, 우리 저기로 나가봐도 돼요?" 절로나갈래대단히심심. 둘째가 선생님에게 질문하듯 아버지에게 물었다. 아버지가 고개를 끄덕였다. 그제야 우리는 진작부터 신기했던 쪽문을 들락거리면서 웃고 떠들었다. 함석판의 숫자들은 하나같이 줄줄 흘러내린 채로 말라 있었다. 함석판 3 다음에는 곧바로 5가 이어졌다. 죽을 사자와 동음이라 부러 4자를 쓰지 않은 듯했다. 죽은 할머니를 생각했다. 어제까지만 해도 살아 있었을 할머니. 할머니도 4자라면 끔찍이 싫어했다. 뱃사람의 아내에게는 금기 사항이 너무 많았다. 하지 않을 말을 입에 올리면 할머니는 땅에 대고 침을 세 번 뱉었다. 이젠 말할 수도 밥 먹을 수도 무엇보다도 아무에게나 욕을 내뱉고 어디 한번 해보자고 대거리를 할 수도 없다. 죽은 할머니. 그러자 같이 죽었을 할머니의 거기가 떠올랐다.

부두를 따라 크고 작은 배들이 묶여 있었다. 배들은 묶여서도 물결을 따라 흔들리고 있었다. 선착장에서는 상한 꼬막무침 냄새가 났다. 꼬막무침에 체한 적이 있던 둘째는 배도 타지 않았는데 벌써부터 얼굴이 노래져서는 엄마 등에 기대서 있었다. 부두에는 온갖 부유물들이 둥둥 떠 있었다. 바닷물은 흘수선을 넘을 듯 다가왔다. 피서객들이 객실을 다 차지했다. 울긋불긋한 옷을 입은 피서객들 틈에 잠깐 육지로 일 보러 나온 섬사람들이 모로 누워 잠을 청했다. 바닷바람과 햇빛에 그을린 피부가 기름에 전 창호지 같았다. 피서객들의 짐이 툭툭 발에 차였다. 대학생으로 보이는 젊은이들은 갑판 위에서 기타를 치며 노래를 불렀다. 낡은 여객선에서는 질 낮은 벙커시유 냄새가 났다. 선착장을 벗어난 배는 방파제 끝에 정박된 원양어선들 아래를 지나갔다. 컨테이너 박스들이 쌓인 항구를 벗어나자 멀리 오밀조밀 건물들이 들어선 부산이 보였다. 얼굴이 하얗게 질린 둘째는 배에 탄 순간부터 먹은 것을 질금대고 있었다. 곳곳에 뚜껑을 딴 분유 깡통들이 놓여 있었다. 둘째가 헛구역질을 할라 치면 엄마는 둘째의 턱밑에 분유 깡통을 들이댔다. 비닐 장판은 끈끈해서 살갗이 달라붙었다. 갑판 위로 올라갔다. 선미 쪽에 기름에 전 창호지 낯빛의 촌부들이 배의 쇠난간을 붙들고 일렬로 서 있었다. 허리가 앞으로 꺾일 때마다 입에서 뿜어져 나온 토사물이 바다로 떨어졌다. 나는 갑판에 벌렁 드러누웠다. 이글거리는 태양이 발치 위에 있었다. 구름떼가 천천히 한 방향으로 움직였다. 어질어질했다. 밑도 끝도 없이 갈릴레이 생각이 났다. "그래도 지구는 돈다." 여덟 글자였다. 그래도 지구는 돕니다. 그래도 지구는 도는구나. 나는 엿가락 늘이듯 문장을 열 자로 늘여가면서 지구의 자전 방향을 거슬러 걸었다. 배에도 리듬이 있었다. 나는 간신히 계단을 내려가 선미 쪽으로 다가갔다. 비슷한 베 한복을 입은 촌부들은 누가 누군지 분간이 가지 않았다. 한 사람이 객실로 내려가면 다른 사람이 그 자리를 채우는 듯했다. 뒷모습만 보니 그들은 똑같은 한복을 맞춰 입은 어머니 중창단처럼 보였다. 어머니 중창단들이 차례로 허리를 구부렸다. 나는 뜨겁게 단 쇠난간을 움켜쥐었다. 울컥 속에서 뜨거운 것이 솟구쳤다. 배에 타기 전 녹아 흘러내릴까 봐 허겁지겁 핥아먹었던 누가바의 바닐라 향이 역겨웠다.

사 년 만의 귀향. 아버지는 사 년 전 여름에 가족을 다 데리고 섬으로 들어왔다. 피서 핑계를 댔지만 사실은 할아버지를 구슬려 가산을 정리하려는 속셈이었다. 한때는 서너 척의 배가 있었다지만 내가 태어났을 때는 작은 발동선 한 척이 전부였다. 할머니가 옥수수나 고추를 길러 뽑아 먹는 산 밑의 밭 몇 뙈기는 안중에도 없었다. 아버지는 해수욕장 길목에 자리 잡은 할아버지의 집에 눈독을 들였다. 일일생활권으로 교통이 편리해지면 서울에서도 피서객들이 몰려들 거라는 생각에서였다. 바다에 흩어진 비경들은 여름이 아닌 다른 계절에도 관광 상품이 될 만했다. 할아버지는 말도 꺼내기 전에 발끈했다. 내가 태어났을 무렵 처음이자 마지막으로 서울 행차를 했던 할머니는 아버지를 따라 서울로 가고 싶었다. 할머니가 내가 다 알아서 할 테니 넌 잠자코 있으라며 아버지에게 눈짓을 보냈다. 결국 할아버지와 할머니의 싸움으로 번지고 말았다. 바락바락 대드는 할머니의 머리채를 할아버지는 그물 걷듯 휘어잡았다. 그물이 올라오듯 할머니의 몸이 할아버지 손에 끌려 올라왔다. 그날 밤 배도 끊기고 통행금지마저 내린 그 시커먼 밤에 아버지는 우리를 데리고 할아버지 집을 나왔다.

불과 사 년 사이에 많은 것이 바뀌었다. 아버지의 예상은 적중했다. 관광객 수는 해마다 늘고 있었다. 해안가를 따라 난 길만 아니었다면 집으로 가는 길조차도 찾지 못할 뻔했다. 주점과 다방, 여관, 음식점들이 해수욕장 길목을 따라 즐비하게 늘어섰다. 배가 들어오면 동네 여인들이 고무 다라이를 들고 배를 반기러 나오던 길이 어느새 유흥지로 변해 있었다. 뱃사람들 가운데 절반이 배에서 내렸다. 힘든 뱃일 대신에 한철 반짝 벌어 일 년을 나는 장사로 눈을 돌렸다. 비좁은 길은 피서객들과 호객을 하는 상인들로 붐벼 발 떼기도 힘들었다. 누군가 아버지에게 다가서며 알은체를 했다. "어? 옥이 아이가?" 아버지는 비좁은 길에 우리를 세운 채 서둘러 국민학교 동창과 악수를 나눴다. "말도 마라. 니가 안 와가 발인도 몬하고……" 동창이 가게에 대고 소리를 높였다. "퍼뜩 이리 와봐라." 가게 밖으로 쪼르르 키가 작고 통통한 여자가 튀어나왔다. "내 얘기했제? 이형옥이? 서울서 선생하는." 여자가 아, 반색하더니 고개를 숙였다. 아주 오래전에 아버지가 교직을 그만둔 사실을 동창은 모르는 모양이었다. 골목을 따라 올라가는 동안 몇 사람이 아버지를 알아봤고 서둘러 악수를 나누었다.

그물이 널린 돌담에 조등이 달려 있었다. 비좁은 마당은 동네 사람들로 북적였다. 검게 그을린 하관 빤 얼굴에 오종종한 키 때문에 사람들은 일가처럼 보였다. 사람들은 말다툼이라도 하듯 소리 높여 떠들어댔다. 부엌이나 변소 쪽에서 요란하게 웃으며 할머니가 뛰쳐나올 것 같았다. 툇마루 아래 할머니 것으로 보이는 슬리퍼가 엎어져 있었다. 신을이없는쓰레빠두짝. 시끄럽게 떠들어대는 무리 사이에서 딱따구리처럼 도드라진 목소리들이 튀어나오며 아버지의 팔에 매달렸다. "오빠아! 와 이제 오십니꺼!" "새이야, 먼 길 오느라 욕봤다." "오빠, 엄마가 죽었습니더!" 먼길이면다욕이나먹어. 아버지는 가까스로 중심을 잡으며 고모들을 떼어놓았다. "알았다, 알았어. 우선 아버지 좀 보고." 어두운 방구석에 틀어박혀 안주 없이 소주만 들이켜던 할아버지는 아버지를 보자마자 불같이 화부터 냈다. 발인 날짜 하나 딱딱 맞추지 못한 아들이 곱게 보일 리 없었다. 할아버지는 아버지를 볼 때마다 죽은 두 아들을 떠올렸다. 놓친 고기가 커 보이는 법이었다. 발인을 하러 왔다가 주저앉은 사내들은 이미 거나하게 취해 있었다. 큰고모가 주위를 둘러보더니 아버지의 귀에 대고 소곤댔다. 부르르 떨던 아버지는 구두를 던지듯 벗어두고 할아버지가 있는 방으로 들어가더니 문을 닫았다. "뭐라 캐쌌노?" 할아버지의 호통 소리가 새어나왔다. 일가 같던 마을 사람들은 저들끼리 모종의 눈빛을 교환했다. "뭔데? 뭔데?" 둘째가 끼어들려는데 누군가 둘째를 머리통을 밀어냈다. "어무니 어디 계시노? 불쌍한 우리 어무니 어디 계시노, 어?" 아버지가 뛰쳐나와 마당 이곳저곳을 살폈다.

아들을 기다리다 못해 염을 하고 입관한 뒤였다. 마당 한구석 그나마 햇빛이 들지 않는 능쪽에 병풍을 치고 시신을 모셔두었는데 열한시도 되지 않아 마당은 다글다글 햇빛이 끓어오르고 있었다. 아버지는 겅둥거리면서 병풍 뒤로 뛰어갔다. 관을 붙들고 아버지는 오열했다.

젯상의 음식들은 반나절도 넘기지 못해 쉰내를 풍기기 시작했다. 과일들도 곯았다. 그럴 때마다 나물과 국을 갈아 올리고 곯은 과일들도 새로 바꿔 얹었다. 새로 무친 나물에서도 갓 지은 밥에서도 꼬막무침 냄새가 난다며 둘째는 징징거렸다. 상복으로 갈아입은 엄마와 아버지는 땀을 뻘뻘 흘리면서 문상객들을 맞았다. 상복에 쓸린 목덜미가 벌겋게 부풀어 올랐다. 엄마와 고모들은 사람들이 안 보인다 싶으면 어디서나 치마를 벌렁벌렁 들어 올렸다. 발인 날짜가 늦춰지면서 오일장을 치를 수밖에 없었다. 소주를 마시던 노인이 말했다. "오일장이라?" 맞은편에 앉아 있던 노인이 받아쳤다. "우짜 겄노, 아들이 몬 왔는데……" 아들못와도오일장은좀. "그럼 가정이례준칙에 이배되는 거 아이가?" 준칙위반해그것은안돼. 마당 한 편의 수챗구멍에는 상한 음식들이 쌓여갔다. 파리떼가 꼬여들고 금방 구더기가 슬었다. 하루 종일 같이 있는 엄마와 아버지는 별일 아닌 일에도 티격태격했다. 메를 푸는 엄마에게 한 노인이 혀를 찼다. "하이고, 아낄 걸 아끼라. 메 좀 더 올리라마. 먼 길 가는 사람 배 안 곯쿠로." 노인 말을 고분고분

따라 고봉밥 푸듯 푸면 될 일을 엄마는 톡 쏘아붙였다. "우리 고향에 선 이렇게 풉니다." 다른 노인 둘이 유심히 보고 있다가 거들었다. "그기 어디 풍십이고?" 노인들의 이 말에 엄마는 심사가 완전히 뒤틀 려버렸다. "네네, 이러면 됐나요?" 우리는그래니네가알아? 엄마는 노 인들 보란 듯 메를 쌓아올렸다. 보다 못한 아버지가 끼어들었다. "정 말 학을 떼겠네. 어디서 또깡또깡 말대답이야?" "대체 아빠 누구 편 이야? 내 편이야? 저기 노인네들 편이야?" 아빠누구편내편노인편? "난 착한 편이다, 왜?" 사사건건 아버지와 엄마는 부딪쳤다. 언젠가 만나면 싸우기만 하는데 어떻게 우릴 만들었냐고 물었는데 엄마가 웃 으며 말했다. "십 분은 괜찮잖아. 십 분이면 충분하거든." 아버지는 고모들과 한통속이 되어 엄마의 부아를 돋우기도 했다. 그때마다 그 렇지 않아도 물불 안 가리고 냅뜨고 보는 할머니가 병풍 뒤에서 벌떡 일어나 "뭐라 카노?" 소리칠 것만 같았다.

마을 사람들은 볼일을 보러 오가던 중에 들러 잠시 다리를 쉬고 갔 다. 고모들은 평소 할머니와 친분이 두터웠던 할머니들이 오면 부르 르 끓어넘치는 국처럼 울음을 터뜨렸다. 숨을 쉬지 못할 듯이 울다가 도 정색을 하고 부엌에서 일을 돕는 마을 여자를 향해 외쳤다. "야야, 불 좀 줄이라, 국 다 졸아붙는다!" 불좀팍줄여국물다졸아. "탕에 넣을 두부캉 안 모자라나?" 나는 종종 연뭇국에 넣을 두부나 동생에게 먹 일 과자를 사나르는 잔심부름을 하면서 시간을 보냈다. 피서객이 몰 려들어 배는 두 편이나 증편되었다. 수많은 피서객들이 떠나가면 또 다른 피서객들이 몰려들어 깊은 밤까지 모래밭은 소란스러웠다. 각지 에서 사람들이 모이다 보니 사건, 사고도 많아졌다. 지서장과 순경 둘 뿐인 지서도 바빠졌다.

할아버지는 그곳 사내들이 그렇듯 성격이 급했다. 바다까지 몇 미터 돌아나가는 것이 귀찮아 아예 담장 한쪽에 개구멍을 냈다. 개구멍 밖으로 끝 간 데 없는 바다가 펼쳐졌다. 아침부터 하나, 둘 모여들기 시작한 사람들은 점심때가 되기 전에 모래밭에 가득 찼다. 원색 수영복 차림의 아가씨들이 지나가면 남자들이 꼬리 긴 휘파람을 불어댔다. 몇몇 사람들은 안전요원의 경고에도 자꾸 부표 밖으로 나가려 했다. 하루에도 수없이 안전요원은 호루라기를 불어댔다. 할머니 생각에 부르르 울던 고모들도 호루라기 소리가 들리면 울음을 딱 멈추고 담장 밖을 흘긋거렸다.

이른 아침, 피서객들이 사라진 모래밭은 여기저기 쓰레기가 널려 있었다. 둘째와 나는 아침마다 어떤 물건들이 떨어졌는지 모래밭을 돌아다녔다. 알 빠진 선글라스를 끼고 둘째가 웃어댔다. 바람 빠진 튜브에 바람을 불어보았다. 어디가 새는지 알 수 없었다. 누군가 바지를 벗어놓고 가기도 했다. 그렇게 해안가를 따라가다 보면 멸치밭이 나왔다. 해수욕장이 유명해지기 훨씬 전부터 섬의 마른 멸치는 전국 각지로 팔려나갔다. 피서객들이 들어오지 않는 해수욕장 끝에는 섬 아이들이 모여 놀았다. 아이들은 먹을 감다 배가 고프면 모래밭으로 올라와 꾸덕뚜덕 말라가는 멸치의 살점을 발라 먹었다.

미역에 엉겨 파도에 밀려온 수영모자는 그날의 최고 수확물 중 하나였다. 알록달록한 플라스틱 꽃이 박힌 수영모였다. 막대기로 건져 내려는데 쏜살같이 달려온 계집아이가 확 모자를 채 달아났다. 뒤따라가 잡으려 했지만 모래밭에서는 뛰는 것이 너무 힘들었다.

담장 안과는 너무도 다른 세상이었다. 밤이 되면 개구멍 밖의 바다부터 어두워졌다. 파도가 밀려올 때면 어둠 가운데서 반짝 면도날처

럼 하얀 날이 섰다. 문상객이 돌아가고 나면 고모들과 엄마는 툇마루
에 누워 이런저런 이야기를 나누었다. 유흥지 쪽의 불빛이 밤 깊도록
꺼질 줄 몰랐다. 빠른 박자의 노랫소리가 쿵쿵 울렸다. 해가 져도 숙
소로 돌아가지 않은 젊은이들이 모래밭에 둘러앉아 기타를 치고 노래
를 불렀다. "저 별은 나의 별, 저 별은 너의 별……" 아버지는 할아버
지와 술상을 놓고 앉아 있었다. 술을 따르면서 아버지는 할아버지를
넌지시 떠보았다. "이제 어떡하실랍니까? 어무이도 안 계시니 조석도
걱정이고……" "밤같이 까만 눈동자 저 별은 나의 별." 저 별은 나의
별, 부분에서 엄마가 조그맣게 화음을 넣었다. 잠시 뒤에 고모들도 합
세했다. 고만고만 또래들인 네 명의 여자들에게서 또 고만고만한 또
래였었을 계집애들의 모습이 보였다.

　"난 널 아껴, 그건 너두 알 거여." 담장 밖에서 한 남자의 목소리가
들려왔다. 잠시 뒤에 여자의 목소리가 이어졌다. "이것 놔. 등이 아프
단 말여. 알았으니께 놓고 말혀." 남자가 여자의 몸을 할아버지 집 담
장으로 밀어붙인 모양이었다. "말 듣기 전엔 못 놔. 그러니 너두 말
혀. 너도 내가 맘에 있잖여. 안 그려?" 작은고모가 쿡쿡 웃었다. "어
디 것들이고? 충청도가? 아따 멀리도 왔네." 큰고모가 조용히 하라며
눈을 찡긋거렸다. 우리는 숨죽이고 연인의 이야기를 들었다. 문득 우
리 사이 어딘가에 끼어 할머니도 듣고 있을 거란 생각이 들었다. 남자
는 애가 타는 모양이었다. "어떡하면 내 말을 믿을겨? 혈서를 쓰까?
못할 것도 읎어. 니가 하라면 시방이라도 할겨." 혈서라는 말에 여자
가 감동한 듯했다. 뜸을 들인 여자가 말했다. "무섭게 왜 이려? 나는
싫여, 무슨 혈서…… 꼭 말로 혀야 알어? 꼭 글로 써야 알……" 여자
의 말은 무언가에 눌려 이어지지 않았다. 작은고모가 아고고, 간지럽

다는 듯 웃었다. 간지러운 말들, 아버지도 듣고 있던 모양이었다. 아버지의 말이 낮아졌다. "들으셨지예? 아부지도 들으셨지예?" 아직까지 학생들을 가르치던 습관이 남아 있어 아버지는 밑줄을 긋듯 꾹꾹 눌러 말을 했다. "참 멀리서들 오지예? 세상이 바뀌었어예. 일일생활권이 돼가 하루면 몬 가는 데가 없어예." 할아버지는 잔에 남은 술을 한번에 털어 넣었다. "정확히는 아직 일일생활권이라고 할 수는 없지." 엄마가 끼어들었다. 아버지가 어이없다는 듯 혀를 찼다. "부산에서 섬까지 세 시간, 아침 일찍 움직이면 서울에서도 하루면 되지, 와?" 고모들은 아버지 편을 들고 보았다. "맞네, 맞아. 일일생활인가 뭔가." 엄마는 물러서지 않았다. 손발안맞아딱딱못맞춰. 할아버지 집을 팔려는 아버지의 속셈을 엄마가 모를 리 없었다. "그러니까 일일생활권은 아직 아니라는 거야. 서울에서 기차로 와서 배로 섬에 들어왔다 쳐. 그럼 그날로 서울까지 다시 갈 수 있느냔 말이지. 요는 그게 문제인 거지."

요는 엄마의 입이 문제라는 듯 아버지는 술잔을 소리 나게 내려놓았고 할아버지는 쿵, 소리를 내며 자리에 누웠다. 담장 밖의 충청도에서 온 연인들은 돌아간 모양이었다. 간질간질한 말. 엄마와 아버지도 그런 말들을 주고받던 때가 있었을 것이다. "난 널 사랑해. 너두 그건 알잖아." 아버지도 누군가의 집 담벼락에 엄마를 떠다밀며 뜨거운 입김을 쏟아 부었을 것이다. 아버지 입에서 나는 술 냄새에 엄마는 얼굴을 돌린다. "앗, 아퍼. 등에 뭐가 배긴다구." "언제면 내 말을 믿을 거야? 혈서를 쓸까? 니가 하라면 지금이라도 쓸게." 엄마도 그 말에 감동을 받았을 것이다. 아버지는 엄마의 입에서 떨어질 말을 기다리며 서 있었을 것이다. 엄마는 아버지의 두 눈을 말똥말똥 올려다보며 똑

부러지게 말한다. "혈서는 싫어. 피는 색깔이 변해. 쓸 거면 잉크로 써줘."

아버지는 슬리퍼를 요란하게 끌면서 밖으로 나갔다. "아빠! 어디 가?" 엄마의 말에 아무런 대꾸도 하지 않았다. 엄마는 고모들에게 불평을 늘어놓는다. "저런다니까요. 사람 말을 콧등으로도 안 듣는다니까요." 젊은 남자가 바다에 대고 고함을 친다. "수정아! 사랑한다. 내 사랑을 받아줘!" 사랑해수정나를받아줘. 대답은 바다가 아니라 엉뚱한 유원지 쪽에서 왔다. "이리 온나, 내 받아주께." 사람들은 죄다 사랑을 하러 바다에 온 듯하다. 사랑을 하러 와서 노래를 부르고 술을 마시고 싸움을 한다.

파도가 점점 높아지고 있었다. 검게 그을린 아이들은 일렬로 늘어서 손을 잡고는 파도가 오기를 기다렸다. 파도가 덮치려는 순간 한꺼번에 뛰어올랐다. 파도를 피하지 못하고 물을 먹은 아이들이 캑캑대며 욕설을 내뱉었다. 아버지도 섬에서 나고 자랐다. 닮았다면 누구와 닮았을까, 아이들을 유심히 보는데 그중에 수영모자를 채간 그 계집애가 있었다. 나와 둘째는 금세 아이들에게 둘러싸였다. "이름이 뭐꼬?" "한나. 이한나." 하얀 이를 드러내놓고 아이들이 웃었다. "한나? 그럼 야는 두나가?" 아이들이 놀리는 것도 모르고 둘째는 덩달아 웃어댔다. 너희가 한나의 뜻을 알겠느냐, 은총이란 말을 알겠느냐. 그러니 선지자 사무엘은 알 턱이나 있겠느냐. 분해 입술을 꼭 다물고 있는데 다른 머슴애가 눈을 반짝이며 물었다. "학교와 핵교의 차이점을 아나?" 이번에도 아이들이 웃었다. "학교는 다니고 핵교는 댕긴다!" 계집애는 이쪽은 거들떠보지도 않고 헤엄을 치는 연습에 몰두해 있었다. 가라앉을 듯하다가 물 위로 떠오르고 얼마 못 가 가라앉았다. 그럴 때마다 수영모자를 쓴 계집애의 머리통만 보였다.

파출소 순경 둘이 집으로 들이닥쳤다. 입관해놓은 관을 열고 염습까지 한 시신을 보러 몰려든 사람들이 웅성댔다. 툇마루에서 선잠을 자고 있던 나는 불현듯 잠에서 깼다. 병풍은 걷어졌고 마루에서 끌어간 전구가 마당을 밝히고 있었다. 관 뚜껑이 열리고 나는 미라처럼 관에서 벌떡 일어서는 할머니를 보았다. 드디어 올 것이 왔다고 생각했다. 발인을 앞두고 아직 매장 허가도 못 받았으니 까딱하다간 오일장도 못 치르고 날짜를 넘길 게 뻔했다. 사사건건 충돌하는 아버지와 엄마, 지레 뒷짐 지고 있다가 토를 달기만 하는 동네 노인들, 길어진 초상에 동네 사람들 걷어 먹인 음식값만 해도 적잖았다. 참고 누워 있자니 울화가 병이 되었을 것이다.

순경 중의 한 명은 아버지의 동창인 모양이었다. "이래꺼정 하는 내 마음도 알아도. 신고가 들어온 이상에는 우리도 별수 없다." 할머니의 급작스런 죽음에 이런저런 소문이 들고일어났다. 할아버지 집으로 오던 첫날, 모의를 하듯 중얼거리던 동네 사람들의 모습이 떠올랐다. 그날도 할아버지와 할머니는 크게 싸웠다. 할아버지는 고등어가 든 그물을 걷어 올리듯 할머니의 머리채를 움켜쥐었다. 그렇게 몇 번이나 그물을 걷어 올렸다. 아고 나 죽는다. 할머니가 고래고래 고함을 질렀다. 속이 상한 할머니는 부엌으로 들어가 할아버지가 먹던 소주병을 들고 나발을 불었다. 그 다음 날 할아버지가 깨어났을 때 곁에 누운 할머니는 죽어 있었다. 독살이라는 소문이 나돌았다. 소문은 꼬리에 꼬리를 물어 할아버지가 지랄 같은 할머니의 잔소리를 견디다 못해 자는 할머니의 귀에 독약을 흘려 넣었다고 했다. 아버지가 모인 사람들을 향해 고래고래 고함을 질렀다. "도대체 그게 말이나 됩니꺼? 이런 모함이 어디 있습니꺼? 야? 이거 리어왕도 아니고!" 아버지의 말은 엄마의 말에 또 끊겼다. "리어왕은 아니지, 햄릿이면 또 몰라도."

한여름 무더위에 나흘이나 누워 있었을 할머니 얼굴이 물크러진 수박 같을까 봐 걱정이 되었다. 염포를 풀자 도드라진 광대뼈가 드러났다. 마지막으로 할머니의 얼굴을 잘 봐두려 했는데 뒤에 서 있던 고모가 내 눈을 가렸다. 곧이어 고모들이 오열했고 아버지가 어무이, 하면서 마당을 뒹굴었다. 그 무더위에도 불구하고 할머니의 얼굴은 비교적 깨끗했다고 했다. 어른들 몰래 그 광경을 다 본 둘째가 말해주었다. 순경이 할머니의 입을 벌리자 쌀알이 나왔다고 했다. 이상하게도 쌀알이 꿈틀대더라고 했다. 할머니의 혀를 쭉 빼내 살펴보더라고 했다.

"예, 됐십니더!" 순경의 말이 끝나자마자 두 사람이 나서 시신을 수습했다. 관 뚜껑을 닫으려는데 그때까지도 고개를 갸웃거리고 있던 엄마가 앙칼지게 외쳤다. "잠깐만요!" 시신의 머리 쪽에 있던 사내가 화들짝 놀랐다. "하이고 식겁이야!" 사람들의 눈이 모두 엄마에게로 몰려 자초지종을 대라고 캐묻고 있었다. "오른손이 아니냐구요!" 밑도 끝도 없는 말이었다. 엄마는 답답한지 가슴을 두어 번 쳤다. "그러니까 왼손 위에 오른손이 와야 되는 거 아니냐구요?" 뭔 소리고? 이번에도 사람들은 알아듣지 못했다. 엄마가 스스로 두 손을 활짝 펴서 배꼽 위에 왼손을 놓고 그 위에 오른손을 포갰다. "여자는 오른손이 위에 와야 하는 거 아니냐구요!" "왼손, 오른손 순서가 있나?" 막내고모가 물었다. 어른들이 다가가 시신을 살펴보았다. "오른손 맞는데?" 이번에도 엄마는 가슴을 쳤다. "보는 사람 입장에서 말고 할머니 입장에서 봐야죠." 누군가 뒤에서 말했다. "그기 어디 법이고?" 엄마가 군

시렁댔다. "법, 법. 거참 법 되게 좋아하시네." 왼손이다, 오른손이다, 의견이 분분했지만 지금으로서는 어쩔 도리가 없다는 것으로 결론이 났다. 드디어 매장 허가가 떨어졌다.

아침부터 집 안은 염폿국 냄새가 진동했다. 마당 안에 들어오지 못한 상여는 문밖에 대기하고 있었다. 새로 장만한 듯 상여의 단청이 선명했다. 색색의 연꽃들이 활짝 피어 있었다. 상여꾼들이 서둘러 염폿국에 밥을 말아 먹었다. 잠에서 깬 피서객들이 발돋음을 해서 담장 안을 엿보고 지나갔다. 하나, 둘 동네 노인들이 몰려들기 시작했다. 관이 상여에 실렸다. 상여꾼들이 상여 곁으로 가서 자리를 잡아 섰다. 그때였다. 개구멍에서 검게 탄 아이가 뛰어들었다. "아가 빠졌십니더!" 아이는 말을 못 잇고 손가락으로 바다만 가리켰다. 사람들이 우르르 개구멍 밖으로 나가 달렸다. 아버지는 상여와 바다를 번갈아 보며 손바닥만 비벼댔다. 뒤늦게 개구멍을 빠져나온 나와 둘째는 사람들 뒤를 따라 달렸다. 아이들이 모여 서 있었다. 몇몇 아이들이 바다로 들어가 자맥질을 하고 있었다. 하지만 매번 혼자만 나왔다. 어른들이 바다로 뛰어들었다. 삼베옷이 물을 먹고 축 늘어졌다. 옷을 벗어던진 어른들이 바다 속으로 사라졌다. 일이 분이 길게 느껴졌다. "옆에 있었는데 잠깐 딴 데 본 사이 없어짓십니더." 아이가 울고 있었다. 몇 번의 헛자맥질이 이어졌을까, 잠시 뒤에 물속에서 솟구친 머리가 소리를 질렀다. 주위에 있던 어른들이 그쪽으로 몰렸다.

계집아이였다. 수영모자를 썼던 그 계집아이였다. 얼굴이 파리했다. 어른들의 손이 다급하게 움직였다. 인정사정없이 가슴을 눌러댔다. 갈비뼈가 다 드러나는 앙상한 가슴이 덜컹 움직였다. 몇 분이 흘렀을까 여자애가 입으로 물을 토해냈다. 켁켁 두어 번 기침을 하더니 숨을 쉬기 시작했다. 다 큰 계집애가 입을 크게 벌리고 울었다.

할머니는 평생 총총 걸어 다니던 고샅을 상여 타고 마지막으로 돌았다. "하이고, 편테이!" 상여 위에 앉아 동네를 천천히 둘러보며 웃고 있는 할머니의 모습이 떠올랐다. 피서객들은 상여를 보자 움칫 물러섰다. 행렬은 꼬리를 물고 길어졌다. 돈을 꾸었거나 꿔줬거나 떼였거나 부침개를 나눠먹었거나 물 좋은 고기를 가로챘거나 머리끄덩이를 잡고 싸웠거나 동네 사람 누구 하나 할머니와 추억 하나 없는 사람이 없었다. 상여를 따라오던 노인들이 중얼거렸다. "까딱했으믄 육일장 될 뻔했다." "육일장? 육일장은 안 한다, 구일장이지." 한 노인이 궁금하다는 듯 다시 물었다. "와 구일장일꼬. 3일 5일이믄 다음은 7일이지." "그많은 객식을 우찌 다 알껬고." "하, 구일장으로 했다간 위에 소리가 들어갈 끼다. 가정이례 위반으로다가."

해안가로 상여가 들어섰다. 누군가 와 곡을 안 하노, 했다. 아버지가 아고, 했다. 고모들이 따라했다. 곡을 하던 엄마가 깨진 병조각이라도 밟은 듯 어쿠, 했다. "또 뭐야? 제발 좀 가자!" 아버지의 지청구가 이어졌다. 엄마는 김치 생각을 했다. 담가놓고 입도 대지 못한, 지금은 촛국이 되었을 김치 생각을 하자, 이제 좀 살 만한 모양이라고 혼자 웃었다.

미역에 감겨 쓸려갔다 다시 밀려오는 것은 꽃이 달린 수영모자였다. 계집애가 물에 빠지면서 잃어버린 모양이었다. 물속에서 수영모자가 벗겨지는 줄도 모르고 계집애는 사경을 헤매었을 것이다. 이젠 내꺼야쓰는게임자. 나는 얼른 수영모자를 썼다. 해안선 끝으로 흰 옷 입은 사람들이 점점이 멀어졌다.

할아버지는 그 이듬해 집을 팔고 서울로 왔다. 서울로 와서는 뒷방 노인네가 되었다. 아버지는 그 집을 아내에게 아버질 선생이라고 소개했던 동창에게 팔았다. 선생이라 자랑스럽다던 그 친구는 아버지가 선생이라는 점을 악용했다. 학생들만 가르친 아버지는 세상물정에 어두웠다. 할아버지의 그 집은 관광상품점이 되었다가 여관이 되었다가 러브호텔로 바뀌었다. 호텔 프런트에 앉아 있던 그 아저씨는 여자 혼자 투숙하겠다고 하니 의심스러운 눈으로 날 쳐다보았다.

그 뒤로도 몇 번 나는 아버지에게 전보를 쳤다. 어느 날 엄마가 말한 내용을 찢어버리고 '당신이너무보고싶어요'라고 보냈다. 마치 그 말을 기다리느라 수년을 떠돈 사람처럼 아버지가 돌아왔다. 사명감과 함께 내 속의 열 박자 리듬감도 다른 박자로 옮겨 탔다. 상급생이 되면서 배운 수사법에 빠져든 탓도 있었다. 내 속의 문장은 만연체로 화려한 수식어를 달고 길고 또 길어졌다.

나는 멀어지는 상여를 보며 서 있었다. 나도 할머니처럼 거기로 국수 뽑듯 애 여섯쯤 낳고 나면 시원하게 빗장 풀듯 두 다리를 열게 될까. 할머니가 알면 조금은 슬플 것 같았다. 이런저런 모습 다 두고 하필 거기로 할머닐 떠올리게 될 테니까. 그렇게 할머니는 마지막 길을 떠났다. 총총총총총총이만총총.

| 우수상 수상작 |

서열 정하기 국민투표

—율려, 낙서공화국 1

김종광

1971년 충남 보령 출생.
중앙대 문예창작학과 졸업.
1998년 《문학동네》 신인상에 단편 〈경찰서여, 안녕〉으로 등단.
2000년 〈중앙일보〉 신춘문예에 희곡 〈해로가〉 당선.
소설집 《경찰서여, 안녕》 《모내기 블루스》 《짬뽕과 소주의 힘》 《낙서문학사》,
장편소설 《71년생 다인이》 《야살쟁이록》 《율려낙원국》 등.
신동엽창작상 수상.

서열 정하기 국민투표
─율려, 낙서공화국 1

1

여러분이 이 취재기를 읽기 위해서는 약간의 사전 이해가 필요하다. 율려공화국의 '낙서'는, 우리나라 사람들이 인식하는 '낙서'와 전혀 다르다는 것이다.

우리말의 낙서는 국어사전에 적힌 바대로 '떨어질 락落' 자를 쓴다. 옛날에는 '글을 베낄 때에 잘못하여 글자를 빠뜨리고 쓴 것'을 가리키는 말이었다가, 근현대에 들어 '글자, 그림 따위를 장난으로 아무 데나 함부로 쓰는 행위, 또는 그런 장난으로 태어난 글자나 그림'을 폭넓게 이르는 말로 애용되고 있다. 국어사전은 나아가 '장난 글씨'란 말로 순화하자고 주장하고 있다.

그러나 227년 전에, 조선 선비 허생이 천민들을 데리고 동중국해로 나아가 세운 섬나라 율려국의 낙서는 '즐길 락' '노래 악' '좋아할 요'

등으로 두루 쓰이는 '樂'을 쓰며, 문학의 한 장르를 가리킨다. 아니, 낙서가 유일무이한 문학 장르라고 말하는 게 적확하겠다. 낙서를 제외한 장르는 없는 것이나 마찬가지니까(율려에서는 낙서와 문학이 거의 동의어로 쓰인다).

율려인들의 낙서에 대한 사랑은, 우리 대한민국 사람들의 축구(더 정확히 말하면 월드컵 16강을 목표로 하는 국가대표팀의 축구와, 위성중계 덕에 맛보게 된 프리미어 리그와 챔피언스 리그를 위시한 유럽 축구)에 대한 사랑에 버금간다고 생각하면 된다.

'낙서'에서 파생된 말 '낙樂하다'는—우리말에는 없는데 무식하게 번역하자면 '낙서를 한다'가 되겠다—율려 사람들이 가장 잘 쓰는 말 중 하나다. 율려인들은 언제 어디서나 낙한다. 자국에서든 타국에서든 제 나라 사람들끼리 틈만 나면 '낙하는' 것은 당연지사이고, 타국인에게도 짬만 생기면 '낙하자'고 졸라댄다.

그래서 거의 모든 율려국 관광 안내서에는 '율려를 백배 즐기기 위해서는 낙서에 대한 향유 능력 필수'라는 문구가 들어 있는 것이다. 여러분이 율려국에 갈 생각을 하고 있다면, 그 나라의 풍광 때문이기도 하겠지만, 그보다는 매춘을 하기 위해서일 테다. 관광 안내서에 품위 있게 적혀 있는 말은, 여러분이 매춘을 할 때 낙서를 할 줄 알거나, 알아듣거나, 하다못해 장단이라도 맞춰줄 줄 안다면 매춘부들에게 때깔 나는 서비스를 받겠지만, 그렇지 못할 경우에는 상상하던 것보다 떨어지는 서비스를 받게 될지도 모른다는 경고인 것이다. 율려국 인구의 40퍼센트를 차지하는 매춘부들은 거의 전부가 낙서를 향유하고 있으며, 그 향유 능력을 고객에게도 아낌없이 선보이려는 경향이 있기 때문인 것이다.

하지만 낙서를 모른다고 너무 실망하지는 마시라. 왜냐하면 대한민국의 천편일률적인 매춘 시스템 속에서 성장한 당신의 상상력으로는, 율려국에서 매춘을 하고 실망할 수가 없단다. 율려국의 매춘부가 당신이 낙서를 모른다고 제 딴에는 최하의 서비스를 했다손 치더라도, 당신은 당신의 매춘 역사에 있어서 가장 큰 성취를 보게 될 거라는 말이다.

세계인들은 우리 한국의 자랑스러운 '김치'나 '태권도'를, 도대체 번역할 자국어를 찾을 수가 없어, 들은 그대로 '김치'와 '태권도'로 발음하는 것처럼, 율려국의 '낙서'도 '낙서'라고 듣고 말한다. 그리고 세계인들은 율려국의 낙서를, 최대한 단순하게 정리해서 말하자면 '율려국 특유의 문학 형식'이라고 이해한다. 한국의 시조, 일본의 하이쿠 같은 것으로 말이다.

처음엔 한국의 김치나 율려국의 낙서나 요령부득이지만 여러 번 겪으면, '김치는 한국 사람들이 가장 잘 먹는 거. 절인 배추에 고춧가루 잔뜩 묻힌 거' '낙서는 율려인들이 가장 좋아하는 문학 형식. 다른 나라에서 5대 장르라고 일컫는 것들이 짬뽕된 거'라고 이해하게 되는 것이다.

하지만 우리나라 사람들은 좀 다르다. 율려국 사람들에게 낙서라는 말을 처음 들으면, 우리는 당연히 우리말의 낙서를 떠올린다. 한국어와 율려어가 흡사하다는 것은 상식이다. 그러니 한국인이 율려어의 낙서를 한국어의 낙서와 다름없는 것으로 여기는 건 당연한 바다

해서 우리 한국인은 당최 해득을 못한다. 율려인들의 낙서에 대한 과도한 애정을. 낙서가 축구보다 더 위대한 것이란 말인가? 축구도 지지리도 못하는 나라가—율려국의 피파 랭킹은 209위로서 꼴찌를

간발의 차이로 면했다—축구 선수들이 심심풀이 땅콩으로나 끼적거리는 낙서 따위에 왜 저다지도 열광한단 말인가. 미친놈들 아닌가?

의심이 강하거나 탐구욕이 깊은 한국인이라면 약간의 공부로 궁금증을 해소할 수 있다. 정말이지 약간의 공부다. 인터넷에 접속해 율려국에 대한 정보를 좀 자세히 읽으면, 그러니까 그 나라의 매춘 시스템에 대해서만 읽지 말고 문화에 대해서도 읽으면 되는 것이다. 그러나 대개의 한국인은 약간의 공부를 하지 않는다. 학창 시절에 공부를 너무 열심히 한 탓에 성인이 되면 공부를, 진지하고 무거운 얘기를 하는 것만큼 싫어하기 때문이다.

사물이든 관념이든 오해는 첫 만남에서 기인하기 십상이다. 한국의 벼락부자들은 거의 율려국에서 살다시피 하는데, 이들은 만날 낙서에 죽고 사는 매춘부들과 놀아나면서도 그 낙서가 그 낙서인 줄 안다. 문학적 소양이 뒤떨어지는 사람들에게는 문학적으로 고양된 말이 그냥 소리로 들릴 뿐인 것이다.

하지만 율려국 낙서에 대한 곡해는 이러한 율려국에 살다시피 하는 한국인 돈부자들 때문이 아니라, 딱 한 번, 혹은 두어 번 율려국을 방문한 한국인 좀생이들(부자가 아니라는 뜻이다)로부터 기인한다. 부자들은 고국에 와서 못 사는 사람들(율려국에 한 번도 가지 못한 사람들)과 만나는 일이 없기 때문이다.

아무리 입이 무거운 사람일지라도 율려국 방문 경험은 다른 사람들(가난뱅이 한국인들)에게 떠벌리지 않고는 못 배긴다. 그래서 그 좀생이들은 아주 여러 사람들에게 율려국의 놀라운 매춘 시스템과 그 시스템 속에서 노닌 하룻밤, 혹은 이틀 밤을 자랑하게 되는데, 이때 '그 나라 사람들(매춘부들)이 낙서를 엄청 좋아한다'는 것을 말할 수밖에 없다.

이걸 들은 한국인들은 율려국의 매춘 시스템을 꼭 한 번 경험하리라는 염원이 발동하는 것과 동시에, 왜 그 나라 사람들은 낙서 따위를 좋아할까, 참 괴상한 놈들이네, 국민성이 낙서 나부랭이 같을 거야, 하는 식의 옥생각을 장착하게 되는 것이다. 낙서를 거의 목숨처럼 여기는 율려인들이 알면 기절초풍할 일일 테다.

2

나는 인천공항을 뜬 지 사십오 분 만에 율려공항에 도착했다. 나도 율려국이 처음이었다. 율려국에 처음으로 출장 온 전 세계의 젊은이들이 대개 그러하듯이, 내 마음은 콩밭에 가 있었다. 업무는 뒷전이고 매춘부터 하고 볼 생각이었다. 율려국의 매춘 시스템은 24시간 내내 가동이라니, 내가 오전 열 시에 떨어진 것이 무슨 상관이랴.

나는 택시를 타고서 말했다. "가장 싼 데로 가주세요."

관광 안내서에는 이렇게 적혀 있었다. '율려공화국은 매춘공화국이라고 해도 좋을 만큼 매춘적이다. 장소와 시간과 상대자의 신분에 관계없이 하고 싶은 말을 가장 직설적으로 해라.'

택시 기사가 말했다. "이거 참, 오늘은 어려울 텐데 말입지. 오늘 내일은 공휴일이나 다름없단 말입지."

율려국 택시 기사들은 기본적으로 세 가지 외국어(영어는 필수. 요즘은 중국어도 필수로 해야 한다는 주장이 크게 일고 있단다. 중국이 곧 미국을 앞지를 거라는 전망은 율려국에서도 대세인 것이다)를 구사할 줄 알아야 취업이 된다. 택시들이 아예 언어권별로 서 있다. 외국인은 자기 나라말로 '택시 승강장'이라고 써진 데로 가서 타면 되는 것이다.

유일하게 아무 데서나 타도 되는 사람들이 있었다. 바로 우리나라 사람들. 한국어와 율려어는 남한어와 북한어 사이보다 더 가까우니까 (건국 선조들이 대개 충청도와 전라도 출신이었던 관계로 율려말은 남한말에 훨씬 가깝다). 율려국에서도 한국어는 외국어로 치지 않는다. 그러니까 택시 기사들은 남한어와 북한어까지 합하면 5개어를 할 수 있는 것이다.

"무슨 말씀이신지요? 율려국 매춘은 쉬는 날이 없다고 들었는데요?"

"그렇습지. 하지만 우리나라 사람들에게 너무 중대한 일이어서 말입지."

"뭐가요?"

"참으로 슬픕지. 우리나라 사람들은 그토록 좋아하는데 다른 사람들은 도통 관심이 없단 말입지. 한국 사람들까지 말입지. 한국 사람들 너무합지."

기사는 내가 한국인 대표라도 된다는 듯 힐난하는 투였다. 율려국 택시 기사의 친절 수준은 매춘의 수준과 아울러 세계 정상이라더니 다 거짓말이었나? 손님에게 이유도 없이 인상을 쓰다니.

내가 멀뚱히 있자 기사가 다시 외치듯 말했다. "한국 사람들도 낙서를 엄청 한다고 들었습지!"

"아, 낙서요!"

기사는 더 이상 말없이 핸들을 움직일 뿐이었다. 이 사람이 정말, 인상을 썼으면 해명을 해야 할 거 아냐? 관광객을 핫바지로 아나?

"아저씨, 낙서가 뭘 어쨌는데요?" 나는 채근하듯 물어보았다.

그러자 기사가 벼락 때리는 소리를 냈다. "내일이 국민투표란 말입지!"

귀가 한순간 멀어버리는 줄 알았다. 이런, 개발! 손님한테 호통을 치다니. 이런 상황에서 성질이 안 날 관광객이 어디 있으랴. 나도 빽소리를 질렀다.

"국민투표란 건 나도 알아! 그게 뭐 어쨌단 말이야!"

갑자기 기사의 목소리가 낮아졌다. "국민투표라는 걸 압?"

나도 목소리를 낮췄다. "알아요."

"국민투표라는 걸 알면서 그런단 말입!" 기사의 목소리는 장탄식에 가까웠다.

기사가 한동안 말을 하지 않았다. 나도 더는 무슨 말을 해야 할지 몰라, 또 해야 할 일을 생각하느라, 가만히 있었다.

사실 나는 기사가 '국민투표'라는 말을 입에 담는 순간, 한 대 맞고 정신을 차린 놈처럼, 내가 율려국에 온 이유가 생각났다. 나는 단순한 관광객이 아니었다.

3

보름 전에 광광기업 홍보처에서 발행하는 《여자만세》 편집부에서 전화가 왔다.

"저희가 참 신기한 일 하나를 발견했는데요, 선생님도 들으시면 웃으실 겁니다만, 율려국에서 글쎄 '낙서인 서열 정하기 국민투표'를 한다지 뭐예요. 너무 웃기지 않아요? 낙서를 한다고 낙서인이라고 부르는 것도 웃신데, 그런 낙서인들을 1위, 2위, 3위 하는 식으로 서열을 매기겠다는 거예요. 그것도 국민투표로요. 정말 웃기고 신기하지 않나요?"

"그러게 말입니다. 참 신기하고 웃기군요."

"그런 게 바로 저희 '세상에 이런 신기한 일이' 꼭지가 열렬히 찾던 사건이죠. 요 몇 달 실린 글들이 신기하지 않다고 독자들이 어찌나 난리인지 힘들어 죽는 줄 알았어요. 요새 독자들은 웬만한 것에는 눈도 꿈쩍 않는다니까요. 재벌 총수가 조폭처럼 사람을 패야, 좀 신기해할까. 그런데 이번엔 뭐 취재거리가 확실하죠. 그걸 재밌게 써줄 분만 있으면 되는 거죠. 선생님께서 써주실 거죠?"

"제가요? 제가 왜요?"

"어머, 어머, 저희 잡지 원고료 세다는 얘기 못 들으셨어요?"

"들었죠. 그러니까 더욱 의아해서요. 저같이 미미한 소설가에게 그런 고액 원고료 청탁이 들어올 리가 만무해서 말이죠. 전 여성 분들이 만세 부를 만한 소설을 쓴 적도 없는데……."

"《낙서문학사》쓰신 분 아니세요?"

"맞는데요."

"그러니까요. 《낙서문학사》까지 쓰셨으니 낙서에 대해 조예가 깊으실 거 아니세요?"

"조예가 깊은 거, 아니고요, 그리고 그 《낙서문학사》는, 그게 그러니까 그 낙서를 쓴 게 아니고, 그러니까 그게 어떻게 된 거냐면, 혹시 《낙서문학사》를 읽어보기는 하셨는지 의문입니다만, 읽어보셨으면 그게 낙서와는 별 상관이 없다는 걸……."

"아우, 작가님 참 겸손하시다. 더욱 맘에 들어요. 제가 선생님 소설을 읽지는 않았지만, 제가 너무 바빠서요, 뭐 재미있겠지요. 낙서에 대한 이야기일 테니까요. 꼭 읽어볼게요. 장당 오만 원이거든요. 원고 매수는 재미만 있다면 상관이 없어요. 백 매가 넘어도 괜찮아요. 해주실 거죠?"

나는 장당 오만 원이라는 말에 너무 놀라 입이 쩍 벌어져서 굳었다. 문예지들이 장당 사천 원에서 일만이천 원, 사보들과 신문이 일, 이만 원 하는 때에 장당 오만 원이라니.

나는 무조건 하겠다고 말했다.

"그런데 취재비는 어떻게 되는 건가요? 설마 제 돈 가지고 갔다 오라는 건 아니겠지요?"

"아우, 작가님 그렇지 않아도 말씀드리려고 했는데 먼저 물으시네요. 저희가 취재비까지 드렸으면 좋겠지만, 요새 사정이 안 좋아서, 취재비는 원고료에서 알아서 해주시면 안 될까요? 좀 부탁드려요. 많이 쓰시면 되잖아요?"

그럼, 그렇지. 하지만 나는 취재비가 나와봐야 얼마나 나오겠냐 하고 수락했다.

인터넷을 뒤져보았다. 율려국을 왕복하는 데 비행기 삯이 백만 원 정도였다. 중국이 비행기 삯을 내리자, 제주도도 내려서, 중국 제주도 둘 다 왕복 십만 원대로 내려갔지만, 중국이나 제주도보다 아주 조금, 더 먼 율려국은 내리기는커녕 더 올라간 금액이라고 했다. 워낙 찾는 사람이 많고, 동아시아 여러 나라들에 무슨 문제가 있을 때마다 오를 줄만 알고 내릴 줄은 모른다는 거였다.

율려국 안내 사이트로 들어가서 최소 이틀간의 숙박비를 따져보니 가장 싼 데서 자고 가장 싼 데서 먹어도 백만 원은 너끈히 나올 것 같았다.

비행기 삯과 숙박비만으로도 예상을 열 배 정도 웃도는 취재비였다. 백 매를 쓰기로 편집부 직원과 합의를 봤으니, 오백만 원을 벌게 되는데, 취재 비용 이백만 원을 제하면 삼백만 원. 삼백만 원도 어마어마한 금액. 나는 하기로 한 것이 너무 잘했다 싶었다.

그리고 율려국에 도착하자마자 수입(선금으로 이백만 원을 받았다)의 일부를 헐어 매춘부터 하고 볼 계획을 세웠던 거다.

4

일단 매춘을 한 다음, 국민투표관리위원회 위원장을 만나고, 그 다음에는 거리로 나가 무작위로 한 열 명쯤의 인터뷰를 따고, 저녁엔 젊은낙서인포럼의 국민투표 반대 집회를 취재하고, 밤에는 그들 술자리에 끼어 한잔 하고, 푹 잔 다음에, 동하면 까짓것 매춘 한 번 더 하고, 그리고 아침에 투표소 몇 곳을 방문하고……, 이렇게 준비해온 취재 일정을 되새겨보고 있는데, 기사가 차를 세우고 말했다.

"우리나라 사람들은 다 공부하고 있단 말입지. 들어가 봐야 영업을 안 할 거란 말입지. 나처럼 관광국에 등록된 기사들이나 거의 강제로 영업을 하고 있습지. 나도 빨리 공부해야 하는데 말입지, 총정리를 해야 하는데 말입지, 우리 택시노조가 협상을 잘해야 하는데 말입지……."

"그런데 차를 왜 세우세요?"

"여기가 바로 가장 싼 데입지. 섹스방거리라고 합지. 몇 푼 없는 한국인들은 다 여기서 하고 갔습지."

"여기가 섹스방거리라고요?"

"그렇다니깝."

"왜 아무것도 없어요?"

관광 안내서에 '일 년 365일 24시간 내내 휘황찬란하게 네온이 타오르며 별처럼 많은 팔등신 미녀들이 호객 행위를 하는 곳으로서 거리에 들어서는 순간 섹스여인국에 온 것 같은 감동으로 당신은 기절할지도 모른다'라고 써진 데였다. 그런데 네온사인들은 죽은 벌레처럼 어두웠고, 굳게 닫힌 셔터문의 기다란 평행선은 이스라엘 놈들이 팔레스타인 점령지에 세운 장벽과도 같았다. 나는 기사가 엉뚱한 곳으로 온 게 틀림없다고 단정하고 다그쳐 물었다.

"왜 아무것도 없냐니깐요?"

"몇 번이나 말했잖습. 내일이 국민투표라 영업하는 데가 없을 거라곱!"

"아니, 국민투표하고 매춘하고 무슨 상관이란 말입니까?"

"정말 답답한 양반이구맙. 한국 사람들은 당신처럼 다 쑥맥입? 매춘부들 얼굴이라도 만나고 싶다면 도서관으로 데려다줍. 우리나라의 매춘부들은 도서관에 다 있을 것입지."

나는 기사를 달래 다른 거리로 가보았지만, 역시 마찬가지로 철시상태였다. 세 번째 간 거리도, 네 번째 간 거리도 마찬가지였다. 인정하기 어려웠지만, 제주도보다도 작은 섬나라를 이 정도 택시로 돌아다녀서 보이는 게 없다면, 기사의 말이 순 거짓은 아니라고 봐야 할 것 같았다.

나는 확인해보고 싶었다. "도서관에 한번 가보지요."

인상을 박박 쓰고 있던 기사의 얼굴이 활짝 펴졌다. "진작 그럴 것입지."

그러나 나는 도서관에 들어갈 수 없었다. 차들이 워낙 빽빽하게 밀려 있었기 때문이다. 내가 탄 택시가 멈춘 지점은 도서관 정문으로부터 1.5킬로미터 떨어진 데라고 했다. 도서관으로 향하는 좌우 인도도 줄 서 있는 여성들로 꽉 차 있었다. 줄 서 있는 여성들은 죄다 책을 들고 있었다. 우리나라 미 대사관 앞에 주야장천 서 있다는 줄도 저 정도로 길지는 않을 거였다.

"기사님, 좋아요, 공부를 한다고 칩시다. 국민투표를 앞두고 총정리를 한다고 칩시다. 집에서도 할 수 있는 거 아닌가요? 왜 저렇게 줄을 서면서까지 도서관에서 하려는 건가요? 차라리 집에서 하는 게 시간 절약이 되지 않나요? 더 편안하고!"

"그렇지가 않습지. 인터넷이 발달했다지만 인터넷은 명백한 한계를 가지고 있잖습. 2000년 이전 문학은 미비하다는 것입지. 우리 국민의 일인 평균 문학책 소장량이 세계 최고이기는 하지만 모든 문학책을 가진 사람은 드뭅지. 도서관에는 모든 문학책이 다 있습지. 우리 국민들은 소장하고 있지 않은 문학책을 읽기 위해서 도서관에 갈 수밖에 없는 것입지. 정말 중대한 국민투표 아니겠습. 혹시 내가 아직 안 읽어서 그 낙서인의 존재와 역량을 몰랐다면 그 낙서인에게 줄 수도 있었던 내 소중한 한 표를 못 주게 되는 것이란 말입지. 이것은 개인적으로도 중대한 과오이지만 이 서열을 정하는 중대한 국민투표 자체에 대한 과오가 되는 것입지. 과오를 조금이라도 줄이기 위해서 우리 국민들은 도서관으로 가는 것입지. 도서관은 내일 투표 마감 시간인 오후 여섯 시, 그 삼십 분 전까지 인산인해일 것입지. 지금 관광국과 택시노조가 협의 중인 긴급 휴업만 타결되면 우리 택시 기사들도 당장 도서관으로 달려갈 수 있을 텐데 말입."

"관광객은 어쩌고요?"

"모르옵! 우리 국민은 달러보다 문학이 더 중요합!"

공황상태에 빠진 나를 구원해준 것은 약속 시간이었다. 택시 기사는 국민투표관리위원회 사무실이 들어 있는 빌딩 앞에서 나를 내려주었다.

기사는 작별인사 삼았는지 말했다. "우리 율려인들은 한국인들도 낙서에 관심 좀 가져주었으면 하는 게 큰 바람입지. 한 핏줄 한 자손 아니겠습. 같은 낙서를 쓰는 혈통으로서, 우리 율려인은 한국인에게 매우 섭섭한 것입지."

나는 멍청히 서 있다가 문득 깨우쳤다. 한국 사람만 오해하는 게 아니라 율려국 사람도 오해하고 있었던 것을.

한국인이 율려인의 낙서를 장난 글씨로 오해하듯이, 율려인은 한국의 낙서도 율려에서와 마찬가지로 문학으로 대접받는 줄 알고 있는 거였다. 그래서 율려인 기사는 한국인인 나에게 그토록 서운해한 것이다. 제 나라 사람들은 낙서 때문에 투표까지 치르고 있는데, 그런 열기를 먼지만큼도 공감하지 못하는 한국인들이 야속했던 것이다.

그러니까 기사도 한국의 낙서에 대해 약간의 공부를 한 적이 없는 사람일 터였다. 기사가 진실을 알면 꽤나 상처받겠군. 모르는 게 약이라는 말이 괜히 있는 게 아니라니까.

5

나는 국민투표관리위원장 돌개바람과 마주 앉았다.

"밥은 먹었습?"

"못 먹었는데요."

"그럼 김밥을 먹습. 아, 식사 대접이 허술하다고 생각하지 맙습지. 이런 귀한 취재를 하러 오셨는데 홀대를 해서 쓰겠습. 문제는 식당들이 죄다 문을 닫았다는 것입지. 공부한다고 말입지. 할 수 없이 우리 국민들은 이틀 내내 김밥, 빵 같은 것으로 끼니를 때우고 있는 것입지."

"정말 공부 열기가 대단하군요. 우리 한국 수능 준비생들도 이 정도
는 아닙니다."

나는 두어 번은 겸양을 표현하는 게 예의인 것 같아 "전 괜찮습니
다, 선생님 드시지요" 하고 덧붙였다.

돌개바람은 김밥을 허겁지겁 집어먹었다. 순식간에 단 한 개의 김
밥도 남기지 않고 싹 먹어 치웠다. 빈 접시를 보자 나는 문득 배가 고
파졌다.

돌개바람이 말했다. "내가 기자님한테 드릴 수 있는 시간이 별로 없습
지. 고작해야 한 시간입지. 관리위원장이 투표 전날 인터뷰나 하고 있을
쯤이 어디 있겠습. 하나 우리 낙서의 종주국에서 오신 귀한 기자님이 집
중 취재를 하겠다니 없는 시간을 만든 것입지. 뭐든지 물어보십."

"예, 그럼 몇 가지 여쭤보겠습니다. 먼저 가장 궁극적인 질문입니
다. 어떻게 이런 국민투표가 가능하냐는 것입니다. 낙서인은 문학인
아니겠습니까? 문학인에게 서열을 매긴다는 것 자체가 상식적으로
있을 수 없는 일인데……."

"현실적으로는 서열이 매겨져 있습지."

"서열이 매겨져 있습니까? 어디에 매겨져 있지요?"

"그 어디에나 매겨져 있습. 어느 나라에나 어느 분야에납."

"그럴 리가요?"

"기자분께서는 우리나라를 잘 모르실 테니까 기자분의 나라 한국을
가지고 말을 합지. 내가 한국을 좀 압. 한국에 가장 큰 문학인 단체가
무슨 협회와 무슨 회의입지?"

"그렇다고 할 수 있지요."

"무슨 협회 기구표를 보면 고문, 명예이사장, 이사장, 부이사장, 상임이사, 사무처장, 분과장, 위원장, 지부장 등등 직책이 좍 적혀 있습. 무슨 회의 기구표도 상임고문, 고문, 이사장, 부이사장, 사무총장, 분과장, 위원장, 지회장 하는 직책이 좍 적혀 있습. 아시옵?"

"알지요. 저도 한국의 작가인데 그걸 모르겠습니까?"

"요새 한국의 젊은 작가들은 단체에 소속되지도 않으려 하고 관심도 없다던뎁?"

"사람마다 다른 거지요. 일종의 취향 문제 아니겠습니까."

"암튼 그 직책들이 서열이 아니고 뭐욥?"

"그게 서열이라고요? 천부당만부당입니다. 제가 한국 작가의 명예를 걸고 말씀드릴 수 있습니다. 그건 서열이 아닙니다. 그저 그 단체에서 맡은 직책일 뿐입니다."

"직책이나 서열이납. 서열이 높으니까 그런 직책을 맡고 있는 거 아닙?"

"이거 화나려고 합니다. 남의 나라 문학 단체 이야기를 그런 식으로 막 억측해서 말해도 되는 겁니까?"

"그럼 다른 걸로 얘기해보십시답. 한국에는 문학상이 겁나게 많지욥?"

"예, 뭐, 많은 것 같습니다."

"그런데 여남은 개를 받은 작가, 서너 개 받은 작가, 한두 개 받은 작가, 하나도 못 받은 작가, 수상 후보에도 못 드는 작가, 이런 식으로 나뉘지욥?"

"정말 잘 아시네요."

"뭐, 한국만 그런 게 아니니깝. 우리 율려 낙서계도 마찬가지입."

"그런데요?"

"그런데요라니욥? 그게 바로 작가 서열이 아니면 뭐겠습? 상을 밤 줍듯이 타는 작가와 수상 후보에도 못 드는 작가가 같단 말이욥? 서열이 존재하는 것입."

"아, 그건 정말 말도 안 되는 말입니다. 문학상, 그건 그냥 문학상이 지요."

"뭐가 말이 안 된단 말이욥? 보시옵, 기자 양반 변명할 말을 못 찾아 헤매고 있잖습?"

"아니, 진짜로 위원장님은 남의 나라 문학에 대해서 함부로 말하고 계십니다."

"함부로 말해욥? 그렇다면 다른 예를 들어봅지. 베스트셀러 순위, 그게 서열 아니욥?"

"그건 또 무슨 궤변이십니까?"

"베스트셀러 1위 작가와, 베스트셀러 1위에는 못 올라도 수십 위 권에 이름을 올리는 작가와, 책 수십 권을 내고도 베스트셀러 백 등 안에 한 번도 못 들어본 작가가 같단 말이옵?"

"같지는 않겠지만 그래도 서열과는 상관없지요."

"기자분은 뭐가 두려워 서열을 인정하지 않는 것입지? 누가 보아도 명백한 서열을 왜 인정하지 않으려는 것입지?"

"위원장님, 제가 기자입니다. 제가! 제가 물어봐야 한다고요."

"알아욥, 알압. 하지만 자꾸만 있는 서열이 없다고 하니까 내가 오히려 따질 수밖에 없는 것입지."

"아, 진땀이 납니다. 좋습니다, 좋습니다. 서열을 매길 수 있고 서열이 있다고 하지요. 자, 그러면 그 서열을 하필이면 왜 국민투표로 정하게 된 것인지, 거기에 대해 말씀해주시지요. 잠깐만요, 그런데 이상하군요. 율려국도 우리 한국처럼 그런 서열이 존재한다는 것이지요? 아까 하신 말씀들이?"

"한국과 우리 율려국뿐이겠습. 문학이 존재하는 전 세계 모든 나라가 그렇겠집. 거, 노벨문학상도 따지고 보면 세계 문학인 서열을 매기는 행위 아니겠습?"

"그러니까 제 질문은 이미 있는 서열을, 굳이 왜 또 매기자는 것이냐는 겁니다."

내 예상과는 달리 위원장의 대답은 즉각적이고 단호했다. "그 서열이 잘못되었다고 생각하는 국민이 너무 많았기 때문입지."

"잘못……, 돼요?"

"한국의 서열은 문제가 없는지 모르겠지만, 우리 율려의 서열은 문제가 많았습지."

"대체 무슨 말씀이신지?"

"이런 거웁. 우리 율려 문학의 지형도를 단순하게 말하자면, 본격낙서계, 대중낙서계, 판타지무협낙서계, 인터넷낙서계, 영향력낙서계로 나눌 수 있습지."

"제가 거기까지는 공부를 안 해와서 잘 모르겠군요. 인터넷에 그런 내용은 없어서."

"당연합지. 인터넷 남의 나라 소개에 그 나라 문학에 대한 자세한 설명이 실릴 리가 없습지. 뭐, 우리 율려국이 올림픽이나 아시안게임에서 금을 따는 나라도 아니고 축구를 잘하는 나라도 아니고 말입지."

"축구요? 난데없이 축구는 왜?"

"거, 축구 잘하는 나라가 가장 유명한 나라 아니웁. 축구 잘하는 나라에 대해서는 빠삭하게 나와 있습지. 돌아가거든 브라질을 인터넷에 처봅지. 축구를 잘한다는 이유만으로 그 나라에 대한 정보는 엄청나게 상세할 것입지."

"아, 역시 삼천포로 빠지시는 얘기였군요. 아무튼 다섯 개 정도의 문학 지형으로 나뉘어 있는데 뭐가 어떻게 됐다는 거죠? 낙서 문외한인 한국 독자 분들을 생각하셔서 좀 자세히……."

"자세하고 말고 할 것도 없습지. 간단한 것입. 각 낙서 지형마다 서열 순위가 달랐다는 것입지. 본격낙서계는 문학상 많이 타고 평론가들이 가장 추켜세우고 하는 낙서인 순위였습지. 그런데 문제는 본격낙서계의 낙서들은 상을 많이 타든 두어 개 타든 하나도 못 타든 수상 후보에도 못 들든, 하나같이 대중들에게 안 읽혔다는 것입지. 대중에게 팔리는 낙서들은 따로 있었습지. 바로 베스트셀러 순위에 드는 낙서들이었습지. 아주 어쩌다가 본격낙서계 쪽의 낙서가 대중낙서계의 서열 상징인 베스트셀러 순위의 꼭대기에 드는 일이 일어나기는 했습지. 그런데 웃기는 것은 그럴 경우, 본격낙서계는 그 낙서인을 본격낙서계에서 추방한다는 것입지. 그 낙서인은 신문기자 양반들한테는, 예술성과 대중성을 두루 겸비했다는 평을 들을지 몰라도, 상 같은 것을 못 타는 것은 물론이고 문예지에 평 한 칸 못 얻어듣게 됩지. 나아가 청탁도 못 받게 되곱. 아, 본격낙서계는 상은 논외로 한다 해도, 문예지에서 거론되느냐, 문예지에 작품이 실리느냐 마느냐가 거의 생존의 문제와 다름없다는 말씀입지. 그렇다고 그 낙서가가 대중낙서계에서 대접받느냡? 그것도 아님. 작가 자신도 대중낙서인에 포함되는 걸 원치 않지만, 대중낙서인도 본격낙서인으로서의 고귀한 의식을 버리지 않는 그 낙서인을 동류로 받아들이지 않습지. 말하자면 왕따가 되는 것입지."

말도 안 되는 말을 듣고 있어야 되는 게 짜증 났지만, 나는 예의상 "그렇군요"라고 추임새를 넣었다.

"그런데 대중낙서계에도 못 들면서, 다시 말해서 책이 안 팔리면서도 여느 대중낙서인보다 국민들의 사랑을 받는 낙서인들이 있습지. 바로 판타지무협낙서계 작가들입지. 이들 낙서인들은 자기들의 낙서야말로 가장 많이 읽힌다고 생각합지. 거기에 동의하는 국민들도 많습. 어린 학생들은 거의 100퍼센트 동의합지. 다만 책이 안 팔리는 것은 그들의 낙서책이 90퍼센트 이상 도서대여점과 도서관에서 유통되기 때문입지. 우리 율려국 스물세 개 대학 도서관에 가장 많은 낙서책이 바로 판타지무협 낙서책입지. 그래서 판타지무협낙서계인들에게는 서열이 또 따로 있습지. 그 서열 순위는 도서대여점이나 도서관의 대여, 대출 순위와 일치합지."

"이제 선생님의 말씀을 대강 이해하겠습니다. 그러니까 네 번째 인터넷낙서계는 인터넷에서 따로 형성된 서열 순위를 말하는 거겠군요. 조회 수 순위와 일치하는."

"하, 이제야 말이 통합지. 참고로 인터넷낙서계의 높은 서열에 매김된 낙서는 거의 모두 영화로 만들어졌거나 만들어지고 있으며 만들어질 것입지."

"하지만 마지막 영향력낙서계는 잘 모르겠는데요?"

"말 그대로 간단합지. 우리 율려의 서로 상이한 낙서 지형에두 불구하고, 우리 율려의 낙서 지형에 중대한 영향력을 행사하는 낙서인들을 일컫는 것입지. 우리 율려 낙서계는 단체도 참 많은데 이들 단체의 핵심 인사들, 낙서책을 펴내는 출판사의 핵심 인사들, 낙서인에게 상을 주는 출판사나 신문사나 기업이나 국가단체의 핵심 인사들, 낙서 정책을 입안하고 실행하는 국가기관의 핵심 인사들 등등 많습지. 아, 평론가를 빼먹을 뻔했굽! 평론가들의 판단 하나하나가 얼마나 많은 걸 좌우하는데 말입지. 암튼 이들은 낙서를 창작하는 사람들이 아님에도 불구하고, 낙서인보다 훨씬 강력한 영향력을—시쳇말로 문단 권력이겠는데—행사하고 있습지. 이 영향력에도 서열이 있다는 것입지."

"아, 대강 무슨 말씀인지 알아듣겠습니다만, 아직도 국민투표까지 하게 된 까닭에 대해서는……."

"거, 정말 말귀가 어둡습! 기자 맞습?"

"제가 사실은 기자가 아닙니다. 기자는 아르바이트고, 본업은 소설가죠."

"소설가입? 한국에서 소설 써서 뭐 합. 우리 율려에 와서 낙서를 하시옵."

"그건 제가 알아서 할 일이고, 어떻게 투표가 가능했는지……."

"지금까지 말했듯이 각 지형마다 서열이 달랐다는 게 문제웁. 국민들이 모든 지형을 아울러서 진정한 우리 율려국 낙서인의 순위를 매기자는 생각을 하게 된 것입지. 본격낙서인, 대중낙서인, 판타지무협낙서인, 인터넷낙서인, 영향력낙서인 구분하지 말고 모두 한자리에 모아 넣고 서열을 매겨보잡. 그걸 어떤 방법으로 할 것이냡? 가장 좋은 방법은 국민투표답. 우리 율려국의 인구가 많기나 하냡? 겨우 오십만 명이답. 쓸데없는 정치인 뽑는 선거를 거의 해마다 하고 있는 판에 그까짓 투표 한 번 하는 게 대수겠냡. 우리 율려국에서 문학인은 정치인보다 백배는 중요한 존재답. 그들 문학인에게 진정한 순위를 가려주는 일은 당연히 국민투표밖에 없답. 이렇게 된 거웁. ……그만

합시답. 내가 아까부터 시계를 보고 있는 거 보셨겠집? 약속한 한 시간이 지나버렸습지. 내가 워낙 바빠섭."

"전 아직 질문할 게 많은데요."

"난 한국인들 그게 싫습지. 약속을 대충 안 지키는 겁."

6

거리로 나온 나는 배가 무척 고팠다. 그러나 돌개바람의 말은 사실이었다. 식당은 모두 문을 걸어 잠그고 있었다. 택시 기사들이라면 문을 연 식당을 알고 있을지도 모르지만 그 많던 택시가 한 대도 보이지 않았다. 긴급 휴업이 타결되었나?

한 시간을 헤맨 뒤에야 간신히 문을 연 식당을 하나 찾을 수가 있었다. 식당에는 스무 명 정도 되는 율려인이 책을 산더미처럼 쌓아놓고 맹렬히 공부 중이었다. 단체 복장으로 보아 식당 종업원들이 분명했다. 그러나 아무도 주문받을 생각을 하지 않았다. 목마른 사람이 우물을 판다고, "저 밥 좀 주세요!" 했다.

처음에는 기어들어가는 소리로 말했다가, 여러 차례 소리를 높이다가 맨 나중에는 돼지 멱 따는 소리로 말해보았으나 그 누구도 들은 체를 안 했다. 나는 그들이 공부 삼매경에 빠졌다는 것을 인정해야만 했다.

이후에도 식당, 슈퍼 등, 먹을 게 들어 있을 업소를 더러 만나기는 했지만 역시 닫혀 있거나 공부 중이었다.

그러다가 도서관 하나를 만났다. 대학교 안에 있는 도서관이었다. 도서관을 중심으로 반경 1킬로미터에 율려인들이 못대가리처럼 서거나 앉아서 책을 보고 있었다. 나는 초인의 각오로 사람들의 대열을 뚫고 도서관 안에 들어가는 데 성공했다. 책과 사람이 뒤엉켜 있는 모습이 마치 도서관의 서가들이 모두 무너져내려 사람들을 덮어버린 것 같았다. 대부분은 여성들이었고(율려인의 60퍼센트가 여성이다), 아마도 대부분 직업은 매춘부일 텐데(율려 여성의 3분의 2가 매춘부다), 공부하기에 편한 옷차림 때문인지, 공부를 하고 있기 때문인지, 도무지 성스러운(섹시한, 매춘부다운) 면모를 엿볼 수가 없었다.

나는 다시 거리로 나와 걷기 시작했다. 여전히 택시는 한 대도 보이지 않았다. 정말 긴급 휴업에 돌입한 것인지 물어나 보고 싶었다. 하지만 이 나라의 전화국도 공부 중인지, 전화를 죽어라고 안 받았고, 간신히 통화가 되었지만, 전화국에서 가르쳐준 택시 회사는 죽었다 깨나도 전화를 안 받을 모양이었다. 율려국은 전화요금도 비싸다는데, 무작정 전화질을 할 수도 없고, 고픈 배를 부여안고 거의 울면서 걸을 수밖에 없었다.

자가용도 안 다녀 히치할 엄두도 못 내고, 사람들은 거의 만나지 못하고, 만났어도 공부에 빠진 그들은 묻는 말에 대답을 해주지 않았음에도 불구하고, 나는 젊은낙서인포럼이 깃든 건물을 쉽게 찾아갈 수 있었다. 이 나라가 좁고, 매춘 관광 천국답게 표지판과 안내판이 상세하고도 정확한 덕분이었다.

7

젊은낙서인포럼에는 다섯 명의 젊은이가 있었다. 그들은 공부를 하지 않고 있었다. 책이 없는 것은 아니었지만, 서가에 조용히 들어앉아 있었다. 공부를 안 하는 사람이 이렇게 반가워 보기는 처음이었다. 그들은 책 대신 소주잔을 들고 있었다.

나는 눈물을 뚝뚝 흘리며 말했다. "공부를 하지 않는 분들을 만나서 너무 기뻐요. 정말 무서웠습니다." 나의 엉뚱한 초면 인사를, 그들은 단박에 이해한 듯했다.

"아, 한국에서 오신 기자분이십." 두 번의 국제통화로 목소리가 익은 슬픈사슴이었다. 그녀가 포럼의 회장이었다.

슬픈사슴은 나머지 회원에게 나를 소개했다. 회원들이 악수를 청했다.

나는 그들의 손을 한꺼번에 잡고 말했다. "반갑습니다. 그런데 말이죠, 배가 고파 미치겠습니다. 먹을 것 좀 없을까요?"

칼방울이라고 자신을 소개한 여성이 말했다. "컵라면이라도 먹겠습? 우리도 먹을 걸 구할 수가 없어서 라면만 먹고 있습지."

칼방울이 전기 주전자에 물을 채우고 버튼을 눌렀다. 주전자의 성능이 좋아서 실제로는 금방 물이 끓었지만, 나는 그 물 끓는 시간이 한 시간처럼 느껴졌다. 나는 뜨거운 물을 붓자마자 젓가락을 들이댔다. 내가 정신없이 뜨거운 것을 삼켜대는 것을, 젊은 낙서인들은 춘향이 엄마가 이몽룡 바라보듯 했다.

겨우 진정한 내가 말했다. "초면에 참 주접을 떨었습니다. 그런데 집회 시작은 언젠가요? 벌써 끝난 건 아니겠지요?"

금마빡이라는 남성이 말했다. "집회는 무산되었습지."

"예?"

"우리 포럼의 총회원은 3,998명이고 그중 1,250명이 집회에 참가하기로 약속했습지. 하지만 보다시피 참석한 것은 우리 다섯뿐입지."

어둑하늘이라는 남성이 잇대어 말했다. "다섯 명이서 무얼 할 수 있겠습? 집회고 뭐고 이렇게 술잔이나 기울이고 있는 것입지."

"무슨 일이 생긴 겁니까?"

"반대 집회를 해봐야 닭알로 바위 치기라고 생각한 거겠집."

"아니얍, 녀석들도 이 말도 안 되는 국민투표에 참여하기로 한 거얍. 지금 공부를 하고 있을 거라곱."

"정말 그런 거라면 난 치가 떨럽. 어떻게 우리 젊은 낙서인들까지 그럴 수가 있집? 문학이 뭡? 다양한 가치에 대한 존중이 아닌갑? 그런데 이따위 획일화 해프닝에 어떻게 동참할 수가 있집?"

"미친 거얍. 다들 미친 거얍."

"이제 낙서는 사망했업. 전 국민이 낙서를 모독하고 있으님."

"차라리 말을 말잡, 더 이상. 술이나 마시잡!"

젊은 그들은 분노에 차서, 슬픔에 젖어서 한마디씩 결기 서린 말들을 내뱉은 다음, 술잔을 들어 올렸다. 슬픈사슴이 따라준 술을 나도 한 잔 마셨다.

얼마의 시간이 흐른 뒤에 내가 물었다. "제가 어떤 분을 만나서 대강의 사연은 들었는데, 참 믿을 수가 없는 일입니다. 그런데 말입니다, 제가 도무지 이해가 안 가는 게 있는데, 너무 갑작스럽지 않습니까? 이제까지는 별 불평 없이 각 지형의 서로 다른 서열을 인정하고 받아들여온 율려 국민들이 왜 갑자기, 모든 지형을 아우른 순위를 매겨볼 생각을 했을까요?"

모두들 웃었다.

꿀벌빛이라는 남성이 다시 침울한 낯빛을 하고 말했다. "계기가 있었습지. 아주 웃기는."

여기서 잠깐, 율려국 사람들의 이름이 좀 특이하다고 느낀 독자 분들을 위해서 부언하겠다. 그건 당연한 것이다. 우리 선조들이 세운 나라고 말도 거의 같다고 해서 이름 짓는 방식까지 같을 거라고 생각해서는 곤란하다. 율려인의 이름은 율려인의 방식으로 지어져 내려온 것이다.

이 나라를 세운 선조들은 양반 허생을 제외하고는 전부 천민(비천한 도적떼와, 그 도적떼들이 돈으로 산 비천한 여인들)들이었다. 성씨가 없고 이름도 없거나 되는 대로 막 불리던 천한 사람들. 건국 선조들은 조선과는 전혀 다른 나라, 우선적으로 양반이 없는 나라, 즉 계급 차별이 없는 나라를 세우고자 했다. 선조들은 성씨가 있고 없음이야말로 계급사회의 상징이라고 여겼다. 그리고 허생이 배신하고 저 홀로 조선으로 돌아간 다음에는 아무도 한자를 모르게 되었다. 자연스레 성씨가 안 붙고 한자와 무관한 순 한글로만 자식의 이름을 짓게 되었다. 순 한글 작명 전통은 허다한 민족들의 침략과 강점에도 불구하고 현대까지 면면히 이어져왔다. 그래서 이름들이 돌개바람, 슬픈사슴, 칼방울, 금마빡, 어둑하늘, 꿀벌빛 하는 식으로 된 것이다.

꿀벌빛이 말했다. "나도 기자입지. 기자를 전업으로 하고 낙서를 부업으로 하고 있습지. 그래서 내가 이번 사태를 좀 소상히 압지. 발단은 낙서책 한 권 때문이었습지. 혹시 쭉쭉빵빵을 아십?"

"알다마다요. 포르노를 좀 봤다는 사람치고 쭉쭉빵빵을 모르면 간첩이라고 할 수 있지요. 참, 그리고 보니 쭉쭉빵빵이 율려인이었지요. 하도 세계적으로 유명한 포르노 배우시라 제가 그만 국적을 깜빡했습니다. 우리 동양에서뿐 아니라 서양 놈들도 쭉쭉빵빵 포르노에 아주 환장을 한다지요?"

"그러면 엄청멀리도 아십?"

"뭐라고요? 엄청멀리요? 그게 뭡니까?"

"사람 이름입지. 우리 율려에서 가장 유명한 사람 중의 하나입지."

"뭘 하시는 분인데요?"

"스포츠맨입지. 우리 율려에서 가장 인기 있는 스포츠가 자치기입지. 한국에서는 자치기가 설날 때 민속촌에서나 해볼까 이미 사라진 놀이라는 얘기를 들은 적이 있습지. 하지만 우리나라에서는 자치기가 최고의 스포츠입지. 한국인들이 축구를 사랑하는 만큼, 우리 율려 사람들은 자치기를 사랑합지. 엄청멀리는 우리 율려 자치기가 낳은 최고의 스타입지. 칠 년 연속 율려 리그 엠브이피를 수상했습지."

"율려 리그요?"

"아, 정식 명칭은 율려국 프로 자치기 리그인데, 자치기가 가장 영향력 센 스포츠라, 우리나라에선 통상 율려 리그라고 하면 자치기 리그를 말합지."

"아, 그렇군요. 그러니까 자치기가 낙서만큼 사랑받는다는 거군요?"

"낙서만큼은 결단코 아닙지. 낙서는 고도의 지적인 행위이고, 자치기는 스포츠에 불과하잖습. 어떻게 지적 행위와 스포츠가 동급에 놓일 수 있습?"

"그런가요? 우리나라에선 축구가 훨씬 위인데. 우리나라에서 문학은 스포츠 중계보다도, 아니 연예가 중계보다도 못합니다. 하여튼 뭐 알겠습니다. 그래서 뭐가 어떻게 됐다는 거죠?"

"엄청멀리와 쭉쭉빵빵이 결혼을 한 것입지."

"아, 결혼을 했군요."

"우리 율려인들이 가장 사랑하고 내세우는 두 스타가 한 몸이 된 것입지."

"좋은 일 아닙니까? 청춘남녀가 결혼을 했다는 것은. 사랑을 했으니까 결혼을 했을 거 아닙니까?"

"결혼만 한 게 아니라, 그들이 결혼을 기념해서 부부 낙서집을 냈다는 게 문제였습지. 엄청나게 팔렸습지. 그럴 수밖에 없었을 거 아니겠습?"

"당연히 그렇겠지요. 우리나라에도 그런 비슷한 일이 자주 일어나지요. 우리나라에선 확실히 문학이 스포츠맨이나 연예인 낙서보다 못합니다."

"그런데 한 용감한 기자가 그 스포츠연예 스타 부부의 낙서집을 두고 한마디 한 것입지. '낙서책이 팔리는 것은 좋은 일이지만 이런 수준 낮은 낙서가 우리 율려 낙서의 진수인 것처럼 오해받을까 봐 걱정된다' 곱. 조금이라도 수준이 있는 사람이 보기엔 정말 수준이 낮은 낙서였습지. 그런데 난리가 났습지. 국민들이 펄펄 끓었습지. 스타 부부를 모욕한 기자놈 돌멩이로 때려죽여야 된다곱. 그 기자놈 글 실은 신문사를 불태워야 한다곱. 사이버가 국민들의 욕설로 완전히 뒤덮였습지. 국민들에게 시달리다 못한 신문사는 그 기자를 해고하고 대국민 사과를 실었습지. 그 해고된 기자가 바로 나입지."

"아, 잔인하군요. 이 나라에는 표현의 자유도 없단 말입니까?"

"표현의 자유를 억압하는 것이 정부당국이 아니라 국민이라는 게 문제였습지. 댁도 한번 해보십지. 어떻게 되납. 당신네 나라에서도 연예인이나 스포츠맨이 자서전이다 시집이다 해서 책 내는 일 많습지? 댁이 그들이 쓴 건 글도 아니라거나 혹 글이면 대필일 거라고 떠들어봅지. 댁이 무사할 것 같습? 표현의 자유, 그거 웃기는 것입지."

"그럼 나머지 수준 높은 낙서인들은 가만히 있기만 했습니까? 아무도 그 기자를 두둔하거나, 국민들의 집단 광분을 우려하거나 질책하지 않았습니까?"

"했습지. 우리 율려 낙서인들을 무시하지 맙지. 열두 명이나 되는 원로, 대가, 중견, 신예 낙서인이 그 기자를 옹호했습지. 그 기자도 꽤

촉망받는 신진 낙서인이었으니깝. 그러나 〈라이언 일병 구하기〉처럼 되지 않았습지. 그 열두 명도 국민들의 위협에 시달리다가, 거, 불태워 죽여야 한다는 위협 말입지, 모두 대국민사과를 하고 영원히 절필하겠다며 용서를 구할 수밖에 없었습지."

"어떻게 그런 일이!"

"그 열두 명 모두 본격낙서계열 낙서인이었습지. 나머지 낙서인들은, 대중낙서계, 판타지무협낙서계, 인터넷낙서계, 영향력낙서계에 속한 낙서인들은 침묵하거나 외려 국민들 편을 들었습지. 국민들이 들고 일어난 김에, 진정 좋은 낙서가 어떤 것인지, 진정 훌륭한 낙서인이 누구인지, 고찰해보자 하는 식으로 말입지. 무작정 광분하던 국민들은 표류 끝에 섬을 본 것처럼, 그 화두에 몰입해버렸습지. 그러다가 영향력낙서계 쪽 핵심 인사 하나가, 바로 이번 투표관리위원장을 맡은 돌개바람 씬데 말입지, 국민투표를 제안했습지. 이 제안이 며칠 만에 대세가 되었고, 전 국민의 데모에 못 이긴 정부는 결국 국민투표를 실시하기로 한 것입지."

슬픈사슴이 덧붙여 말했다. "오늘 우리 젊은 친구들이 반대 집회에 오지 않은 것은 사실, 두려워서일 것입지. 우린 국민들이 무섭습지. 실은 보름 전에 한 번 반대 집회를 열었습지. 그날 경찰이 아니라, 국민들이 던진 돌멩이에 맞아 열세 명이 중상을 입고 이백쉰여섯 명이 경상을 입었습지. 우리가 경찰한테 얻어터졌다면 계속 투쟁을 했을 것입지. 그러나 우린 국민들에게 맞았단 말입지. 우리가 믿고 의지했던 독자들 말입지."

나는 갑자기 감사하는 마음이 되었다. 이 불행한 율려국의 젊은 문학인들을 보라. 나는 얼마나 좋은 땅에 태어나 행복하게 문학을 하고 있는가. 내가 한국이라는 나라에서 문학하며 맛보았던 슬픔, 분노들은 정말이지 아무것도 아니었다.

우리 한국인들이 책을 그다지 좋아하지 않으며 문학 따위에 무신경한 것은 얼마나 다행한 일인가. 우리 한국인들이 율려국인들과 같았다면, 그래서 우리나라에도 문학인을 상대로 해서 국민투표 같은 것을 벌이려 했다면, 나는 저항자가 될 수 있었을 것인가? 그건 문학에 대한 모욕이며 문학인에 대한 능멸이라고 항의할 수 있었을 것인가? 국민들의 구타에 의연히 맞서 뜻을 굽히지 않았을 것인가?

"그런데 말이지요, 막연히 그냥 투표를 합니까? 이미 고인이 된 문학인도 계실 텐데?"

금마빡이 말했다. "세부사항이 궁금한 것이굽. 우리 국민들을 우습게 보지맙. 10회의 국민 여론조사를 거쳐서 세부안이 만들어졌습지. 근본 취지는 현존 낙서인 서열을 정하자는 것이지만 세부안대로 하면, 시대별, 연대별 서열 순위에, 낙서책 서열까지 다 나오게 돼 있습. 간단히 말하면 투표할 항목이 많다는 얘기굽."

"그렇군요. 각 항목마다 1인 1표겠지요?"

어둑하늘이 대답했다. "1인 10표입지. 1인 1표가 중론이었지만, 바로 그 투표를 촉발시킨 포르노 스타 쭉쭉빵빵이 이런 말을 했습지. '사람의 마음은 우물처럼 깊고 하늘처럼 넓어, 깊이 느끼는 낙서도 있고 넓게 좋아하는 낙서도 있기 마련인데 딱 하나만 고르는 것은 너무 잔인합지, 인간의 다양성을 존중하는 뜻에서라도 최소한 열 개는 고를 수 있어야 하지 않을깝' 이라굽. 그 말에 그녀의 남편 자치기 스타가 '우리 아내가 이렇게 말을 잘합지' 라고 동의했습지. 그러자 며칠 만에 온 국민이 동의해버렸습지."

나는 더 이상 묻지 않고 소주를 들이켰다. 율려의 문학인들도 별로 할 말이 없는지 술을 마시고 담배를 뻑뻑 피워댈 뿐이었다.

슬픈사슴이 침묵을 못 견디겠다는 듯 내게 물었다. "이젠 더 궁금한 게 없습?"

"이젠 없는 것 같아요. 하지만 잘 모르겠어요. 뭐가 뭔지. 어쨌든 투표를 해보나마나 현존 낙서인 1위는 쭉쭉빵빵 아니면 엄청멀리겠네요. 말 그대로 부부싸움이군요."

대수롭지 않은 말을 한 것 같은데, 내 말이 불쏘시개라도 된 모양이었다. 다섯 명의 낙서인들은 살벌한 표정으로 거친 말들을 토해냈다.

"그건 표를 까봐야 하는 겁지. 변수가 있을 수 있습지."

"변수는 없습지."

"국민들이 각성하고 있단 말입지. 공부를 통해섭."

"그래도 결과는 뻔합!"

"독자들은 우매합!"

"투표라는 자체가 개똥 같은 것입!"

"다수결 좆까라 마이싱입!"

"국민들이 공부를 통해서 진짜 낙서가 뭔지를 알아가고 있습."

"그런다고 우리 본격낙서인들이 단 한 표라도 얻을 것 같습?"

"우리 같은 피라미들은 아니더라도 노벨문학상 후보로 거론되는 분들께서는 모릅."

"우리나라에서나 노벨상 후보인지 알지 그 사람들을 그 누가 알아줍. 같은 조선어를 쓰는 한국 사람도 모르는뎁. 기자 양반, 우리 율려의 대문호 정말잘써라고 들어봤습?"

"혹시 우리가 잘못 생각하는 게 아닐깝?"

"무슨 개소리입?"

"어쩌면 투표가 옳은 것일 수도 있잖습?"

"세뇌된 것입지. 어떻게 너마저 그런 개소리에 현혹될 수 있습지?"

"왜 우린 투표를 거부하는 것입?"

"이제까지 숱하게 토론했잖습?"

"우리 본격낙서인들이 뭔가 착각하고 있는 것 아닙?"

"낙서인의 자긍심을 버리자는 겁?"

"아닌 말로 낙서에 본격이 어디 있고 대중이 어디 있단 말입. 낙서는 오로지 낙서일 뿐입."

"뭐 눈에는 뭐만 보인다고 했습. 수준 낮은 자는 수준 낮은 낙서만 보게 돼 있습. 그렇다면 고결한 낙서는 수준 낮은 독자에게 이해되지 않고 읽히지 않는다고 해서 그 고결함을 잃어야 하는 것입?"

"보다 많은 독자를 가진 낙서가 좋은 낙서 아닙?"

"단 한 사람만 이해하고 읽을 수 있는 낙서가 있더라도 그 낙서가 본래 고결하다면 그 낙서는 고결한 것입."

8

그들의 설전인지 토론인지는 계속되었고, 나는 그만 까무룩 잠이 들고 말았다. 나는 꿈속에서 중얼거렸다.

'참말이지 문학하는 것들은 시끄러워. 시끄러워서 잠을 못 자겠잖아.'

그러고는 입맛을 쩝쩝 다셨다. 이게 뭐야, 매춘의 지상 천국에 와서, 매춘은커녕 매춘부도 구경 못해보고, 아니, 아니, 도서관에서 많이 봤지, 참, 그러고 보니 슬픈사슴이 매춘부라고 했었지, 말을 바꿔야겠어, 구경은 했어도 발가벗은 건 못 보고, 그 진절머리 나는 문학

애기만 실컷 들어버렸잖나.

그나저나 내일은 어디 가서 취재를 해야 하나. 예정했던 대로 투표소에서 죽치고 앉아 인터뷰나 따? 한데 엄청난 공부 열기로 봐서, 이 나라 국민들은 투표 마감 한 시간 전에나 투표소에 나타날 것 같단 말이지.

참말이지 이 나라의 문학청년들도 이빨 하나는 잘 까는군. 구라들이 참 대단해. 아이, 문학 토론 말고 좀 재미있는 애기를 해줘봐. 꿈속에서도 뿅 가는.

슬픈사슴 아가씨, 오늘은 영업할 생각 없어? 나 돈 있단 말이야. 나도 낙서할 줄 안단 말이야. 내가 쓰는 소설, 그게 당신이 말하는 낙서 아니겠어?

내게 낙서를 청탁해주는 사람들, 그 고마운 사람들은 이렇게 말하지. 좋은 글을 달라고. 좋은 글을 줄 거라고 믿는다고. 아니, 세상에 안 좋은 글 쓰는 소설가 봤어? 난 언제나 좋은 글을 쓴단 말이야.

그런데 내가 쓴 좋은 글이 독자들한테 가면, 어떤 독자냐에 따라서, 좋기도 하고, 그저 그렇기도 하고, 나쁘기도 하고, 좋고 나쁨을 판별할 수 없기도 하고, 이상하기도 하고, 도저히 뭔 말인지 알 수 없기도 하고, 아무것도 아니기도 하고, 다양하게 변주될 뿐이라고. 그러니까 좋은 글이란 대체 뭐냔 말이지? 보는 사람 맘 아니냐고?

그러나, 그러나, 정말로 내가 하고 싶은 말은, 당신들이 부러워 미치겠다는 거야. 당신들, 율려국의 젊은 문학인들, 선불 맞은 멧돼지처럼 난리인데, 난 당신들이 부럽단 말이야. 당신들은 문학 따위 때문에 국민투표까지 벌이는 독자들의 나라에서 살고 있잖아? 행복한 줄 알라고.

우리나라에선 문학이 개똥이란 말이야. 문학, 그거 뒈졌다는 거야! 근데 뒈졌다는 문학에 상금이 수천만 원, 억 원 붙은 게 막 생겨나니, 이것 참 무지하게 헷갈리단 말이야. 하여간 국민들은 문학, 무지하게 재수 없어해.

그런데 정말 말도 안 되는 생각이지만, 아니 해서는 안 되는 생각이지만, 우리 한국에도 너희 나라처럼 무지막지한 일이 벌어져, 서열 정하기 투표 같은 걸 하게 된다면, 나는 도대체 몇 등이나 할까? 만 등 안에는 들까? 나는 가까스로 가수면을 넘어, 숙면의 세계로 접어들었다.

| 우수상 수상작 |

어쩌면

윤성희

1973년 경기 수원 출생.
청주대 철학과와 서울예대 문예창작과 졸업.
1999년 〈동아일보〉 신춘문예에 단편소설 〈레고로 만든 집〉으로 등단.
소설집 《레고로 만든 집》《거기, 당신?》《감기》 등.
현대문학상, 올해의 예술상, 이수문학상 수상.

어쩌면

멤버 소개

우리들이 마지막으로 먹은 것은 죠스바였어. 설악산으로 수학여행을 가던 버스 안에서였지. 반 아이들이 앞에서부터 한 명씩 노래를 부르기 시작하자 압정은 끔찍하다는 말을 열 번도 더 내뱉었어. 왜 압정이냐고? 머리가 아주 크거든. "나는 자는 척해야겠다." 압정 옆에 앉은 라디오가 의자 등받이 조절 버튼을 누르면서 말했어. 그러자 압정의 의자가 뒤로 젖혀졌지. "라디오, 이건 내 의자야. 넌 저쪽 걸 눌러야지." "알았어. 너도 잠이나 자." 라디오가 잠바를 꺼내 압정의 무릎을 덮어주었어. 라디오는 밤마다 라디오를 들어. 어머니 유품인데 주파수 맞추는 버튼이 고장 났다고 해. 그 라디오는 60년도 더 된 거야. 딸에게서 딸로 물림해온 것이지. 그게 작동하냐고? 라디오의 말에 의하면 아직도 잘 나온다네. 듣는 사람이 주파수를 맞출 수가 없는 게

홈이지만. "내 라디오는 스스로 방송을 선택해." 라디오는 그렇게 말했어. "어제는 이탈리아 방송이 나왔어. 세 시간 내내 오페라만 틀어주더라." 라디오는 학교에 오면 전날 들었던 방송 이야기를 하곤 했어. 그럴 때마다 압정은 라디오의 손을 잡고는 라디오의 머리를 때렸지. "이 고장 난 라디오야!" 우리들은 같이 밥을 먹는 사이야. 학기 초에, 어쩌다 보니까 급식 시간에 같은 자리에 앉게 되었어. 그리고 그날 이후로 우리들은 붙어 다녔지. 우리 네 명의 공통점은 친구들 사귀는 일에 별다른 노력을 하지 않는다는 거야. 다른 애들이라고 뭐 다르겠어. 급식 시간에 다른 자리에 앉았다면 아마 다른 친구가 생겼겠지. 더 근사한 친구들로 말이야. 어느새 반 아이들의 절반 이상이 노래를 불렀어. 마이크가 뒤쪽으로 넘어오자 거울의 얼굴이 창백해지기 시작했지. "너 솔직히 말해. 오줌 마렵지?" 내가 물었어. 거울이 응, 하고 대답했어. 거울은 긴장을 하면 오줌 마려운 걸 참지 못해. 음악 실기 시험을 보던 날, 노래 부르다 오줌이 마려울지 모른다며 조카 기저귀를 차고 오기도 했거든. 거울은 우리 반에서 노래를 가장 못 부르는 아이일 거야. 참, 거울이라고 하니까 다들, 너무 자주 거울을 봐서 붙인 이름이라고 생각하더라. 그 반대야. 도대체 거울이란 걸 보는 건지. 한번은 이마에 죽은 모기를 붙이고 왔더라니까. 짐작했겠지만, 그래, 사실 거울은 좀 멍청해. "노래 부르지 마. 나도 안 부를 거야." 나는, 두 손을 가랑이 사이에 넣고는 어쩔 줄 몰라하는 거울에게 말했어. 그때 자는 척하고 있던 라디오가 갑자기 일어나 소리쳤지. "선생님, 오줌 마렵대요. 곧 쌀 것 같아요." 담임이 빈 페트병을 흔들면서 말했어. "싸라." "선생님, 우린 여자예요." 버스에 있던 아이들이 동시에 외쳤지. 버스가 휴게소에 들어서자 거울은 허리띠를 풀었어. 그리고 버스 문이 열리자마자 달리기 시작했지. "하드 사와." 달리는 거울의 뒤통수에 대고 라디오가 소리쳤어. 그 와중에도 거울은 응, 이라고 큰 소리로 대답했지.

보라색 입술을 갖게 된 사연

거울은 죠스바를 사왔어. "난 스크류바가 먹고 싶어." "난 브라보콘." "난 돼지바." 우리들은 먹고 싶은 게 각자 달랐어. "내가 다 먹을 거야." 거울은 죠스바 포장을 뜯더니 침을 바르기 시작했어. "문제 하나. 거울의 마음은 몇 제곱미터?" 압정이 말하자 나와 라디오가 재빨리 손을 들었지. "삐. 3만 제곱미터입니다." 그제야 거울은 침으로 범벅이 된 죠스바를 우리들에게 건네주었어. 죠스바를 먹은 다음 나는 압정에게 내 혓바닥을 보여주었어. 압정도 라디오에게 혓바닥을 보여주었지. "니들은 자신들이 썩 괜찮은 놈이라고 생각하지? 내가 보기에는 아니야." 거울은 낄낄대는 우리들을 한심하게 바라봤어. 반 아이들이 다시 노래를 부르기 시작했고 나는 잠자는 척하기 위해 얼른 눈을 감았지. 꿈속에서 나는 막내고모를 만났어. 북 치는 원숭이 인형을 사주었던 고모였는데, 친척들 말에 의하면 내가 그 고모를 가장 많이 닮았다고 해. 나는 엄마가 뜨개질을 해서 만들어준 붉은색 망토를 입고 있었어. 내가 열 살 때 가장 좋아했던 옷이야. "그동안 어디 있었어요?" 고모는 친구들과 놀이동산에 갔다가 눈이 내리지 않는 나라에서 온 마술사와 사랑에 빠졌어. 마술사는 장모의 마음을 얻기 위해 동네 사람들을 불러놓고 마술쇼를 하기도 했지. 천 원짜리를 만 원짜리로 바꾸자 증조할아버지가 중얼거렸어. 굶어 죽지는 않겠구먼. 친척 중에서 결혼을 반대하지 않은 유일한 분이 바로 증조할아버지야. 고모는 마술사를 따라 눈이 내리지 않는다는 나라로 도망을 갔지. 마술사가 카드를 맞출 때마다 아이들이 박수를 쳤어. 나는 박수를 치지 않았지. "저건 다 사기야." 마술사가 모자를 벗어 나에게 씌워주었어. "우린 곧 만날 거다." 마술사가 말했어. 모자는 너무 컸고, 그래서, 금방 내 얼굴을 덮어버렸어. "머리 좀 자주 감아요. 냄새나요." 내 말은 모자 밖으로 새어나가지 않았지. 그때 누군가 내 귀에 대고 이렇게 속삭였어. "일어나. 얼른." 마술사의 모자를 벗자, 라디오와 압정과 거울이 나를 내려다보고 있었어. "뭐야?" 나는 더 많은 걸 묻고 싶었지만 더 이상 말을 할 수가 없었어. 갑자기 라디오가 내 입을 막았거든. 압정과 거울이 양쪽에서 팔짱을 끼고는 나를 들어 올렸어. "얼른 가야 해." 거울이 말했지. 고개를 돌려 뒤를 보려 하자 이번에는 라디오가 내 눈을 가렸어. 나는 손가락 사이로 산소 호흡기를 끼고 있는 누군가를 보았지. 어디서 많이 본 얼굴인데, 하고 나는 생각했어. "놀라지 마. 그건 너야." 거울이 말했어. "왜 지금 말해? 나중에 말하기로 했잖아." 압정이 거울에게 소리쳤지. "할 수 없잖아." 라디오가 눈을 가렸던 손을 치웠어. 그리고 다음과 같은 이야기를 들려주었지. 내 앞에 앉은 아이가 노래를 부르려던 참이었어. 버스가 가드레일을 들이박고 언덕 아래로 추락을 한 건. 창가에 있던 거울은 뇌진탕으로 죽었어. 그 자리에서 즉사를 했지. 다행인 건 거울은 잠을 자고 있어서 아무것도 기억하지 못한다고 해. 라디오는 노래를 부르던 아이 쪽으로 넘어졌어. 재수 없게도 마이크 줄에 목이 감겼지. 압정은 차 밑에 깔렸는데 다치지 않은 반 아이들이 힘을 합해 차를 들어 올렸어. 거울의 말에 의하면 한 20센티미터 정도는 들어 올렸다고 해. 그러다가 힘이 빠진 아이들이 버스를 놓쳤지. 그 충격으로 압정은 죽었어. "이게 다 밥도 안 처먹고 다이어트만 하는 년들 때문이야." 압정은 구조대원이 나를 싣고 가기 전까지 내내 그렇게 소리를 질렀다고 해. "그래도 너는 우리보다 일주일이나 더 살았잖아. 병원 응급실에서 널 기다리는데, 진짜, 끔찍하더라." 라디오는 이야기를 이렇게 마무리했어. 거울과 압정은 2박 3일 동안 팔짱을 풀어주지 않았어. "솔직히 말해봐. 내가 죽길 바랐어?" 내 말에 아무도 대답을 하지 않았지. 2박 3일이 지난 뒤, 나를 놓아주면서, 압정이 말했어. "솔직히 우리만 죽으면 억울하잖아. 그리고 맨 뒷자리에 앉자고 한 사람은 너였거든." 니들은 원래 재수가 없었어, 라고 내가 대답했어. "집에 가볼 생각은, 절대, 하지 마." "니 장례식 장면을 못 보게 한 우리에게 감사해." "우린 그걸 다 겪었어." 나는 압정과 거울과 라디오의 얼굴을 향해 침을 뱉었지. 물론, 침은, 뱉어지지 않았어. 침이 뱉어지지 않자 친구들 말이 무슨 뜻인지 알 것만 같더라고. 울고 싶어도 눈물이 나지 않았을 거 아냐. 나는 친구들의 얼굴을 보면서 이렇게 물었지. "그런데 너희 입술이 왜 그래?" "너도 그래. 죽기 전에 우리 모두 죠스바를 먹었잖아." 이렇게 해서 우리들은 영원히 보라색 입술과 보라색 혓바닥을 갖게 되었어.

우리들의 사주는?

우리들은 갈 곳이 없었어. 영화에서 보던 것처럼 자유롭게 하늘을 날아다닐 수 있는 것도 아니었지. 우리들은 얼마 전에 새로 지은 아파트 단지로 갔어. 거기에는 라디오가 마법 양탄자라고 부르는 정자가 있었거든. 라디오는 정자 주변에 버려진 담배꽁초들을 들여다보면서 중얼거렸어. "내가 버린 게 어느 걸까?" 그러자 압정이, 너 담배 피워? 하고 소리쳤지. 라디오는 종종 결석을 하곤 했는데 그럴 때마다

이 정자에 와서 놀았다고 해. 나는 그제야 그 애가 혼잣말을 많이 하는 이유를 알게 되었어. 이삿짐 트럭이 들어올 때마다 라디오는 구경을 해야 한다며 사라졌어. "텔레비전이 없어. 이상한 집인 것 같지 않아?" "그릇이 하나도 없는 집이 있어. 밥을 안 해 먹는 걸까?" "식탁이 얼마나 큰지 알아? 의자가 열두 개더라고. 도대체 식구가 몇 명일까?" 난 라디오를 따라서 사람 얼굴 모양의 시계를 구경하러 갔어. 혓바닥이 시계추였는데, 혓바닥이 좌우로 움직일 때마다 눈동자도 같이 움직였어. 나는 정자로 돌아와 하루 종일 시계 흉내를 내보았지. 압정은 방 하나가 핸드백으로 가득 찬 집을 발견했어. 그 애는 가방의 브랜드를 모두 알고 있더라고. 더 놀라운 건 진품과 짝퉁도 구별할 줄 알았다는 거지. "넌 이십대가 되면 아마도 명품족이 될 거야." 내가 말했어. 그때 구석에 앉아 있던 거울이 제발, 이라고 말했어. "누가 제발 이 못 좀 박아줘." 거울이 자리에서 일어나자 튀어나온 못이 보였어. "며칠 동안이나 이걸 깔고 앉아 있었는데도 엉덩이가, 안, 아파." 그 순간, 나는 거울의 입술이 보라색인 게 참 다행이라고 생각했어. 압정이 심호흡을 한 번 하고 난 다음 그 큰 머리로 못을 내려쳤어. "이해가 안 돼. 난 오래 살 팔자란 말이야." 거울이 여전히 튀어나와 있는 못을 보며 말했어. "내 손금은? 이거 봐." 라디오가 손바닥을 펼쳐 우리에게 보여주었지. 생명선이 아주 길었어. 우리 중에서 사주가 가장 좋은 사람은 압정이야. 사주쟁이 말에 의하면 압정은 오십대에 이름을 날린다고 해. "난 아침밥은 한국에서 먹고, 저녁밥은 뉴욕에서 먹는, 그런 삶을 산다고 했어." 압정은 우리들 중에서 공부를 가장 잘했거든. "나는 딸만 셋을 낳는다네. 둘째 딸이 속을 썩일 거지만 그래도 무난하게 자란다고 했어." 나는 내 사주가 싫었어. 애가 세 명이라니! 지팡이를 짚은 할아버지가 정자 쪽으로 다가오고 있었어. "난 삼만 원이나 주고 봤어. 유명한 점쟁이라고." "인터넷에서 오천 원이면 되는데." "정말 이 못을 박을 방법은 없을까?" 할아버지가 정자에 앉아 담배를 피우자 라디오가 재빨리 할아버지 옆으로 다가갔어. 할아버지가 라디오를 향해 담배연기를 내뱉었지. "저절로 금연이 되네." 아무 냄새도 맡아지지 않는다며 라디오는 실망을 했어. 나는 두 손을 모으고는 기도를 했어. 그런 다음 할아버지가 세워놓은 지팡이를 살짝 건드려봤어. 손이 지팡이를 그냥 통과하더라고. "넌 아직 수련이 부족한가 보다." 압정은 가부좌를 틀고는 복식호흡을 하기 시작했어. "그런다고 될 줄 알아?" 라디오는 고개를 흔들었지. "잘 봐." 압정이 지팡이에 손을 대려는 순간 지팡이가 저절로 쓰러졌어. "봤지?" 압정이 엉덩이춤을 추었어. "바람이야." 거울이 말했지.

심심하면 안 돼!

그 후로도, 거울은 튀어나온 못을 계속 깔고 앉아 있었어. 라디오는 아마도 205동의 모든 집을 구경했을 거야. 나와 압정이 서로 머리끄덩이를 잡고 싸우는 시늉을 할 때였어. 달리 할 줄 아는 놀이가 없었거든. 거울이 엉덩이를 좌우로 흔들더니 천천히 자리에서 일어났어. "왜? 드디어 엉덩이가 아파?" 압정이 빈정거렸어. "치질이라도 생긴 거 아닐까?" 나도 한마디 했고. "나 좀 이상한 것 같아." 거울이 오른쪽 다리를 우리 앞에 내밀었어. "이럴 수가!" 라디오가 두 손으로 자신의 입을 막았어. 거울의 오른발이 보이지 않더라고. 사라졌어. 그래, 사라졌다니까. 나는 얼른 내 발을 내려다보았지. 물론 압정과 라디오도 그렇게 했어. "난 괜찮네." 거울에게 미안했지만, 나머지 셋은 안도의 한숨을 쉬었지. "이러다 전부 사라지는 게 아닐까? 그리고 오줌도 마려운 것 같아." 거울의 목소리가 떨렸어. 라디오가 이런 의견을 내놓았어. 우리들보다 먼저 죽은 사람들을 찾아가야 한다고. 그들에게 물어보면 뭔가 답이 나오지 않겠느냐고. "넌 죽으니까 똑똑해지는 것 같다." 압정이 라디오의 머리를 쓰다듬었어. "그거 욕이지?" 우리들은 응, 하고 대답했지. 생각보다 멀쩡하게 생긴 귀신들이 많아서 우린 놀랐어. 의외로 귀신처럼 생긴 사람들이 많다는 사실에 또 한 번 놀랐고. 횡단보도 앞에서 만난 귀신은 욕을 한바탕하고 사라졌어. 아직도 우린 왜 욕을 먹었는지 모르겠어. 장님 거지 옆에서 장난을 치는 어린아이 귀신을 만났지. 동전을 셀 때마다 숫자가 줄어들자 장님은 누구 있어요, 라고 허공에 대고 소리쳤어. 우리는 아이에게 거울의 발목을 보여주었어. "왜 이런 거래요?" 아이도 모르는 눈치였지. "그럼, 물건은 어떻게 옮기는 거니?" 압정이 물었어. "반말해서 알려주기 싫어요." 아이는 말했어. 극장 입구에서 팔짱을 끼고 나오는 할아버지, 할머니를 발견한 사람은 라디오였어. 그들은 사람들의 어깨를 밟아가며 인파를 헤쳐 나오고 있었지. "며칠 동안 아무것도 안 했지?" 거울의 다리를 본 할아버지가 말했어. "점쟁이세요? 그럼 우리 사주 좀 봐주세요." 그렇게 말했다가 나는 친구들의 구박을 엄청 받았어. "아무것도 안 하면 이렇게 돼. 천천히 사라지는 거지. 그렇게 되면 저 위로 가는 거야." 할아버지가 손가락으로 하늘을 가리켰어. 그때 옆에 있던 할머니가 할아버지의 볼에 뽀뽀를 했어. "그래서 우린 연애를 하는 거야. 이 사람이 네 번째 남자야." 나는 할아버지의 부인이 귀신이 되어 찾아오는 장면을 잠시 상상해보았지. "무엇인가 해야 해. 극장에 가봐. 도서관에도 가보고. 심지어 달리기를 하는 귀신들도 있어." 그렇게 말하고, 할아버지와 할머니는 빨간 불이 켜진 횡단보도를 날아서 건너갔어. 신호등이 파란 불로 바뀌자, 거울이 할아버지가 사라진 쪽으로 달리기 시작했지. "쟤 왜 저래?" "왜 파란 불이 될 때까지 기다리는 거야?" "지가 아직 사람인 줄 아는 거 아냐?" 한참 후에 거울은 다시 돌아왔어. 역시 신호등이 파란 불로 바뀌기를 기다린 다음. "어떻게 하면 날 수 있는지 물어봤어." 거울이 말했어. 거울 덕분에 우리는 우리가 아무리 달려도 숨을 헐떡이지 않는다는 사실을 알게 되었지. "안 알려주네. 암튼, 이제부터 우린 뭘 하지. 가만있으면 난 죽는다고." 압정이 거울의 이마를 만졌어. "이봐. 열이 있는 거 아냐. 넌 이미 죽었다고." 내가 박수를 쳤어. 물론 박수 소리는 안 났지만. "암튼, 뭔가 해야 해." 우리는 회의를 하기로 했어. 그냥 길거리에서 머리를 맞대고 할 수도 있었지만, 그래도, 명색이 회의 아니겠어. 우린 빈 사무실을 찾아다녔지. 그리고 둥근 탁자에 둘러앉아 하나씩 의견을 내기 시작했어.

회의 결과

비 오는 날 사고 다발 지역에 가서 교통사고 구경하기.(라디오가 장마철이면 스무 건 이상 교통사고가 나는 곳을 안다고 했어. "작년에 거기서 열다섯 명이나 죽었어. 뉴스에서 봤다니까." 그러자 압정이 말했어. "지금은 가을이야. 언제 장마를 기다려.") 영화배우 K와 가수 L의 스캔들이 사실인지 확인해보기.(거울이 낸 의견이야. 그 아인 K의 광팬이거든.) 자동차 공장에 가서 자동차 조립 과정을 살펴보기.("우~ 진짜 재미없겠다." 어찌나 요란하게 고개를 흔들던지 말한 내가 민망해지더라.) 경찰서에 가서 무섭게 생긴 경찰을 한 명 고르기. 그리고 그 경찰을 일주일 동안 따라다니기.("화장실까지 따라가?" 거울은 죽었어도 여전히 멍청한 질문만 했어.) 고수 귀신을 찾아내 공중 부양 배우기.(사람들과 같이 길을 걷는 건 힘든 일이야. 사람들이 내 발을 향해 침을 뱉을 때마다 나는 아직도 깜짝 놀라곤 해. 그리고 우리들은 몇 초밖에 하늘을 날지 못하거든.) 학교로 돌아가 아이들과 같이 공부하기.(압정은 이럴 때 보면 좀 재수가 없어. 그런 걸 의견이라고 내놓다니. 우리들 반응을 보던 압정이 얼른 수습을 했어. "웃자고 해본 소리야.") 외국에서 온 귀신들 만나보기.(그들과도 대화를 할 수 있는지 궁금했거든. 죽어서까지 서로 말이 안 통한다면 얼마나 비극이겠어.) 사람들이 줄을 서서 먹는 식당을 찾아 비결을 알아내기.(거울의 부모님은 식당을 했어. 정말 맛이 없었지. 게다가 학교를 보내야 하는 자식이 세 명이나 되었어. 라디오는 거울에게 이렇게 위로를 했어. "아마도 버스 회사에서 보상금을 받았을걸. 그 돈으로 니 동생들 공부는 시킬 수 있을 거야.") 놀이동산에 가서 롤러코스터를 하루 종일 타기.(이젠 속이 울렁거리지 않을 테니까. 게다가 이제부터 우린 뭐든 공짜 아니겠어.)

가짜 귀신이 더 무서워

K를 찾는 일은 쉬웠어. K는 매주 수요일마다, 어느 라디오 프로그램에, 고정 출연을 하고 있거든. 우리들은 지하철을 두 번 갈아탄 뒤에 방송국으로 갔지. K는 사귀는 남자 친구가 술만 마시면 자신을 때린다는 여자의 전화를 받고 있었어. K는 여자에게 이렇게 대답해주었어. "헤어지세요." 그러자 여자가 떨리는 목소리로 말했지. "하지만, 아직도, 사랑해요." 우리들은 K가 다음에 무슨 말을 할지 알고 있어. 그렇다면 평생 맞고 사시던가요, 라고 대답할 거야. 우리들은 K의 전화 상담 코너를 좋아했어. K는 늘 이렇게 말하지. 헤어지세요. 경찰에

신고하세요. 당신, 바보인가요? 얼른 그녀의 집으로 달려가세요. 그리고 사랑한다고 말하세요. 마음대로 사세요. 언젠가 자살을 하고 싶다는 아이에게 그럼 죽어버리세요, 라고 대답했다가 방송에서 잘릴 뻔했지. 방송이 끝나자 K는 방송국 앞 포장마차에서 잔치국수를 사먹었어. 우리는 K의 커다란 밴을 타고 일주일이나 같이 지냈지. 돌아가면서 K의 무릎에 앉아봤는데, 그러고 나서, 우리들은 많이 부끄러웠어. 영원히 십대로 남아 있어야 한다는 사실이 끔찍하게 느껴졌지. 암튼, 그래서, 알아낸 사실! 놀라지 않길 바라. K와 L은 사귀지 않아. 그런데도 K와 L은 일부러 스캔들을 냈어. 정말이야. K가 L에게 전화통화하는 걸 다 들었거든. 사실 L은 지금 임신 중이야. 누가 아이 아빠인지는 모르겠어. K가 아무리 물어봐도 L은 그 부분에 대해서만큼은 입을 다물고 있어. 아마도 조만간 K가 아이 아빠일 것이라는 소문이 돌겠지. 무엇인가 더 많은 사연이 있을 것 같다며 거울이 조사를 해보겠다고 했어. "그럼 나중에 놀이동산에서 만나자." 거울을 남겨둔 채, 우리들은, 경찰서로 갔어. 강력 1반 반장님은 띄어쓰기가 엉망이야. 조서를 쓰는데 양쪽 검지로 타자를 치지. 강력 1반 형사들은 기괴한 살인사건들을 조사하고 있었어. 나는 반장이 사건 파일을 꺼내자, 재빨리 그 뒤로 가서, 시체들의 사진을 보았어. 시체들은 하나같이 오른손 검지를 입에 물고 있더라. 라디오가 화장실에서 형사들이 하는 이야기를 엿듣고 와서는, 중요한 사실을 알아냈다며, 우리에게 자랑을 했어. "내가 그냥 알려줄 것 같아? 여름방학 때 나 빼고 바닷가에 놀러간 거 사과해." 그때 저 멀리서 엄청난 덩치의 사내가 날아오더니 라디오를 덮쳤어. "말해. 뭘 알아낸 거지?" 라디오는 사내의 얼굴을 보고는 이내 겁에 질렸어. "발자국 길이가 자그마치 40센티래요. 틀림없이 범인은 외계인이에요." 사내는 두 손을 벌려 40센티미터를 가늠해보았어. "범인은 피에로 복장을 했을 수도 있지 않을까?" 사내는 죽기 전에 경찰이었다고 해. 사내는 죽기 전에 해결한 사건보다 죽고 난 후 해결한 사건이 더 많았어. "니들은 여기서 나가. 이 경찰서는 내 구역이거든." 라디오가 사내의 가슴에 있는 붉은 얼룩을 가리키면서 물었어. "갈게요. 그런데, 칼에 찔려 죽었어요? 총에 맞아 죽었어요?" 사내가 오른손 검지를 입술에 대면서 말했어. "이건 고추장이야. 회를 먹다가 심장마비로 죽었거든." 나와 라디오와 압정이 동시에 대답했어. "우린 죠스바요." 우리들은 놀이동산에 가기 전에 자동차 공장에 잠깐 들렀어. 그렇게 많은 귀신을 본 건 거기가 처음이야. "이런 재미없는 공장에 왜 귀신들이 모이는 거냐?" 압정은 도저히 이해를 할 수 없다는 표정이었어. 한 아저씨가 이렇게 말했어. "우린 평생 일만 하다 죽은 사람들이야. 여기 말고는 갈 곳이 없지." 우리들은 온통 사십대 아저씨들뿐인 공장을 얼른 나왔어. 놀이동산에 도착하자, 거울이 롤러코스터 입구에서 우리를 기다리고 있었어. "언제 왔어?" "저걸 서른 번도 더 탔어. 다신 안 탈래." "자, 어서, 말해봐." 우리들은 거울의 어깨를 주물러주는 척했지. "K와 L은 이복 남매 사이야. K의 아버지가 L을 세 살 때 버렸지. K는 아버지의 명예를 지켜주고 싶어 해. 하지만 아버지를 대신해서 동생을 돌보고 싶어 하기도 하지. 이상, 이런 내용이야." 어찌나 빠른 속도로 말하는지 그 의미를 해석하는 데 한참이나 걸렸어. "우리 이모가 기잔데, 그 사실을 알려줄 수만 있다면 얼마나 좋을까?" 내가 말했어. "치사한 년." 친구들이 나를 째려봤어. 우리들은 귀신의 집에 들어갔어. 소복을 입은 처녀 귀신이 천장에서 떨어지자 거울과 압정이 소리를 질렀어. 손을 잡고 있던 연인들이 귀신 인형의 머리카락을 잡고 흔들면서 깔깔거렸어. 우리는 좀 쪽팔렸어. 가짜 귀신한테 놀란 진짜 귀신이라니. 누가 알아차릴까 봐 우리는 조심스럽게 주변을 둘러보기도 했어.

공중 부양의 달인

공중 부양 달인을 만난 건 한 해가 저물 무렵이었어. 그사이 연쇄살인범이 잡혔어. 이, 삼십대 여자들이 열여덟 명이나 죽은 뒤였지. 범인은 작은 이벤트 회사를 경영하는 사장이었어. 가게 개업식 날, 피에로로 분장을 하고 아이들에게 풍선을 불어주는 일을 했지. 전직 경찰의 짐작대로였어. "죽지 않았다면 아마도 경찰청장까지 했겠다." 살인범 이야기가 사그라질 즈음에 자동차 연쇄 폭발 사고가 일어났어. 원인은 밝혀지지 않았어. 그리고 어느 고등학생이 학교 내에 탁아소를 설치해달라며 시청 앞에서 시위를 벌였지. "나는 내 아이를 화장실 쓰레기통에 버리고 싶지 않다." 이렇게 적힌 플래카드를 들고서. 십대 미혼모들이 시위에 동참을 했어. 물론, 우리들도 시위를 했지. 어떤 여자는 아이를 낳아 한강에 버린 적이 있다고 고백을 하기도 했어. "그때 제 나이가 열여섯 살이었어요." 전문가라고 불리는 사람들이 매일 방송에 나와 토론을 했어. 주황색 눈이 내려 전 세계 방송국에서 앞 다퉈 보도를 했어. 몇몇 종교 단체에서는 이때를 틈타 종말이 다가왔다고 선전을 하기도 했지. 그렇게 한 해가 저물어갔어. 거울은 서울의 야경을 보면서 한 해를 정리하고 싶다고 했어. "정리해봤자야. 죽었다는 사실만 새록새록 기억나겠지." 귀찮아하는 라디오를 끄고 우리는 남산타워에 갔어. 그리고 거기서 발견한 거지. 우리에게 하늘을 나는 법을 알려줄 스승님을. 할머니가 남산타워 꼭대기에서 가부좌를 틀고 앉아 있더라. "어떻게 하면 그렇게 되나요?" 우리는 소리쳤어. "비밀이야." 할머니는 우리가 내려오라고 간절히 부탁을 해도 내려오지 않았어. "굉장히 터프한 경찰 귀신이 있는데 소개시켜 드릴게요." "수양딸이 되어드릴 수 있어요." "혹시, 화풀이 대상이 필요하다면, 그렇게 하세요." "외로우세요? 저희들도 그래요." 세 번 정도 폭설이 내린 다음에 할머니는 두 바퀴 반을 회전하면서 땅으로 내려왔어. "대신 조건이 있어. 나중에 부탁 하나만 들어주길." 우리들은 거수경례를 하면서 대답했지. "네."

우리를 날게 하는 말들

"각자 자기가 좋아하는 단어 하나씩 생각하기." 이것이 우리의 과제였어. 압정은 '인간 탑 쌓기'라고 했어. "부모님이 이혼 선언을 하던 날이었어. 나는 텔레비전을 보고 있었지. 수백 명의 사람들이 모여 탑을 쌓고 있더라. 엄마가 미안하다, 라고 말했어. 탑의 맨 꼭대기에 서 있는 내 모습을 상상해보았지. 그걸 생각하고 있으니까 모든 게 너그러워지더라. 나는 엄마의 어깨에 두 손을 올려놓고는 이렇게 대답했어. 괜찮아요. 뭘 그런 걸 가지고 그러세요." 인간 탑 쌓기를 하는 나라가 어디였는지 생각이 날 듯 말 듯했어. 지구촌 뉴스라든지 해외토픽 같은 프로그램에서 본 적이 있었거든. "아, 네이버가 그립다." 그러자 할머니가 물었어. "네이버가 뭐냐?" "그것도 모르세요?" "그래, 모른다. 국민학교도 못 댕겨서 그런다. 그렇다고 무시하면 죽어." 우리들은 할머니를 선생님이라고 부르기로 했어. 할머니는 몇 개 남지 않은 이를 드러내며 웃었지. "선생님이라니, 좋다." 라디오는 '라디오'라고 말했어. "에이~ 상상력이 너무 부족해." "넌 라디오밖에 모르냐?" 거울이 선생님에게 라디오의 보물 1호인 고장 난 라디오에 대해 설명을 해주었어. 물론 라디오가 자기 마음대로 주파수를 맞춘다는 이야기도. "난 믿어. 세상에 못 믿을 이야기가 어디 있겠어?" 라디오는 우리에게 왜 고장 난 라디오를 대대로 간직하고 있었는지 말하고 싶어 했지. "그 라디오가 할아버지를 죽였어." 라디오의 할아버지는 지독한 난봉꾼이었나 봐. 할아버지가 술집에 나타나면 술을 먹던 사람들이 화장실 가는 척하면서 자리를 피할 정도였다네. "그래, 술만 마시면 할머니를 엄청 팼나 봐. 할머니에게는 라디오 듣는 일이 유일한 위안이었어." 장마가 시작되던 어느 여름이었다고 해. 라디오의 할아버지는 진흙으로 범벅이 된 신발을 신은 채 안방 문을 걸어찼어. 자고 있는 마누라의 옆구리를 걸어차려는 순간, 갑자기 라디오가 켜지더니, 〈신라의 달밤〉이라는 노래가 나오기 시작했어. 할머니가 라디오를 집어 검은 그림자를 향해 던졌다고 해. "그래서 어떻게 되었어?" 라디오의 어깨에 앉아 이야기를 듣고 있던 선생님이 물었어. "라디오가 할아버지의 이마를 맞췄어요. 할아버지는 쓰러지면서 문지방에 머리를 부딪혔는데, 그 자리에서 죽었대요." 라디오는 더 이상 이야기를 하기 싫어하는 눈치였어. 그래서 얼른 내가 말을 이었지. "난, 망토야." 어릴 적에 나는 빨간색 망토가 있었어. 그걸 입고 담에서 뛰어내려 다리가 부러진 적이 있었거든. 깁스를 하고 누워 있어야 했기 때문에 아버지는 내게 침대를 사주었어. 고모와 마술사 고모부가 찾아와서 마술쇼를 해주기도 했고. "나는 발자국이란 말이 좋더라." 그래서 그런지 거울은 걷는 걸 좋아해. 점심시간이면 학교 운동장을 몇 바퀴씩 돌곤 했지. "다른 이유는 없어. 난 그냥 발자국을 보면서 이 사람은 누구일까, 하고 상상하는 일이 참 좋아." 거울의 말이 끝나자 선생님은 우리보고 눈을 감고는 자신이 고른 단어를 생각하라고 했어. "자, 눈 떠봐." 눈을 뜨자 선생님이 보이지 않았어. "아래를 보도록." 선생님이 말했지. "모두들 그 상태로 오 분도 넘게 있었어." 거울과 라디오가 서로 껴안았어. 그사이 압정이 바닥으로 떨어졌지. 나는 허공에서 제자리 뛰기를 해보았어. 그랬더니 허리에 힘이 빠지면서 땅바닥으로 굴렀어. "그렇게 쉬운 줄 알아?" 선생님이 고개를 절레절레 흔들었어.

내친김에 물건 옮기기까지

하하하! 간단해도 너무 간단했어. 그건, 귀신이 되면 그냥 자동으로 생기는 능력이라나. "그럼 그렇지. 죽은 것도 억울한데 그런 능력 정도는 줘야죠. 안 그래요?" 라디오가 하늘을 향해 소리쳤지. "지랄한다. 지랄해." 선생님이 우리 뒤통수를 때렸어. "자기가 정말로 죽었다고 생각하는 귀신만 물건을 움직일 수 있어. 그건 생각보다 힘든 일이야." 우리는 선생님을 따라 약수터로 갔어. 과제는 빨간색 플라스틱 바가지 들어 올리기. "네가 먼저 해봐." 우리들은 압정을 떼밀었어. 압정의 손은 바가지를 그냥 통과했어. 나도 성공하지 못했지. 당연히 성공할 것 같은 라디오도 마찬가지였고. 우리를 놀라게 한 건 거울이었어. 거울은 바가지에 물까지 채웠어. 나와 압정과 라디오는 허공에서 제자리 뛰기를 백 번 하면서 이렇게 외쳤어. 나는 죽었다. 나는 죽었다. 그런 다음에 나와 라디오는 바가지를 들었어. "물도 채워봐." 거울이 말했지. 물을 채웠는데도 바가지의 무게가 느껴지지 않았어. "신기하지?" "한 손가락으로도 할 수 있겠다." 선생님은 압정에게 성공할 때까지 산에서 내려오지 말라고 했어. "이 산에는 동물 귀신도 많겠다." "성공하거든 네가 좋아하는 스크류바 훔쳐다 줄게." 우리는 먼저 하산했지.

사람을 죽이다

선생님은 우리들보고 사람을 죽여달라고 했어. "사람요? 귀신 아니고요?" 우리들은 다시 물었지. "죽은 놈을 어떻게 또 죽여." 선생님이 말했어. 선생님은 우리에게 약속을 지키라고 했어. "사연을 듣고 죽일래? 아니면 그냥 죽일래?" 우리들은 머리를 맞대고 잠시 회의를 했어. '그냥 죽인다'에 세 표. '들어보고 죽인다'에 한 표. 우리가 간 곳은 '원조 김씨 호떡집'이라는 가게였어. 가게는 정말 지저분했어. 한쪽에 라면 박스가 열 개도 넘게 쌓여 있었는데 귀퉁이가 터져서 곧 내용물이 쏟아질 듯했지. 쌓아놓은 밀가루 자루 위로 바퀴벌레가 지나가는 것도 보였어. 싱크대에는 거미줄이 쳐져 있더라. "설거지도 안 하나 봐." 탁자에는 십 년도 더 지난 여성 잡지가 보였어. 나는 잡지를 살짝 들춰보았어. 그때 가게 안쪽에서 누구 왔어? 하는 소리가 들렸어. 우리는 소리가 나는 쪽을 보았어. 유행이 지난 커튼이 젖혀지더니 허리가 구부러진 할머니가 천천히 걸어 나왔어. 할머니는 기름때에 전 앞치마를 하고 있었어. 그 가게 안에서 가장 지저분한 걸 꼽으라면 난 앞치마라고 말하겠어. "뭔 소리가 났는데?" 할머니가 중얼거렸어. "가만히 둬도 곧 죽을 것 같은데." 라디오가 말했어. 할머니가 가게 문을 열고 밖을 내다보더니 다시 중얼거렸어. "뭔 소리가 나는데." 우리들은 순간 긴장했어. 할머니는 이내 졸기 시작했지. "나도 저렇게 졸아보고 싶다." 거울이 말했어. 할머니의 하루 일과는 이랬어. 새벽 다섯 시쯤 일어나서 물에 밥을 말아 식사를 해. 반찬은 단무

지밖에 없어. 그러고는 빗자루로 가게 바닥을 쓰는데 워낙 오래된 빗자루라 아무것도 쓸리지 않아. 청소를 마치고 난 뒤에 할머니는 호떡을 만들어. 늘 개수도 똑같지. 오십 개. 그걸 만들고 난 다음, 할머니는 오로지 졸기만 해. 때론 골목을 지나가던 아이들이 식은 호떡을 몰래 들고 가기도 해. 저녁이 되면 할머니는 만들어놓았던 호떡 중에서 두 개를 먹고 나머지는 쓰레기통에 버려. "여전히 맛있네." 호떡을 먹으면서 할머니는 중얼거리지. 아! 다섯 개 정도는 골목으로 던져. 길고양이들을 위한 거야. 가게 불은 끄지 않아. 유행이 지난 커튼 너머에는 방이 하나 있어. 저녁 아홉 시가 넘으면 할머니는 방으로 건너가 자리에 누워. 코를 골지. 우리들은 의견이 갈라졌어. "그래도 약속이야." "어떤 귀신이 우릴 죽였다고 생각해봐. 난 차마 못하겠어." "일주일 동안 한 번도 할머니가 세수하는 걸 못 봤어. 물로 이를 닦는 것도 못 봤지. 차라리 귀신으로서 편안하게 살 수 있도록 도와드리자." 그래서 우리들은 이렇게 합의를 보았지. 호떡집에 단 한 명이라도 손님이 오는 걸 보고 난 후에 결정하자고. "손님이 오긴 올까?" 며칠이 지난 뒤 정말 손님이 찾아왔어. 중절모를 쓴 할아버지였지. "오천 원어치 싸줘요." 할머니는 냉장고에서 반죽을 꺼내 새로 호떡을 만들기 시작했어. 할아버지가 만들어놓은 호떡을 그냥 달라고 하자 할머니가 그건 가짜 호떡이야, 라고 말했어. 호떡을 봉지에 담으면서 할머니는 혼잣말처럼 중얼거렸어. "이제 그만 와." 할아버지가 오천 원을 내밀면서 말했어. "이젠 안 올게요, 누나." 누나라는 말이 참 쓸쓸하게 들렸어. "내가 할게." 거울이 말했어. "아냐, 내가 할게." 내가 말했지. "그래 우리가 하자." 라디오와 압정이 말했어. 내가 냉장고 문을 열었다 닫았어. 거울이 밀가루를 공중에 뿌렸지. 라디오는 칼로 도마에 흠

집을 내기 시작했어. 그사이 압정은 할머니의 귀에 무슨 말인가를 속삭였지. 사실 압정은 아직도 물건을 옮기지 못해. 그날 밤, 할머니는 잘 때도 벗지 않던 앞치마를 벗었어. 속옷도 갈아입었지. 옷걸이에서 분홍색 꽃이 그려진 잠옷을 꺼내 입었어. 자리에 누워 할머니는 허공에 대고 이렇게 말했어. "알았어요. 알았어요." 그러고는 이내 코를 골았지. 코 고는 소리가 점점 작아지더니 마침내 아무 소리도 들리지 않더라. 할머니가 우리 앞에 나타난 것은 새벽 무렵이었어. "죄송해요." 거울이 사과를 했어. 압정과 라디오가 얼른 선생님을 데리러 갔지. 할머니는 선생님을 알아보지 못했어. "나야. 맞은편 가게. 원조 김씨." 선생님이 말했어. "너였어. 죽어서도 만나다니." 할머니가 선생님의 멱살을 잡으려고 했지. 두 사람은 삼십 년 동안이나 '원조 김씨' 상표를 놓고 싸웠다고 해. "그럼 결국 그것 때문에 사람을 죽인 거예요?" "이제 선생님이라고 안 부를래요, 할머니." "오해하지 마세요. 우린 꽤 착한 아이들이었어요." 그러자 두 할머니가 싸움을 멈추고 말했어. "내 이야기 좀 들어봐." 우리는 할머니들의 이야기를 들어주고 싶은 마음이 없었어. 그래서 단호하게 싫다고 했지. 할머니들은 지금도 싸우고 있을 거야. 적어도 심심하지는 않겠지.

그다지 나쁘지 않은

우리들은 교회에 갔어. 성당에도 갔지. 그리고 절에 가서 백팔 번 절도 했어. 거울이 바다에 가고 싶다고 했어. 아직 바다에 한 번도 못 가봤다나. 기차를 타기도 하고, 날기도 하고, 경운기에 매달리기도 하면서, 바다로 갔어. 그리고 내친김에 어느 섬으로 간다는 배를 탔어. "누가 귀신은 물을 무서워한다고 그랬냐?" 나와 라디오는 타이타닉에 나오는 연인들 흉내를 내보았어. 거울은 키를 잡고 선장 흉내를 냈지. 압정은 멀미 때문에 얼굴이 하얗게 질린 사람들을 구경하러 다녔어. 그때 누군가 소리쳤지. "고래다." 선실에 있던 거울이 달려왔어. 압정은 텀블링을 하면서 왔지. 고래떼였어. 나는 새떼들이 하늘을 날고 있는 것이라고 착각을 했어. 고래들이 새들의 그림자 같았거든. "난 가까이 가볼래." 거울이 눈을 감고는 발자국이라는 말을 중얼거렸어. 거울이 하늘을 나는 모습은 우아했어. 나는 어릴 때 입었던 빨간 망토를 거울에게 선물해야겠다는 생각을 했어. 거울은 고래의 등에 매달려 돌아왔어. 거울을 태운 고래가 배에 가까이 다가오자 사람들은 정신없이 사진을 찍어댔어. 고래의 등에는 기다란 막대가 달려 있었지. "작살이야. 이 작살을 등에 달고 백 년도 넘게 살았대." 거울이 말했어. "고래하고도 말할 수 있는 거야?" 라디오가 물었지만 거울은 대답해주지 않았지. "난 떠날 거야. 고래를 따라 먼 바다로 갈래." 거울이 손을 흔들었어. 그러자 고래는 백 년 된 작살을 등에 꽂은 채 서서히 헤엄을 치기 시작했어. 우리는 쫓아가지 않았지. 손도 흔들지 않았고. "하나도 재미없어." 내가 말했어. "난 말이야." 라디오가 조심스럽게 말문을 열었어. "어디 가고 싶은데?" 나는 라디오의 어깨에 손을 얹었어. "우간다에 가고 싶어. 사자들이 이유 없이 죽어간대. 신문에서 봤어. 어쩌면 북극에 갈지도 몰라. 북극곰이 겨울잠을 자지 못한다나 봐." 그래 가라, 라고 나는 속으로 말했어. "넌 역시 고장 난 라디오야." 압정이 라디오의 손을 잡고는 라디오의 머리를 때렸어. "나는 돌멩이 움직이는 연습이나 해야겠어. 공중 4회전 돌기도 연습해야 하고." 압정과 라디오가 나를 빤히 바라보았어. "왜?" "넌?" 나는 뱃머리 난간에 걸터앉았어. "생각해볼게, 뭘 할지." "너무 오래 생각하

지 마. 그랬다간 사라지고 말 거야." 나는 압정이 인간 탑 쌓기 대회
에 나가는 장면을 상상해보았어. 그러자 나도 모르게 이렇게 말이 나
왔어. "그것도 나쁘지 않지."

| 우수상 수상작 |

내가 데려다줄게

천운영

1971년 서울 출생.
한양대 신문방송학과 및 서울예대 문예창작과 졸업.
2000년 〈동아일보〉 신춘문예에 단편소설 〈바늘〉로 등단.
소설집 《바늘》《명랑》, 장편소설 《잘 가라, 서커스》 등.
신동엽창작상, 올해의 예술상 수상.

내가 데려다줄게

내 죽음이 진실을 대신하리라. 사내는 마침표를 찍으며 '진실을 밝히리라'가 낫겠다는 생각을 잠깐 했다. 하지만 그저 스치는 생각일 뿐이었다. 사내는 망설임 없이 제 이름을 적은 다음, 각을 맞춰 두 번 접은 종이를 양복 윗주머니에 넣었다.

차창 밖으로는 아무것도 보이지 않았다. 헤드라이트를 받아 더욱 농밀해진 안개 입자들만 느릿느릿 떠다니고 있었다. 기분 나쁘게 음산한 움직임이었다. 사내는 차에서 나와 안개 속에 섰다. 안개에서 어쩐지 햇솜 냄새가 나는 것 같았다. 안개 너머 어딘가 숨소리를 지켜보는 속광屬纊의 눈초리가 숨어 있는지도 몰랐다. 사내는 살아 있는 것을 들키지 않으려는 사람처럼 호흡을 딱 멈춘 채 가만히 서 있었다.

사내는 자신이 서 있는 곳이 어디인지 가늠해보았다. 애초에 생각했던 곳은 분명 아니었다. 휴식처가 필요했을 뿐이었다. 사내를 둘러싼 의혹과 질책을 피해 당분간 숨을 수만 있으면 되었다. 유서를 쓰겠다는 생각은 털끝만큼도 없었다. 하지만 차가 비포장도로를 달리다 막다른 곳에 이르렀을 때, 마침 안개가 걷히며 거대한 늪이 모습을 드러냈을 때, 사내는 저도 모르게 펜과 종이를 찾아 진실을 대신할 짧은 유서를 쓰게 된 것이었다.

모든 게 안개 때문이었다. 동으로 남으로 방향을 바꿔가며 운전을 하는 동안 안개는 기습적인 테러를 감행하곤 했다. 국도를 벗어나 낯선 길을 헤매다 결국 도착한 곳은 끝이 보이지 않는 거대한 습지였다. 사내는 안개를 따라 안개의 중심으로 온 것이었다.

늪을 마주한 사내는 한밤중에 상복 입은 여자와 홀로 맞닥뜨린 사람처럼 당혹스럽고 무서웠다. 하지만 시간이 흐르자 온몸이 노곤하게 풀어지면서 편안함을 되찾았다. 어머니 품에 안긴 젖먹이 어린애처럼 아무 걱정도 들지 않았다. 안개 속에서 스윽 슥, 치마 끌리는 소리가 들리는 듯했다. 사내는 그 소리를 따라 어디든지 갈 수 있을 것 같았다.

사내는 옷을 벗기 시작했다. 양복 윗도리를 벗어 반듯하게 개켜놓은 다음, 넥타이와 와이셔츠와 바지를 차례로 벗어 그 위에 올려놓았다. 구두와 양말까지 벗어 옷가지들 옆에 가지런히 놓고 마지막으로 팬티를 벗었다. 사내는 벗어놓은 옷가지들과 아직 온기가 가시지 않은 팬티를 번갈아 보았다. 운전석에 얌전히 놓인 옷가지들은 지금 막 벗은 것이 아니라 사내를 위해 누군가 새로 준비해놓은 것처럼 말끔했다. 사내는 단정하게 개어놓은 옷 위에 입던 팬티를 놓기가 꺼려지기도 했고, 또 지금 가야 할 길이 저승길이라면 팬티 한 장 정도는 가져가도 되겠다 싶기도 했다. 사내는 팬티를 손에 꼭 쥐었다.

날이 밝아오고 있었다. 사내는 안개 너머 늪의 어느 지점을 쏘아보았다. 가늠할 수도 가늠되지도 않는 거리였다. 사내는 팔을 쭉 뻗어 손에 쥔 팬티를 허공에 대고 흔들기 시작했다. 초혼을 부르는 사람처럼 펄럭펄럭 소리를 내며 힘차게 휘저었다. 지금 막 육신을 떠난 어떤 혼들이 사내의 부름에 응답을 해올 것만 같았다. 아니면 곧 떠나게 될 자신의 육체에게 마지막 작별을 고하는 것인지도 몰랐다.

바람이 불었다. 안개가 저만치 물러가면서 늪이 드러났다. 사내는 늪을 향해 한 발짝 가까이 다가섰다. 늪의 한 자락이 사내의 발등을 적셨다. 개구리풀이 떠 있는 물은 융단처럼 보드랍고 따뜻했다. 사내는 연둣빛 융단에 발을 집어넣었다. 그리고 늪의 심부를 향해 천천히 걸어가기 시작했다.

보드라운 흙이 발가락 사이를 빠져나가고, 발목을 휘감은 물풀이 종아리와 허벅지를 간질였다. 물이 허리까지 차올랐을 때, 사내는 차갑고 미끈미끈한 생물체의 움직임을 감지했다. 그 생물체는 사타구니를 스쳐 지나 엉덩이께를 툭 올려치곤 사라졌다. 등줄기가 서늘해지면서 오줌이 마려웠다. 사내는 마지막 기력을 소진하려는 듯 온 힘을 다해 오줌을 쌌다. 뜨뜻한 물과 함께 목구멍으로 물풀들이 쳐들어오는 순간, 사내는 '진실을 밝히리라'고 썼어야 했다고 후회했다. 하지만 문장을 고치기엔 이미 늦어 있었다. 사내는 중심을 잃고 무너졌다. 눈앞이 컴컴해지고 귀가 먹먹해졌다. 물에 잠기면서도 손에 쥔 팬티는 놓지 않았다.

늪은 제 속으로 걸어들어온 사내를 부드럽게 감싸 안았다. 늪은 아기에게 젖을 물리듯 사내의 벌린 입속으로 버드나무 잔가지와 물달팽이 껍질과 생이가래와 자라풀을 집어넣었다. 사내가 있던 자리를 연둣빛 융단이 차지하더니 곧이어 짙은 안개가 그 위를 덮었다. 사내는 흔적도 없이 사라졌다. 늪은 다시 침묵에 잠겼다. 침묵은 영원히 지속될 것 같았다.

 사내는 안개 속의 남자를 쫓아가고 있었다. 남자는 알몸이었고, 일체의 망설임도 없이 앞으로 곧장 걸어가고 있었다. 짙은 안개가 남자의 몸을 감추었다가 내놓았다. 사내는 알몸의 남자를 불러 세우고 싶었다. 하지만 사내가 입을 벌리려 하면 헝겊 뭉치 같은 것이 목구멍을 틀어막아 아무 소리도 낼 수가 없었다. 바람이 불었다. 안개가 걷히고 알몸의 남자가 모습을 드러냈다. 남자는 사내에게서 딱 한 발짝만큼 떨어져 있었다. 남자가 몸을 돌렸다. 사내는 남자의 얼굴을 마주 보았다. 마치 거울을 들여다보는 것 같았다. 사내는 남자의 얼굴을 쓰다듬으려 손을 내밀었다. 사내가 볼에 손을 대는 순간, 남자는 안개처럼 흩어졌다. 작은 물방울들이 사내 몸에 스며들었다.

 무언가 차갑고 축축한 것이 사내의 발목을 휘감는 것이 느껴졌다. 초록 얼룩뱀이었다. 뱀은 종아리를 타고 허벅지를 거쳐 사타구니로 올라갔다. 그 뒤를 이어 또 다른 뱀이 사내 몸에 감겼다. 뱀의 행렬은 끝이 없었다. 뱀들은 사내의 다리를 감아 오르고 목을 휘감고 겨드랑이를 벌리고 허리를 감싸 안았다. 사내는 초록 얼룩뱀들에게 완전히 둘러싸였다. 결국 사내는 사라지고 뱀들만 남아 서로의 몸을 휘감으며 꿈틀거리고 있었다.

 흙이 물속으로 꺼져가는 느낌. 물은 차가웠고 몸은 뜨거웠다. 사내는 한도 끝도 없이 가라앉고 있었다. 어느 순간 몸이 붕 뜨더니 물을 박차고 올라 수면 위로 떠오르는 것 같았다. 몸의 한 부분 한 부분이 공기 중으로 흩어지는 느낌. 사내는 자신이 흙인 것도 같고 공기인 것도 같았다. 물인가 싶으면서 동시에 불인 듯도 했다. 어쩌면 그 모든 것이 되고 있는지도 몰랐다.

빛이 보였다. 투명하고 푸른빛이었다. 푸른빛 사이로 보이는 것은 희미하게 뭉개진 잔상 같은 것뿐이었다. 나무 한 그루가 사내 눈에 어른거렸다. 색색의 헝겊을 치렁치렁 늘어뜨린 거대한 당산나무. 당산나무는 사내 몸에 그늘을 드리우며 다가왔다. 누군가 이마에 손을 얹는 느낌이 들었다. 나뭇등걸처럼 옹이지고 거친 손이었다. 억지로 눈꺼풀을 올리려 애를 쓰는 것 같기도 했다. 몸을 쓰다듬는 손길도 느껴졌다. 그 손길은 뱀처럼 차갑고 섬뜩했다. 사내에게 옷을 입혀주는 손길도 있었다. 빳빳하게 풀 먹인 새 옷에서 향나무 냄새가 났다.

사내는 들것 같은 것에 실려 어디론가 끌려가고 있었다. 바람에 몸을 비비는 마른 갈대 소리. 하늘하늘 떨어져 내리는 은빛 꽃가루. 사내 몸에 꽃가루가 닿을 때마다 요령 소리가 들렸다. 그것은 자장가처럼 감미로웠다. 누군가의 저승길을 배웅하는 상여 소리인지도 몰랐다.

사내는 꿈속을 헤매고 있다고 생각했다. 꿈이 아니라면 이승과 저승 사이 어느 지점에 누워 있는 것인지도 몰랐다. 꿈과 생시, 이승과 저승, 삶과 죽음, 그 좁은 듯하면서 광활한 사이 혹은 틈새.

살았다. 사내는 자신이 살아 있다고 확신했다. 살을 만져보거나 거울에 몸을 비춰보지 않아도 알 수 있었다. 그것은 콧속으로 파고드는 쌀밥 냄새 때문이었다. 이제 막 지은 달큰하면서 구수한 쌀밥 냄새. 입 안에 군침이 돌면서 허기가 졌다.

사내는 침을 삼키며 눈을 떴다. 덮고 있던 이불을 걷어내고 자리에 앉았다. 꽤나 두툼하고 묵직한 솜이불이었다. 이불 옆에는 얌전히 개어진 옷가지와 밥상이 나란히 놓여 있었다. 사내는 밥상 위에 놓인 밥그릇을 보았다. 고봉으로 가득 채운 흰 쌀밥에선 거짓말처럼 김이 모락모락 나고 있었다.

사내는 밥상을 끌어당겨와 허겁지겁 밥을 먹기 시작했다. 순식간에, 밥 한 톨 남기지 않고, 밥그릇을 다 비워냈다. 사내는 숟가락을 내려놓으며 쿡쿡 웃음을 터뜨렸다. 죽자 하고 늪에 뛰어든 사람이 눈 뜨자마자 밥그릇을 붙들고 앉은 꼴이라니. 사내는 그래도 지금까지 먹어본 밥 중에 최고로 맛있는 밥이었다고 생각했다.

한참을 그렇게 웃고 나서야 이불 옆에 있던 옷가지가 눈에 들어왔다. 회색 면바지와 흰 셔츠, 그리고 속옷과 양말까지. 사내는 자신이 실 한 오라기 걸치지 않은 채 밥을 먹었다는 사실을 깨달았다. 따끈한 방바닥에 축 늘어진 불알 두 짝을 내려다보며, 사내는 자신이 벗어놓고 온 옷들을 떠올렸다. 그리고 마지막까지 붙들고 있던 사각팬티도 생각났다. 손이 허전했다.

이힛, 어디선가 억지로 참다 터져나온 듯한 웃음소리. 문이 살짝 흔들렸던 것도 같았다. 하지만 그뿐이었다. 문밖에서는 더 이상 아무 소리도 들리지 않았다. 사내는 서둘러 옷을 입었다. 옷은 사내에게 꼭 맞았다.

이불을 개어 한쪽에 밀어놓고 주위를 둘러보았다. 방 안에는 밥상을 제외하고는 가재도구라 할 만한 것은 하나도 없었다. 천장은 낮았고 벽면에는 못 하나 박혀 있지 않았다. 창호지 문으로 들어오는 빛이 어쩐지 비현실적이게 느껴졌다. 모든 게 꿈결 같았다. 차를 타고 무작정 달렸던 안개 자욱한 도로며, 유서를 쓰고 옷을 벗고 늪에 뛰어들었던 모든 일들이 꿈인 것만 같았다. 사내의 입에서 끄윽 하고 트림이

나왔다. 꿈은 아닌 듯했다.

 문을 열어젖혔다. 와락 밀려들어온 빛줄기에 눈이 부셨다. 희다 못해 푸르기까지 한 빛줄기들. 빛을 등지고 선 계집애의 실루엣이 보였다.

 —어, 이 아저씨 이제 일어났네. 몇 날 며칠 잠만 자더니만.

 당돌하고 거침없는 말투. 조금씩 빛에 익숙해지면서 계집애의 얼굴이 눈에 들어왔다. 계집애 뒤로 탱자나무 울타리와 울타리 너머 커다란 감나무, 그리고 어림잡아 열 마리쯤 되어 보이는 개들. 흙 마당에 배를 깔고 누워 있거나 마당을 어슬렁거리고 있는 그 개들은 모두 한 배에서 나온 것처럼 생김새가 비슷했다.

 계집애는 마루에 훌쩍 올라앉더니 발목을 흔들어 신발을 벗었다. 뒤축이 구겨진 운동화 두 짝이 흙 마당에 나동그라졌다. 신을 벗자 계집애의 더러운 맨발이 드러났다. 진흙탕을 뛰어다니기라도 했는지, 마른 진흙이 발목까지 허옇게 말라붙어 있었다. 계집애는 아무 말 없이 마루에 앉아 발만 까딱까딱 흔들었다.

 —그래, 내가 며칠이나 잔 거냐?

 —몰라. 며칠이나 잤더라? 이힛. 아저씨 빨가벗은 거 내가 다 봤지. 아저씨 씻기느라고 울 엄마랑 할머니랑 얼마나 힘들었게.

 —……그런데 어른들은 다 어디 가셨니?

 —엄마한테 가볼까?

 계집애가 눈을 반짝이며 사내의 손을 잡아끌었다. 사내는 마루에서 선뜻 내려서지 못하고 엉덩이만 살짝 든 채 무춤하게 서 있었다.

 —저 개들이 무서운 거야, 아저씨는? 재네는 다 바보들이야. 덩치만 커다래갖구 내가 올라타도 꼼짝 못하는걸. 한번 볼래?

 계집애는 자신이 한 말을 확인이라도 시켜주려는 것처럼 신발 한

짝을 집어 개에게 던졌다. 신발은 마당 한가운데서 자고 있던 개 머리통을 맞추고 떨어졌다. 개는 눈만 살짝 치켜떴다가는 아무 일도 없었던 듯 다리 사이에 고개를 파묻었다. 계집애가 깨금발로 뛰어가 신발을 신고 사내를 쳐다보며 웃었다. 작고 고른 이가 환하게 빛났다. 사내는 어쩔 수 없이 일어나 댓돌 위에 놓인 갈색 고무 슬리퍼를 신고 계집애를 따라나섰다.

대문을 열고 나가자 보이는 것은 커다란 감나무 한 그루와 그 뒤로 광대하게 펼쳐진 갈대였다. 사내는 주위를 둘러보았다. 야트막한 야산을 배수진으로 두고 갈대로 둘러싸인 작은 집. 집을 둘러싼 탱자나무 울타리는 키가 컸고, 철대문은 견고해 보였다. 주위에 다른 인가는 없는 듯했다. 사내가 나온 집은 작은 성 같았다. 주위를 끌어당기는 듯하면서 고고하게 서 있는 작은 성.

에움길을 따라 계집애가 앞서 걸어갔다. 사내는 주머니에 손을 넣은 채 그 뒤를 쫓았다. 계집애는 갑자기 걸음을 멈추고 땅바닥에 쭈그려 앉아 무언가를 한참 들여다보곤 했다. 사내가 가까이 다가가려 하면 계집애는 어느새 자리를 털고 일어나 저만치 앞서 나갔다. 갈대밭 길은 끝없이 이어졌다.

—이것 좀 봐봐.

길섶에서 무언가를 주워 올린 계집애가 부리나케 뛰어와 사내에게 내밀었다.

—새끼 뱀이야. 그래서 이렇게 가늘어. 머리부터 꼬리까지 온전히 다 있잖아? 어른 뱀은 이렇게 완벽하게 못 벗는데. 여기저기서 뭉개가지고 너덜너덜하거든. 와, 진짜 근사하다. 그지? 분명히 첫 허물일 거야. 이런 건 쉽게 못 건지는데. 자, 기념으로 아저씨 줄게.

계집애가 사내 손에 뱀 허물을 올려놓았다. 새끼 뱀의 첫 허물은 거칠거칠하고 바싹 메말라 있었다. 사내와 계집애는 한동안 머리를 맞대고 뱀 허물을 들여다보았다. 계집애는 삼각형 모양의 머리 부분을 손가락 끝으로 쓰다듬었다.

—아저씨, 그거 알아? 뱀들이 허물 벗을 때가 되면 눈이 뿌옇게 흐려져. 안개 낀 것처럼.

—넌 어떻게 그런 걸 아니?

—맨날맨날 보는 게 뱀인걸 뭐. 허물 벗을 때가 되면 늪으로 오거든. 할머니가 그러는데 몸을 말려야 허물이 잘 벗겨진대. 그래서 며칠 동안 물 한 모금 안 마시면서 몸에 물기를 없애는 거야. 그러니까 얼마나 목이 마르겠어. 허물 다 벗으면 얼른 물속으로 들어가려고 늪으로 온다는 거지.

뱀들은 허물을 벗기 위해 흐린 안개 눈을 하고 늪으로 온다. 사내는 손에 든 허물을 보며 되뇌었다.

—아저씨도 모르는 게 있음 할머니한테 물어봐. 할머니는 뭐든지 다 알거든. 아니면 노래하는 탑에 가도 되고.

계집애가 어깨를 으쓱이며 말했다. 그러곤 사내가 뭐라 말할 틈도 주지 않고 쌩하니 갈대숲 안쪽으로 들어가버렸다. 사내는 한동안 뱀 허물을 들고 서 있었다. 무게감이 거의 느껴지지 않는 허물이었지만 사내에겐 백 년 묵은 구렁이라도 든 것처럼 무겁게 느껴졌다. 사내는 뱀 허물이 상하지 않도록 조심하며 주머니에 넣었다. 그리고 계집애가 사라진 쪽으로 서둘러 걸음을 옮겼다.

시야를 가로막는 갈대들을 헤치며 걸었다. 살갗에 닿은 갈대는 분오른 감자처럼 포근포근했다. 사내는 가끔 걸음을 멈추고 바람 소리에 귀를 기울였다. 갈대숲을 벗어나자 사내의 눈앞에 늪이 나타났다. 온갖 물풀들로 뒤덮인 늪은 습지라기보다는 거대한 초원을 연상시켰다. 늪을 가득 메운 자잘한 마름들과 한 방향으로 결을 낸 억새들, 물 속에서부터 가지를 뻗어 올린 냇버들 군락.

계집애는 늪 가장자리에 앉아 있었다. 사내는 계집애 옆에 가만히 앉았다. 계집애는 말이 없었다. 무릎 사이에 턱을 괴고는 나무 꼬챙이로 땅바닥에 알 수 없는 그림을 그리다가, 가끔 고개를 들어 먼 곳을 바라보았다. 계집애가 보는 곳을 사내도 쳐다보았지만, 늪을 가득 메운 마름들만 보였다. 바람에 뒤채는 나뭇잎 소리만 간간이 들려왔다. 끝없이 이어질 것 같던 침묵을 깬 것은 사내였다.

―엄마가 여기 계셔?

―응, 조금만 기다리면 올 거야.

―그런데 이 옷, 아버지 거니?

―아버진 없는데? 나는 왜가리가 물어다줬거든.

―왜가리가?

―그래 왜가리가. 왕버들로 만든 바구니에 담아서. 보고 싶으면 이따가 집에 가서 보여줄게. 그 속에 든 내 보물들은 생각 좀 해봐야겠는걸. 근데 왜? 아저씬 그 옷 맘에 안 들어? 그거 엄마가 새로 사온 건데. 새 옷 입으니까 좋지 않아?

―그래, 좋아. 그런데 엄마는 언제 오시니? 할머니도 함께……

―저기 오잖아.

계집애가 말허리를 자르며 벌떡 일어났다. 사내도 덩달아 자리에서 일어나 계집애가 향한 곳을 바라보았다. 계집애는 물이 휘돌아가는 어느 지점을 바라보고 있었다.

사내는 늪이 솟구친다고 생각했다. 물여울이 일고 연둣빛 물풀들이 들썩이더니 한 여자가 나타났다. 가슴까지 오는 고무 옷을 입은 여자. 머리에 작은 바구니를 받쳐 이고 꼿꼿이 선 여자. 물여울만 남길 뿐, 자신은 어떤 흔들림도 없이 걷는 여자. 여자는 물풀들을 뚝뚝 흘리며 늪에서 나왔다. 여자가 머리에 인 바구니를 내려놓자, 계집애는 기다렸다는 듯 여자를 끌어안았다. 사내는 얼떨결에 허리를 굽혀 인사를 했다.

—이렇게 폐를 끼쳐서······

여자는 계집애의 머리를 쓰다듬으며 가벼운 목례로 대답했다. 어떤 감정의 미동도 느껴지지 않는 표정이었다. 사내는 말을 더 잇고 싶었지만, 딱히 떠오르는 말도 없었다. 여자 또한 안개 같은 미소만 흘릴 뿐 아무 말도 하지 않았다. 계집애가 여자의 손을 끌어당기지 않았더라면 사내는 언제까지 그렇게 여자의 살짝 올라간 입매만 쳐다보며 서 있었을 것이었다. 사내는 꿈속 한가운데 서 있는 것만 같았다.

계집애와 여자가 손을 잡고 앞서 걸어갔다. 여자가 걸음을 뗄 때마다 고무 장옷에 붙었던 물풀들이 떨어졌다. 사내는 여자가 남긴 발자국을 밟으며 그 뒤를 따랐다. 해가 지고 있었다. 여자와 계집애는 손을 잡고 석양 속으로 걸어갔다. 가끔 여자를 올려다보며 종알거리는 계집애의 말소리와 웃음소리가 까르르 흩어졌다. 그 뒤를 따르던 사내는 문득, 그 사이에 끼어 나란히 함께 걸어도 좋겠다는 생각을 했다.

사내의 눈에 뿌연 안개 같은 것이 끼면서 몸이 근질거리는 기분이 들었다. 허물 벗기 직전의 뱀 눈이 이럴까. 눈이 씀벅씀벅했다. 그리고 목이 탔다. 사내는 붉게 물든 하늘을 바라보며 침을 삼켰다.

여자는 아무것도 묻지 않았다. 어디서 왔는지, 왜 늪에 뛰어들었는지, 언제 돌아갈 것인지. 노파와 계집애도 마찬가지였다. 그들은 오래 전부터 함께 살아왔던 사람들처럼 사내를 대했다. 시간은 문제 되지 않았다. 과거의 기억이나 미래의 계획 따위는 필요 없었다. 사내는 세 여자가 만들어내는 일상 속으로 자연스럽게 스며들었다.

여자는 하루에 두 번 늪으로 갔다. 새벽녘 늪으로 가서 바구니에 채 워온 논우렁이와 민물조개는 읍내 상설시장에 내다팔고, 오후 느지막 이 가서 잡아온 논우렁이는 저녁 밥상에 올리거나 다음 날 새벽에 잡 은 논우렁이와 합쳐졌다. 개들을 괴롭히거나 뱀 허물을 주우며 하루 를 보내던 계집애는 해질녘이면 어김없이 여자를 맞으러 늪으로 달려 갔다. 사내는 툇마루에 앉아 지는 해의 농도를 가늠하며 여자와 계집 애가 마당으로 들어서기를 기다렸다. 그리고 여자가 들어간 부엌 쪽 에 귀를 기울이며 논우렁이를 씻을 때 나는 파도 소리를 들었다. 파도 소리가 멎고 논우렁이가 삶아지는 동안 계집애는 탱자나무 울타리로 달려가 가시를 끊어왔다. 사내와 계집애는 탱자나무 가시를 하나씩 나눠 들고 우렁이 살을 발랐다. 발라낸 우렁이 살이 한 그릇 정도가 되면 여자가 그걸 가지고 들어가 논우렁이초무침이나 논우렁이맑은 국 같은 걸 만들어 상을 내왔다. 사내는 밥상을 받아들 때마다 여자의 가녀린 목선을 훔쳐보곤 했다. 그런 사내의 시선을 노파도 알고 있는 것 같았다.

노파는 주로 감나무 아래 앉아 혼잣말을 하며 보냈다. 감나무 아래 앉은 노파는 나무의 일부분처럼 보이기도 했다. 바닥으로 휘우듬하게 자란 굵은 가지나 뿌리. 사내가 그 옆에 앉으면 노파는 먼 곳에 시선 을 둔 채 옛날얘기들을 들려주었다.

들어볼 테냐, 왜가리와 사랑에 빠진 처녀애 이야기. 들어볼 테냐, 뱀 가족을 구해준 까치들의 이야기. 늪 속에 사는 여우들의 이야기…… 노파의 이야기는 항상 그렇게 시작했다. 사내가 무슨 대답을 하는지는 상관없었다. 노파는 아무 때나 이야기를 시작했고, 아무 때나 이야기를 멈추었다. 사내가 아니라도 스쳐 지나가는 바람이나 바람에 흔들리는 나뭇가지에라도 혼잣말하듯 이야기를 들려줄 것이었다. 노파의 이야기를 듣고 있노라면 사내는 어느새 시간을 거슬러 올라 원시의 숲 속으로 들어간 기분이 들곤 했다. 그 속에서 사내는 나무와 대화하고 새들과 함께 날고 뱀과 함께 똬리를 트는 자신을 발견하곤 했다. 그것은 스스로의 경계를 허물어 하나의 덩어리로 합쳐지는 안개 속 풍경과 같았다. 사내는 몽유와 같은 풍경에서 빠져나오기 위해 이따금씩 고개를 들어 떼를 지어 나는 새들이나 구름을 바라보아야만 했다.

—들어볼 테냐, 학처럼 고운 처녀애 얘기.

노파의 얘기가 시작되고 있었다. 사내는 혼잣말로 노파의 말을 따라해보았다. 학처럼 고운 처녀애.

—옛날에 말이다. 여기 늪에 아주 고운 처녀애가 살았단다. 얼마나 가녀리고 하얗고 고운가, 전생에 학이었다고 해도 믿을 만한 그런 처녀애였어. 그리고 저기 늪 건너 마을에는 그 처녀애를 사모하는 총각이 하나 살았지.

사내는 갈대밭에서 시선을 돌려 노파의 옆얼굴을 쳐다보았다 꿈꾸듯 아련한 눈동자와 깊게 팬 주름에 슬며시 드러나는 수줍은 미소.

—그 총각이 처녀애에게 와서 말했단다. 노래하는 탑을 만들어줄게요, 나와 결혼해줘요. 처녀애는 믿지 않았지. 노래하는 탑이라니. 그래

도 싫지는 않았어. 총각은 매일 늪을 건너와 붉은 벽돌을 쌓기 시작했어. 자운영꽃이 피고 지고 철새들이 철을 바꿔 들고나는 동안 매일같이 늪을 건넜어. 그렇게 몇 번의 계절이 바뀌고 나서 탑이 완성되었지.

　―정말 노래하는 탑을 만들었어요?

　―그래, 노래하는 탑. 겉에서 보면 그냥 작은 탑이었어. 그런데 처녀애가 탑의 문을 여는 순간 아름다운 음악 소리가 울려 퍼졌어. 그건 마술이었어. 바람이 많이 부는 날엔 경쾌한 풀피리 소리가, 안개가 낀 날엔 가야금 소리가 들렸어. 총각은 탑 바닥과 꼭대기에 쇠 징을 박아 공명으로 음악 소리를 만들었던 거야. 물론 처녀애에게 공기의 움직임으로 소리를 낸다고 설명해줄 필요는 없었어. 문을 여는 순간 처녀애의 맘에 꼭 들었으니까. 처녀애는 자신의 작은 몸짓 하나에도 모두 반응하며 음악을 들려주는 그 탑이 좋았어. 노래하는 탑. 처녀애가 슬퍼 탑 안에 웅크리고 앉아 있으면 부드러운 노래로 감싸주고, 또 기뻐 춤이라도 추면 발랄한 노래로 박자를 맞춰주는 탑.

　노파는 말을 멈추고 갈대밭 너머를 바라보았다. 마치 그 갈대밭 어딘가에 노래하는 탑이 있는 것처럼. 사내는 노파의 눈동자가 흔들리는 것을 보았다. 사내는 뒷이야기가 궁금했다. 하지만 노파는 나무 지팡이에 힘을 주고 일어났다. 그러고는 지팡이를 앞세워 갈대밭길을 걸어갔다. 사내는 노파가 사라진 쪽을 바라보며 휘파람을 불었다. 휘익 휙. 휘파람을 불 때마다 늪을 건너 탑을 세우러 갔던 총각의 얼굴이 그려지는 것도 같았다.

　미명에 들리는 휘파람 소리. 휘익, 휙. 사내는 방 한가운데 앉아 끊어질 듯 이어지는 휘파람 소리를 들었다. 일찌감치 깨어난 휘파람새 울음소리, 물질하는 아낙의 숨소리, 늪을 건너는 거룻배의 노 젓는 소리. 사내는 미명의 휘파람 소리가 좋았다. 사내는 제 이름을 부르듯 휘익 휙 휘파람을 따라 불러보았다. 그것은 먼 곳에서부터 온 반가운 기별, 젖먹이를 부르는 어머니의 나지막한 호명 소리, 오래 기다린 연인의 반가운 손짓이었다.

휘파람 소리가 멈추고, 마당을 가로지르는 조붓한 발걸음 소리가 들렸다. 가만가만 걷는 여자의 걸음 소리. 바구니를 챙기고 빨랫줄에 널어놓은 고무 장옷을 걷고, 수건을 탈탈 털고. 사내는 바깥에서 들리는 작은 소리 하나도 놓치지 않으려 귀를 세웠다. 잠시 후 철문이 열렸다 닫히고 걸음 소리가 멀어졌다.

여자가 물질을 간다. 사내는 눈을 감으며 생각했다. 눈앞에 물질하는 여자의 모습이 그려졌다. 한 마리 왜가리처럼 늪 한가운데 있는 여자. 연둣빛 물풀들을 가르며 휘휘 소리를 내는 여자. 두건을 풀어 목에 물기를 닦아내는 여자. 사내의 입가에 미소가 드리워졌다.

사내는 옷을 걸쳐 입고 경첩 소리가 나지 않게 조심하며 문을 열었다. 마당을 가로질러 대문을 열고 나가는 사내를 개 한 마리가 배웅하듯 서서 쳐다보고 있었다. 사내는 안개 속에 몸을 숨긴 채 길을 나섰다. 사내는 그저 휘파람 소리를 따라 나온 것이라고 제 속에 대고 말했다. 안개를 따라 걷고 있을 뿐이라고. 하지만 머릿속에서는 고무 장옷을 입고 걸어가는 여자의 모습만 아른거렸다. 두꺼운 고무 장옷 속에 숨겨진 가녀린 몸이, 발갛게 상기된 볼과 그보다 더 붉은 두 입술이.

여자는 보이지 않았다. 사방이 늪이었다. 늪 가장가리를 따라가다 보면 또 다른 늪이 나왔고, 길을 걷다 보면 어느새 길이 끝나고 갈대숲이었다. 갈대숲을 헤치고 나오면 방금 지나왔을 법한 길이 다시 나타났다. 길을 잃었다. 어쩌면 안개와 갈대가 여자의 흔적을 지워버리는지도 몰랐다. 사내는 안개 속에 우두커니 서서 주위를 둘러보았다. 늪이었다. 가시연잎이 가득한 늪. 사내는 뭐에 홀린 듯한 기분이 들었다. 사내가 들었던 것이 여자의 걸음 소리였는지 확신할 수가 없었다. 스쳐 지나가는 바람이었다. 해가 뜨면 사라질 안개였을 뿐이었다.

고요했다. 풀벌레들은 안개가 걷히고 나야 짝짓기를 위한 울음소리를 낼 것이었다. 억새 속에 숨은 새떼들도 안개가 걷히기를 기다리며 젖은 깃털을 손보고 있을 것이었다. 안개 속에서는 모든 생명들이 숨을 죽인다는 것을 사내는 알고 있었다. 안개가 걷히면 그 숨죽인 것들이 한꺼번에 일어나 소란을 떨리라는 것도 알았다. 늪은 소란과 침묵을 함께 갖고 있다는 것을, 사내는 몇 번의 새벽 외출을 통해 알고 있었다.

사내는 이제 그만 집으로 돌아가야겠다고 생각했다. 주위를 둘러보며 돌아가는 길을 가늠해보다가 문득, 탱자나무 울타리 집을 제 집으로 여기고 있다는 사실을 깨달았다. 안 될 것도 없다고 생각했다. 그때였다. 잔잔한 수면에 물여울이 이는가 싶더니 거짓말처럼 여자가 나타났다. 안개를 밀어내며 늪에서 나온 여자는 현실감이 없었다. 꿈결 같았다. 사내를 보고도 놀라지 않는 여자가, 늘 그랬듯 가벼운 목례와 입가의 미소를 보내는 여자가 마지막 남은 현실감마저 지워버렸다. 사내는 벌떡 일어나 여자를 맞았다. 바구니를 받아 들고, 뭍에 오르는 여자의 손을 잡아주면서, 사내는 여자가 자신을 찾아온 것인지도 모른다는 생각을 했다. 물질을 떠날 때마다 사내가 자는 방문 앞에 서서 기척을 보내고, 사내가 따라오기를 기다리고, 사내의 손길을 기다리고.

―일찍 나오셨어요.

—잠이 안 와서요. 그냥, 산책 삼아.

—오늘은 우렁이보다 조개가 많네요. 조갯국 끓여드릴게요. 괜찮으시면 이번엔 된장 넣고 끓여드릴게요. 아니면 말갛게……

—저는 다 좋습니다. 그런데 머리에 물풀이 잔뜩……

—가시연 줄기에 걸려서 넘어졌어요. 그래서 이쪽 늪은 잘 안 오는데, 잘못하면 가시에 찔릴 수도 있거든요. 오늘은 아주머니들이 많아서 어쩔 수 없이 여기까지……

사내는 여자의 나긋나긋한 말소리가 듣기 좋았다. 눈에 하얀 장막이 드리우며, 뭐든 훌훌 벗어던져야 할 것 같은 느낌. 허물 벗기 직전의 뱀. 여자의 목소리가 조금씩 멀어지고 있었다. 사내는 오늘따라 유난히 말이 많은 여자의 입을 다물게 하고 싶었다. 그 붉은 입술에 제 입술을 포개고, 갑옷 같은 고무 장옷을 벗겨내고, 젖은 옷도 마저 벗겨내고, 하얀 속살을 거머쥐는 자신의 손을 상상했다. 가쁜 숨결이 뒤섞이고, 비릿한 살내를 맡고…… 가까운 곳에서 새떼들이 날아오르는 소리가 들렸다.

—먼저 들어가세요. 아침 장에도 가셔야는데. 저는 좀 더 걷다 들어가겠습니다.

사내는 말을 마치기도 전에 몸을 돌려 성큼성큼 걸어갔다. 여자에게서 멀어져야겠다는 생각밖에 없었다. 사내는 진창인지도 모르고 발을 잘못 디뎠다가 겨우 빠져나오고 눈을 찌르는 갈댓잎을 헤치며 걸었다. 칼날처럼 잘 벼린 갈댓잎이 슴벅, 얼굴을 스쳤다. 같은 과오를 저질러서는 안 되었다.

사내는 진실을 몰라주는 주변 사람들이 서운했다. 사내가 진실을 말할수록 그 말은 구차한 변명이 되어갔다. 사내는 자신이 욕정만으로 누군가를 탐하고, 그걸 얻기 위해 힘이나 지위를 이용하는 사람이 아니라고 믿고 있었다. 유학을 빌미로 미국으로 건너간 아내와 아이에게 학비와 생활비를 보내던 몇 년 동안, 일방적으로 보내온 이혼 서류에 도장을 찍고 혼자가 된 후에도, 사내는 한눈 한번 팔지 않았다. 유혹은 많았으나 충분히 제어할 수 있었다. 계속되는 구애의 손을 뿌리치지 못했던 것이 문제였다. 충분히 자기 의사를 밝힐 줄 아는 나이였고, 저 스스로 옷을 벗었고, 그 시간을 함께 즐겼다고 생각했다. 그러나 며칠 뒤 교내에 붙은 대자보는 모든 것을 물거품으로 만들었다. 사내는 젊은 여제자를 힘으로 겁탈한 파렴치한 성폭력 범죄자가 되어 있었다. 교내의 여교수들과 학생들이 들고일어났고, 스스로 옷을 벗었던 여제자는 입을 다물었다. 사내는 억울했다. 하지만 누가 보아도 여제자보다 사내가 힘이 셌고 지위가 높았고 권력이 많았다. 사람들은 그 힘과 지위와 권력과 그동안 지켜온 모든 자부심을 빼앗고도 비난을 멈추지 않았다. 사내는 빈손이었다. 오물을 뒤집어쓴 더러운 알몸이었다.

돌아가야 했다. 같은 과오를 저지르지 않으려면 빨리 늪을 벗어나야 했다. 구애의 손짓이라고 생각한 것은 사내의 착각이었다. 눈앞에 어른거리는 여자는 사내를 곤경에 빠뜨릴 진창인지도 몰랐다. 자리를 털고 일어나려는 사내의 눈에 뱀 한 마리가 들어왔다. 뱀은 이제 막 허물을 벗으려고 하고 있었다.

허물 벗기는 입술에서부터 시작되었다. 뱀은 머리 옆쪽을 땅에 비벼 피부를 등 쪽으로 돌렸다. 그런 다음 껍질을 안쪽에서 바깥쪽으로 뒤집으면서 꿈틀꿈틀 빠져나오기 시작했다. 새로운 색과 반들반들 윤기가 나는 비늘을 얻은 뱀이 강물 속으로 스르르 기어들어갔다. 뱀이 사라진 자리에는 너덜너덜한 허물 하나만 남아 있었다.

안개가 걷히고 햇살이 번지기 시작했다. 폭 넓은 강물 위로 장대나무배들이 보였다. 장대로 배를 밀고 가 그물을 건져 올리는 모습이 아득한 꿈처럼 편안해 보였다. 사내는 안개 걷힌 후 강물 위의 풍경에 마음이 누그러졌다. 어차피 잃을 것도 없는 몸이었다.

사내는 그냥 여기서 숨어 살아도 좋겠다고 생각했다. 허물 벗은 뱀처럼. 여자들은 물질을 해 우렁이를 잡고 남자들은 나무배를 띄워 물고기를 잡는 이곳에서. 그물 내리는 법을 배워야 하겠지. 힘들이지 않고 장대를 미는 법도. 계집애와 돌아다니며 뱀 허물을 줍고. 사내는 허물을 집어 주머니 속에 넣으며 계집애의 바구니에 넣을 또 한 개의 보물이 생겼다고 뿌듯해했다.

사내가 서 있는 강둑 옆으로 배 한 대가 다가왔다. 사내는 조금쯤 들뜬 마음으로 배에서 내린 노인네에게 다가갔다. 시커멓게 그을린 노인의 얼굴이 오히려 건강해 보인다고, 그 건강한 낯빛이 언젠가 자신이 갖게 될 낯빛이라고, 사내는 자꾸만 웃음이 나오려는 걸 억지로 참으며 노인에게 말을 붙였다.

—여긴 뭐가 잡혀요?

—잉어도 걸리고 가물치도 걸리고 그러지 뭐. 처음 보는 양반인데, 어디서 오셨소?

그물에서 물고기들을 꺼내 플라스틱 상자에 옮겨 담는 노인의 손길이 분주했다. 사내는 딱히 뭐라 설명할 길이 없어서 그냥 탱자나무 울타리 집이라고 대답했다. 탱자나무 울타리 집이요, 죽으러 늪에 뛰어든 알몸의 사내를 거둔 착한 세 여자가 살지요, 학처럼 고운 여자와 당돌한 계집애와 감나무 아래서 이야기를 들려주는 노파가요, 어쩌면

나도 거기 살게 될지 모르겠어요, 받아주기만 한다면요. 사내는 제 속
에 대고 말했다.

　—탱자나무 울타리 집?

　—왜 큰 감나무가 있는, 파란 철대문에, 개들도 많고.

　—그 점쟁이 할망구 집?

　—그 집 할머니가 점쟁이예요?

　—옛날엔 동네 여편네들이 더러 점을 보러 가곤 했지. 신기가 있다
던가. 근데 그 집엔 무슨 볼일이 있어서?

　—그저, 좀, 며칠 쉬러⋯⋯

　—뭔 일인지 몰라도, 나 같으면 거기 안 있겠수. 남자가 있을 곳이
아니지, 거기가.

　—왜, 요?

　—그 집 그냥 딱 봐도 음기가 철철 넘치잖아. 그 개들은 또 어떻고.
송아지 한 마리는 거뜬히 잡아먹게 생겼잖아. 그 집서 살던 남자. 쥐
도 새도 모르게 사라졌다잖아. 허구한 날 술 먹고 여편네 팼다지. 그
래서 그 할망구랑 여자랑 작당을 해서 죽였다고. 새벽에 늪에다 시체
를 갖다 버리는 걸 봤다는 사람도 있어. 토막토막 잘라서 개들한테 던
져줬다던가. 에휴 생각만 해도 끔찍하잖어.

　노인은 진저리를 치며 말했다. 그러곤 물고기가 든 플라스틱 상자
를 들고 서둘러 자리를 떴다. 사내는 한동안 멍하니 서서 노인네의 뒷
모습만 쏘아보았다. 사내는 무언가 된통 얻어맞은 기분이었다. 백 년
묵은 구렁이에게 홀린 기분이 이런 걸까.

　아무 일도 일어나지 않았다. 여자는 다른 날과 다름없이 새벽 물질

을 나갔고, 노파는 혼잣말을 하며 감나무 아래 앉아 있었고, 계집애는 또 어딘가를 싸돌아다니며 진흙을 묻혀 들였다. 사내는 그런 변함없는 일상이 무서웠다. 무언가 끔찍한 계략을 숨긴 조작된 일상. 사내는 의심의 눈초리를 거둘 수 없었다.

여자들의 일상은 변하지 않았지만 사내는 전과 같지 않았다. 허물을 들고 달려오는 계집애가 곱지 않았고, 노파의 옛날애기는 사람을 홀리는 주술 소리 같았고, 여자의 흐릿한 미소는 비웃음으로 여겨졌다. 덩치 큰 개들이 쇠 밥그릇을 끌고 다니는 소리도 섬뜩하기만 했다. 의심의 눈을 거친 친절은 계략이고 술수였으며, 편안한 일상은 음모고 덫이었다.

소문에 불과한지도 모를 일이었다. 억측이고 오명일 것이었다. 학처럼 가녀린 여자와 지팡이를 짚은 노파가 과연 힘센 남자를 죽일 수 있을까? 계집애는 기껏 뱀 허물이나 주우러 다니는 어린애에 불과했고, 개들은 계집아이 하나 당하지 못할 정도로 온순했다. 처음 만난 사람에게서 들은 몇 마디의 말에 휘둘려서는 안 되었다. 근거도 없는 풍문에 불과한 그 말에. 하지만 아무래도 석연치 않았다. 여자들만 사는 집 안에 낯선 남자를 스스럼없이 들여놓는 것이며, 대가도 바라지 않은 친절과 배려며.

사내는 밥도 거르고 문을 걸어 잠근 채 하루 종일 방 안에만 틀어박혀 있었다. 계집애가 몇 번 방문을 두들기며 사내를 불렀지만 대답하지 않았다. 개 짖는 소리가 들릴 때마다 신경이 곤두섰다. 여자가 방문 앞에 상을 내려놓고 갔다가 한참 뒤에 그 상을 내갈 때도, 사내는 눈을 지릅뜨고 잠긴 문을 확인했다. 사내에겐 모든 게 위협이고 공포였다.

여자가 물질을 준비하는 소리가 들렸다. 사내는 머릿속으로 여자의 동선을 가늠해보았다. 대문이 열렸다 닫히는 소리가 들리자마자 자리에서 일어났다. 그리고 여자 뒤를 밟기 시작했다. 당하기 전에 먼저 공격하리라, 호락호락한 사람이 아니라는 것을 확실히 보여주리라. 두려움이 사내를 강하게 만들었다. 마음이 급했다. 사내는 금세 여자를 따라잡았다.

사내는 여자의 팔목을 비틀어 쥐었다. 갈대숲으로 여자를 끌고 가는 사내의 손길은 거칠고 우악스러웠다. 갈대가 꺾이고 그 속에 숨은 새들도 숨을 죽였다. 사내는 두려웠다. 두려운 만큼 여자를 제압하는 손길도 거칠어졌다. 사내는 여자의 입을 틀어막고 다리를 짓이기며 제 몸을 쑤셔 넣었다. 사내는 형벌을 수행하는 집행관처럼 냉혹했다. 멀리서 개 짖는 소리가 들렸다.

그것은 욕정이 아니었다. 경고였다. 두려움을 갖게 만든 여자에게 하는 선전포고였다. 여자는 아무 저항 없이 사내를 받아들였다. 여자의 몸은 안개처럼 모호했고 늪처럼 깊었다. 사내가 여자에게서 몸을 떼기 직전, 사내는 여자의 눈동자가 흐릿해지는 것을 보았다. 백태가 낀 것처럼 뿌예지던 눈동자. 몸을 떼고 일어서려는 사내를 여자가 붙들었다. 그러곤 천천히 여자 쪽으로 잡아당겼다. 사내는 거부할 수가 없었다. 여자가 사내를 끌어안았다. 여자 품에 안긴 사내는 꼭 젖먹이 어린애가 된 듯한 기분이었다. 스르르 잠이 올 것만 같았다.

사내는 문득 자신이 남기고 온 유서가 생각났다. 내 죽음이 진실을 대신하리라. 진실. 사내가 믿고 있던 것이 과연 진실이었을까? 힘과 권력과 지위를 전혀 쓰지 않았다는 것이 사실일까? 스스로 옷을 벗도록 사내가 종용했던 것은 아니었을까?

여자의 가느다란 손가락이 사내의 머리칼을 쓰다듬고 있었다. 여자의 손길은 한없이 보드랍고 따뜻했다. 사내는 그 품에서 그냥 그대로 잠들었으면 좋겠다고 생각했다. 영영 깨어나지 않아도 좋을 깊은 잠. 너무 편안해서 눈물이 날 것 같았다.

　—어, 이 아저씨 여기 또 누워 있네.

　계집애의 목소리가 사내를 깨웠다. 사내가 누워 있는 곳은 진흙바닥이었다. 해는 떴으나 안개는 걷히지 않았다. 손에 기다란 뱀 허물을 든 계집애가 사내를 내려다보고 있었다.

　—에휴, 정말 누구 또 고생시키려고. 아저씨가 길 잃은 거 같다고 찾아보래서 왔잖아, 내가.

　—그래, 그랬구나. 잠깐 잠이 들었나 보다. 그런데 그것도 첫 허물이니.

　—아니, 내가 그랬잖아, 쉽게 만나지는 게 아니라구.

　—그래, 그랬지. 그랬어.

　사내는 자꾸만 고개를 주억거렸다. 계집애가 사내 옆에 쭈그려 앉아 얼굴을 바싹 들이밀었다.

　—그런데 아저씨는 왜 여기 이러고 있어?

　—그냥. 나도 뱀 허물이나 찾아보려고.

　—아니, 왜 여기 왔냐고.

　—나도 잘 모르겠다. 진실을 밝히려고, 그랬다는구나.

　—진실을 밝히면 어떻게 되는데?

　—글쎄다, 진실이 뭔지도 모르겠는걸.

　—그럼 내가 데려다줄까?

―어딜?

―탑에. 할머니는 거기 가면 뭐든 알 수 있다고 했어. 할머니도 모르는 게 있으면 거기 가거든.

―탑? 노래하는 탑?

―어, 아저씨도 아는구나?

―그게 진짜 있는 거니? 이렇게, 안개가 자욱한데 찾아갈 수 있어?

―그럼, 안개가 데려다주는걸.

계집애가 사내의 손을 잡아끌었다. 사내는 계집애의 자그마한 손을 꽉 쥐었다. 계집애의 손은 따뜻하고 촉촉했다. 탑이 있는 곳은 그리 멀지 않았다. 안개가 걷히면서 사내 눈앞에 모습을 드러냈다. 붉은 벽돌로 만들어진 작은 탑. 늪 너머 총각애가 매일 늪을 건너와 쌓아올렸던 탑. 계집애가 손을 놓고 사내를 문 쪽으로 밀었다.

―자, 이제 들어가 봐.

마술이었다. 탑은 사내의 옅은 숨소리에도 반응하며 음악 소리를 들려주었다. 심장을 울리는 북소리, 목덜미를 간질이는 현의 가느다란 선율, 더러운 두 손을 두들기는 낮은 피아노 소리. 사내의 눈에서 한 줄기 눈물이 흘러 바닥에 떨어졌다. 그 순간 탑 안에는 포로록, 맑은 실로폰 소리가 조용히 울려 퍼졌다. 그것이 진실이었다.

늪에 섰다. 죽자 하고 뛰어든 늪. 사내가 떠났을 때와 변한 것은 없었다. 누군가 자리를 옮기거나 물건을 훔쳐간 흔적도 없었다. 운전석에는 사내가 벗어놓은 옷가지들이 그대로 놓여 있었다. 사내는 영겁의 시간을 지나온 것 같은 느낌이 들었다. 그것은 늪이 생기기까지의 시간을 한 자리에 서서 모두 본 것 같은 느낌이었다. 물이 고였다 흐르고 진흙이 쌓이고 물풀들이 자라나 늪이 만들어지기까지의 시간.

사내는 양복 윗주머니에서 흰 종이를 꺼내 펴보았다. 내 죽음이 진실을 대신하리라. 진실이 무엇인지는 중요치 않았다. 밝힐 진실도 대신할 진실도 사내에겐 남아 있지 않았다. 진실은 모두 늪 안에 들어 있을 것이었다.

늪은 안개를 피워 올린다는 것. 늪 가장자리에서 허물을 벗는 어린 물뱀들과 쇠물닭이 분주하게 돌아다니고 개구리 알이며 물잠자리 알이 부화하고 썩어간다는 것. 때론 왝왝왝 왜가리 울음소리가 늪의 침묵을 깬다는 것. 그것이 진실이다. 그리하여 진실을 구하고자 하는 자들은 늪으로 갈 일이다. 거기 늪의 짙은 안개 속에서 깊은 잠에 들어갈 일이다. 두툼한 낙엽 융단이 추위를 막아주는 그 따뜻한 늪이 데려다줄 것이다. 안개를 피워 올려, 그곳으로.

어디선가 아름다운 음악 소리가 들려오는 것 같았다. 그 소리는 여자의 물질 소리 같기도 했고, 탑 안에 혼자 앉은 여자의 노랫소리 같기도 했다. 사내는 옷을 벗기 시작했다. 진흙이 잔뜩 묻은 바지와 셔츠를 벗고 양말과 팬티도 벗었다. 눈을 감았다. 그리고 기다렸다. 사내의 발목을 휘감을 뱀들을. 허물 벗은 말끔한 뱀들이 사내에게 오기를 기다렸다. 어디선가 곡성처럼 음산한 왜가리 울음소리가 들렸다.

| 우수상 수상작 |

정류장

박형서

ⓒ 문학과지성사

1972년 강원도 춘천 출생.
한양대 국문과 및 고려대 대학원 국문과 석사 과정 수료.
2000년 《현대문학》에 단편 〈토끼를 기르기 전에 알아두어야 할 것들〉로 등단.
소설집 《토끼를 기르기 전에 알아두어야 할 것들》 《자정의 픽션》 등.

정류장

1

나는 기억한다. 그건 한때 내가 살았던 세계고, 나는 그 안에 속했다. 그런데 이젠 거꾸로 내 안에 들어와 표식처럼 새겨져 있다.

때때로 나는 느낀다. 일부는 세월에 바래 흰색에 가까우며, 또 일부는 어두워져가는 저녁을 배경으로 축 낮은 백열등같이 노르스름하게 빛난다. 어느 우연한 날에 나는 그걸 실제로 보았다. 그리고 겁에 질려 도망치듯 떠났다.

이 이야기는 삼십여 년 전, 저 외진 산골에서부터 시작된다.

2

멀리서 내려다보면 아랫마을과 초등학교는 한 쌍의 다정한 부부 같았다. 낮고 넓게 퍼져 차분한 느낌의 마을을 몸집 큰 사내라 한다면,

임부의 배처럼 불룩 튀어나온 운동장을 두 동의 교사가 감싸고 있는 초등학교는 앙증맞은 계집이었다.

둘 사이에는 폭이 넓은 개울이 있었다. 평소엔 바닥에 깔린 돌멩이들 사이로 맑은 물이 몇 가닥 흐르는 수준이라 개울이라기보다는 돌밭에 가까웠지만, 막상 장마가 시작되면 산에서 쏟아져 나온 흙탕물이 세차게 흘렀다. 그래도 깊이는 허벅지 정도에 지나지 않았기에, 아이들은 방과 후 별생각 없이 개울을 건너 집으로 돌아가곤 했다. 선생들이 나서서 교실에 가둬놓고 어르고 야단치고 단속을 해봤자 소용이 없었다. 감시가 소홀한 틈을 타 몰래 빠져나간 아이들은 조심조심 개울로 걸어들어갔다. 대부분 건너편까지 무사히 가 닿았지만 발을 헛디뎌 미끄러지거나 거센 물살에 넘어져버리는 운 나쁜 아이들도 꼭 있었다. 그들은 급류에 휩쓸려 맥없이 떠내려갔고, 장마가 끝난 후에야 먼 하류에서 발견되었다. 그러면 며칠 새 머리칼이 하얗게 세버린 아비들은 거적에 싸인 시체를 운동장 바닥에 내려놓고 엎드려 "내가 진즉에 다리를 놓아달랬다, 다리를!" 하고 맹수처럼 울어댔다.

그러나 여러 이유로 인해 다리는 끝내 놓이지 않았다. 매년 한두 명의 아이들이 집에 가다 죽었고 빈 책상엔 습관처럼 국화가 놓였다. 또 통곡하던 아비들은 이듬해나 이태 후에 새로운 자식을 가짐으로써 가족의 수를 맞추었다. 그래서 아이들의 죽음은 장마철마다 상연하는 진부한 연극 같아 보이기도 했다.

나는 장마철이든 아니든 개울을 건널 필요가 없었다. 우리 집은 초등학교를 사이에 두고 아랫마을과는 반대쪽, 산 중턱에 있기 때문이었다. 오솔길을 따라 숲을 지나면 아버지가 경작하는 널따란 밭이 나왔다. 밭 가장자리에는 곧바로 읍내로 이어지는 좁은 길이 나 있는데, 폭이 네댓 걸음밖에 되지 않는 그 길만 건너면 바로 우리 집 마당이었다.

방과 후 산 쪽으로 귀가하는 아이는 나 혼자였다. 주위에 아무도 살지 않는 탓이었다. 오래전에는 우리 집 부근에도 다른 가족들이 살았다고 한다. 대대로 집을 세우고 밭을 일구며 자식을 낳았다는 것이다. 그들이 왜 떠났는지, 또 어디로 갔는지는 언젠가 아버지에게 들었지만 모두 잊었다. 버려진 집은 힘없이 허물어져 땅에 엎드려 있었다. 보다 오래된 건 날아든 흙모래로 뒤덮여 야트막한 구릉처럼 보이기도 했다.

나는 수업이 끝난 후 학교 운동장에서 친구들과 놀았다. 그러다 저녁이 되면 친구들을 개울 너머로 떠나보내고는 뒤돌아 집으로 향했다. 꾸부정하게 한쪽 발을 저는 아버지는 때때로 언덕까지 마중을 나와 기다렸다. 땅거미가 지는 산길을 묵묵히 걷다 보면 저 위에서 "헤헤" 하고 촐랑거리는 아버지의 웃음소리가 들렸다. "이제 오네."

아버지에게는 친구가 아랫마을의 이장뿐이었다. 그는 아버지처럼 몸집이 작고 팔다리가 가느다랬다. 옷도 비슷하게 입는 바람에 멀리서 보면 누가 누군지 구분할 수가 없었다. 아내와 사별하고 내 또래의 아들만 하나 있던 이장은 며칠에 한 번씩 우리 집에 들렀다. 아버지와 함께 밭일을 하고 수확한 콩 따위를 제 집에 들고 가기도 했다. 내게 장난감을 가져다주거나 바깥세상 소식을 알려주는 이도 이장이었다. 그런 여러 이유로 이장을 좋아했기 때문에 어느 여름, 장마가 끝난 날 학교 운동장에 엎드려 통곡하는 그를 보았을 때 나는 몹시 마음이 아팠다. 이장의 아들은 나보다 한 살이 어렸다. 멀리서 본 아이의 자그마한 몸뚱이는 푸르뎅뎅하게 불어 있었다.

그 일이 있고 나서 이장은 어스름이 깔리는 저녁이면 학교 운동장을 배회하거나 시소며 그네, 철봉을 어루만지곤 했다. 몰래 교실에 들어가 조그마한 걸상에 걸터앉아 궁상떠는 걸 본 적도 있었다. 그가 남들보다 더 심하게, 오랫동안 괴로워한 이유는 새로 아이를 가질 수 없기 때문이었다. 아니, 어쩌면 아픔에 반응하는 방식이란 사람마다 다르니 이장은 남들보다 더 자식의 죽음을 고통스럽게 받아들였던 걸 수도 있다. 혹은 나 자신이 너무 슬픈 나머지 그렇게 느꼈을 뿐인지도 모르겠다. 어느 쪽이든, 이장과 같은 장소에 있는 것만으로도 그가 겪는 통증의 일부가 내게 진득하니 전해졌다. 집에 돌아가 이장에 대해 말하면 아버지는 안타까움이 가득한 얼굴로 들었는데, 그러다 슬그머니 손을 내밀어 내 뺨이며 팔을 쓰다듬을 때는 왠지 잔뜩 겁에 질린 것 같기도 했다.

아버지에게 소원이 생긴 건 그 무렵이었다. "아, 집 앞에 버스정류장이 생기기만 하면," 하고 천천히 힘을 주어 말했다. "네가 저 어둑어둑한 산을 탈 필요도 없지."

나야 좋을 수밖에 없었다. 산길을 다니는 게 딱히 싫은 건 아니지만 버스에 올라앉아 산을 빙 돌아 학교까지 간다면 되게 멋져 보일 것이었다. 나는 언제부터 정류장이 생기냐고 조급하게 물었다. 아버지는 자신만만한 표정으로 조금만 기다리라 말했다. 그래서 다시 얼마만큼 조금만 기다리면 되느냐고 물었더니 "조금만, 아주 조금만" 하고 달래듯 대답했다.

그 뒤로는 산골짜기나 집 주위에서 들려오는 정체 모를 모든 소리가 어떤 식으로든 버스와 연관되었다. 딱히 정류장의 그 무엇이 나를 끌어들였던 건 아니다. 어디론가 가고 돌아올 수 있는 곳이라면, 가령 '선착장'이나 '공항'이라도 내게는 똑같은 의미였을 것이다. 밤중에 일어나 뒷간에 다녀오는 그 짧은 순간에조차 나는 사립문 앞, 저 어둠의 끝자락에 세워질 버스정류장을 꿈꾸곤 했다. 버스가 끼익 날카로운 소리를 내며 정차하고 그 속에서 또 그 속으로 내가 오르내리는 광경을 상상했다.

봄이 되자 아버지는 며칠에 한 번씩 말쑥한 옷을 차려입고는 읍내를 출입했다. 술 냄새를 풍기며 올 때도 있었고 공책이며 연필을 사들고 올 때도 있었다. 나는 마치 그래야 하는 것처럼 생각되어 매번 정류장 소식을 물었다. 그러면 아버지는 잠시 말을 더듬은 후 엄숙한 얼굴을 하고는 "조금만, 아주 조금만" 하고 말했다. 이어 그날 만난 공무원들을 얼마나 함부로 몰아세웠는지 낱낱이 일러주었다. 일처리를 제대로 못해 아버지에게 혼찌검이 난 사람들로 말하자면 어느 날은 서기였고, 또 어느 날은 사무관이었다. 아버지는 그 말을 하는 중간 중간에 헤헤, 하고 멋쩍은 웃음을 보냈지만 나는 아버지가 관청 앞마당에서 개처럼 두들겨 맞지나 않을까 걱정되었다.

아버지는 우리 집에 들른 이장에게, 또 학교에서 돌아온 내게 어째서 우리 집 앞에 버스정류장이 들어서야 하는지를 입을 쩝쩝 다셔가며 설명해주었다. 나는 거의 이해하지 못했음에도 불구하고 길의 저 끝 언덕에서 버스가 나타나는 모습을 그리며 고개를 끄덕이곤 했다. 풍경은 내가 버스에 올라타고 어디론가 떠나는 장면으로 이어졌다. 이상한 건, 그 상상 속에서 아버지는 단 한 번도 버스에 올라타거나 내리지 않는다는 점이었다. 그저 싱글거리는 얼굴로 정류장 표지판 아래에 서서 내 쪽을 향해 두 손을 흔들기만 했다. 다른 방향으로는 상상이 되지 않았다.

나는 틈만 나면 정류장을 입에 올렸고, 아버지 역시 장단 맞추듯 다

짐을 했다. 우리 사이에서 정류장은 끝없는 돌림노래처럼 반복되었다. 하지만 돌이켜보았을 때, 당시 나는 끝내 버스정류장을 가지지 못할 거라고 짐작하고 있었던 것 같다. 정류장 타령은 어느 날 문득 아버지가 발명한 새로운 놀이일 뿐이었다. 사실상 아랫마을을 지나는 버스에도 들고나는 사람은 몇 없었다. 하루에 두 번 드나들 때마다 서넛의 승객만 삼키고 또 토해내고는 사라졌다. 버스는 큰 도시에서 출발하여 작은 도시들을 지나고, 읍내를 거쳐 마지막으로 아랫마을에 들렀다. 여기저기 파이긴 했지만, 그래도 그 사이에는 버스가 다니기에 충분할 정도의 도로가 깔려 있었다. 반면에 아버지의 밭에서 읍내로 이어지는 길은 폭이 좁고 포장도 되어 있지 않았다. 그나마 밭에 이르러 끊겼으니, 거기서부터는 온통 울퉁불퉁한 황무지와 수풀이 우거진 언덕이었다. 만약 덩치 큰 버스가 거기까지 오고 나면 좁은 길과 황무지 사이에서 갈 곳을 잃고 그대로 주저앉아버릴 게 뻔했다. 밭에서 언덕을 거쳐 초등학교 뒤편으로 가파르게 이어지는 길이 새로 놓이지 않는 한 그리로 버스가 오는 건, 또 오길 바라는 건 무리였다.

그러나 아버지는 어찌나 통이 크던지 그런 자질구레한 문제엔 별로 신경을 쓰지 않는 눈치였다. "아, 그게 이제 곧 생길 거야" 하고 입버릇처럼 말했다. 무조건 믿으라며 가슴을 탕탕 치기도 했다. 아버지에 의하면 그건 내게 주는 선물이었고, 시간이 좀 걸리겠지만 반드시 내게 주어질 것이었다. 그래서 나 역시 친구들과 뒤엉켜 놀다가 별다른 할 말이 없을 때면 큰소리치며 자랑하곤 했다.

"아, 나도 곧 정류장을 갖게 될 거야."

하지만 그렇게 되리라고 진심으로 믿은 건 아니었다.

3

나는 믿지 않았다. 좋다고 까불긴 했지만 집 앞에 커다란 버스가 들어와 저 너머의 다른 세계로 이어준다는 꿈은 사실 너무 거창했다. 게다가 굳이 그래야만 할 이유도 없었다. 내가 필요로 하는 건 집과 아랫마을 사이에 모두 놓여 있었으니까. 거기에 내 친구가 있고, 내 학교가 있었다. 아버지와 밭도 거기 있었다. 나는 내가 누리는 그곳에서의 매 순간에 별다른 불만을 갖고 있지 않았다. 그게 행복이었는지는 알 수 없다. 어쩌면 겁을 먹었던 건지도 모르겠다. 정류장이 들어서는 순간 소중한 것들의 일부가, 혹은 전부가 나를 떠나리라는 그런 슬픈 예감 말이다. 그 와중에도 떠나는 게 내가 되리라는 생각은 한 번도 해본 적이 없었다.

그해의 여름, 학교에서 돌아오던 나는 마당 앞에 낯선 사람들이 서 있는 걸 보았다. 뭐든 참견하고 싶은 마음에 가방을 덜컹거리며 뛰어갔다. 아버지는 바보처럼 입을 헤벌린 채 땀 흘리는 인부 둘과 그 곁에 뻣뻣이 선 젊은 공무원 주위를 맴돌고 있었다. 가까이 다가가자 길옆에 파놓은 구덩이가 눈에 들어왔다. 인부들이 긴 쇠막대와 연결된 잿빛 시멘트 뭉치를 그 구덩이 안으로 밀어 넣는 중이었다. 쇠막대, 그러니까 노란색 페인트가 칠해진 버스정류장 표지판이 햇빛을 받아 반짝반짝 빛나고 있었다. 그제야 나는 빽빽 소리를 지르며 아버지한테 달려들었다. 우리는 서로 부둥켜안고 빙글빙글 돌았다.

그날 아버지와 나는 정류장 표지판 아래에 나란히 쪼그리고 앉아 한참 동안 머물렀다. 고개를 들어 올려다보면, 굵은 쇠막대기 위쪽 끝에 달린 동그란 표지판이 눈에 가득 들어왔다. 전체가 탐스러운 노란 빛이었으며 표지판 한가운데 '정류장'이라 적힌 글자만 검은색이었다. 보면 볼수록 그 반듯한 정자체가 내 가슴에 탕탕 새겨지는 것 같았다. 어스름이 깔리자 우리를 둘러싼 길과 숲, 언덕배기의 경계가 흐릿해졌다. 아버지는 저녁의 청량한 대기 여기저기로 손가락을 찔러넣으며 버스가 달려오는 풍경을 설명해주었다. 이미 정류장까지 세워진 후이기에, 그 말을 듣고 있자니 당장이라도 커다란 버스가 뒤쪽 언덕길을 돌아 우리 앞에 튀어나올 것만 같았다.

그 후 나는 진짜로 자랑할 일이 생겼다. 방과 후 친구들과 함께 노는 대신 곧바로 집으로 향했다. 어디 가냐고 물으면 "아, 정류장에" 하고 뻐기듯 대꾸했다. 이어 아버지가 내게 정류장을 주기 위해 얼마나 애썼는지 과장해서 떠벌렸다. 공무원들을 모질게 다그친 대목에 이르면 친구들은 입을 헤벌린 채 귀를 기울였다. 그럼 나는 더욱 신이 나 아버지가 정부를 상대로 무슨 엄청난 거래라도 벌인 양 마구 주절거렸다. 반쯤은 멋대로 지어낸 거짓말이었지만, 그게 잘못인 줄 몰랐다. 당시 나와 친구들은 열심히 거짓말을 늘어놓는 게 직업이었으니 말이다. 그로 인해 누군가 다칠 수 있다고는 조금도 생각하지 못했다.

산길을 걸어 아버지의 밭에 이르면 우리 정류장이 보였다. 아버지도 거기 있었다. 걸레를 들고는 반짝반짝 빛날 때까지 정류장 표지를 닦았다. 아버지는 키가 몹시 작았기에, 위쪽에 달린 동그란 정류장 표지판을 닦으려면 까치발을 하거나 아예 쇠기둥을 타고 올라가 원숭이처럼 매달려야 했다. 남들보다 몇 배나 지칠 법도 하건만 힘든 기색도 없이 하루 종일 그 일을 했다. 가끔 나는 새로 빨아낸 걸레를 들고 가 아버지에게 건네주었다. 그러면 아버지는 전보다 더 얼굴을 쭈그리며 헤헤, 헤헤헤 하고 웃었다. 해가 질 때쯤이면 표지판을 덮은 노란 광택이 석양의 분홍빛으로 물들었다.

그로부터 일주일인가 지난 어느 날이었다. 언덕을 지나 아버지의 밭에 다다른 나는 믿을 수 없는 광경을 보았다. 마당에 아랫마을 사람들 예닐곱이 모여 아버지를 마구 때리고 있는 것이었다. 말리는 사람이라고는 이장뿐이었다. 바닥에 누워 웅크린 아버지는 흙먼지를 잔뜩 뒤집어쓴 채 주먹이며 발길질이 날아올 때마다 비명을 토해냈다. 그러는 와중에도 얼굴을 가린 손가락 틈으로는 나를 빤히 바라보고 있었다.

아버지와 눈이 마주치자 내 몸에도 고통이 전해오는 것 같았다. 나는 가방을 내던지고 뛰어가서는 아버지를 덮고 엎드렸다. 그리고 계속해서 비명을 질렀다. 곧 억센 손아귀가 내 팔을 잡아챘다. 아버지를 놓치고 곁으로 나가떨어졌다. 나는 바닥에 엎어진 채 꺼이꺼이 울었다. 그러나 내가 운다고 해서 달라지는 건 하나도 없었다. 눈이 반쯤 뒤집힌 아랫마을 사람들은 게거품이 잡힌 입으로 '수몰'이니 '댐'이니 고함을 지르며 주먹을 날렸다. 아버지는 뭐라 대꾸도 한번 못하고 힘없이 두들겨 맞기만 했다. 그때 누군가의 발끝이 맹렬하게 복부로 파고드는 걸 보았다. 순간 아버지의 눈이 휘둥그레지면서 입술 사이로 이상한 쇳소리가 터져 나왔다.

사람들이 모두 돌아가고 나자 이장은 아버지를 부축해서 마루에 앉혔다. 아버지는 넋이 빠진 얼굴로 멍하니 있었다. 한참 후 이장이 입을 열었다. "그걸 무슨 수로 자네 혼자 결정해?" 그 말을 들은 아버지는 고개를 푹 숙였다. 코를 흘리며 훌쩍훌쩍 울기 시작했다. 이장의 말이 이어졌다. "애들 말만 믿고, 사람들도 참."

그도 떠난 후 나는 아버지 곁에 바싹 붙어 앉았다. 미리 약속한 건 아니지만 우리의 시선은 조금씩 어둠에 휩싸여가는 정류장에 닿아 있었다. 아버지가 배를 감싸 안고는 끙끙 앓는 소리를 냈다. 나는 참지 못해 물었다. "정류장, 아버지가 해낸 거지요?"

아버지는 잠시 망설이다 미소를 지으며 대답했다. "아, 내가 널 위해서 했지." 그 말을 듣자 안심이 되면서 기분이 한결 나아졌다. 우리는 아무 말 없이 그렇게 앉아 있었다. 문득 아버지가 뭉툭한 손가락을 들어 어둠에 물든 밭을 가리켰다. 그리고 조용히 속삭였다. "가방 주워 와야지."

그 뒤로 나와 친구들은 서로에게 말을 걸지 않았다. 어느 쪽이 먼저랄 것 없이 그냥 자연스럽게 그렇게 됐다. 교실에 빈자리가 늘어났다. 급류에 휩쓸려 간 게 아니었다. 어디론가 떠나갔다는 것이다. 나는 수업이 끝나면 곧바로 학교 문을 나섰다. 마루에는 시름시름 앓는 아버지가 퀭한 눈으로 정류장을 바라보고 있었다. 그럴 때면 집 앞에 늠름하게 버티고 선 저 노란 정류장 표지판과 아버지는 서로의 속에 들어앉은 듯 가깝게 교감하는 것 같았다. 어느 먼 도시에 산다는 고모 부부를 만난 것도 그 무렵이었다. 그들은 사나흘에 한 번씩 찾아와 몸이 누렇게 변해가는 아버지랑 잠시 이야기를 나누고는 돌아갔다. 그러고 나면 아버지는 다시 마루에 누워 정류장 표지판만 물끄러미 바라보았다.

집 앞에 정류장이 생긴 후로 아랫마을을 왕래하던 버스는 끊겼으나 그렇다고 곧바로 우리 집 앞으로 운행하는 것도 아니었다. 황무지 위쪽으로 길을 더 멀리 잇는 공사가 시작된다고 했지만 말뚝이 몇 개 박히고 나서는 소식이 끊겼다. 한편 아랫마을에는 날마다 트럭이 나타나 사람들을 내쫓고 집을 부수었다. 사람들은 파란 작업복을 입은 인부들 앞에 무릎을 꿇고는 사정하고 애원하고 울다가도, 개울 근처에서 알짱거리는 나를 발견하기만 하면 입을 꾹 다문 채 이글거리는 눈으로 노려보았다.

그즈음의 며칠은 시간이 무척 지루하게 흘렀다. 아침마다 일어나 학교에 갔고, 얼마 남지 않은 아이들과 교실에 앉아 공부를 했다. 방과 후에는 쓸쓸히 오솔길을 되짚어 돌아왔다. 학교에 남아 저녁 늦게까지 놀다 집에 돌아올 때는 나무 사이를 뛰어다니는 다람쥐를 구경하거나 포근한 낙엽더미에 누워 여유 부리는 걸 좋아했다. 하지만 막상 해가 밝은 오후에 어둠 걱정 없이 돌아오게 되자, 그런 것들이 전부 시시해졌다. 나는 평소 다니던 길에서 벗어나 먼 곳까지 훑고 다녔다. 마주치는 모든 바위와 늙은 나무에 지문을 묻혔던 것 같다. 그리고 그런 행위를 통해 산이 나를 기억하는 만큼 나도 산을 기억하려 했다. 심심하기 때문이 아니라는 것쯤은 알았지만, 어째서인지 정확히 짚어낼 수도 없었다.

그러던 어느 날 나는 알게 되었다. 그때 나는 꽤 높은 봉우리까지 올라가 아랫마을을 내려다보고 있었다. 낯익은 많은 사람들이 짐을 싣고 마을을 떠나는 중이었다. 마치 장마로 불어난 개울의 급류 같았는데, 멍하니 보고 있자니 아차, 하는 순간에 나도 휩쓸려갈 것 같았다. 실제로 나는 가벼운 현기증 같은 걸 느끼고는 봉우리의 가장자리에서 위태롭게 휘청거렸다. 그리고 뒤쪽으로 엉거주춤 주저앉았다. 바로 그때, 그러니까 엉덩이가 바닥에 닿는 순간 나는 온 산을 헤집고 다니며 내가 해오던 작업의 의미를 깨달았다. 나는 무심결에 그 모든 것으로부터 떠날 준비를 하고 있었던 것이다.

무서운 기분이 들었다. 엉금엉금 기어 바닥에 내려섰다. 둘러멘 가방끈을 단단히 움켜잡고는 산길을 마구 내달렸다. 언덕을 돌아 오솔

길로 접어들 때 낙엽을 잘못 밟았고, 그 바람에 발을 삐긋하며 엉망으로 나뒹굴었다. 무릎이 까이고 피가 배어 나왔다. 하지만 나는 발딱 일어섰다. 엄살을 부리고 어쩌고 할 기분이 아니었다. 처음엔 조금 쩔뚝거렸지만, 곧 평소처럼 세차게 달릴 수 있었다. 숨이 턱까지 차올랐으나 가슴이 콱 막히고 저려온 건 그 때문이 아니었다.

그렇게 밭에 이르러, 이장이 정류장 표지판 아래 쪼그리고 있는 걸 보았다. 그 바로 앞에 아버지가 어깨로 귀밑을 받쳐 고개를 위로 하고는 비스듬히 누워 있었다. 나는 한달음에 뛰어갔다. 온몸이 누렇게 변한 아버지는 평소보다 훨씬 조그마해 보였다. 아는 척을 하지 않았고, 헤헤 웃지도 않았다.

"조금 전 내가 왔을 때" 하고 이장이 턱없이 잠긴 목소리로 말했다. "네 아버지가 여기까지 기어와서는 숨을 헐떡거리고 있었지."

아버지의 한쪽 눈에는 노란 정류장 표지판이 비쳤고, 다른 눈에는 붉게 저물어가는 하늘이 담겨 있었다. 그것들은 망원경을 거꾸로 들여다보았을 때처럼 조그맣게 보였다. 그러다 서서히 희미해져갔다.

"여기 와서는, 금방 이렇게 잠이 들었어." 이장이 고개를 설레설레 저었다. 그리고 눈물을 뚝뚝 흘리며 말했다. "어디 멀리 가고 싶었던 모양이야."

아버지는 그렇게 죽었다. 해가 완전히 저물기 전에 고모와 고모부가 찾아왔다. 그들은 내 손을 이끌어 언덕 뒤쪽으로 걸어갔다. 나는 걸어가며 딱 한 번 뒤돌아보았다. 보이는 건 어둠에 싸여가는 동그란 버스정류장 표지뿐이었다. 거기에 대고 인사를 하지 않았으니, 나는 그곳의 무엇과도 작별하지 못한 셈이다.

4

　새집은 내가 싫어하는 모든 것들로 이루어져 있었다. 거기엔 커다란 개가 있고, 못된 식모가 있었다. 아니, 그게 아닐지도 모른다. 그들이 나를 좋아하고 내게 친절히 대했을 수도 있다. 하지만 어쨌든 낯설었다. 나는 당시 열 살이었고 낯설다는 것과 고통스럽다는 걸 제대로 구분하지 못했다.

　밤에 불을 끄고 침대에 누워 있으면 아버지가 눈을 퀭하니 뜬 채 하늘을 바라보던 장면이 떠올랐다. 멀리 가고 싶었던 모양이라고 이장이 말했지만, 내 생각은 달랐다. 아버지가 도대체 어딜 가려 했단 말인가? 나를 거기 남겨둔 채 어떻게 떠날 수 있단 말인가? 아버지는 그럴 사람이 아니었다. 아버지는 그저, 나를 배웅하려 했던 것이다. 그리고 언제든 돌아올 수 있도록 거기 남아 있으려 했던 것이다. 그러니 이처럼 다른 곳에 와 남의 아이가 된 나를 아버지가 어찌 용서해줄 수 있겠는가. 생각이 거기까지 미치면 얼굴이 뜨거워졌고, 저 쓸쓸한 언덕에서 집으로 달려갈 때 그러했듯이 가슴이 막히며 저려왔다.

　새로운 일상은 기억의 일부를 지우고 다른 것들로 채워 넣었다. 이를테면 내 집과 아랫마을 사이를 잇는 무성한 초목은 잘 다듬어진 마천루로 바뀌었다. 운동장에서 울려 퍼지던 아비들의 울음소리는 도시의 온갖 소음으로 바뀌었다. 그러면서 나는 끝내 놓이지 않은 다리와 비 오는 날 학교 뒤편에서 들리던 급류의 아우성을 잊었다. 운동장에서 함께 뛰놀던 친구들을 잊었고, 동그란 안경을 쓴 젊은 선생들을 잊었다. 또한 언덕에서 내려다보이는 아랫마을의 풍경이며 거기 살던 사람들을 잊었다. 그러자 마치 자기 차례가 되었다는 듯이 언덕을 내달리던 나 자신도 기억에서 사라져갔다. 어쩌면 그건 사실이 아닐 수도 있다. 하지만 최소한 그러려고 노력했다. 나는 내가 다시는 될 수 없는 무엇, 다시는 돌아갈 수 없는 어떤 곳을 잊고자 했다. 그럼으로써 새로운 환경에 스며들 수 있기를 바랐다.

모두 물속에 잠겨버렸다. 이제 그곳에는 아무도 살지 않는 내 옛집과 폐허가 된 밭, 그리고 저 노란 버스정류장 표지만이 남아 있을 뿐이다. 아니, 그마저 어디론가 사라졌을지도 모를 일이다. 나는 내 지난날과 관련해 아무것도 확신할 수가 없었다. 서서히, 아버지는 내 곁에 존재했던 실체가 아니라 지나간 시절의 흐릿한 상징처럼 여겨졌다. 어느 때인가부터 아버지를 그리며 서글퍼하지 않게 되었다. 그걸 깨달은 날에는 스스로 어른이 다 된 것 같아 자랑스럽기까지 했다.

고향을 떠나온 후로 내 삶은 마치 잘 닦인 도로를 주행하는 것 같았다. 나는 '고등학교'라는 이름의 정류장을 거쳐 '대학'으로 이동했다. 그 다음은 '입대'였고 '제대'를 지나 '복학'에 가 닿았다. 그러면서 정류장은 결코 홀로 서 있지 않으며 언제나 자신과 연결된 다른 정류장으로 인해 존재한다는 사실을 배웠다. 세상엔 실로 무수한 정류장이 있었다. 머물렀던 모든 정류장의 흔적이 내 삶의 여권에 남았지만, 각각의 세세한 인상까지 기억하는 건 아니었다.

나는 '졸업'이라는 이름의 정류장에서 한 여자와 연애를 시작했다. 처음이라 몹시 서툴렀던 것 같다. 하루는 술에 엉망으로 취해 내 어린 시절과 친아버지에 대한 이야기를 늘어놓기도 했다. 그럼으로써 내가 어디에서 와 어디로 가는지 그녀가 알아주길 바랐다. 하지만 멍청한 취기에서 깨어나자마자 내가 보였던 저 감상적인 태도에 환멸을 느꼈다. 더불어 그녀가 내게 건네는 따뜻한 말투며 은은한 눈빛까지 죄다 부담스러워졌다.

졸업한 후 아무 어려움 없이 직장을 구했다. 간절히 원하던 직업은 아니었지만 따지고 보면 별반 다를 것도 없었다. 하루하루가 무척 바빴기 때문에 코앞에 닥친 일 외에는 생각할 시간이 부족했다. 뺨을 스치고 지나가는 주변의 풍경처럼, 많은 것들이 그 가치를 제대로 가늠해볼 새도 없이 잊혀지거나 제 스스로 떠나갔다. 그러고 보니 망각과 이별은 그다지 힘든 일이 아니었다. 나는 적당한 핑계를 대고 애인과 헤어졌다. 그리고 저 삐뚤삐뚤한 오솔길이며 야트막한 언덕, 버스정류장 따위가 강둑처럼 뒤엉킨 내 과거에 대해 전혀 알지 못하는 여자를 만나 결혼했다.

나는 내 속도를 남들과 비교하지 않았다. 때문에 그게 정상적인 건지 어떤지 알지 못했다. 정류장이 보이면 잠시 멈추었다가, 그곳에서의 날이 다했거나 다했다고 느껴지면 망설임 없이 출발했다. 그게 바로 내가 한 일이었다. 다음 정류장은 뭐지? 바로 이 다음은? 나는 매일같이 나 자신에게 물었다. 무언가 생각이 나면 곧바로 거기에 덤벼들었고, 생각이 나지 않으면 지어내서라도 덤벼들었다. 그러는 동안 내 안의 무언가가 조금씩 엷어져감을, 대신 다른 것들이 그 빈자리로 속속 밀려오고 있음을 느꼈다. 그건 조금 쓸쓸한 일이긴 했다. 그러다 어느 날 문득 되돌아보니 나는 내 어린 시절과는 아예 무관한 인간이 되어 있었다. 적어도 난 그렇게 믿었다.

5

토요일의 오후였다. 아내와 다섯 살이 된 아이를 뒷좌석에 앉히고 드라이브를 나섰다. 아내는 내가 영원히 이해하지 못할 어떤 이유 때문에 심술이 나 있었으며, 아이는 쉴 새 없이 투정을 부렸다. 처음부터 우리가 행복하고 단란한 드라이브를 즐길 것이라 믿은 건 아니었다. 나는 그저 내 시간을 조금 쪼개 가족에게 봉사할 작정이었다. 하지만 그조차 너무 순진한 생각이었다. 내가 쪼개야 할 건 시간뿐이 아니었던 것이다. 집을 출발한 지 채 한 시간도 못 되어 신경이 곤두서고 두통이 일었으며 속이 부글부글 끓기 시작했다. 당장이라도 되돌아가 아내와 아이를 집에 던져놓고는 회사에 출근하고 싶을 정도였다.

내가 전날 밤에 지도를 보며 세운 계획은 시내 외곽의 한적한 도로를 달린 후 야외 미술관에 들렀다가, 교외의 향토음식점에서 저녁을 먹고 돌아오는 코스였다. 나는 시내를 빠져나가며 그 계획을 밝혔다. 충분히 예상했던 일이지만, 아내와 아이는 내 말이 채 끝나기도 전에 비명을 질러대며 반대했다. 아내는 들꽃을 볼 수 있는 보다 먼 곳을 원했다. 아이는 신나고 도회적인 곳을 원했다. 아내는 사람들이 북적대는 곳에는 가지 않겠다고 징징댔고, 아이는 저녁을 오로지 시내의 패밀리 레스토랑에서만 먹겠노라고 기염을 토했다. 나는 미친 척했다. 순순히 고개를 끄덕인 것이다. 그리고 모든 요구를 충족시켜 줄 만한 코스를 새로 짜겠다고 약속했다.

문제는 그날이 토요일의 오후였다는 점이다. 외곽도로 진입로에 나들이 차량이 답답하게 늘어서 있었다. 결국 나는 차를 돌려 두 시간 거리에 있다는 사력댐으로 향했다. 가는 길도 모르고 그 댐에 대해서도 몰랐지만, 별다른 방법이 없었다. 다행히 아이는 댐으로 가는 도중에 만난 자그마한 폭포에 기뻐했다. 아내 역시 등산로에 흐드러지게 핀 들꽃을 사진에 담느라 상기된 얼굴로 이리저리 뛰어다녔다. 우리는 그곳에 있는 작은 음식점에서 점심을 먹고, 폭포에 발을 담그며 잠시 쉬다 다시 댐으로 향했다.

나들이가 본격적으로 망가지기 시작한 게 저 개떡 같은 댐에 도착하고부터였는지, 거기서 곧장 집으로 돌아오기 위해 한적한 샛길로 빠지는 모험을 감행하면서부터였는지, 아니면 아내가 주말드라마 얘기를 꺼내면서부터였는지 나는 알지 못한다. 아무튼 시내로 들어가는 큰길이 나오는 대신 자꾸만 가로등도 없는 산길로 접어들자 아내는 심하게 비아냥거렸다. 그러지 말았어야 했지만, 내가 예민하게 받아들이고는 뭐라 대꾸를 하는 바람에 꽤 심각한 말싸움으로 번졌다. 아내와 나는 서로에게 고함을 질러댔다. 아이는 절호의 기회라는 듯이 울부짖기 시작했고, 급기야는 멀미라도 할 것처럼 엄살을 부렸다. 그러다 둘이 부둥켜안고 뒷좌석에 아무렇게나 누워 잠이 들었다.

　나는 간신히 심사를 가라앉히고는 적당한 곳에서 차를 돌렸다. 산길은 조용했다. 사실 크게 걱정하지 않았다. 어차피 길은 다른 길로 이어지니, 계속해서 달리다 보면 우리는 처음 있던 곳으로 돌아가게 된다. 왜 아니겠는가? 최소한 댐으로 돌아가면 거기서 시내까지는 쉽게 가리라 생각했다. 그렇지 않은가?

　사실은, 아니었다. 길은 생각처럼 만만하지 않았다. 내 소박한 희망은 우리가 헤매고 있는 곳이 댐보다 훨씬 위쪽이라는 사실을 알았을 때 깨졌다. 나는 차를 잠시 멈추고 지도를 들여다보았다. 전혀 도움이 되지 않았다. 지도는 언제나 축척이 문제인 것이다. 자세한 길 안내를 받기엔 축척이 너무 크고, 대략적인 위치를 개관하기엔 또 너무 작다. 나는 지도를 조수석에 던져놓고는 얼렁뚱땅 직감에 의존해 달렸다. 날이 조금씩 저물고 있었다. 백미러로 뒷좌석을 훔쳐보았더니 내 인생의 두 골칫덩어리가 공간에 맞춰 사지를 이리저리 구부린 참담한 자세로 자고 있었다.

또다시 차를 돌렸다. 그리고 강의 하류, 즉 댐이 있으리라고 생각되는 방향으로 무작정 차를 몰았다. 주위에는 지나는 차가 드물었다. 잔광에 드러난 풍경이 빠르게 뒤로 흘러갔다. 아차, 하고 깜짝 놀라 오일게이지를 확인했다. 충분했다. 차 옆구리로 질질 흘러나올 정도였다. 왜 갑자기 연료 걱정을 하면서 놀랐는지 알 수가 없었다. 기분을 좀 바꿔보려고 카 오디오로 손을 뻗다가 멈칫했다. 맙소사, 무슨 생각을 한 거야? 백미러를 통해 뒷좌석에서 곤히 잠든 아내와 아이를 보았다. 음악을 틀어댔다면 순식간에 난리가 났을 것이다. 뒤통수를 호되게 얻어맞았을지도 모른다. 나는 괜히 뒤통수를 어루만지며 배우처럼 웃었다. 멋지게 웃었다는 게 아니라, 시늉만 냈다는 뜻이다. 도로는 좁았으나 아스팔트로 말끔히 포장되어 있었다. 검은 구름 위를 지나가는 듯한 기분이었다. 문득 회사에서 진행 중인 프로젝트가 생각났다. 생산성 낮은 프로세스지만 다들 발뺌하는 바람에 내가 떠맡을 수밖에 없었다. 그 일을 떠올리니 새삼스럽게 짜증이 밀려왔다. 차는 꼬불꼬불한 산길을 천천히 달려 나갔다. 나는 다시 오일게이지를 확인했다. 여전히 충분했다. 방금 전보다 기껏해야 2, 3킬로미터 더 달렸을 뿐이다. 전혀 문제가 없었다. 그렇지만 확실히 불길한 예감이 들었다. 뭔가 잘못 되어가고 있었다.

그러다 커다란 호수가 눈앞에 드러나자 마침내 내가 저항하고 있던 상대가 누구인지 깨닫고는 당황하기 시작했다. 석양을 받아 호수 주위에 펼쳐진 초목과 바위의 형상이 눈에 익었던 것이다. 가슴이 뛰었다. 온몸의 혈관을 타고 피가 징징 소리를 내며 흘렀다. 그 아래가 어떤 곳이었는지 나는 기억하고 있었다. 거기에 이장이 살던 아랫마을이 있고 내가 다니던 학교가 있었다. 둘 사이, 저 검은 호수 밑바닥에는 또한 작은 개울이 있었다. 평소에는 맑은 계곡물이 흐르다가도 비만 왔다 하면 순식간에 탁한 급류로 돌변해 아이들을 낚아채 가곤 했다. 바로 거기였다. 거기에 그 모든 흔적들이 고스란히 가라앉아 있는 것이다. 그곳에 닿기 전까지 나는 미처 몰랐다. 그동안 잊으려 애를 써왔으니 말이다. 나는 내가 잊었고, 이제 그것들과 나는 서로 아무런 관계도 없다고 믿었다. 그런데 그게 아니었다.

나는 멈추고 싶었다. 내가 만난 저 사소한 기억의 쪼가리는 곧 자기와 연결된 무수한 기억들을 차례차례 불러낼 것이다. 그렇게 떼거리로 되살아난 기억들은 원하건 원하지 않건 나를 점점 감상적으로 만들고, 슬프게 할 것이다. 그렇게 되고 싶지 않았다. 나는 그저 가족과 함께 주말 나들이를 왔을 뿐이다. 미안합니다, 하고 돌아가고 싶었다. 그러나 좁은 도로의 한쪽은 낙석 방지 철책이 늘어서 있고 다른 한쪽은 깎아지른 듯한 낭떠러지였다. 마술이라도 부리지 않고서는 도저히 차를 돌릴 수가 없었다. 별수 없이 이리저리 꼬부라진 길을 따라 계속해서 달릴 때, 차창 밖으로는 어둠에 잠겨가는 호수가 언뜻언뜻 드러났다. 그 깊고 시커먼 호수의 밑바닥에는 내가 사용하던 책상이며 걸상이 고스란히 묻혀 있을 것이다. 개울이 졸졸 흐르던 소리도 기포처럼 잠들어 있을 것이다. 그 위로 물고기며 수초가 어지러이 춤을 출 것이며, 자식 잃은 아비들의 비통한 울음은 수면 위를 부유할 것이다. 생각하지 않으려 했지만 소용없었다. 왜냐하면 그건 한때 내가 살았던 세계고, 나는 그 안에 속해 있었기 때문이다. 내가 어찌한다고 해서 변할 수 있는 게 아니었다. 언덕을 하나씩 넘을 때마다 올라가는 경사가 점점 가팔라졌다. 익숙한 모양의 바위들이 내가 달리는 길의 도처에 숨어 있다가 불쑥불쑥 덤벼들었다. 오래된 나

묏가지들은 환형으로 나뭇잎을 늘어놓아 미풍에도 함부로 흔들렸다. 그 부드러운 석양이 흐트러지고 명멸하는 속에서, 나는 앞을 향해 똑바로 나가는 게 아니라 지난 시간 속으로 기우뚱하게 빠져드는 듯한 착각에 휩싸였다.

그러다 모래가 많은 도로 위에서 조용히 차를 세웠다. 바로 눈앞에 낯익은 물체가 서 있었다. 은은한 광택을 품은 노란색 페인트는 햇빛에 바래 흰색에 가까워 보였고, 도로 반대쪽으로 약간 기울어 있는 듯했다. 삼십 년이라는 세월이 그렇게 만들어놓은 것이다. 그럼에도 불구하고 내가 이곳을 떠나던 날, 딱 한 번 뒤돌아봤을 때의 그 쓸쓸한 인상을 괴이할 정도로 고스란히 간직하고 있었다. 그걸 아름답다고 표현해도 될지 모르겠다. 어쨌든 막상 제자리에 꿋꿋이 서 있는 정류장 표지판을 대하고 나니, 방금 전까지 안절부절못하던 마음은 어디론가 사라지고 뜻밖에 편안한 기분이 들면서 일종의 안도감마저 느꼈다. 그건 내가 이곳에서 보낸 시절의 유일한 알리바이였다. 산그늘에서 살짝 벗어난 집은 온통 허물어진 채 흙모래를 뒤집어써 야트막한 구릉이 되었고, 맞은편 아버지의 밭에도 멋대로 자란 잡초가 발 디딜 틈 없이 무성한데 그 중간에 오뚝 솟은 정류장 표지만은 이처럼 내가 떠나던 날의 모습을 지키고 있는 것이다. 나는 눈을 가느다랗게 뜨고 내 앞에 놓인 걸 응시했다. 그리고 나와 깊이 연관된 시간과 사연들이 정류장을 배경으로 눈송이처럼 가볍게 떠다니는 걸 보았다. 내 마음은 무기력하거나 혹은 몽롱했다.

문득 둥그런 표지판의 뒤쪽에서 기묘한 움직임을 느꼈다. 테두리로 살짝살짝 모습을 드러내는 그것은 촉 낮은 백열등같이 노르스름하게 빛났다. 이미 사위는 산 중턱의 적막과 초저녁의 붉은 어둠으로 물들고 난 후였다. 지나다니는 차는 한 대도 없었다. 두렵거나 혹은 불안했지만, 나는 핸들에 손을 얹고 유심히 지켜보았다. 저 꿈틀대는 형체는 표지판 뒤에서 한참 동안 우물쭈물하더니 마침내 나를 향해 구렁이처럼 스르르 기어 나왔다. 아, 하고 나도 모르게 탄성을 질렀다.

그건 아버지였다. 내 조그만 아버지가 표지판 기둥에 찰싹 달라붙어서는 걸레로 열심히 닦고 있는 것이다. 허리가 결린지 한쪽 팔을 뒤로 돌려 등을 토닥토닥 두드리기도 하고, 고개를 갸우뚱하며 귓가에 흘러내린 땀을 어깨로 훔치기도 했다. 가끔씩 나를 빤히 바라보며 헤헤 웃기도 했다. 뭐가 그리 좋은지 잔뜩 신이 난 얼굴이었다. 노르스름하게 빛이 나는 데다 반쯤 투명해 보이는 아버지에 비해, 손에 쥔 걸레는 때에 절어 시커멓게 더러워진 상태였다.

트렁크에 깨끗한 걸레가 몇 장 들어 있는 걸 기억해냈다. 그걸 가져다주면 기뻐하실 것이다. 나는 그 생각을 단번에 했다. 그게 아들의 도리니, 그렇게 함으로써 나는 다시 아버지의 아들이 되는 것이다. 게다가 그건 너무나도 쉽고 간단한 일이었다. 엔진을 끈다. 문을 열고 나간다. 트렁크를 연다. 깨끗한 걸레를 꺼내어, 아버지께 갖다드린다. 그뿐이었다. 나는 부푼 가슴으로 아버지에게 다가갈 보폭을 가늠하면서 백미러를 보았다.

거기, 거울에 비친 뒷좌석에는 내 아내와 아이가 있었다. 잠시 그들의 존재를 깜빡 잊고 있었던 것이다. 죽어라 짜증을 내며 잠들었지만 나란히 포개져 있는 그 모습은 고요하고 평화로워 보였다. 나는 다시 아버지를 보았다. 헤헤, 웃으며 부지런히 정류장 표지를 닦고 있는 누런 아버지의 유령을 보았다. 그리고 다시 백미러를 통해 가족을 보았다. 나는 머리를 고정한 채 눈만 움직여 아버지와 가족을 몇 번이고 번갈아가며 보았다. 그러던 어느 순간, 돌연 소름이 쫙 돋으며 등줄기를 타고 검은 의심이 모락모락 피어올랐다. 아버지는 이토록 오랜 시간 동안 저기서 뭘 하고 있었던 거지? 저 빌어먹을 유령은 내게 도대체 뭘 원한단 말인가?

나도 모르게 힘껏 가속기를 밟았다. 내 가족을 태운 차는 튕기듯 그곳을 떠났다. 희미한 윤곽으로 남은 정류장을 지나칠 때 아이가 투정 섞인 신음 소리를 내고는 다시 잠이 들었다. 언덕을 돌아 나서자 도로는 조금씩 넓어졌다. 삼십여 년 전, 고모의 손에 잡혀 떠나던 그 길이었다.

어둠이 내 떠나온 길을 꾸역꾸역 잡아먹고 있었다. 멀리 깜빡이는 댐의 불빛을 향해 달려가며 나는 내내 한숨을 쉬었다. 떠나지 않을 수 있었다면 맹세코 그렇게 했을 것이다. 하지만 그럴 수가 없었다. 가슴 한구석에는 저 낡은 정류장의 잔상이 악착같이 들러붙어 있었다. 그건 이미 오래전부터 내 영혼 깊숙이 새겨져 있던 어떤 표식이었다. 달리는 정면을 응시한 채로 내가 아버지한테 꼭 그래야만 했는지, 이처럼 작별도 없이 떠나야 했는지 몇 번이고 자문해보았다. 그러나 대답은 언제나 똑같았다. 아버지는 나를 용서해줄 것이다.

| 우수상 수상작 |

낮잠

박민규

1968년 울산 출생.
중앙대 문예창작학과 졸업.
2003년 《문학동네》 신인작가상에 《지구영웅전설》로 등단.
소설집 《카스테라》, 장편소설 《지구 영웅전설》
《삼미슈퍼스타즈의 마지막 팬클럽》 《핑퐁》 등.
문학동네작가상, 한겨레문학상, 신동엽창작상, 이효석문학상 수상.

낮잠

로마의 휴일

　낮잠을 잔 게 실수였다. 잠이, 오지 않는다. 초저녁잠을 놓치면 그만 새벽까지 뜬눈이기 십상이다. 누워, 귀에 고이도록 빗소리를 들었건만 결국 눈을 뜨고 말았다. 몸을 일으킨다. 모로 한 손을 짚고서, 말린 고사리를 펴듯 허리를 조심한다. 열 시쯤 됐으려나, 어둑한 주위에는 인기척이 없다. 난감하다고, 주황朱黃의 안내등을 켜며 나는 생각한다. 초저녁잠을 놓친 기분이 흡사 출근버스를 놓친 기분이다. 출근이라… 출근의 기억도 이제는 가물가물하다. 불과 십여 년이 지났을 뿐인데, 달아난 저녁잠처럼 세월도 그렇게 지나간다. 이제 어떤 버스도 오지 않는다는 걸 나는 잘 알고 있다. 영원한 퇴근이다.

다리 사이가 축축하다. 조심조심 옆자리의 송씨가 깨지 않게 숨죽여 기저귀를 벗는다. 새 기저귀를 찰까 하다, 나는 그냥 일어선다. 괜찮겠지, 바지를 입으며 생각했다. 그저 가벼운 요실금이 있을 뿐이다. 그리고 그저 약간의 당뇨가 있을 뿐이고… 그저 조금 심장이 좋지 않을 뿐이지만, 아직은 괜찮다고 스스로를 위로한다. 단단히 뭉친 기저귀를 들고 나는 화장실에 들어선다. 갓 꺼낸 동물의 심장처럼 기저귀가 뜨끈하다. 거울을 본다. 한 손에 자신의 기저귀를 든 늙은이가 거울 속에 박혀 있다. 기저귀는 참, 따로 분리함에 넣어달랬지. 간병인의 지적이 떠오르자 화장실에 들어온 이유가 사라진다. 소변이 마렵지도 목이 마르지도 않다. 나는 그저… 거울을 보다가 머리를 빗어 넘긴다. 눌렸던 머리칼이 본래의 모습을 되찾는다. 그러고 보니 근 오십 년을 이 스타일을 유지해왔다. 오십 년이나… 이 머리로 출근을 하고 아이들을 키우고 정년퇴직을 하고, 했다. 이 머리… 그래도 아직은 괜찮지 않은가, 라며 나는 거울 속의 사내를 향해 중얼거린다. 예순여섯이라 쳐도 흰머리가 없는 편이다. 머리숱이 옅어진 것도 아니다. 이만하면, 하는데 손에 들린 기저귀가 눈에 띈다. 이것은… 그러니까 기저귀라네 이 사람아, 하고 나는 실소를 지어 보인다. 거울 속의 늙은이도 따라 웃는다. 심장을 적출당한 동물처럼 우리는 함께 공허해진다. 문득, 그렇다.

조심조심 문을 연다. 도어의 딸각임에도 잠을 깨는 노인들이 있다. 버스에 잘 올라탄 누군가를 내 손으로 끌어내리고 싶진 않다. 발소릴 죽여 나는 복도를 걷는다. 공제실의 분리함에 기저귀를 던져 넣고, 역시나 조심조심 거실을 향해 걸어간다. 안내등이 늘어선 요양원의 복도가 살아온 세월처럼 길고 아득하다. 이곳, 소명昭明요양원에 온 지도 삼 년이 다 되었다. 노인 전문 치료기관, 이라고는 해도 일반 양로원을 갈 수 없는 노인들이 그저 간호를 받으며 여생을 보내는 곳이다. 대개가, 그래서 질환을 앓고 있다. 중풍과 치매가 많고, 나처럼 심장이 좋지 않거나 당뇨가 있거나… 혹은 멀쩡하지만 가정형편이 어려운 노인들이 죽음을 기다리는 곳이다. 오 년 전 아내가 죽었을 때도, 이런 곳에서 여생을 보내게 될 줄은 정말 몰랐다. 나는 무언가… 그래도… 그랬다. 다 부질없는 생각이었다. 부질없이 평생을 살고, 부질없이 죽음을 기다린다.

혼자서 사는 게 쉬운 일이 아니었다. 끼니를 해결하는 것도, 어떤 고지서를 어떻게 처리하고… 세탁기를 사용하거나 청소를 하고… 가스 검침원에게 어떤 숫자를 불러줘야 하는지도… 알 수 없었다. 그리고, 외로웠다. 주말이면 아들네나 딸네를 찾았지만, 아이들에겐 아이들의 생활이 있다는 걸 머잖아 알 수 있었다. 교회라도 좀 다니세요, 딸아이가 말했었다. 교회를 싫어한 건 아니지만 나는 무언가… 그래도… 그랬다, 어떤 무언가가 내 삶에 남았을 거라 믿어왔다. 여유가 있고 비로소 자신의 삶을 살아가는, 그런 노후… 퇴직을 하고 한동안 그런 삶을 산다는 착각에 빠졌었다. 데생을 배우기도 했고, 기원을 오가고, 아주 잠깐 철학 강의를 듣기도 했다. 그리고 곧, 걷잡을 수 없는 무력감이 밀려들었다. 할 일 없는 인간이 되었다는 자괴감, 쓸모없는 인간이 되었다는 허무함, 길고, 시들고, 말라가는 시간의 악취… 얼마나 놀랐는지 모른다. 다시 일을 할 수 있으면 얼마나 좋을까, 오가는 직장인들을 바라보는 스스로의 진심에 나는 좌절했었다. 그토록 지긋지긋했던 그

삶이, 결국 내가 원하는 삶이었다니. 언젠가 퇴직을 하면, 하는 상상으로 삼십삼 년의 직장 생활을 견뎌내지 않았던가. 내 삶은 과연 무엇이었을까. 삶이란… 무엇일까.

아내가 쓰러진 것은 그 무렵이다. 자궁암이었다. 곧바로 입원을 하고 이 년간 투병 생활을 했다. 심장이 나빠진 것은 아마도 그때부터였을 것이다. 아내가 세상을 뜨기 두 달 전쯤이었다. 아들 내외와 딸 내외가 함께 병원을 찾아왔다. 얘기를 먼저 꺼낸 것은 딸이었다. 요는, 재산을 미리 정리해두자는 것이었다. 세금 문제라든지 갖가지 이유를 토로 달았지만 내가 느낀 요는, 미리 재산을 물려달라는 것이었다. 오빠랑 언니랑 우린 다 의견이 일치했어요, 솔직히… 이제 아빠도 준비를 하셔야 되구요. 준비 없이, 그런 얘길 들어야 했다. 고개를 돌린 아들은 아무 말도 하지 않았다. 아내의 자궁에서 뻗어 나온 세상도 이미 커다란 암이 되어 있었다.

비가 내린다. 어둑한 거실을 가로질러 창가에 선다. 봄비치고는 제법 많은 양이다. 박인수라는 그 양반… 아직도 살아 있나 몰라. 창에 맺힌 점점點點 수증기들이 검푸른 첩첩의 산을 먹으로 얼룩 지운다. 가만히, 나는 창문을 연다. 개폐가 가능한 건 좁다란 환기창이 전부지만 불만은 없다. 습기와 빗소리, 바람과 어둠이 화선지 같은 나의 안면에 동시에 스며든다. 밤나무 숲을 누비는 바람이 보인다. 벼루 위를 맴도는 먹처럼 어둠도 숲 사이를 맴돌고 있다. 수장水葬된 밤꽃들이 승천하는 봄밤이다. 빗줄기가 빗어내리는 어둠의 머리칼에서 나는 심한 쉰내를 맡는다.

아내는 그렇게 갔다. 쉰내 나는, 몇 올 남지 않은 머리칼을 그날 아침 마지막으로 빗겨주었다. 살갑게 평생을 살진 못했지만 언제나 곁에 있던 아내였다. 앙상한 육신에서 온기가 빠져나가는 걸 느끼며 아… 하고 나는 부르짖었다. 그것이 전부였다. 그래도 어떤 절차란 게 있겠지, 막연히 여겼던 죽음의 과정은 간결하고 간결했다. 자궁이 적출된 배 위에 얼굴을 묻고서 얼마나 울고 또 울었는지 모른다. 탯줄이 끊어진 예순두 살짜리 태아가 된 기분이었다. 아내를 위해 아무것도 해준 게 없었고, 스스로를 위해서도 아무것도 할 수 없었다. 아내의 삶은 어떤 것이었을까. 우리의 삶은… 무엇이었을까.

창을 닫는다. 아내의 관 위에 던지던 한 삽의 흙처럼, 한 뼘의 쪽창이 어둠을 덮는다, 묻는다, 묻어버린다. 묻어, 보내는 일에 어느새 익숙해진 나 자신을 발견한다. 스스로를 묻는 일도 하마 그러하겠지. 몸에 이상이 생긴 걸 안 것은 장례를 마치고 나서였다. 하루 눈을 떴는데 숨쉬기가 곤란했다. 가슴을 누가 쥐어뜯는… 그 느낌을 어떻게 말해야 할까. 보이지 않는 어떤 손길이 내 심장에 전동칫솔을 갖다 댄 기분이었다. 찰나의, 죽음이었다. 곧 통증은 사라졌지만 온몸이 식은 땀으로 젖어 있었다. 나도 모르게 아직 버리지도 못한 경대 위, 아내의 사진을 쳐다보았다. 여보… 아무 일 아니란 듯 무표정한 얼굴 앞에서 왈칵 눈물이 났다. 마음이 흘리는 눈물이었다.

심근경색입니다. 병원을 나와 혼자 걷던 그 길이 지금도 생각난다. 앰뷸런스가 한 대 지나갔고, 지자제 선거 현수막이 여기저기 걸려 있고, 오토바이를 세운 퀵이 휴대폰으로 위치를 묻고 있었고, 그럼 천

원 더 주셔야 합니다, 했고 일 열심히 하겠습니다, 선거운동원들이 구십 도로 인사를 하고, 만삭의 젊은 처자가 횡단보도 앞에 서 있고, 그 옆엔 우체통이 있고, 다릴 저는 어떤 남자가 한 묶음의 신문을 내려놓았고, 가로수는 푸르렀고, 기사식당에서 나온 운짱들이 커피를 든 채 이쑤시개를 물고 있었고, 구구 비둘기들이 인도 위를 걷고 있었고, 나는 심근경색이었다.

당뇨도 있으시군요, 의사는 더욱 주의를 당부했다. 생각해보겠습니다. 수술 얘길 꺼내는 의사에게 고갤 끄덕이며 말했지만, 수술은 받지 않았다. 대신 나는 담배를 끊었다. 사십칠 년을 피워온 담배였다. 신문을 읽고, 우두커니 라디오를 듣다가도 문득 삶이 저무는 느낌을 받던 여름이었다. 약과 주사, 약과 식사, 주사와 식사, 식사와 설사… 의미 없이 티브이를 보다 보면 겨우, 또 겨우 하루가 저물었다. 장마가 시작되면서 요실금이 찾아왔다. 쏟아지는 빗속에서 병원을, 다시 약국으로 젖은 종이배 같은 발걸음을 옮기고 또 옮겼다. 뭘 드릴까요? 약사는 젊은 여자였다. 기저귀를 달라는 말이, 그래서 차마 입 밖으로 새지 못했다.

끊었던 담배를 딱 한 대만 피우고 싶은 밤이다. 숲이라는 벼루를 다 갈아버린 듯 창밖은 오로지 묵墨하고 묵默하다. 어두운 방 안에 두 꾸러미의 기저귀를 내려놓고, 이제 어떻게 해야 하나 창밖을 응시하던 그날이 기억난다. 그해의 구월인가 시월인가, 요실금이 부쩍 심해진 무렵이었다. 약과 주사, 약과 식사, 그리고 기저귀… 그러지 않으려 했는데… 그래도… 그랬다. 처음으로 모든 걸 정리하고 아들네로 가

고 싶었다. 맞벌이를 하는 집이라 어쩌면 내가 필요할 수 있다는 생각
도 들었다. 집을 봐주고 아니, 내가 왜 눈치를 봐야 하는가… 생각도
들었다. 짐이 되고 싶진 않았지만, 그래도… 그랬다, 나는 평생을…
그래서 우선은 며느리에게 전화를 걸었다. 잘 지내셨어요 아버님? 심
근경색이 생겼다는 얘기를 처음으로 며느리에게 털어놓았다. 어머,
병원은 가보셨어요? 당뇨의 괴로움을… 일상의 고충을 입 밖에 꺼낸
것도 처음이었다. 어떡하냐고는 했지만, 저희 집으로 오시란 얘기는
끝끝내 하지 않았다. 애야, 내가 말이다… 지금은 요실금까지 생겼구
나, 이게 소변이… 며느리에게 할 얘기는 아니었지만, 며느리로부터
들어야 할 얘기 역시 듣지 못했다. 아들과 딸은 각각 한 번씩 전화를
걸어 괜찮으시냐며 안부를 물었다.

　나는 괜찮았다. 주변을 정리하고 이곳을 선택한 것도 나의 의지였
다. 나는 살아 있고, 스스로의 의지로 살겠다는 오기가, 생겼다. 조일
호曺—晧가 죽었다는 전갈을 받은 것이 그 무렵이다. 이따금 전화로 소
식을 나누던 하나 남은 고향 친구였다. 바쁜 일 끝나면 꼭 한번 내려
감세, 입버릇처럼 했던 약속을 사십 년 만에 지킬 수 있었다. 겨우 약
속을 지켰건만 친구는 싸늘한 주검이 되어 누워 있었다. 만나리, 요단
강 건너가 만나리… 찬송가를 들으며 생각했다. 곧 나도 건너가겠네,
이번엔 그리 늦지 않을 걸세. 죄지은 자처럼 물끄러미 친구의 늙은 얼
굴을 되새기고 되새겼다. 강을 건너다 해도 영정 속의 낯선 인물을 몰
라볼 것 같아서였다. 자넨 누군가? 그런 무표정한 얼굴로 영정 속의
친구도 나를 바라보았다.

영안실에 딸린 식당에 앉아 밥을 먹을 때였다. 등 뒤로 조일호의 차남과 직장 동료들이 진을 쳤는데, 그만 본의 아니게 들어선 안 될 말을 듣고 말았다. 안됐네 조과장… 그래도 호상好喪이지? 그럼, 그럼, 그래, 얼마 받았나? 뭘? 뭐긴 이 사람… 몰라 물어? 글쎄… 허름한 상가건물이라 팔아봐야 뭐… 이래저래 나누면 한 이억 되려나? 에이, 호상 아니네. 뭐가? 요샌 그래도 오억은 받아야 호상이지. 밥이 넘어가지 않았다. 새파란 것들이… 아직 일이란 걸 십 년도 안 해본 것들이 억, 억 하는 소릴 듣고 있자니 분통이 터져 나왔다. 그런데 나는… 얼마나 될까? 재산을 속셈해보는 나 자신이 한없이 초라하고 비루하게 느껴졌다. 입을 행구던 물이 소주처럼 씁쓸했다. 호상 소리 듣긴 글렀군… 나는 중얼거렸다. 헛헛한 웃음이 나왔다. 호상은 없다, 그 어떤 죽음도 비루한 일상日常일 뿐이다.

사십 년 만에 둘러본 고향은 너무도 많이 변해 있었다. 소소했던 읍내가 시가지의 전부였는데 어느새 번화한 대도시가 되어 있었다. 늙은 친구의 옛 얼굴을 그려보듯, 소소했던 읍내의 주름살을 따라 걷고 또 걸었다. 여기였지 아마, 저기가 그러니까… 그리고 결국 학교를 발견했다. 내가 다닌 고등학교였다. 바로 이곳에서 공부를 하고 친구들과 어울렸었다. 세 칸 교실과 작은 강당이 전부였던 학교는 어느새 번듯한 인문계가 되어 있었다. 하긴 그때는, 그랬다… 그래도… 변치 않은 은행나무를 나는 볼 수 있었다. 아 하고 신음이 배어 나왔다. 느려진 걸음은 접어두고, 종이학 같은 마음이 우선 밑동에 이르렀다. 오십 년 전의 그, 그늘이었다. 말없는 나무를 올려보며 다녀왔습니다. 말없는 누군가에게 고하는 느낌이었다. 고향에서 죽고 싶다는 생각이 든 것은 그래서였다.

다리가 뻐근하다. 건고사리 같은 육신을 살짝 달래어 소파에 주저 앉힌다. 층마다 서른 명 정도가 모인 곳이라 이곳의 거실은 매우 드넓다. 리모컨이 어디 있을까. 소파의 이음새와 틈새를 뒤져 나는 리모컨을 찾아낸다. 치매 환자의 손을 피하려면 누군가 늘 이런 수고를 해야만 한다. 초저녁잠이 들었던 티브이가 어둠 속에서 눈을 뜬다. 얼른 소리를 죽이고 이런저런 채널들을 돌려보기 시작한다. 수십 개의 유선 채널이 들어와 있지만 정작 볼 만한 것은 많지가 않다. 수십 년을 일하고 일구어도 정작 남은 게 없는 인생처럼.

집을 정리한 돈을 미련 없이 아이들에게 나눠주었다. 아내와 더불어 평생을 장만한 집이었다. 이제 됐소? 경대 위, 아내의 사진을 바라보며 그렇게 말했다. 잘했다고도, 잘못했다고도 아내는 말하지 않았다. 잘했다거나, 잘못했다거나 하는 생각이 나도 들지 않았다. 모든 짐을 정리하고, 오천 정도가 든 예금통장만 가지고 이곳으로 몸을 옮겼다. 아빠 자주 찾아뵐게요. 가식인지 진심인지 눈물을 훔치던 딸아이의 얼굴이 떠오른다. 서울에서 두어 시간 거리긴 해도 아이들이 오는 건 일 년에 한두 번이다. 잘 키웠다거나 잘못 키웠다는 생각보다는, 그저 세상이 변한 거라 믿고 있다. 원망도 미련도 없다. 기다림도 없다. 냄새가 난다며 오지 않던 손주들도 그렇게 자신의 삶을 살아갈 것이다. 가만, 저 여자는

오드리 헵번이 아닌가. 채널을 고정시키고 나는 뚫어지게 화면을 바라본다. 헵번이다, 그리고 저건 〈로마의 휴일〉이다. 아득한 마음으로 나는 무릎을 끌어당긴다. 미루나무를 만났을 때의 느낌처럼 오십

년 전의 극장에 돌아와 앉은 기분이다. 좋은 시절이었다. 헵번을 보는 것만으로도 좋았던 그 시절의 기분이 되살아난다. 검표원을 피해 다니며 세 번을 연달아 본 영화였다. 바로 저 장면, 그레고리 펙이 스쿠터에 헵번을 태우고 질주하는 저 장면을 나는 잊지 않았다. 절로 손이 머리를 빗겨 넘긴다. 또다시 삶이 주어진다면, 나도 꼭 한 번은 저런 장면을 연출해보고 싶다. 따지고 보면 쉬운 일이다. 아내가 살았을 때 한 대의 스쿠터만 있어도 가능한 일이었다. 왜 여태 몰랐을까? 헵번은 아직도… 살아 있을까?

젊다… 영화 속의 그레고리 펙처럼 내게도 젊음은 있었다. 키 하나는 그레고리만큼이나 훤칠하지 않았을까, 소릴 죽이고 영활 봐도 줄거리는 빠짐없이 머릿속에 남아 있었다. 공주는 그레고리의 친절에 감동하고… 그렇지, 그러나 결국 궁宮으로 돌아가고… 돌아가지만 어떤 감정이, 떨림이 두 사람 사이엔 존재하고… 수많은 사진을 확보했지만 그레고리는 자신의 특종을 숨기고… 공주를 위해, 사랑을… 사랑을 위해… 아, 지나간 세월은 어쩜 저리도 아름다웠단 말인가, 나는 그만 눈시울이 시큰해진다. 지난 세월을 돌이키는 일은 어둠 속에서 무성無聲영화를 보는 일과 매우도 닮아 있었다. 대사는 사라져도 줄거리는 남아 있다. 여기… 내 가슴속에, 모든 게 사라진 삶이라지만 옛날은 남아 있다.

깜짝이야, 순간 다가선 검은 인기척에 심장이 놀라 멎는 줄 알았다. 소리 없이, 누군가 곁에 서서 멍한 표정으로 티브이를 보고 있었다. 또래의 여성인데 못 보던 얼굴이다. 그렇다면 아까 낮잠을 잤을 때 들어온 게 분명하다. 어, 아버지가 여기 계셨네? 뜻밖의 인사를 건네며 여인이 싱긋 미소를 짓는다. 치매다. 뭐라 뭐라 몇 마디를 더 중얼거린 그녀가 거실을 배회하기 시작한다. 종이꽃 같은 얼굴이고 무신경한 시선이다. 빗소리 때문인지 기분 탓인지 어딘가 모르게 낯익은 얼굴이다. 이런, 티브이의 절반을 가려버린다. 지금 바로 저 장면인데, 기자회견장에서 드디어 그레고리는 공주와 재회하고… 공주는 그레고리를 알아보고… 그러나 어떤 내색도 하지 않고… 하지만 저기서 공주가 보내는 눈빛… 두 사람만이 알고 있는, 두 사람만의… 그걸 봐야 하는데 그녀가 움직이지 않는다. 헵번의 눈동자가 있어야 할 곳에서 물끄러미 그녀가 고개를 돌린다. 어쩔 수 없이, 나는 그녀와 눈을 마주친다.

바보, 지금 뭐 하자는 거냐?

눈을 뜬다. 조식을 준비하는 조리사들의 분주함이 여기서도 느껴진다. 모로 한 손을 짚지 않아도 나는 거뜬하게 상체를 일으킨다… 일으켜, 진다. 이른 봄의 고사리처럼 허리가 부드럽다. 젖은 기저귀를 갈고 이틀 입은 바지도 새것으로 갈아입는다. 세수를 한다. 면도를, 그리고 총무과 김군에게 부탁해 받은 올드 스파이스의 마개를 딴다, 바른다. 아, 바로 이 느낌이다. 한동안 잊고 있었다. 바로 이것이 사십 년을 유지해온 내 스타일이다. 모양이 바뀐 범선 로고를 지그시 바라본 후, 면도기와 올드 스파이스를 송씨의 손이 닿지 않는 사물함 끝자락에 올려둔다. 다시 거울을 본다. 남자는 역시… 향취香臭다.

식탁에 앉는다. 간병인의 보조 없이도 식사를 할 수 있는 노인들이 이렇듯 빙 둘러 식탁을 차지한다. 중풍을 피한 사람들, 치매가 있어도 그나마 상태가 양호한 이들이 여기서 식사를 한다. 열댓 명 정도… 절반이 채 안 되는 인원이지만 연이은 두 개의 테이블은 언제나 떠들썩하다. 고향이 좋긴 하다. 열댓 명의 노인들 중… 세 명이 동창이다. 저쪽 테이블 끝, 사각死角에 앉은 친구가 노성진이다. 국민학교를 함께 다녔고, 지금은 치매를 앓고 있다. 뜀박질을 잘해 다들 '노루'라 불렀는데, 여기선 아무도 노루로 여기지 않는다. 그는… '피사의 사탑'이다. 뇌가 어떻게 망가진 건지 늘 오른쪽으로 심하게 기울어 있다. 해서 노성진이 걸어갈 때면 피사의 사탑이 지나간다, 고들 말하게 되는 것이다. 릴레이에서 일등을 먹던 노성진을 기억하는 것은 나뿐이다. 해서, 지금의 노성진을 보면서도 '피사의 노루' 정도로 그를 떠올리는 것이다.

노성진의 왼편, 두 자리 건너에 앉은 놈이 정동필이다. 키가 큰 윤동필이란 친구가 있어 작은 동필이라 불리던 녀석이다. 백육십이 될까 싶은… 정말이지 작은 키다. 참견하길 좋아하고 촐싹대는 면이 있어 '똥피리'란 별명을 따로 갖고 있었다. 왜소한 체구지만 요양원을 통틀어 가장 건강하다고 할 수 있다. 그러니까, 드러난 병이 없다. 동필이가 여기 있는 이유는 오로지 가난 때문이다. 요양원도 여러 형태가 있는데 이곳은 정부의 보조를 받는 실비 시설이다. 일반 노인에겐 요양비의 절반을, 생활보호 대상자에겐 전액을 지원해준다. 말하고 보니, 동필이야말로 이곳에서 가장 아픈 노인이란 생각이 든다. 가난보다 큰 질병은 세상에 없다. 내가 알기론, 그렇다. 그리고 지금 내 맞은편에 앉은, 아니, 내가 그 맞은편에 앉은… 김이선이 있다. 동갑이며 인근의 여고를 다녔는데 현재는 치매를 앓고 있다. 기억이 자주 왔다 갔다 한다, 게다가 선셋증후군이 있어 해질녘 이후엔 배회가 심한 편이다. 수줍음이 많고 공부를 곧잘 하던 모범생이었다. 지난 봄 이곳에 들어왔는데 어쩐지 낯익은 얼굴이란 생각이 들었었다. 뒤늦게 밤잠을 설친 다음 날, 총무과에 내려가 김군을 구슬렸다. 김이선金二善. 내가 알던, 그 김이선이 확실했다. 아는 분이세요? 김군의 질문에 으응, 그냥… 이라고는 했지만 으응, 그냥이라고는 할 수 없을 만큼 그녀를 잘 알고 있다. 그녀는 나의

첫사랑이었다.

인근 여고에서 그녀는 단연 눈에 띄는 존재였다. 청아한 피부와 단정한 외모… 우수 어린 커다란 눈동자가 모두의 마음을 사로잡았다. 문예부의 부장직을 맡았었는데 그해 가을의 합동 문학제文學祭에서 윤동주의 시를 낭송했다. 〈별 헤는 밤〉이었다. 그 밤의 기억은 아직도 생생하다. 계절이 지나가는 하늘에는 가을로 가득 차 있습니다… 로 시작해, 애잔한 키타 반주를 배경으로 잔잔히 시를 읽어내려가던 그녀의 목소리를 잊을 수 없다. 별 하나에 쓸쓸함과, 별 하나에 동경憧憬과… 패, 경, 옥 이런 이국 소녀들의 이름과… 어머님… 그리고 당신은 멀리 북간도에 계십니다… 강당의 지붕이 사라지고 순간 밤하늘의 별들이 내 머리로 쏟아지는 기분이었다. 그때부터 그녀는 나에게 별이 되었다.

얼마나 많은 러브레터를 쓰고, 또 버렸는지 모른다. 말 그대로 이
많은 별빛이 내린 언덕에 내 이름자를 써보고… 흙으로 덮어버리는
기분이었다. 문예반을 들고 시를 외우곤 했지만 선뜻 그녀에게 다가
설 수 없었다. 그녀는 모두의 우상이었고, 나는… 부끄러운 이름을 슬
퍼하는 한 마리 벌레였다. 기적처럼, 우연히 길에서 딱 한 번 그녀에
게 우산을 빌려준 적이 있다. 폭우가 쏟아지던 어느 여름날이었다. 이
거… 쓸래요? 네? 하는 표정으로 그녀가 쳐다봤지만 눈을 마주칠 수 없
었다. 난 하나 더 있어서… 거짓말까지 나왔다. 고마워요 라는 그녀의 목
소리에 심장이 터질 것 같았다. 방향이 같으면 같이 가실래요? 정말
로 그런 말을 들었었다. 그리고 정말로, 지금 죽어도 좋다는 생각이
들었다. 우리 집은 반대방향이라… 그리고 길을 돌아 꼬박 오십 분을 비
를 맞으며 걸어갔다. 그녀의 집은 같은 방향이었다.

고등학교를 졸업하고 바로 서울로 올라왔다. 조일호를 통해 그녀가
인근 도시의 서점에 취직했다는 말을 들었지만 그걸로 끝이었다. 다
시 고향을 찾아도 그녀의 소식을 아는 사람은 아무도 없었다. 방향이
같았던 그녀의 집도 이사를 간 지 오래였다. 특별히 여자를 사귄 기억
이 없는 까닭은… 어쩌면 그 때문인지도 모르겠다. 중매 결혼을 하면
서도 내내 마음이 건조했었다. 먹고살고, 먹고, 살아야 하고… 오십
년의 세상살이가 그녀를 잊게 했지만, 풀이 무성한 기억의 저변에는
그녀라는 운석이 단단한 결정結晶으로 남아 있었다. 그런 그녀가, 지
금 내 앞에서 오이냉국을 떠먹고 있다. 그리고 시금치를, 계란찜과 두
부를… 고등어를 먹고 있다. 인생의 같은 방향에서, 같은 집에서… 우
리는 다시 조우했다. 인생은 참으로 신기한 것이다. 그러나 겨울이 지

나고, 나의 별에도 봄이 왔다, 온 것이다. 내일 밤이 남은 까닭이고, 아직 나의 청춘이 다하지 않은 까닭이다.

잘 드셨습니까?

라고는 해도, 그녀는 예예, 고개를 끄덕일 뿐이다. 의미 있는 대화를 나눈 적은 한 번도 없다. 봄이 지나고 여름이 가도… 그랬다, 차차 치매가 진행될수록 더더욱 그럴 것이다. 하지만 그녀가 좋다. 그녀와 함께 밥을 먹고, 거실에 앉아 티브이를 보고… 또 같은 공간에서 잠을 잔다는 사실만으로도 나는 행복하다. 기억이 돌아왔다 싶을 때에도 그녀는 나를 알아보지 못했다. 우리 같은 학교를 다녔습니다. 저도 제일고의 문예반이었어요. 저 한, 영, 진입니다. 모르겠어요? 웃으며 그녀는 고개를 가로저었다. 비 오는 날… 그때 제가 우산을 빌려드렸는데… 그 우산 빌려주던 한영진韓英振이요. 알 리가 없다. 하긴 선망의 대상이던 그녀가 나같이 평범한 남학생을 기억할 리 없다. 말하자면 나는, 헵번의 영화에 출연한 추억으로 평생을 살아가는 엑스트라일 뿐이다. 불만은 없다. 별이 인간을 헤아릴 순 없으니까. 오로지 인간이, 별을 헤아릴 뿐이니까.

그 김이선이라고? 동필이의 얼굴에도 놀라는 기색이 역력했다. 아마 똥피리도 나와 같은 느낌이었을 것이다. 그 김이선이 이런 곳엘 왜? 그랬다. 정말이지 이유를 알 수 없었다. 막연히 상상해온 그녀의 인생은 이런 것이 아니었다. 훌륭한 가문의 규수가 되고, 조신한 아내 인자한 어머니로 빛을 발하고, 이민을 갔다거나 해외를 두루 둘러보며 여생을 보낼 거라 여겼었다. 설사 치매가 왔다 해도 대기업이 운영하는 호텔 같은 병원이 어울릴 김이선이다. 부군이 죽고 사업이 망했을 수도 있겠지, 사연을 알 수 없는 나로서는 그저 그런 짐작으로 그녀를 대할 뿐이었다. 어쨌거나 고마운 일이다. 고마운 일이, 아닐 수 없다.

같이 산보라도 가실까요?

외출을 할 수 있는 노인은 극히 드물다. 우선 각층을 운행하는 엘리베이터를 통해서만 일층의 현관으로 내려갈 수 있다. 치매 환자들은 말할 것도 없고 설사 의식이 멀쩡하다 해도 사유가 있어야 한다. 가족의 면회라든가, 진단이나 기타 검사, 물리치료실을 이용할 때만이다. 물론 그런 경우에도 직원이나 간호사가 함께한다. 극단적인 생각을 해보자면… 도망을 치거나 자살을 할 수도 있기 때문이다. 사람의 일은 알 수 없다, 그래서다.

자신의 의지로 외출을 하기 위해선 까다로운 조건이 필요하다. 우선 의식이 맑아야 하고, 거동에 불편함이 없어야 하며, 저 사람은 어떤 문제도 일으키지 않을 거란 직원 모두의 신임을 얻어야 한다. 물론 정문 밖으로는 나갈 수 없다. 그저 왔다 갔다 요양원의 앞마당을 거니는 게 전부지만, 이곳에선 커다란 특권이자 자유가 아닐 수 없다. 나는 그런 자유를 얻은 이곳의 몇 안 되는 노인이었다. 평소의 성품과 서울에서 언론사를 다녔다는 이력이 큰 도움이 되었다. 서울이 아니라 실은 경기도의 보잘것없는 신문사지만, 게다가 데스크와는 거리가 먼 총무영업이지만… 여기선 모두가 그렇게 알고 있다. 공부를 한 사람이란 대접이, 나도 싫지는 않았다.

　잠시 산책 좀 다녀오겠습니다. 매일 나가는 산책이지만, 마주치는 직원마다 겸손하게 인사를 건네는 것이다. 그리고 그런 신뢰를 바탕으로 그녀를 데리고 나올 수 있는 것이다. 산보 가시나요 한 선생님? 아 원장님! 덕분에 아주 잘 지내고 있습니다. 별말씀을요, 그런데 두 분이 요즘 사이가 아주 좋으시군요… 그런 얘기를 듣는 것이다. 어릴 적 친군데 여기서 만났지 뭡니까? 제가 잘 보살필 테니 염려 마시구요, 하는 것이다. 그리고 자연스럽게 그녀의 어깨나 손… 같은 곳을 잡고 이끌어 함께 산책을 하는 것이다. 그녀는 청순하고 하늘은 청연淸姸해 기분이 좋은 것이다. 나는, 살아 있는 것이다.

　가을이 되면서 그녀와의 산책이 하나의 일과가 되어버렸다. 눈에 띄는 행동이긴 해도 추문醜聞이니, 그런 것에서 자유로운 나이였다. 누구냐? 동필이 정도가 관심을 가졌을 뿐 누구 하나 이상한 시선으로 우릴 보지 않았다. 외출의 느낌을 그녀도 무척 즐기는 듯했고, 의미를 알건 모르건 단둘이 얘길 나눌 수 있어 나는 좋았다. 물론 일방적인 대화였다. 예를 들면 부군은 어떤 분이셨소? 라고 묻고서 배가… 배가 참 고프네요, 란 답을 듣는 것이다. 그럼에도 불구하고 참 많은 혼잣말을 그녀에게 늘어놓았다. 때로는 넋두리를, 때로는 추억을, 또는 누구에게도 건네지 못한 가슴속 멍울들을, 혹은 가벼운 그날의 기분 같은 걸 그녀에게 털어놓았다.

　사십 년 가까이 아내와 살았는데 말입니다, 아무것도 해준 게 없는 겁니다. 돌이켜보니 살가운 표정 한번 제대로 지어준 적이 없어요. 신기하지 않습니까? 그런데도 그렇게 살아온 것이… 그런 기분이었던 겁니다. 산다는 게 원래 이런 거라는… 예, 돌이켜보면 그저 먹고살았던 거예요. 일하고… 벌고… 그저 먹고살고… 자식들한테 내 전부를 걸고, 바치고… 우리 내외는요… 중국집 가서 짬뽕을 한 번 못 먹었어요. 왜? 더 싼 자장면이 버젓이 보이니까… 그래서 내가 자장면을 시키면 집사람이… 글쎄 이 바보도 자장을 시키는 겁니다. 왜 그랬는지, 그렇게 모아서 뭘 하려고 했는지… 아무것도, 아무것도 아닌데… 정말 산다는 게 뭔지 이 나이가 되어도 모르겠어요. 안 그렇습니까?

예컨대 짬뽕을 한 번… 에서 울컥 목이 메면 그녀가 그럼요, 그럼요 하며 내 손등을 만져주는 것이다. 그 손등으로 안경 속의 눈물을 훔치다 보면 왠지 모를 평안함이 느껴지고는 했다. 그것은 마치 고해성사와 같은 것이었다. 그녀는 나의 여신이고 연인이었으며 친구이자 어머니였다. 자식들은 말입니다, 모든 걸 다 가져가고 아무것도 주지 않았어요. 제가 뭘 바랍니까? 다들 잘살면 그만이죠… 그래도… 그래서요, 이런 허무가 없는 겁니다. 자기들도 당해봐야 알지… 안 그렇습니까? 그럼요, 그럼요.

오늘은 하늘이 참 좋습니다, 라고 나는 말문을 연다. 벤치 주위로 핀 코스모스, 코스모스 사이를 몇 마리의 잠자리가 구름처럼 서성인다. 코스모스를 보니 김상희가 생각나는군요. 그 노래 기억나십니까? 코스모스 한들한들 피어 있는 길… 무심코 한 소절을 흥얼거렸다가, 그러다 그만… 나는 숨을 쉬지 못한다. 나지막이 그녀가 노래를 불렀기 때문이다. 길어진 한숨이 이슬에 맺혀서 찬 바람 미워서 꽃 속에 숨었나. 시를 읽던 그 목소리, 그 눈빛으로 부른 노래였다. 순간 세계가 멈춰버린다. 날개를 떨던 잠자리들도 얼어붙은 듯 앉아 있다.

야, 김이선!

깜짝 놀라 고갤 돌리니 희죽한 얼굴을 하고 동필이가 서 있었다. 어쩐 일이냐, 라고는 해도 실은 건강해서 직원들의 허드렛일까지 거드는 녀석이다. 그건 그렇고 김이선이라니, 좋았던 기분이 삽시간에 망가져버렸다. 이놈이… 누구 맘대로 말을 턱턱 놓는 게냐? 따지기 무섭게 놈이 반박을 해왔다. 그럼 동기끼리 말 놓지 말 높이냐? 틀린 말은 아니지만 왠지 모르게 화가 난다. 아이고, 참 고왔는데… 글쎄 몰라봤다니까… 그래도 자세히 보니 옛날 얼굴이 남아 있네. 눈하며 요기 요 턱선이랑… 심장이 아파온다. 슬쩍 그녀의 턱을 만지는 놈의 손가락에 간식으로 나온 계피떡 가루가 묻어 있다. 아아, 화를 낼 겨를도 없이 놈의 수다가 이어진다. 나 몰라? 정동필… 우리 한동네 살았는데, 동필이 기억 안 나? 똥피리잖아 똥피리!

또… 똥피리…

풉 하고 그녀가 폭소를 터뜨린다. 기억나지 똥피리? 놈이 똥이란 단어에 힘을 줄 때마다 그녀가 어쩔 줄 몰라하며 박장대소를 한다. 신이 난 녀석이 일부러 똥, 똥을 반복한다. 그리고 급기야는 방귀 뿡 방귀 뿡 하며 제 궁뎅일 두들긴다. 뭐 하는 짓이냐, 버럭 화를 질렀건만

분이 요만큼도 풀리지 않는다. 에이 왜 그러냐? 장난친 거 갖고… 놈이 꼬리를 내렸지만 다시금 심장이 찌릿한다. 가, 갑시다. 웃음을 못 멈추는 그녀의 손을 잡고 나는 벤치를 일어선다. 슬프고 화가 난다. 마음속의 도자기 하나가 풍비박산 난 느낌이다.

상처를 받았다. 저녁을 먹고 나서… 일찍이 누워 눈을 감았다. 사극 드라마를 보는 소리가 이곳까지 들려온다. 주말이다. 모두가 모여 사극을 보고 있다. 사극은 모두에게 인기가 있다. 물을 마신다는 핑계로 거실을 에둘러 식당을 다녀왔다. 똥피리 옆에 앉아 있는 그녀를, 확실히 보았다. 벤치에서… 가자고 손을 끌어도 그녀는 오지 않았다. 방귀 뽕 방귀 뽕 하는 똥피리의 익살 앞에서 떠날 줄 모르고 웃기만 했다. 그녀의 폭소를 본 것은 처음이다. 그래서 더 화가 나는 것이다.

이선에게 섭섭한 마음은 요만큼도 없다. 치매 환자를 볼 만큼 봐왔기에 그녀의 반응을 충분히 이해하는 것이다. 치매는 퇴행退行이다. 항문기의 유아들이 똥이나 그런 단어에 유달리 관심을 보이듯, 치매 환자에게도 그런 시기가 있다. 분노가 이는 까닭은 그런 병증을 이용한 똥피리 놈의 치졸한 행각이다. 예순다섯이나 나이를 먹도록 키가 백육십도 자라지 않은 놈이다. 예순다섯이나 나이를 먹고도 방귀 뽕을 외치며 궁뎅이 북을 치는 놈이다. 어떻게, 그럴 수 있을까. 저것도 인간일까?

잠이 오지 않는다. 은근슬쩍 그녀의 손을 훔치는 놈의 얼굴이 자꾸만 떠오른다. 일어나 화장실의 거울 앞에 선다. 백팔십이 넘는 키의

훤칠한 남자가 굳게 입을 다문 채 이쪽을 노려본다. 똥피리 같은 놈과는 비교 자체가 무의미한 몸이시다. 괜한 기분을 정리하기 위해 면도를 하고 스킨을 바른다. 이~일송정 푸른 솔은… 송씨의 목소리다. 드라마가 끝났는지 우르르 방으로 돌아가는 노인들의 발소리가 들려온다. 이선 씨도 잘 들어갔으려나… 아니, 아니다. 문득 마음이 불안해져 나는 고개를 가로젓는다. 불은 꺼지고, 노인들은 들어가고… 이선은 혼자 남아 거실을 배회할 가능성이 크다. 똥피리도 그 사실을 알고 있을 것이다. 놈이 만약 흑심을 품는다면… 계피떡 묻은 손가락으로 무슨 짓을 할지 모른다.

어둑한 복도를 성큼성큼 걸어간다. 만의 하나 놈의 흑심이 발각된다면 더 이상의 인내는 없다. 한주먹거리도 안 되는 놈이… 했는데 거실은 텅, 비어 있었다. 왠지 머쓱한 기분이 들어 거실에 딸린 공용 화장실로 발길을 돌린다. 나온 참에 방광이나 비워두자, 그래도 다행이지 뭔가… 기약 없는 소변을 기다리는데 아함, 하며 낯익은 목소리가 들려온다. 어, 한가가 웬일이냐? 너도 송씨한테 똥뒷간을 뺐겼냐? 똥피리다. 하품을 해대며 들어선 놈이 또 바짝 내 곁에 다가선다. 아, 왜 이리 뒷골이 뻐근하냐? 뻐근하건 말건 저리 가 이놈아, 소리치고 싶지만… 명분이 없다. 소변기를 고르는 건 또 놈의 자유고… 그래도 어쨌거나 시원스런 소리가 부럽긴 하다. 나도 저렇게… 시원할 수 있다면… 나도… 헉

크, 크다!

잠을 설쳤다. 저것도 인간일까? 왠지 패배감이 일어 잠을 잘 수 없었다. 부끄럽지만 심한 질투가 일었고, 순간 망령이라도 난 듯 놈이 이선을 유린하는 망상까지 해버렸다. 왜 그랬을까… 아침에 눈을 뜨니 모든 것이 부끄럽다. 바보 같은 궁뎅이 춤에도 악의가 있다고는 볼 수 없었다. 그런데도, 왜 그랬을까. 이토록 나이를 먹고도 이딴 일에 번뇌하는 나 자신이 부끄러웠다. 한없이, 부끄러운 것이다.

눈앞의 그녀를 똑바로 볼 수 없었다. 미역국을 뜨면서도 얼굴이 화끈거렸다. 그녀가 치매란 게 얼마나 큰 다행인가. 천진한 얼굴로 밥을 뜨는 그녀를 바라보며 나는 또다시 얼굴이 붉어진다. 그러고 보니 동필이가 보이지 않는다. 화단 작업이라도 나갔나 했는데 머리가 아파 누워 있다고 한다. 건강한 놈이 웬일일까… 잔머릴 너무 굴려 그런 게지… 아니다, 더는 추한 마음을 먹지 않아야 한다. 식탁의 끝까지 가을볕이 번져온다. 보이지 않는 누군가가 따뜻한 국 한 그릇을 엎질러 놓은 듯하다. 축복받은 날씨다. 저 볕 속에서, 모든 걸 새롭게 시작하고 싶다. 같이, 산보라도 가실까요?

어제와 다른 기분으로 우리는 가을을 만끽했다. 한 시간가량 햇볕을 쬐며 요양원의 잔디 위를 걷고 또 걸었다. 얘기에 정신이 팔려 몰랐는데 어느새 등이 땀으로 젖어 있었다. 좀 앉을까요? 티끌이 뽀얀 벤치 위를 손으로 쓸고 가비야운 깃털을 얹듯 그녀를 앉게 한다. 나는, 그냥 앉는다. 그런데… 노래를 정말 잘하시던데요. 예? 노래 말입니다, 어제 부르셨지 않습니까. 아이 참 선생님도… 전 노래 못해요. 아아, 살짝 얼굴이 붉어진 그녀가… 소녀 같다. 예전에 문학제에서 말입니다,

윤동주의 시를 읽으셨어요. 기억하실지 모르지만⋯ 그때 얼마나 그 시가 좋았던지⋯ 그래서 제가 문예반에 들었던 겁니다. 뜻도 잘 모르면서 시를 정말 많이 외웠어요. 예, 이선 씨 눈에 들기 위해서 말입니다. 허허⋯ 지금 생각하면 그게 다 추억인 겁니다. 안 그렇습니까? 그럼요, 그럼요. 그나저나 가을이고⋯ 이렇게 함께 벤치에 앉아 있으니 그 시가 떠오르는군요. 왜, 박인환이 쓴 〈세월이 가면〉 있잖습니까.

지금 그 사람 이름은 잊었지만, 그 눈동자 입술은 내 가슴에 있네, 바람이 불고 비가 올 때도, 난 저 유리창 밖 가로등 그늘의 밤을 잊지 못하지, 사랑은 가고 옛날은 남는 것, 여름날의 호숫가 가을의 공원, 그 벤치 위에, 나뭇잎은 떨어지고 나뭇잎은 흙이 되고, 나뭇잎에 덮여서 우리들 사랑이 사라진다 해도, 내 서늘한 가슴에 있네

박⋯ 인⋯ 희? 무언가 생각이 난다는 듯 그녀가 중얼거렸다. 가슴이 뭉클, 했다. 그렇습니다. 바로 박인희가 박인환의 시를 노래했었지요. 무릎을 치며 나는 박인희의 곡을 흥얼거렸다. 띄엄띄엄 아련한 표정의 그녀가 노래를 따라 부른다. 그 벤치 위에 나뭇잎은 떨어지고 나뭇잎은 흙이 되고 나뭇잎에 덮여서 우⋯ 리⋯ 들 사랑이

깜짝이야

언제부터 보고 있었을까, 잔디 깎는 기계에 등을 기댄 채 팔짱을 낀 동필이가 삐딱허니 서 있었다. 동필⋯ 이구나, 머리가 아프다더니. 좋은 기분은 아니었지만 내색을 않으려 애를 썼다. 뭐, 좀 누웠더니 괜

찮더라고… 괜찮다고 말하는 놈의 표정이 괜찮지가 않다. 뭔가 배알이 꼴린 얼굴로 퉤 하고 침을 뱉었다. 그나저나 노랠 부르려면 좀 똑바로 부르든가… 똑바로 부르라니 뭔 말이냐? 가사가 틀렸잖아, 가사가. 뭐가 틀렸는데? 나뭇잎은 떨어지고 나뭇잎에 덮여서 나뭇잎은 흙이 되고지!

이 무슨 생트집이란 말인가. 화가 치밀었지만 냉정해지자, 스스로를 다독거린다. 이선 씨가 보는 앞이다. 이런 놈의 트집에 말려들어선 안 된다. 안경을 고쳐 쓰고 나는 점잖게 말을 받았다. 내가 평생을 외운 시다 동필아… 나뭇잎은 떨어지고 나뭇잎은 흙이 되고 나뭇잎에 덮여서가 맞아. 그러니까 그게 말이 되냐고? 길을 막고 물어봐라, 논리적으로 생각을 해도 나뭇잎에 덮이는 게 먼저지 흙이 되는 게 먼저냐? 인간이 상식이 있어야지.

눈을 감는다. 그리고 고개를 들어 눈을 뜬다. 맑은 하늘이다. 빈 배처럼, 새털구름 몇 점 정박해 있고 깜박깜박, 어디선가 새들이 등대처럼 울고 있다. 그리고 나는 인간이, 상식이, 있어야지, 란 소리를 들었다, 듣고 말았다. 얼마나 더 살아야 번뇌의 고리를 끊을 수 있을까… 얼마나 더 살아야… 그건 말이다 동필아 시적 자유란 건데 말이다, 하는데 놈이 또다시 이선에게 수작을 건다. 야, 이선아 니 생각에도 그렇지? 나뭇잎에 덮여야 흙이 되는 거 아니냐고. 그럼요, 그럼요. 그렇다니까 방귀 뽕 방귀 뽕.

그녀가 다시 폭소를 터뜨린다. 슬프다. 나는 다시 하늘을 바라본다.

하늘을 아무리 바라봐도 한 점 부끄러움이 들지 않는다. 내가 맞다. 나뭇잎은 떨어지고 나뭇잎은 흙이 되고 나뭇잎에 덮여서가 맞는 것이다. 이런 일로 시비가 붙는다는 게 슬프고 처량하다. 천천히, 두 무릎을 짚고 나는 일어선다. 왜, 틀렸다 싶으니 꽁무닐 빼고 싶냐? 이놈을 한 대 쥐어박을까 하다… 참는다. 놈과 달리 나에겐 명예란 게 있다. 서울 근교에서 언론사를 다닌 몸이시다. 네놈이 들이댈 만한 그런 수준이 아니란 게지, 하는데 놈이 내 바지춤을 불쾌하게 주무른다. 기저귀 찼냐? 또 오줌 쌌냐? 이선의 웃음소리가 또다시 폭발한다.

이 거지새끼야.

있을 데도 없어 겨우 공밥이나 먹는 주제에… 거, 거지? 먼저 멱살을 잡은 것은 똥피리였다. 틀린 말 했냐? 되레 멱살을 움켜쥐어 나는 놈을 가슴팍까지 들어 올린다. 페인트칠을 하던 인부 하나가 우릴 향해 뛰어온다. 불끈, 두 손에 힘을 가한다. 놈의 얼굴이 새파래진다.

범나비야, 너도 가자

아직도 화가 풀리지 않는다. 저녁을 먹고 나서도 놈은 그 얘기다. 노인들을 붙잡고 앉아 누구 말이 옳냐며 삼십 분을 떠들어대다. 상식적으로, 자꾸만 상식적으로 생각을 해보라며 노인들을 구슬린다. 모름지기 자연의 순리란 게… 에또… 나뭇잎에 덮이고 그런 다음 흙이 되는 게 옳겠네. 하모 하모. 속 없는 노인 몇이 내 눈치를 보면서도 놈

의 말을 거든다. 이토록 우매할 수가… 절로 한숨이 쏟아진다. 더욱
화가 풀리지 않는 이유는… 그녀의 눈물을 보았기 때문이다. 분위기
가 험악해지자 으앙 하고 그녀가 울음을 터뜨렸다. 아뿔싸 후회가 치
밀었지만 이미 엎질러진 물이었다. 나도 모르게 손에서 힘이 빠져나
갔다. 내가 그녀를 울게 하다니… 인부들의 만류도 필요 없이 나는 털
썩 벤치에 주저앉았다.

　놈을 용서할 수가 없다. 휴게실로 내려가 딸에게 전화를 걸었다. 아
빠, 웬일이세요? 하는 딸에게 다짜고짜 용건만 털어놓았다. 박인환
알지? 모르면 적어라 박, 인, 환. 서점에 가면 그 양반 시집이 있을 게
야. 시집을 사서 이리로 부쳐, 알겠지? 무슨 일이냐고 딸이 물었지만
무슨 일인지 말하고 싶지도 않았다. 아무튼 좀 수고를 해라. 그래, 최
대한 빨리… 부탁하마. 거실로 돌아오니 놈이 여태 노인들과 희희덕
거리는 중이다. 맘대로 까불어라, 니놈이 매장될 날도 얼마 남지 않았
다. 등을 돌리고 앉은 채 나는 티브이를 본다. 영화 채널이 몇 번이었
더라… 고전 영화를 자주 트는 채널이 있었는데.

　박인환의 시집이 온 것은 사흘 뒤였다. 그러나 책을, 한 번도 펼치
지 않았다. 펼칠 이유가 없었거니와, 펼치고 싶지도 않아서였다. 벤치
에서 실랑이가 있었던 다음 날 동필이가 죽었다. 뇌졸중이었다. 그렇
게 건강하던 놈이… 무릎을 쳤지만, 누구도 어쩔 수 없는 일이었다.
문을 잠그고 들어가 화장실에서 혼자 울었다. 거지 운운 말을 뱉은 게
뼈아픈 후회로 고스란히 돌아왔다. 평생을 가난했던 친구가 아니었던
가. 밥을 씹어도 넘어가지 않았다. 넘길 수, 없었다.

녀석도 그녀를 사랑한 게 아닐까, 비로소 그런 생각이 드는 것이었다. 이상한 일은 아니었다. 아마도 이선은… 모두의 첫사랑이었을 것이다. 생각이 미치자 놈의 트집을, 또 시비를 나는 이해할 수 있었다. 이 친구야, 그래도 이렇게 가버리면 어떡하나… 시신을 인수하러 온 동필의 아들에게 나는 말없이 시집을 건네주었다. 이게 뭡니까? 부친이 생전에 좋아하던 시집일세. 나뭇잎에 덮인 그늘진 표정으로, 동필의 아들은 두말없이 시집을 받아 넣었다. 한 장의 나뭇잎이 또 떨어졌다. 이제 곧 흙이 되겠지, 세월은 가고… 옛날은 남는 걸까, 나의 무엇이 이곳에 남을까, 저 유리창 밖 가로등 그늘의 밤 같은 게 과연 있기나 했을까? 저무는 노을을 바라보며 나는 생각했었다. 자꾸만, 세상의 중력도 서쪽으로 작용하는 느낌이었다. 떨어지는 해처럼, 나도 떨어지겠지. 가겠지, 곧 가겠지.

시월이 와서야 한동안 삼갔던 외출을 다시 시작할 수 있었다. 나 혼자였다. 기분이 울적하기도 했거니와 천진한 이선의 눈을 마주치기가 차마 부끄러워서였다. 잘 주무셨소? 때로 아버지 하며 다가서는 그녀에게도 통상의 인사를 제하고는 대화를 건네지 않았다. 별은 멀리 있어야 한다. 인간의 손을 탈수록 그 빛을 잃기 때문이다. 다시는 그녀를 울리지 않을 것이다… 다시는 그녀를… 잃지 않을 것이다. 혼자 상념에 빠져 있다 담을 넘어온 알밤 몇 개를 주워 현관을 들어설 때였다. 사무실이 시끌벅적했다, 누군가 심하게 원장과 다투는 소리가 들렸다. 혀를 차는 김군에게 무슨 일인가 물어보았다. 김이선 할머니 문제래요. 왜, 이선이 왜? 사무실을 찾은 남자는 이선의 아들이었다. 김군의 얘기론 당장 보증금을 돌려달라며 억지를 부린다는 것이었다.

보증금을 왜? 할머닐 데려갈 테니 보증금 천만 원을 돌려달라는 거예
요. 원장님은 정부 보조 규정을 설명하는 중이시구요. 입소한 지 아직
일 년도 안 되셨잖아요. 그래서 지금…

　눈앞이 캄캄했다. 어디서 그런 용기가 솟았는지는 알 수 없다. 정
신을 차리고 보니 어느새 몸이 사무실 안에 들어와 있었다. 김… 이
선의 아들이라고, 자네가? 사십대 후반의 낯선 사내가 고개를 끄덕였
다. 의외였다. 막연히 도련님 같은 인상을 떠올렸는데, 의심이 많고
풍파를 많이 겪은 얼굴이었다. 자네 모친과는 어렸을 적부터 친구였
네, 한 마당에서 쭉 같이 자랐지. 오누이라 해도 별반 틀린 말이 아닐
걸세, 안 그래도 내 자넬 꼭 한번 보고 싶었는데… 참견의 이유를 이
런 식으로 둘러댔다. 아 예, 하며 목례를 받긴 했지만 잔뜩 끌어당긴
입꼬리에 이건 뭐야? 가 역력했다. 내가 도울 수 있는 일이 혹 있을
까 해서… 우리 같이 한번 상의를 해봄세. 자네에게도 손해는 아닐
거구먼.

　답답한 현실이었다. 쥐구멍만 한 치킨집을 운영하면서 소소히 생계
를 꾸려왔는데, 덜컥 빚을 지게 되었다. 어쩌다 생긴 빚인가? 아무
튼… 그렇습니다. 말해보게, 그래야 방법도 찾을 거 아닌가. 하루 배
달을 다녀오다 무심코 성인 오락실이란 델 가게 되었다, 처음엔 재미
를 봤는데 결국 도박의 늪에 빠지고 말았다, 이천만 원이 넘는 빚을
지고 말았다, 는 것이었다. 그래서 어머니 보증금을 빼겠다는 건가?
방법이 없습니다. 원장의 설명은 이랬다. 요양비를 다섯 달이나 체납
해 변제가 불가피하다, 이 경우엔 정부의 지원금도 변상을 해야 한

다… 그런데 막무가내로 원금을 내놓으란 겁니다… 이렇게 하면 어떤가, 생각 끝에 의견을 제시했다. 내가 천만 원을 줄 테니 어머니 보증금을 내 명의로 돌리는 것은… 그건 안 됩니다, 원장이 말을 덧대었다. 친권자가 아니면 보증인이 될 수 없습니다. 연고가 없으면 차라리 전액 보조로 계시겠지만.

　잠이 오지 않았다. 하루만 더 고민해보자며 자릴 일어섰지만, 뾰족한 해법이 떠오르지 않았다. 우선 이선의 아들에게 믿음이 가지 않는다. 조건 없이 돈을 준다 해도, 언제 또 모친을 빼갈지 알 수 없는 일이었다. 시장통의 반지하에서 부부와 두 딸이 산다고 했다. 이선이 어떤 대우를 받을지도 불을 보듯 뻔했다. 게다가 도박이라니… 답답한 마음에 거실로 나오자 어둠 속을 누군가 배회하고 있었다. 그녀였다. 잠이… 잘 안 오시나 봅니다? 물어도 답이 없다, 답이 없던 그녀가 물끄러미 창밖을 보며 중얼거린다. 집에 가야 하는데… 집에… 그녀의 손을 잡고서 말했다. 가시면… 안 됩니다, 여기가 바로 집이에요. 아니에요, 아네요. 발음이 이상해서 보니 뭔가를 씹고 있다. 뭐지? 종이였다. 어디서 구한 걸까, 조심조심 그녀의 입에서 종이를 꺼내는데 왈칵 눈물이 치솟는다. 세상의 폭우는 여전히 쏟아지고, 나에겐 빌려줄 우산이 없다. 하지만 다시는 거짓말을 않을 것이다. 그녀의 방을 향해 나는 그녀의 손을 잡아끈다. 종이우산처럼 젖은 마음으로, 속삭인다. 우리 같이 집에 갑시다. 저희 집도… 같은 방향입니다.

　여유만 있다면 자네도 어머닐 편히 모시고 싶지? 이선의 아들이 고개를 끄덕인다. 오로지 이유가 돈 때문인데… 지금 모친께서 집으로 간다면 그야말로 최악의 상황일 걸세. 치매란 게 그렇다네… 앞으로… 대소변을 받아내고 할 자신 있는가? 지금 임시로 변통을 한다 해도 상황이 계속 나빠지면 그땐 어쩔 작정인가? 긴병에 효자 없고 돈 앞에 장사 없네… 내 곰곰이 생각을 해봤는데… 그래서 이렇게 하는 게 어떻겠나. 조건 없이 내가 그 돈을 주겠네. 그리고 보증금의 명의는 내 앞으로 돌리는 게… 방법은 있네. 허위지만 모친과 내가 혼인신고를 하는 거라네. 그럼 나도 친권자가 되고… 매달 내는 요양비도 앞으론 내가 지불하겠네… 자네 기분이 좋을 리 없겠지만 내가 마음으로 원해서 하는 일이야. 잘 판단해보게, 모친이 살면 얼마를 더 살겠나. 자넨 하루하루를 살아가는 사람이지만, 우린 하루하루를 죽어가는 사람들이야.

이선의 아들을 정문까지 배웅한다. 그… 도박은 부디 그만두게나. 정말로 끊었습니다. 열심히 살아야 하네. 명심하겠습니다. 진심인지 건성인지 감사합니다, 라며 이선의 아들이 인사를 한다. 집안 얘기를 묻긴 그런데… 물어도 괜찮을까? 예, 어떤 겁니까? 그러니까… 부친은 어떤 분이셨나? 저도 잘 모릅니다, 제가 어릴 때 집을 나가서… 오래전에 제주돈가 어디서 재혼해 산다는 얘길 듣긴 했습니다만. 자네 어머니도 고생이 심하셨겠군… 그래, 어머닌 어떻게 살아오셨고? 어, 모르셨습니까? 모른다네. 젊으셨을 땐… 다방을 하셨습니다. 다방을? 예, 제가 좀 커서는 술집을 오래 하셨죠… 술집을? 예.

산길을 내려가는 이선의 아들을 바라보다 고개를 돌렸다. 스쿠터의 소음이 노을을 더욱 진동케 한다. 자욱한 노을, 자욱한 어둠… 자욱한 인생. 시작도 끝도 알 수 없는 그 자욱함 속에, 그러나 아직은 두 발을 담그고 서 있었다. 경솔한 결정이었을까, 훗날 아이들의 원망을 사지나 않을까 고심했으나 후회는 없다. 평생을 희생해왔다. 내게도 한 번쯤은 살고 싶은 삶을 살 권리가 있는 것이다. 나는, 살아 있다.

마지막 피운 담배는 기억나지 않지만 그때 그, 손에 들고 있던 라이터는 기억이 난다. 투명한 플라스틱의 일회용 라이터였다. 가스가 전혀 없는데도 불꽃이 일었다. 묘한 기분이었다. 몇 번이고 몇 번이고 일어나던 환한 불꽃… 지금의 내 삶이 마치 그런 느낌이다. 심부름을 나간 김군에게서 세 시쯤 도착할 거란 연락을 받았다. 김군이 오는 즉시 이선과 함께 요양원을 나서야 한다. 면도를 한다. 염색을 할 걸 그랬나, 중얼거리며 머리를 매만진다. 올드 스파이스의 향취가 팽팽한 범선의 돛처럼 마음을 부풀린다. 오늘만큼은… 기저귀를 차고 싶지 않다. 저기, 김군의 승합차가 올라온다. 그 소리, 미리 들린다.

이상하리만치 잔잔한 마음이었다. 십 분 만에 혼인신고는 끝이 났고, 이선 씨와 또 김군과 함께 동사무소를 나왔다. 김, 이, 선. 그 이름을 내 손으로 또박또박 서류에 기입했다. 수십 통의 러브레터를 썼다 구기면서 단 한 번도 쓰지 못한 이름이었다. K에게… 오십 년 전의 러브레터는 늘 그렇게 이니셜로만 시작했었다. 그리고 오늘, 그 K와 내가 부부가 되었다. 살을 맞대며 사는 부부는 아니지만, 돌아갈 집의 방향은 같은 부부다. 누구도 인생을 알 수 없다, 누구나 인생을 살아야 하지만.

일에는 순서가 있다. 그래도 그 정도를, 환갑을 넘기며 깨쳤다고 말할 수 있다. 우선 전화로 원장에게 감사를 표했다. 편의라니요, 한 선생님께서 힘든 결정을 해주신 건데… 달가워하는 원장에게 부러 농담을 섞어 부탁을 했다. 허허, 그래도 오늘이 신혼 첫날인데… 예, 김군이 너무 수고하기도 해서… 모처럼 요릿집이라도 들러 제가 저녁을 살까 합니다… 예, 그리고 김군 차로 들어가야죠. 예, 시내니까… 저녁 안으로 들어갈 겁니다. 예, 예.

난생처음 해삼탕이란 걸 시켰다. 삭스핀이란 것도 시켜보았다. 맛있다! 눈물이 날 정도로 맛있다! 강을 건너면… 죽은 아내에게 반드시 해삼탕과 삭스핀을 사주고 말 테다, 결심을 했다. 천천히… 다 씹고 넘기세요. 옳지, 하나씩. 허겁지겁 손을 뻗는 이선을 달래가며 접시를 비웠다. 저녁을 먹고 일어서자 이래저래 여섯 시가 넘었다. 그리고 김군에게, 마다하는 김군에게 수고비조의 용돈을 건네주었다. 고마워서 그러네, 고마워서. 물론 고맙기도 했거니와… 실은 꼭, 가보고 싶은 곳이 있어서였다.

내가 다니던 학교네. 함께 둘러보고만 올 테니 그리 늦진 않을 게야. 짧아진 해 때문에 이미 사위는 캄캄한 밤이었다. 이선의 손을 꼭 잡고 드문드문 가등이 켜진 운동장을 가로질렀다. 강당 옆의 그 벤치, 그 나무 앞에… 이 나무 기억나세요? 아무런 대답도 없었지만 어떤 약속이라도 한 듯 우리는 은행나무를 올려 보았다. 달빛인지 가등인지 나무의 꼭대기엔 환幻이, 푸르스름한 빛의 환이 사라진 우리의 옛날처럼 희뿌연한 둥지를 틀고 있었다. 이선 씨… 하고 나는 속삭였다. 비로소 내 인생의, 저 유리창 밖 가로등 그늘의 밤… 같은 것을 가지는 기분이었다.

바로 이곳에서 당신을 만났었지요… 그리고 줄곧… 그랬습니다. 아세요? 당신은 저한테 별 같은 사람이었습니다… 숨쉬기가 곤란할 정도로 가슴이 벅차왔다. 하늘의 별들이 일제히 머리 위로 쏟아졌다. 길고 긴 세월이었다. 바람이 불고 비가 왔지만, 옛날은 이렇듯 내 가슴에 남아 있었다. 우수수, 낙엽 떨어지는 소리가 거대하게 들려왔다. 떨어지고, 흙이 되고, 다시 나뭇잎에 덮이는 거대한 순환과 흐름 속에 나는 두 발을 딛고 서 있었다. 어지러웠다. 내 가슴에 있던, 그 눈동자 입술이 바로 눈앞에 있었다.

아뿔싸

최악이다. 그만 소변을… 지리고 말았다. 이 무슨… 오늘만큼은 기저귀를 차고 싶지 않았다. 이 순간 만큼은… 참을 수 있을 거라 굳게 믿었다. 삶의 가장 아름다운 순간에, 그만 가장 추한 남자가 되고 말았다. 아아, 그 눈동자 입술 앞에서… 나는 울고 싶었다. 눈물보다 뜨거운 그 무엇이 바지를 적시고, 양말을, 구두를, 이 대지大地를 적시는 느낌이었다.

죄… 죄송합니다.

그리고 어디선가 심각한 냄새가 느껴지기 시작했다. 설마 이것은… 상상하기도 싫었지만 확실히 이 냄새는 대변이란 생각이 들었다. 고개를 가로저었다. 이럴 수가… 아무런 느낌도 없었는데. 즉 이만큼이나 고장이 나버린 겐가, 서러운 눈물이 눈앞을 가렸다. 이선의 시선을 피해 나무 뒤로 몸을 숨겼다. 그리고 더듬, 바지춤을 확인했다. 대변이… 없다. 그렇다면… 발소릴 죽여 나는 그녀의 등 뒤로 다가갔다. 하늘을 올려 보며 이선은 열심히 뭔가를 중얼거리고 있었다. 별 헤는 소녀처럼, 그랬다. 계절이 지나가는 하늘은 가을로 가득 차 있었다. 그리고 냄새는… 그녀의 것이었다. 뭐 하세요? 그녀의 어깨를 감싸주며 내가 물었다. 그리고 우리는 아무 말도 하지 않았다.

동그라미 그리려다 무심코 그린 얼굴, 내 마음 따라 피어나던 하얀 그대 꿈을, 풀잎에 연 이슬처럼 빛나던 눈동자, 동그랗게 동그랗게 맴돌다 가는 얼굴.

기분이 좋은 듯 이선이 노래를 흥얼거린다. 자신의 이름도 모르면서 가사를 기억하는 사실이 그저 신기할 따름이다. 하기야, 신기한 게 한두 가진가? 다시 봄… 봄이 왔다. 거실에 가로누워 나는 이선의 노래를 듣고 있다. 벌써 여섯 곡째다. 동그랗게 맴을 돌며 텅 빈 거실을 배회하던 그녀가 다가와 앉는다. 다리가 아프겠지, 나는 짐작한다. 시에서 마련한 경로잔치의 소음이 이곳, 삼층까지 들려온다. 안 가세요? 하는 송씨에게 몸이 좋지 않다고 핑계를 댔다. 아니 몸이, 안 좋은 게 사실이다. 봄감기의 여파가 아직도 남아 있다. 훌쩍, 이선도 앉아 콧물을 훌쩍인다.

따뜻하다. 지나온 모든 날들이… 옛날, 이란 사진 한 장으로 인화될 듯한 봄볕이다. 다들 즐거운 시간을 보내고 있겠지, 앰프의 진동을 느끼며 나는 노인들을 떠올렸다. 잘들 보고 오세요, 인사는 제대로 건넨 건가… 모르겠다. 잘, 기억이 나지 않는다. 겨울을 보내면서 나도 조금은 기억이 희미해졌다. 아무도 없는 걸 확인한 후 살짝 이선의 손등에 손을 얹었다. 잡으려 했으나, 웬일로 손에 힘이 들어가지 않는다. 그래도 좋은… 봄볕이다. 나른하고, 자꾸만 잠이 쏟아진다. 요새는 자꾸 낮잠이 온다. 오늘도 밤잠을 자긴 다 글렀군, 이선의 손등을 토닥거리며 나는 실없이 미소를 흘린다. 이선은 더욱 천진해졌고, 나도 조금은… 천진해졌다. 안 그런가 소년? 그런 목소리로 온몸을 쓰다듬는 듯한 봄볕이다. 나는 결국 눈을 감는다.

이보세요, 이렇게 훤한데 잠을 자면 어떡해요?

이선의 목소리가 들려온다. 아이 참 우스워서… 이보세요? 눈을 뜨지 않아도 그녀의 미소를 볼 수 있다. 그 눈동자 입술이 보이는 듯, 하다. 아버지… 일어나요, 예? 이선의 손이 어깨를 흔든다. 아주 잠깐, 그래서 눈을 떴다 다시 감았다. 잠깐 본 세상이 너무나 눈부셨다, 아름답다.

잠이 몰려온다.
이제는 정말 자야 할 것 같다.

| 선정 경위 · 총평 |

제32회 이상문학상 선정 경위와 총평

사랑을 믿다 _
두 남녀의 사랑에 대한 감정과 기복을 교묘히 감추어놓은 작품

목신의 어떤 오후 _
인간이 가진 욕망의 어두운 그늘을 펼쳐 보이는 실험성

그 여름의 수사修辭 _
죽음의 '제의성祭儀性'에 대한 소설적 해석이 돋보이는 작품

서열 정하기 국민투표—율려, 낙서공화국 1 _
기발한 착상과 풍자적 언어가 탁월한 작품

어쩌면 _
판타지 방법을 활용하여 비리와 모순의 현실을 그린 소설

내가 데려다줄게 _
진실과 거짓, 삶과 죽음의 환상적인 결합

징류장 _
잃어버린 고향과 아버지의 존재를 환상적으로 재현한 소설

낮잠 _
노년의 삶에 어린 사랑과 회한의 심경을 섬세하게 묘사한 작품

*정리 : 권영민(《문학사상》 편집주간 · 서울대 교수)

| 선정 경위 |

1. 대상 수상작

문학사상사가 주관하는 이상문학상은 해마다 한국 소설문학의 폭과 깊이를 함께 보여주면서 새로운 서사의 미학을 확립하기 위한 소설적 지표를 제시해왔다. 2008년도 제32회 이상문학상 대상 수상작으로는 소설가 권여선 씨의 단편소설 〈사랑을 믿다〉가 선정되었다. 작가 권여선 씨는 1965년 경상북도 안동 태생으로 서울대학교 국어국문학과를 졸업하고 서울대학교 대학원에서 수학하였으며, 인하대학교 국어국문학과에서 박사 과정을 수료했다. 1996년 장편소설 《푸르른 틈새》로 '상상문학상'을 수상하며 등단하였다. 소설집으로 《처녀치마》 《분홍 리본의 시절》이 있으며, 2007년 오영수문학상을 수상했다.

2. 심사 경위

2008년도 이상문학상 심사위원회는 1월 7일 오전 10시 30분부터 오후 2시까지 이상문학상 최종 심사 회의를 가졌다. 심사위원으로는 비평가 김윤식, 비평가 권영민(《문학사상》 편집주간), 소설가 서영은, 소설가 윤후명, 소설가 권지예 씨가 참여하였다.

지난 일 년 동안 발표된 중·단편소설 가운데 문학비평가, 문예지 편집장, 문학 담당 기자, 문학 연구자 등의 후보작 추천을 거쳐 예비

심사 과정을 통과하여 최종심에 오른 작품은 다음과 같다.

　권여선 〈사랑을 믿다〉
　정영문 〈목신의 어떤 오후〉
　하성란 〈그 여름의 수사修辭〉
　김종광 〈서열 정하기 국민투표—율려, 낙서공화국 1〉
　윤성희 〈어쩌면〉
　천운영 〈내가 데려다줄게〉
　박형서 〈정류장〉
　박민규 〈낮잠〉

　최종 심사 과정에서 서사적 기법과 소설의 정신 문제를 중심으로 심사위원들의 다양한 토론이 어어졌다. 그러면서 자연스럽게 권여선, 천운영, 박민규, 정영문 씨의 작품에 관심이 모아졌다. 천운영 씨의 작품은 서사적 기획 자체가 드러내는 의도의 과잉이 지적되었고, 정영문 씨의 작품은 소설적 실험이 그 부자연스러운 문체와 함께 약점으로 지적되기도 하였다.

　대상 수상작으로 경합을 벌인 박민규 씨와 권여선 씨의 작품은 서사 기법의 치밀성과 그 소설적 완결이라는 면에서 모든 심사위원의 지지를 얻었다. 박민규 씨의 〈낮잠〉은 노년의 삶과 그 죽음의 문제를 하나의 서사적 미학으로 승화시켜 놓고 있다는 평을 받았다. 그러나 소재 자체가 갖는 진부함을 떨쳐내지 못한 부분들이 문제가 되었다. 권여선 씨의 〈사랑을 믿다〉는 남녀의 사랑에 대한 감정과 그 기복을 두 겹의 이야기 속에 감추고 있다. 이 작품은 서사의 기본이 되는 '드러내기'와 '숨기기'의 방법 가운데 특히 '숨기기'의 방식에 역점을 두고 있다. 권여선 씨가 보여주고 있는 서사의 기법은 소설이 빠져들기 쉬운 상상력의 부박성浮薄性을 극복할 수 있는 새로운 방법이 될 수 있다는 점에서 모든 심사위원들의 높은 평가를 받았다.

대상 수상작 _ 〈사랑을 믿다〉 권여선

두 남녀의 사랑에 대한 감정과 기복을 교묘히 감추어놓은 작품

〈사랑을 믿다〉는 두 남녀의 만남을 서사의 중심에 올려놓고 있다. 두 사람은 서로 다른 연애의 실패를 겪고 나서야 비로소 바로 자신들이 서로 모른 채 지나쳐버린 사랑의 느낌을 알아차린다. 이 평범한 소재를 사랑의 문법이라는 하나의 서사 원리로 끌어올리는 작업에 작가 특유의 소설적 기법이 동원된다.

이 작품의 텍스트에는 두 겹의 이야기가 서로 얽혀 있다. 겉 이야기에서 '나'는 실연 후 예전에 친구였던 그녀를 다시 만난다. 그녀는 평범하지만 콧날 끝에서 윗입술에 이르는 단정한 인중선을 지녔다. '나'는 그녀의 단골 술집에서 그녀와 만나 각각 실패한 사랑을 흘려보낸다. 그리고 그녀가 들려주는 고모의 죽음에 얽힌 짤막한 이야기 한 토막이 속 이야기로 자리한다. 실연의 아픔을 지니고 있는 두 남녀의 사랑에 대한 감정과 그 기복이 이 두 겹의 이야기 속에 교묘하게 감추어져 있다.

서른다섯, '나'는 지금 내 생애의 두 번 다시 오지 않을 가장 밝은 날을 살고 있다. '나'는 지금 그녀를 기다린다. 그러나 그녀는 그것을 알아채지 못한다. 그것은 스물아홉 때 그녀의 작은 노랫소리를 알아듣지 못하고 다른 여자의 새된 노래에 혹한 자신의 어두움에서 비롯된 일이기도 하다. 그 시린 진실을 '나'는 지금 받아들이고 있다.

이 작품은 디테일을 과감하게 생략하고 등장인물의 감정을 최대한 절제함으로써 끝까지 두 남녀의 사랑에 대한 깨달음이 들춰나지 않도록 '숨기기'에 성공한다. 그리고 이러한 서술 방식은 '드러내기'의 방법을 통해 추구해온 리얼리티의 성과 못지않은 새로운 서사의 공간을 창조한다. 이 공간은 물론 작가의 몫이라기보다는 독자의 몫에 해당한다. 이른바 상상적 참여에 의해 독자들이 더욱 풍요로운 사랑의 이야기를 이 공간에 채워 넣을 수 있기 때문이다.

우수상 수상작 _〈목신의 어떤 오후〉 정영문

인간이 가진 욕망의 어두운 그늘을 펼쳐 보이는 실험성

'나'와 그녀와 그, 셋이서 거북바위가 있는 호숫가로 소풍을 간다. 그가 더 아프기 전에 조금 멀리 차를 타고 가서 일생 같은 하루를 보내고 싶었기 때문이다. 우리는 포도주를 마시고 과일을 먹으면서 여러 가지 이야기를 한다. 이같은 소설적 무대의 설정은 등장인물의 내면의식을 그려내기 위한 일종의 서사적 고안에 해당한다. 그러므로 이 소설에 등장하는 세 사람의 등장인물은 셋일 수도 있고 둘일 수도 있고, 아니면 하나일 수도 있다. 그리고 이들이 떠올리는 모든 이야기들은 무의식의 심층에 자리하고 있는 억압된 욕망의 표출에 해당한다고 할 수 있다.

호숫가에서 보내는 한나절이라는 공간의 제약성을 빼놓고는 이 소설의 이야기에는 행위의 구체성이 드러나지 않는다. 모든 것들은 기억 속에서 회상되고 다시 건져 올려지고 더러는 망각되어 앞뒤가 서로 맞지 않는다. 일종의 '자동기술법'과 같은 서술 방식을 통해 인간의 내면에 억압되어 있는 욕망과 그 욕망의 어두운 그늘을 펼쳐 보이는 실험성이 돋보인다.

우수상 수상작 _ 〈그 여름의 수사(修辭)〉하성란

죽음의 '제의성(祭儀性)'에 대한 소설적 해석이 돋보이는 작품

이야기는 한여름 복중에 할머니가 죽었다는 전보를 받는 것으로 시작된다. 교사였던 아버지는 교직을 때려치우고 다른 곳에서 살고 있고, 그런 아버지에게 역시 전보로 할머니의 죽음을 알리는 주인공 나. 하지만 전보를 믿지 않은 아버지는 약속장소에 나오지 않고 우여곡절 끝에 한참이 지나 할머니에게 가게 된다. 상주를 기다리느라 삼일장이 아닌 오일장을 치르게 되고, 갑자기 맞은 할머니의 죽음에 독살이라는 소문이 돌아 순경까지 찾아온다.

이렇듯 이 작품은 죽음을 조상하기 위해 가족들이 모여드는 과정과 장례의 절차가 세세하게 묘사되어 있다. 또한 복중에 치르는 상가의 모습을 리얼하게 그려내며 사는 것과 죽는 것에 대해 생각해보게 한다. 이 소설의 서사의 과정에 중심을 이루는 것은 죽음이다. 그러나 여기서 죽음은 한 인간의 삶의 종말이라는 비극적 의미로 풀이되지 않는다. 그것은 인간이 거쳐야 하는 삶의 과정과 그 절차의 하나처럼 그려진다. 죽음의 '제의성祭儀性'에 대한 소설적 해석이 돋보인다.

우수상 수상작 _ 〈서열 정하기 국민투표─율려, 낙서 공화국 1〉 김종광

기발한 착상과 풍자적 언어가 탁월한 작품

조선의 선비 허생이 천민들을 데리고 동중국해로 나가 세운 섬나라 율려국. 소설가인 '나'는 '낙서인 서열 정하기 국민투표' 실시에 맞춰 취재차 율려국을 방문한다. 율려국에서는 최고의 인기를 구가하는 것이 '낙서'라는 문학 장르다. 율려국에서 왜 낙서인(문학가)들의 서열을 정하는 투표를 실시하는지 알 수가 없다. 취재를 위해 국민투표관리위원장과 젊은낙서인포럼으로부터 국민투표를 실시하는 이유를 듣게 된다. 율려 문학의 지형도는 본격낙서계(문학), 대중낙서계(대중문학), 판타지무협낙서계, 인터넷낙서계, 영향력낙서계(평론계)로 나뉜다. 문제는 본격낙서계에서 수많은 상을 받은 작가가 반드시 잘 팔리고 대중들이 좋아하는 게 아니라는 것이다. 진정한 낙서문학과 낙서인의 서열을 정해보자는 제안에 따라 치러지는 국민투표. 이런 엉뚱한 소동을 눈앞에 보면서 '나'는 만약 한국에서 서열 정하기 국민투표가 벌어진다면 몇 등이나 할까 생각한다.

기발한 착상과 풍자적 언어가 돋보인다. 율려국이라는 가상의 나라를 끌어들인 해학적인 상황 설정, 우리 문학계와 출판계 전반에 대한

비판의 시선이 결코 가볍지 않은 메시지를 던져준다.

판타지 방법을 활용하여 비리와 모순의 현실을 그린 소설

〈어쩌면〉은 수학여행 중 불의의 교통사고로 얼떨결에 귀신이 되고 만 네 친구가 사후세계에 적응해가는 과정을 담은 기발하고 재치 넘치는 작품이다. 죽기 직전 죠스바를 먹어 영원히 보라색 입술을 갖게 된 네 친구는, 아무 일도 하지 않으면 영원히 사라져버리게 된다는 것을 알고, 살아생전 궁금했거나 하고 싶었던 일을 해보기로 한다. 귀신의 장점을 활용해 영화배우 K씨의 스캔들에 얽힌 비밀을 밝혀내고, 놀이동산에서 하루 종일 원 없이 롤러코스터를 타기도 하고, 물건을 움직이고 하늘을 나는 방법을 배워나간다. 그렇게 귀신의 눈으로 인간세계 이면의 모습을 엿보고, 살아생전의 미련을 벗지 못하거나 원한을 벗지 못하고 있는 여러 귀신들을 만나고, 절이며 교회며 산이며 바다를 두루 다니면서 네 친구는 각자 사후세계에서의 새로운 갈 길을 모색한다.

판타지의 방법을 활용하여 비리와 모순의 현실을 그려내고 있는 이 작품은 네 친구들의 영혼을 성격의 초점으로 삼고 있다. 이들이 '유체분리'를 통해 현실 공간에 보이지 않게 떠다니게 된다는 것이 이야기의 전제에 해당하는데, 우리 사회의 어두운 모습을 비교적 가벼운 터치로 긁어가는 특유의 어조가 소설적 긴장을 살려낸다.

진실과 거짓, 삶과 죽음의 환상적인 결합

  제자를 성추행한 혐의로 곤궁에 빠진 '나'는 결백을 주장하는 유언장을 쓰고 자살하고자 한다. 그러나 막상 늪지를 눈앞에 둔 '나'는 당혹스럽고 무섭다. 망설이다 날이 밝아오고 이윽고 사내는 늪의 한복판을 향해 걸어가기 시작한다. '나'는 어느 방 안에서 눈을 뜬다. 갈대숲으로 둘러싸인 작은 집에 미망인과 그의 어린 딸 그리고 노파가 함께 살고 있다. 그들은 '나'에게 아무것도 묻지 않는다. 노파는 감나무 아래에 앉아 혼잣말을 하며 하루를 보내고, 미망인은 하루에 두 번 늪으로 가서 바구니에 논우렁이와 민물조개를 가득 잡아 생계를 이어가고 있다.

  '나'는 자신의 누명을 벗기 위해서 다시 돌아가야 한다고 생각하면서도 그곳에 숨어 살고 싶다는 욕망을 느낀다. 그곳은 늪이었던 것이다. 자신의 내부에 감춰진 모든 것을 빨아들이는 마음의 늪. 진실과 거짓, 삶과 죽음의 세계를 환상적으로 결합시켜 놓고 있는 이 작품은 인간의 본능적 욕망과 이지적 판단 사이에 생기는 틈새를 건너뛰게 하는 소설적 상상력을 보여준다.

잃어버린 고향과 아버지의 존재를 환상적으로 재현한 소설

　아랫마을과 초등학교 사이에는 다리가 없는 넓은 개울이 있다. 장마라도 지면 아이들이 급류에 휩쓸려 죽곤 한다. '나'는 외따로 산 중턱에 아버지와 함께 살고 있다. 아랫마을 이장도 개울에서 아들을 잃고 만다. 아버지에게 소원이 생긴 것도 그 무렵이다. 아들이 어둑어둑한 산을 타지 않아도 되도록 버스정류장을 갖는 것이다. 어느 여름, 정류장이 생기고, 아버지와 나는 부둥켜안고 기뻐한다. 어린 '나'는 친구들에게 아버지가 자신에게 '정류장'을 주기 위해 얼마나 노력했는지 떠벌린다. 그런데 아랫마을 사람들이 몰려와 '수몰'이니 '댐'이니 하는 말을 하며 아버지를 때린다. '나'는 영문을 모른다. 그 후 사람들이 점점 마을을 떠나거나 내쫓기 시작한다. 아버지는 정류장에서 숨을 거둔다. 나는 고모와 함께 마을을 떠나고 마을은 물에 잠기고 댐이 들어선다.

　세월이 흘러 어른이 된 나는 어느 토요일 오후 아내와 아이를 데리고 교외로 나왔다. 그런데 그만 길을 잃고 무작정 산길을 달리다 어린 시절의 정류장 앞에까지 이른다. 뜻밖의 편안한 기분을 느끼며 안도하던 순간, 정류장 표지판을 열심히 걸레로 닦고 있는 아버지를 본다. 아버지는 이토록 오랜 시간 동안 저기서 뭘 하고 있으며, 도대체 내게 뭘 원한단 말인가. 이 작품은 유년 시절의 어렴풋한 경험을 기억 속에서 퍼 올리며 잃어버린 고향과 아버지의 존재를 환상적으로 재현하고 있다.

노년의 삶에 어린 사랑과 회한의 심경을 섬세하게 묘사한 작품

　주인공은 삼 년째 요양원에서 노년을 보내고 있다. 젊은 시절의 삶은 이제 아득히 멀게만 느껴진다. 오 년 전 죽은 아내를 회상하면서 자신의 삶을 되돌아보지만 허망함을 떨칠 수가 없다. 자궁암으로 아내가 죽고 아들딸들이 상속 문제로 갈등을 일으키자 주인공은 주변을 정리하고 요양원에 몸을 맡긴 것이다. 그런데 뜻밖에도 요양원으로 학창 시절 짝사랑했던 여인이 들어온다. 그녀는 퇴행성 치매에 걸려 가족들과 떨어진 상태다. 하지만 그녀는 아들의 사업 실패로 더 이상 요양원 생활을 할 수 없게 된다. 그 사정을 알게 된 주인공은 그녀의 아들에게 자신이 모든 비용을 대겠다고 한다. 그리고 그녀에게 옛날의 기억을 찾아주려고 애를 쓴다. 어느 오후 그는 그녀의 곁에 앉아 그녀가 흥얼대는 노랫소리를 듣는다. 따스한 봄볕의 감촉에 그는 눈을 감는다.

　〈낮잠〉은 치매 요양원의 광경 속에 노인 문제를 아프게 다루며, 노년의 삶에 어려 있는 사랑과 회한의 심경을 섬세하게 묘사해놓았다. 담담하게 펼쳐지는 이야기와 사실적이고 절제된 심리 묘사가 매력을 느끼게 한다.

|심사평|

각 심사위원들의 중점적 심사평

김윤식_ '워낙 몰리면' 이라는 문제적 설정과 그 소설 문법에
어울리는 아포리즘적 문체

서영은_ 가장 뛰어난 작가의 존재의 깊은 내면 탐색

윤후명_ 사랑에 대한 끈질긴 탐구

권영민_ 디테일의 생략과 숨기기의 방법을 통해 통속으로부터
건져 올린 새로운 사랑의 서사

권지예_ 드러내지 않은 것에서 진실을 보게 하다

'워낙 몰리면'이라는 문제적 설정과
그 소설 문법에 어울리는 아포리즘적 문체

묘사체에서도 서술체에서도 한발 물러선 자리에 서서 작가 권여선 씨는 곳곳에 다 아포리즘적 문체를 내세움으로써 주인공의 인중선人中線의 또렷함처럼 작품의 논리성을 구축해놓았다.

김윤식(문학평론가, 서울대 명예교수)

작가 권여선 씨의 소설 〈사랑을 믿다〉는 백조떼 몰려 있는 문학판에 돌연 나타난 한 마리 까마귀와 흡사하다. 그 표정이 그러하고 그 목소리 또한 그러하지만, 무엇보다 그 생리적 조건이 그러하다. 표정은 주변에 따라 변할 수 있다. 목소리도 때에 따라 변할 수 있다. 그렇지만 작가 권여선 씨의 생리적 조건은 실로 완고해 보여 인상적이다.

사람들은 말한다. 또 알고 있다. 사랑이란 원래 미묘하고도 은밀한 것이며 그 때문에 남녀 두 사람의 마음의 흐름에 좌우되는 물건이라고. 그러기에 한 가닥 바람에도 엄청나게 흔들리거나 깨질 수 있는 물건이라고. 수많은 문학적 글쓰기가 이 사실을 무수히 다짐해놓은 것도 이 때문이다. 작가 권여선 씨는 이에 대해 의문을 제기하기 위해 한 가지 사례를 끌고 들어왔다. 그 끌고 들어오는 방식이 대담하여 놀랍다.

"지금 시점에서는 확실히 말할 수 있어. 금전적인 문제는 아니
　었어. 하지만 워낙 몰리면 그런 생각이 들기도 하잖아."

　　삼 년 전 사랑에 실패한 35세의 노처녀가 그 당사자를 만나 이렇게
실토하고 있다. 그 당사자는 아마도 이쪽의 그런 사정도 모르고 다른
여인을 사랑하다 보기 좋게 또는 여지없이 또는 저절로 실연당했을지
도 모른다. 그런 그들이 삼 년 만에 만난 장면에서 나온 말이다.

　　중요한 것은 '워낙 몰리면'에서 온다. 대체 남녀 사랑에서 '워낙 몰
리면'의 상태란 어떤 것일까. 이 물음에서 작가 권여선 씨의 소설적
문법은 단연 낯설다. 심리적 문제와 무관한 데서 왔기에 그러하다. 대
체 심리적 문제란 무엇인가. 워낙 급소인지라 이렇게 한 번 더 묻기로
하자. 사람은 누구나 사랑을 하기 마련이며 성공도 실패도 할 수 있
다. 어느 경우이든 그것이 사랑다운 사랑이라면 응당 '워낙 몰리는'
장면에까지 나아갔음에 틀림없다. 그것은 신체적 조건일 수도 있고
환경 조건이거나 취향의 조건이거나 교육의 조건이거나 심지어 익혀
온 버릇에서 오는 조건일 수도 있다.

　　그런데 이러한 '워낙 몰리는' 조건이 육체도 취향도 교양도 아니고
'금전적 문제'라면 어떠할까. 이수일과 심순애의 멜로드라마를 넘어
서기 위해 문학이 그동안 얼마나 애썼던가. 이 사실에 비추어보면 실
로 어이없는 물음이 아닐 것인가. 작가 권여선 씨가 제기한 조건이 이
것이었다. 금전적 문제, 그것이 '워낙 몰리는' 장면의 조건이라 했을
때 여기에는 중산층의 모럴 감각이 시퍼렇게 살아 꿈틀거리고 있지
않겠는가. 문학이 태곳적에 초극한 것으로 되어 있는, 그래서 소설적
과제에서 아주 빠져버린 이 문제가 작가 권여선 씨에 의해 '워낙 몰리

는' 사랑 소설의 조건으로 새삼 빛나고 있다. 작가 권여선 씨를 백조 떼가 노니는 호수에 등장한 한 마리 까마귀와 흡사하다고 비유하는 것은 이에서 왔다.

이 비유의 의의는 자의식이랄까, 자전적 소설 쓰기의 늪에 빠져 허우적대는 오늘의 소설판에 한 통풍구를 뚫음에서 찾을 수 있다. 당연히도 그것은 작가 권여선 씨 특유의 아포리즘적 문체의 확보에서 온다. 묘사체에서도 서술체에서도 한발 물러선 자리에 서서 작가 권여선 씨는 곳곳에다 아포리즘적 문체를 내세움으로써 주인공의 인중선人中線의 또렷함처럼 작품의 논리성을 구축해놓았다. "넘쳐흐르는 감정의 절실함보다 한 오라기의 자존심을 선택하는 인색한 성격이었다", "고통은 무례를 용서하게 만드는 법이다", "자신이 이 고통을 누구보다 즐기고 있다는 것을. 오래도록 기념하고 싶어 한다는 것을. 고통이 사라진 뒤를 더욱 견딜 수 없어한다는 것을" 등등이 그것이다.

가장 뛰어난 작가의 존재의 깊은 내면 탐색

소재를 마름하는 독창성에서 보면 권여선은 단연 뛰어난 작가이다. 표면적으로 이끌어가는 이야기가 어떤 것이든, 작가는 항시 존재의 저 깊은 내면에 침전되어 있는 고통·외로움·공포를 조준하고, 범상한 일상의 장면을 통해 느닷없이 위선과 자기기만의 가면을 찢고 야만적일 만큼 통렬하게 불편한 진실을 드러낸다.

서영은(소설가)

제32회 이상문학상 심사는 선정 방식에 다소 변화가 있었다. 한 작가가 일 년 동안 발표한 작품을 전부 심사 대상으로 삼아, 작가별(2편~6편) 작품 경향과 작품세계의 변모까지도 주목해볼 수 있었고, 그에 따라 한층 심도 있는 논의가 가능했다.

천운영은 6편 중에서 〈내가 데려가줄게〉, 박민규는 3편 중에서 〈낮잠〉, 정영문도 3편 중에서 〈목신의 어떤 오후〉, 권여선은 2편 중에서 〈사랑을 믿다〉, 그리고 하성란의 〈그 여름의 수사修辭〉. 이 작품들은 작가 개인에게도 의미 있는 성과일 뿐만 아니라 작년 한 해 발표된 단편소설을 전부 아우르더라도 빛나는 수확으로 보인다.

하성란과 박민규는 그동안 탈脫서사, 탈脫이야기를 시도하며 젊은 감수성을 극대화하는 새로운 형상 기법으로 꾸준히 주목을 받아왔다. 전

통적 의미의 사건이 해체된, 서술 중심의 소설은 특정 상황에 놓여 있는 인물 스스로가 독자와 직접 소통하는 효과가 있음에도, 인물의 관점이 보편성을 벗어날 경우에는 설득력이 약한 점이 있었다.

〈그 여름의 수사(修辭)〉는 가장으로부터 돌봄을 받지 못하는 여인뿐인 한 가족의 신산한 삶과 억척스럽게 살다 죽음을 맞이한 할머니의 장례식을 소녀의 눈으로 서술하는 일종의 성장소설이다. 미성숙한, 그러나 원초적 감수성을 지닌 소녀의 눈과, 중년의 나이로 접어든 작품 뒤의 작가의 걸쭉한 호흡이 기묘하게 일치되어, 뜨겁고 진한 생의 정오를 담아내는 입담이 인상적이다.

〈낮잠〉은 역시 작가의 변모가 주목되는 소설이다. 재치 넘치는 짧은 단문으로 도회적 상상력을 그려온 작가가 이제는 서사와 이야기를 작품세계에 모종하려는 시도가 엿보인다. 요양원에서 인생의 마지막 때를 보내고 있는 병약한 노인들을 주인공 삼아, 따뜻하고 애틋한 휴먼스토리를 엮어가는 이야기꾼으로서 그 가능성이 충분히 확인되는 작품이다.

정영문은 우리의 내면에서 아무 맥락 없이, 때로는 맥락이 있다 하더라도 여전히 두서없는 부침(浮沈)을 되풀이하는 토막 난 의식들을 나열 또는 중첩시키는 독특한 문체를 개발했다. 세 편의 작품 중 다른 두 편에서 이 문체는 그야말로 지리멸렬한 상태가 되어 작가가 말하고자 하는 최소한의 메시지조차 모호하게 만들고 있다. 그러나 〈목신의 어떤 오후〉는 그의 독특한 문체만이 가 닿을 수 있는 이 세계의 불가지성을 유감없이 드러내준 수작이다.

소재를 마름하는 독창성에서 보면 권여선은 단연 뛰어난 작가이다. 표면적으로 이끌어가는 이야기가 어떤 것이든, 작가는 항시 존재의 저 깊은 내면에 침전되어 있는 고통·외로움·공포를 조준하고, 범상한 일상의 장면을 통해 느닷없이 위선과 자기기만의 가면을 찢고 야만적일 만큼 통렬하게 불편한 진실을 드러낸다.

그녀의 주인공들에게 일상은 내면의 고통을 간신히 다독이고 사는 위태로운 곡예이다.

〈사랑을 믿다〉는 떠나간 사랑이 남긴 지독한 고통을 보잘것없는 것들에 의지하여 극복해온 과정을, 자신이 그 장본인인지 모르는 상대를 앞에 두고, 생애 처음이자 마지막으로 실토를 하고, 남은 불씨를 재로 덮는 혼자만의 의식儀式을 그리고 있다.

자식이 없는 큰고모 댁을 방문한 날, 점을 보러 온 꾀죄죄한 인간 군상과 뜻하지 않게 함께한 자리에서, 실연의 고통으로 신음해온 자신보다 훨씬 참혹한 현실을 마주하고 있는 낯모르는 사람들의 생의 속내를 들여다봄으로써, 자기 고통의 객관화를 통해 보다 진정한 마음자리를 추스르는 장면은 절묘한 설정으로, 작가가 지닌 비범한 감수성의 한 단면이다.

사랑에 대한 끈질긴 탐구

권여선의 〈사랑을 믿다〉는 사랑에 대한 끈질긴 탐구를 보여주면서 일상의 허구
를 날카롭게 적시한 소설이다. 사물, 인생과 거리를 유지하며 관찰하는 방법도
새로운 것이다. 여느 소설들과는 다른 글쓰기가 돋보이는 한편, 생각의 깊이가
적절히 곁들여져 있다.

윤후명(소설가)

심사 대상이 된 여러 편의 소설에서 우리 문학의 변모를 잘 살필 수
있었다. 무엇보다 이데올로기의 무거운 짐을 이제 확실하게 내려놓았
다는 느낌은 반가운 것이었다. 문학은 어떠한 제약이나 억압의 지침에
봉사해서는 안 된다. 문자를 통해 삶의 자유의 지평을 넓혀가는 것만
이 문학의 진실인 것이다. 하지만 문학은 또한 '우리 것'이라는 한계를
인식하는 작업을 떠나서는 성립할 수 없다는 점도 분명하다. 왜냐하면
우리가 쓰는 것은 한글에 의한 문학이기 때문이다. 여기서 '문자를 통
해'라는 표현은, 옛사람들이 말한 '문자향文字香'의 뜻을 싣고 있음을
밝힌다.

정영문의 〈목신의 어떤 오후〉는 이 작가의 특징이 잘 드러나는 소설
이었다. 언제나처럼 철학적 사유로 어떤 세계를 이룩하려는 집념을 읽

을 때, 그는 독특하다. 그러나 제목에서 이미 나타나는 바, 외국 번역 소설을 대하는 듯해서 녹아들지 못하는 것은 나만의 독법일까. '호수' 나 '까마귀' 등이 우리 풍경과는 따로 떨어져 있기도 하고, 문장도 다 분히 그러했다.

천운영의 〈내가 데려다줄게〉는 능숙한 솜씨로 새로운 변신을 도모한 작품이었다. 초기 작품이 소재를 '바늘'처럼 파고들어가는 국면이었다 면, 이제 전모를 아우르려는 노력이 엿보였다. '뱀 허물'이라든가 '노 래하는 탑'의 감각적 이미지는 아름답고 상큼한 환상을 불러일으켜, 신선했다. 하지만 높고 넓게 본다는 것이 얇게 본다는 뜻은 아닐 것이 다. 활발한 작품 발표를 보였는데, 조금은 더 상승이 필요하지 않을까, 안타까운 마음이 뒤따랐다.

박형서의 〈정류장〉은 새로운 세대의 새로운 글쓰기를 여실히 보여주 고 있었다. 아들을 위해 홀로 정류장을 만든 아버지의 사랑은 일견 지 난 시대의 흔하고 낡은 사랑으로 읽히지만, 아버지의 '유령'을 보는 아 들의 시선에서부터 반전하여 보여준 예리하고 섬뜩한 눈빛에 가슴이 서늘했다. 다만 좀 단순한 서사가 아닌가, 했다.

박민규의 〈낮잠〉은 치매 요양원의 광경 속에 노인 문제를 아프게 다 루고 있었다. 우리 문학의 범위 확대를 위해서도 그렇고, 노인 문제가 심상치 않게 대두되는 시점에서 그만큼 의미도 크게 다가왔다. 범상한 듯 시작하는가 하면 어느덧 근본으로 육박해 들어가 놀라운 세계를 펼 쳐 보이는 작가의 수법은 여전하여, 감동을 자아내기 충분한 작품이었 다. 인생이란 무엇일까, 사랑이란 무엇일까, 돌팔매처럼 던져지는 물 음에 나는 그만 깊은 물속을 자맥질하며 허우적거렸다.

권여선의 〈사랑을 믿다〉는 사랑에 대한 끈질긴 탐구를 보여주면서 일상의 허구를 날카롭게 적시한 소설이었다. 사물, 인생과 거리를 유지하며 관찰하는 방법도 새로운 것이었다. 여느 소설들과는 다른 글쓰기가 돋보이는 한편, 생각의 깊이가 적절히 곁들여져 있었다. 우리 소설이 날로 경박해지는 경향을 불식시키는 면모에도 신뢰가 갔다.

〈낮잠〉과 〈사랑을 믿다〉를 놓고 망설이지 않을 수 없었다. 무엇보다도 이 두 소설은 전혀 다른 작품이어서, 상대적으로 놓고 볼 수 있는 게 아니었다. 소재는 물론이려니와 접근 방식이 판이한 작품을 평가하여 어느 하나를 뽑아야 하는 고충에는 괴로울 뿐이다. 결과적으로 어느 작품이 수상작이 되어도 좋다는 판단이었다. 하지만 글쓰기는 '다른 글쓰기'라는 점을 다시 새겨보며, 고심 끝에 '문자향'이 짙다고 본 〈사랑을 믿다〉를 뽑는 데 동참하였다.

디테일의 생략과 숨기기의 방법을 통해
통속으로부터 건져 올린 새로운 사랑의 서사

〈사랑을 믿다〉는 행동의 디테일을 과감하게 생략함으로써 인물의 감정을 최대한 절제한다. 그리고 두 남녀의 사랑에 대한 깨달음을 들춰내지 않고 '숨기기'에 성공한다. 그리고 이러한 서술 방식을 통해 통속에 빠져들기 쉬운 사랑이라는 주제를 소설적으로 다시 살려낼 수 있게 한다.

권영민(문학평론가, 서울대 교수)

2008년도 제32회 이상문학상 대상 후보작들은 모두 특이한 개성을 자랑하고 있다. 이야기의 소재에서 느낄 수 있는 소설적 경향의 다양성만이 아니라 그 기법의 독자성도 유별나게 두드러진다. 오늘의 소설이 보여주는 상상력의 진폭이 그만큼 넓고 깊다는 점을 말해주는 것이라고 할 수 있다. 최종 심사 과정에서 특히 주목했던 작품으로는 권여선 씨의 〈사랑을 믿다〉, 천운영 씨의 〈내가 데려다줄게〉, 박민규 씨의 〈낮잠〉, 하성란 씨의 〈그 여름의 수사修辭〉 등이다.

〈그 여름의 수사修辭〉는 할머니의 죽음을 알리는 한 장의 전보로부터 이야기를 시작한다. 그리고 어느 사이에 우리 모두가 잊어버린 시절의 장면들을 뒤이어 펼쳐낸다. 이야기 속에서 그려지는 죽음은 인간의 삶의 종말이라는 비극성을 드러내기 위한 것이 아니다. 그것은 오히려 삶의 과정 또는 관습의 한 영역에 해당한다. 그러므로 인간의 죽음에 담겨지는 제의성祭儀性의 의미가 오롯하게 드러난다.

〈낮잠〉은 노년의 이야기이다. 늙어 죽는다는 엄연한 사실을 쓸쓸하지만 매우 아름답게 그려낸다. 이 작가가 즐겨 쓰던 다양한 소설적 장치들을 감추어버리고 묘사에 치중하면서 얻어낸 소득인 셈이다. 물론 요양원이라는 제약된 공간에 어린 시절의 친구들이 모두 들어와 있다는 것이 억지스럽다. 그럼에도 불구하고 이 소설에서 다루고자 하는 참주제가 보기 드물게 어떤 '인생파' 적인 느낌마저 주고 있다.

〈내가 데려다줄게〉는 제자를 성추행한 혐의를 받고 있는 교수를 등장시킨다. 그러나 이러한 현실적 소재와는 달리 서사가 진행되는 공간은 환상적이다. 늪을 둘러싸고 있는 분위기라든지 거기 등장하는 인물들이 모두 현실과는 거리를 두고 있는 느낌을 준다. 이러한 소설적 무드의 틈새에서 인간의 욕망이 그 가면을 벗어던진다.

〈사랑을 믿다〉는 특이한 서사의 기법을 보여준다. 어느 경우이든 소설의 이야기에서 중심을 이루는 것이 인물의 행동이다. 그러나 이 작품에는 인물의 행동의 구체성이 제거된 채 일종의 '포즈' 만 그려진다. 그러므로 여기서 말하고 있는 사랑이라는 것도 일종의 구체적인 연애사를 말하는 것이 아니라 하나의 포즈에 해당한다.

이 작품의 텍스트 표층에는 두 남녀의 만남이 서사의 중심을 차지한다. 두 사람은 서로 다른 연애의 실패를 겪고 나서 서로 다시 만난다. 그리고 비로소 자신들이 서로 모른 채 지나쳐버린 사랑의 감정이 둘 사이에 남아 있다는 사실을 어렴풋이 알아차린다. 이 평범한 이야기를 '사랑의 문법' 이라는 하나의 서사 원리로 끌어올리는 데에 작가 특유의 소설적 기법이 동원된다. 그것은 바로 이야기의 중첩이다. 겉 이야기에서 '나'는 예전에 친구였던 그녀를 다시 만난다. "콧날 끝에서 윗입술에 이르는 단정한 인중선을 지녔다"는 묘사를 통해 그녀의 모습이 강렬하게 인상 지어져 있음을 보여준다. '나'는 그녀의 단골 술집이라는 곳에서 그녀와 만나 각각 실패한 사랑을 흘려보낸다. 이러한 겉 이야기에 덧붙여진 것이 바로 그녀가 들려주는 고모의 죽음에 얽힌 짤막한 이야기 한 토막이다. 실연의 아픔을 지니고 있는 두 남녀의 사랑에 대한 감정과 그 기복이 여기에 교묘하게 감추어져 있다.

이 작품은 행동의 디테일을 과감하게 생략함으로써 인물의 감정을 최대한 절제한다. 그리고 두 남녀의 사랑에 대한 깨달음을 들춰내지 않고 '숨기기'에 성공한다. 그리고 이러한 서술 방식을 통해 통속에 빠져들기 쉬운 사랑이라는 주제를 소설적으로 다시 살려낼 수 있게 한다.

대상 수상작의 최종 결정 단계에서 박민규 씨의 〈낮잠〉과 권여선 씨의 〈사랑을 믿다〉를 놓고 나는 후자에 더 많은 점수를 주었다. 〈낮잠〉에서 발견되는 이 작가의 소설법의 변화를 어떻게 평가해야 할 것인지 판단하기 어렵다. 〈사랑을 믿다〉는 디테일이 생략된 서사 공간에 독자들을 끌어들이는 기법이 특이하다. 이것이 하나의 소설적 미학을 성취하고 있다는 것은 평가받을 만하다.

권여선 씨의 대상 수상을 축하한다. 우수상의 반열에 오른 여러 작가들에게도 함께 박수를 보낸다.

드러내지 않은 것에서 진실을 보게 하다

권여선의 소설은 그리 명확하지도 친절하지도 거창하지도 않으며 오히려 의
도를 드러내지 않고 감춘다. 그러나 드러내지 않은 것에서 우리는 결국 진실
을 보게 되며 그런 것들은 오래 아름답다. 감춤의 미학이란 게 이런 걸까.

권지예(소설가)

새해 벽두에 수상작을 고르기 위해 30여 편의 소설을 읽는 일은 즐겁
고도 설레었다. 그러면서도 이상문학상의 전통과 권위에 손색없는 작
품을 뽑아야 한다는 책임감에 긴장을 늦추지 못했다. 동료나 선후배
작가들의 개성 넘치는 작품들을 집중적으로 보면서 일 년간 풍성한 수
확을 거두어 차린 잔칫상을 보듯 뿌듯하였다. 그동안 문단의 지형 변
화와 작가들의 작품 경향의 변화를 맛보는 것도 각별했다.

그중에서 박민규의 변신이 주목되었다. 박민규의 〈낮잠〉은 그의 주
요 작품 경향과는 달리 첫사랑이었던 치매 노인을 요양원에서 우연히
만나 사랑하게 되는 노인의 이야기다. 이런 주제도 이렇게 능수능란하
게 아름답게 다룰 수 있는 그의 작가적 역량에 감탄했다.

그러나 뭐니 뭐니 해도 권여선의 〈사랑을 믿다〉라는 작품을 만난 것
은 의외의 큰 기쁨이었다. 의외라는 표현을 용서하길. 그것은 작품을

읽는 순간보다도 오히려 읽고 난 후에 깊고 오묘한 여운이 아주 길게 느껴졌기 때문이다. 한마디로 참 묘했다. 심상하게 시작되는 이야기 자체는 보잘것없는 것처럼 느껴지는데, 그 보잘것없음이 남녀의 사랑과 이별에 어떻게 작용하는지를 드러내지 않고 보여준다.

우리가 알고 있는 진실이란 무엇일까. 우리가 믿고 있는 사랑은 무엇인가. 소설을 읽고 난 후, 나는 계속 그 생각에 사로잡혀버렸다. 동시에 소설 속에 등장하는 낡은 삼층 건물의 어둑한 실내가 계속 떠올랐다. 마치 한 편의 실내극을 보듯 그 안에 있던 낯선 여인들과 요령부득의 대화에 낀 이별의 아픔을 겪고 있는 막막한 처녀의 모습이 점점 선명하게 떠올랐다. 분명 그녀 안에서 청춘의 만종이 울리고 이별의 완성이 이루어졌을 그 순간을, 소설을 덮고 난 이후 반추하게 되고 사로잡히게 하는 이 힘은 도대체 무엇일까. 약효는 늦게 나타나지만 지속 기간이 긴 진통제처럼 오히려 점점 위로가 되는 소설이었다.

작가라는 사람들은 어쩌면 표현의 욕구에 강박증을 가진 사람이다. 무언가 화려하게 명확하게 단칼에 확실하게 표현하고 싶은 것이 작가의 욕구고 그런 소설이 좋은 소설이라고 배워왔다. 그러나 권여선의 소설은 그리 명확하지도 친절하지도 거창하지도 않으며 오히려 의도를 드러내지 않고 감춘다. 그러나 드러내지 않은 것에서 우리는 결국 진실을 보게 되며 그런 것들은 오래 아름답다. 감춤의 미학이란 게 이런 걸까.

마치 멀리서 안개 낀 성의 실루엣을 바라보다가 가시거리를 좁히면서 성의 부분 부분을 탐색해가는 느낌, 또는 물속 깊이 고운 앙금 속에 가라앉은 무언가가 살짝 흔들려서 흐릿하게 보이다 점점 선명해지는 느낌 같은 것이었다. 그것들이 어우러지는 여운을 아련하게 느끼게 하는 작가의 문법이 독보적이었다. 독자들의 상상력을 억압하지 않는 새로운 작가의 탄생에 나는 놀라움과 찬탄을 보낸다.

〈사랑을 믿다〉는 어긋난 사랑에 대한 이야기이며 또한 동시에 이별에 대한 이야기이기도 하다. 독자들이 이 새로운 느낌의 작품에 묘미를 느끼기를 바라며 이 작품이 수상작이 되는 데 아낌없이 박수를 보낸다. 부단히 새로운 작가 혼을 보여주길 바라며, 우리 문학사에 새 이름을 새기게 될 권여선 씨께 다시 한 번 축하를 드린다.

| 수상 소감 · 문학적 자서전 |

대상 수상 작가 권여선의
수상 소감과 문학적 자서전

수상 소감 _ 코스모스 꽃밭처럼 아름답게 흔들리고 싶다

그래, 나 잘 쓴다 생각하는 순간 피식 거품이 꺼지고 무언가 바싹 옴츠라드는 소리가 들립니다.
틈만 나면 잘난 체하기 좋아하는 제가 글 앞에서는 흡사 벌레와 같다고 느낍니다.
그깟 꼬물꼬물한 벌레가 잘났으면 얼마나 잘났고, 채찍질을 한들 얼마나 더 빨리 길 수 있겠습니까.

문학적 자서전 _ 용서를 비는 글

나는 이제 더 이상 괴성을 지르지 않고 겉멋도 부리지 않고 그릇도 깨지 않는다, 고 쓰고 싶다.
농담을 하고 나물을 무치고 윙크도 하면서 찬찬히 늙고 있다, 고 쓰고 싶다.
아니, 아니다. 모든 게 여전하다. 나는 다만 글을 쓸 뿐이다.
여전히 억울하다. 억울해서 울지만 그래도 나는 글을 쓴다.
이보다 더 끔찍한 축복이 어디 있는가. 나는 글을 쓴다.

코스모스 꽃밭처럼 아름답게 흔들리고 싶다

그래, 나 잘 쓴다 생각하는 순간 피식 거품이 꺼지고 무언가 바싹 옴츠라드는 소리가 들립니다. 틈만 나면 잘난 체하기 좋아하는 제가 글 앞에서는 흡사 벌레와 같다고 느낍니다. 그깟 꼬물꼬물한 벌레가 잘났으면 얼마나 잘났고, 채찍질을 한들 얼마나 더 빨리 길 수 있겠습니까.

흔들리지 않는 것은 갈대에게나 저에게나 불가능합니다. 쓰러지지 않기 위해서, 환상을 버리기 위해서, 바람을 타기 위해서, 더 큰 환상을 품기 위해서, 언제나 흔들리고 또 흔들렸습니다.

재주 없이 생각만 앞서는 통에 어느 길로 갔어도 헤매는 시간이 많았을 겁니다. 그러나 글 쓰는 일은 제게 참으로 녹록지 않은 세월과 수업료를 지불하게 했습니다. 이렇게 완료형으로 얘기하니 마치 글쓰기를 졸업이라도 한 듯한 태도 아닙니까. 역시 또 흔들리고 있습니다. 세상에 섞이기 위해서, 질투를 덜 하기 위해서, 밟히지 않기 위해서, 끝내 뿌리를 내리기 위해서, 목마르게 흔들리고 있습니다.

다른 방식으로 얘기해야겠습니다. 상이 독이 되기도 한다는 뭐 그런.

이 상을 저의 부족함에 대한 경고로 알겠다느니, 더 정진하라는 채찍으로 받아들이겠다느니 말로야 번지르르 주워섬길 수 있지만 저 같은 얼치기에게 결국 상이란 너 잘났다는 인정의 표징인 것입니다. 문학상이면 한마디로 너 잘 쓴다는 뜻인 겁니다.

그런데 이상한 일이지요. 그래, 나 잘 쓴다 생각하는 순간 피식 거품이 꺼지고 무언가 바싹 옴츠라드는 소리가 들립니다. 틈만 나면 잘난체하기 좋아하는 제가 글 앞에서는 흡사 벌레와 같다고 느낍니다. 그깟 꼬물꼬물한 벌레가 잘났으면 얼마나 잘났고, 채찍질을 한들 얼마나 더 빨리 길 수 있겠습니까.

다시 흔들림으로 돌아가렵니다.

수상 소식을 듣고 책장에 꽂힌 역대 이상문학상 작품집들을 보았습니다. 그들도 흔들렸겠구나, 흔들림도 저리 가지런하니 코스모스 꽃밭처럼 아름답구나 생각했습니다. 한때 저의 문학적 우주였던 그 곁에서 저 역시 조용히 흔들리고 싶습니다.

눈이 많이 왔습니다.

마흔넷, 헝가리 춤곡 같은 나이에 이 무슨 해맑은 전율입니까.

작년부터 자꾸 아프기 시작하시는 어머니, 늘 곁에서 도와주고 챙겨주는 큰언니와 작은언니, 졸작에 모험을 거신 심사위원 선생님들, 만학의 제자에게 따스하고 예리한 가르침을 주신 최원식 선생님, 살아계셨다면 누구보다 기뻐하셨을 아버지, 살아 있었다면 저보다 더 좋은 글을 썼을 혜정이, 때로는 혹독하고 때로는 다감한 독자로 저를 종종

혼란에 빠뜨리는 J, 그리고 저에게 벌레의 겸손을 가르쳐준 모든 선후
배 문학인들께 이 전율을 바칩니다.

2008년 1월 11일 아침

권여선

용서를 비는 글

나는 이제 더 이상 괴성을 지르지 않고 겉멋도 부리지 않고 그릇도 깨지 않는
다, 고 쓰고 싶다. 농담을 하고 나물을 무치고 윙크도 하면서 찬찬히 늙고 있다,
고 쓰고 싶다. 아니, 아니다. 모든 게 여전하다. 나는 다만 글을 쓸 뿐이다. 여전
히 억울하다. 억울해서 울지만 그래도 나는 글을 쓴다. 이보다 더 끔찍한 축복
이 어디 있는가. 나는 글을 쓴다.

'피 묻은 빤쓰짝'과 어머니

　나는 언젠가부터 잘 울었다. 울면서 늘 억울하다고 느꼈다. 억울함
이란 무엇인가. 상대에게 나를 표현할 수 없다는 무능, 내가 이해받지
못하리라는 체념. 결국 언어와 소통의 문제다. 억울해하다 보면 비굴
해졌다. 내 머리는 눈물을 혐오했지만 내 눈은 늘 울고 있었고 주먹은
가슴을 치고 있었다.

　어머니는 내가 언니들 어깨너머로 한글을 깨쳤다고 이웃들에게 자
랑하곤 했다. 글만 그런 것이 아니었다. 말도 그렇게 깨쳤다. 막내들
은 모방의 귀재들 아닌가.

　젊고 예절 바른 어머니는 밥을 먹기 전에 딸들에게 감사 인사를 하

도록 가르쳤다. 내가 아직 말을 제대로 못하고 낯도 심하게 가릴 때의 일이다. 어느 날 낯선 장신의 남자가 우리 집에 나타났다. 나는 숨이 넘어가게 울었고 그 남자는 무척이나 슬픈 표정을 지었다. '아버지' 라는 단어는 그렇게 왔다.

밥상이 차려졌고 온 식구가 일 년 만에 둘러앉았다. 어머니의 중재로 아버지와 조심스레 낯을 익힌 나는 어느새 그의 무릎 위에 앉아 있었다. 언니들이 숟가락을 들기 전에 입을 벌려 외쳤다.

"감사히 먹겠습니다!"

아버지의 눈에 이 광경이 얼마나 기특하고 아름답게 보였을 것인가. 나도 뭔가를 해야 했다. 어머니는 내가 그때 '쩨에에' 인지 '께에에' 인지 모를 괴성을 내질렀다고 했다. 아버지에게 건네는 나의 첫인사였다. 한 달 뒤 아버지는 바다로 떠났다. 아버지는 소위 탱카라고 하는 유조선을 탔다. 집에 있는 내내 나를 무릎에서 내려놓지 않았던 아버지가 홀연 떠나버린 후 내가 무엇을 느끼고 어떻게 변했는지는 모르겠다. 다만 더 이상 '쩨에에' 도 '께에에' 도 하지 않았다.

억울함이란 뭘까. 상대가 나를 단죄하려 한다는 피해의식, 그러나 그 단죄의 이유를 알 수 없다는 아득함. 상대를 읽을 수 없으니 이를테면 난독증과 비슷한 감정이다. 난독증은 내 평생 지병이다.

엄격하고 단정한 어머니는 딸들에게 엄마라는 호칭을 허락하지 않았다. 어머니는 어머니로 불리고자 했다. 중학교 때 친구들과 놀다가 늦을 것 같다는 전화를 어머니에게 걸었을 때 나는 비로소 알았다. '어머니' 라는 호칭이 계모를 떠올리게 한다는 사실을.

어머니는 딸들이 사춘기에 접어들자 자기 빨래를 스스로 빨아 입는 훌륭한 버릇을 길러주기 위해 살짝 수치심을 자극하는 방법을 썼다. 즉 '피 묻은 빤쓰짝'을 내놓는 것은 매우 온당치 못하다는 사실을 딸들에게 누누이 일렀던 것이다. 교복 칼라나 실내화, 스타킹, 속옷 따위는 각자가 빨아야 했다.

어느 날인가 어머니가 어떤 심부름을 시키기 위해 내 이름을 오래 불렀나 보았다. 나는 늦게야 그 소리를 알아듣고 어머니에게로 뛰어갔다. 어머니는 이웃 아주머니들과 함께 있었다. 어머니는 이웃들 앞에서 내가 어디서 무엇을 하느라 그토록 오래 불러대는데도 오지 않았느냐고 문책했다. 어머니뿐 아니라 이웃들까지 내가 어머니의 부름을 듣고도 일부러 오지 않았다고 생각하는 듯했다. 그건 사실이 아니었다. 물소리 때문에 듣지 못했다. 나는 누명을 벗기 위해 다급한 말투로 외쳤다.

"목욕탕에서 피 묻은 빤쓰짝 좀 빠느라고요, 어머니!"

그러지 말았어야 했다. 어머니의 방법을 어머니에게 되돌려주어선 안 되었다. 내가 적어도 어머니의 친딸이라면 말이다.

반듯하진 못해도 똑똑하면 되지 않을까

억울함은 무엇인가. 상대가 원하는 것을 내가 주지 못하리라는 불안감, 결국 상대의 마음을 얻기는 영 틀렸다는 절망감. 툭하면 울기나 해서는 결코 나는 아버지와 어머니의 제대로 된 막내딸 노릇을 해낼 수 없었다. 그러나 적합하지 않은 역할을 맡은 배우처럼 그 역을 잘 해내지 못할 것이 불 보듯 뻔한데도 무대에서 내려올 수는 없었다.

내가 소녀적 취향에 깊은 애증을 품게 된 것은 아마도 그래서였을 것이다. 중학교 시절 나는 M이라는 예쁜 친구를 좋아했고 우정을 갈구하는 열렬한 편지를 보냈다. 그녀 또한 내게 제법 살뜰한 답장을 보내왔다. 나는 그녀와 이 년 이상 편지를 주고받았는데, 그 내용은 순수히 뜬구름 잡는 얘기들뿐이었다. 마치 하루 스물네 시간을 오직 그녀만을 생각하고 그리워한다는 식의 문장들로 가득 찬 편지를 보내는 동시에 나는 학교에서 그녀를 만나면 껄렁한 태도를 취하며 아는 척도 하지 않았다. M은 곧바로 원망의 편지를 보내왔고 나는 그녀를 달래기 위해 온갖 소설책을 뒤져 미사여구를 훔쳐내곤 했다. 막내들이란 모방을 넘어 도용의 귀재 아닌가.

죽도 밥도 아니었다. 아버지와 어머니가 원한 것은 반듯하고 똑똑한 아들 같은 딸이었는데, 나는 결국 삐딱하고 성마른 소년 같은 소녀가 되어 있었다. 그나마 다행스러운 것은 시도 때도 없이 질질 짜는 일을 그만두었다는 것. 세상천지에 억울할 것도 안타까울 것도 없다는 식의 건들거림을 콧김처럼 식식 내뿜고 다녔다는 것. 담임에게 대들어 뺨을 맞고 수학 선생의 새 구두에 물을 부어 또 뺨을 맞았다. 그때마다 M은 내게 슬픔과 탄식과 위로의 편지를 보냈는데, 내가 뺨을 맞으며 노린 것은 아마 그런 달콤함이 아니었을까.

내가 살아온 중에 가장 이해할 수 없는 시절이 있다면 고등학교 때일 것이다. 고등학교 때 나는 처음 시를 썼고 기타를 배웠다. 두 갈래로 얌전히 땋아야 할 머리에 집시파마란 걸 하고 노는 친구들과 어울려 춤을 추러 다녔다. 맥주를 마셨고 담배를 피웠다. 이상한 종류의 겉멋이 나를 사로잡았던 시절이었다. 지금 돌이켜보면 내가 그 일탈을 즐겼던 것 같지는 않다. 금지된 향락의 장소에 있다는 사실 자체를, 나는 어쩌면 견뎠던 것이리라. 그래서 늘 나른하고 피곤했다.

그 당시 강남의 여고에선 교련 선생이 파마 머리를 색출하기 위해 스프레이로 학생들의 땋은 머리 꼬랑지에 물을 뿌리고 돌아다니는 진풍경이 벌어졌다. 나는 교련 선생에게 붙잡혀 머리를 잘렸다. 나는 문예반에서는 '얼음 깨기' 같은 해괴한 제목의 시를 썼고 교련실에서는 날린 앞머리를 얌전히 기르고 파마를 즉시 풀겠다는 반성문을 썼다. 내 반성문은 교련 선생을 어느 정도 만족시켰다. 내가 쓴 반성문은 나만의 반성문이 아니었다. "자식의 우행을 바로잡지 못해"로 시작하는 어머니의 반성문도 내가 대신 썼다. 죄송한 마음은 들지 않았다. 나는 어머니가 바라는 것 중 제일 중요한 한 가지만 해드리면 된다고 생각했다. 품행은 표로 나오지 않았지만 성적은 표로 나왔다. 반듯하지는 못해도 똑똑하면 괜찮지 않을까 생각했다. 교련 선생과 달리 어머니는 결코 내 성적표에 만족하지 않았다. 더 높은 잣대를 제시하지 않으면 내가 자칫 해이해질지 모른다는 우려에서였다. 내 성적이 좋아질수록 행실은 더욱 엉망이 된다는 걸 어머니는 몰랐다. 내가 대학에 입학하기 전까지.

글로써 구하는 용서

대학에 들어가서 새롭게 해볼 것은 연애 정도밖에 없으리라고, 나의 조로한 정신은 생각했다. 80년대 대학가를 도통 모르고 내린 미숙한 판단이었다. 그토록 파괴적인 충동으로 충만했던 시절을 나는 아직도 어떻게 기억해야 할지 모르겠다.

대학 2학년이던 어느 날 아침 어머니가 내 방에 들어와 나를 깨웠다. 어머니의 손에는 가위가 들려 있었다.

"나는 네가 미친 것 같다. 이렇게라도 해야 너를 집에 가둬둘 수 있겠다."

나는 어머니에게 붙잡혀 머리를 잘렸다. 어머니는 딸 셋의 머리를 오륙 년 넘게 일자 단발로 잘라온 수준급 실력이었는데, 그날만은 빼어난 솜씨를 감추고 쥐가 파먹은 모양으로 내 머리를 썩둑썩둑 잘라놓았다. 어머니가 잘린 머리카락을 버리러 간 동안 나는 가출했다.

언제부터 내가 다시 울게 되었던가. 언제부터 내가 다시 억울하다는 느낌에 가슴을 치고 그릇을 깨고 몸을 함부로 굴리게 되었던가.

어느 새벽, 나는 낯선 거리에서 도망치고 있었다. 바로 코앞에 무엇인가 쏜살같이 스쳐갔고 발등 위로 육중한 것이 지나갔다. 급정거한 트럭 차창에서 튀어나온 운전사의 얼굴 위로 두려움과 분노와 혐오가 순차적으로 지나갔다. 그의 말도 표정에 상응했다.

"괜찮아요? 아이, 씨발! 미친년 아냐?"

트럭은 가버렸고 나는 차도 한가운데 서 있었다. 그때 나는 내가 그 자리에서 죽었어야 한다고 생각했다. 간발의 차이로 죽지 못한 게 억울해 가슴을 탕탕 쳤지만 나는 여전히 나 자신밖에 모르는 어린애였다. 내 죄와 상처, 내 설움밖에 몰랐고, 내 죽음밖에 생각하지 않았다. 타인의 죽음을 배우는 건 지난한 일이었다.

첫 책 《푸르른 틈새》를 낼 때 글은 내게 푸르른 창이었다. 그 틈새로 빛이 쏟아져 들어와 짓무른 내 눈가를 말려줄. 그러나 그 창은 너무 좁았다. 두 번째 책 《처녀치마》를 낼 때 글은 내게 자그마한 동굴이었다. 자궁처럼 아늑하지만 너무 오래 그 어둠에 익숙해져서는 안 되는. 그 동굴을 빠져나와 세 번째 책《분홍 리본의 시절》을 낼 때 글은 내게 울음이었다. 희미하지만 그들이 보였다. 내 눈을 빌려 울고 내 주먹을 빌려 가슴을 치는. 그러니 나는 다시 울어도 괜찮지 않을까. 글을 쓰니까 용서받을 수 있지 않을까.

나는 이제 더 이상 괴성을 지르지 않고 겉멋도 부리지 않고 그릇도 깨지 않는다, 고 쓰고 싶다. 농담을 하고 나물을 무치고 윙크도 하면서 찬찬히 늙고 있다, 고 쓰고 싶다. 아니, 아니다. 모든 게 여전하다. 나는 다만 글을 쓸 뿐이다. 여전히 억울하다. 억울해서 울지만 그래도 나는 글을 쓴다. 이보다 더 끔찍한 축복이 어디 있는가. 나는 글을 쓴다. 가끔 발광을 한들 어떤가. 나는 글을 쓴다. 나는 잊지 않는다. 나는 글을 쓴다. 그러니 부디…… 용서하라.

|작품론 · 작가론|

권여선의 작품세계와
작가 권여선을 말한다

〈사랑을 믿다〉와 권여선의 작품세계 _ 사랑의 교환경제와 체념의 윤리

〈사랑을 믿다〉는 사랑을 믿지 않게 된 사연을 그린 것이 아니라,
사랑의 보잘것없음을 긍정하면서 어떻게 사랑을 믿게 되었는가를 이야기한다.
이 소설의 성취는 이 사랑에 대한 담론이 거기에서 그치지 않고
초라한 삶의 진실을 응시하고 스스로 그 무게를 떠안는 삶에 대한
윤리적 담론으로 확장되고 있다는 데 있다.

—김영찬(문학평론가)

작가 권여선을 말한다 _ 관계의 탐사자

작가는 섣부른 동정과 연민을 거칠게 사양하며, 대신 인물을 향한 메스를 작가 자신을
포함한 우리 모두의 가식과 허위를 향한 메스로 바꾸어놓기를 주저하지 않는다.
권여선은 희미한 회중전등 빛에 의지해 관계라는 인간 동굴,
그 끝까지 내려가기를 자처한 우리 시대의 진정한 탐사자다.

—차미령(문학평론가)

사랑의 교환경제와 체념의 윤리

〈사랑을 믿다〉는 사랑을 믿지 않게 된 사연을 그린 것이 아니라, 사랑의 보잘것 없음을 긍정하면서 어떻게 사랑을 믿게 되었는가를 이야기한다. 이 소설의 성취는 이 사랑에 대한 담론이 거기에서 그치지 않고 초라한 삶의 진실을 응시하고 스스로 그 무게를 떠안는 삶에 대한 윤리적 담론으로 확장되고 있다는 데 있다.

김영찬(문학평론가)

먹고 마시고, 역설적 긍정의 유머

권여선의 소설에는 유난히 먹고 마시는 장면이 많이 나온다. 그들은 잊을 만하면 뭔가를 요리하거나, 눈앞의 요리를 품평하고 먹으면서 감탄하거나, 술잔을 홀짝이며 잡담을 나누고 있다. 가령 작품집 《분홍 리본의 시절》(2007, 창비)에서, 인물들은 갖가지 음식이나 반찬 등속은 물론이고 그것을 요리하거나 입에 넣는 하찮고 소소한 절차에 집요하리만큼 세심한 주의와 관심을 쏟아 붓는다. 그것도 모자라 때로 그들은 거기에 별 있을 것 같지도 않은 대단한 의미를 부여하기도 한다. 술안주로 뽈찜 요리를 시켜놓고 서비스안주 품목에 집착하며 낮술을 즐기는 〈위험한 산책〉의 입맛 까다로운 인물들이나, 숙달이 경지에 달해 믿기 힘들 만큼 빠르게 조기의 잔가시를 발라내는 자신의 솜씨에 벅찬 긍지를 느끼며 "조기 대가리 아랫부분에 박힌 비린 살점의 맛"에 감격하는 〈분홍 리본의 시절〉의 '나'가 대표적으로 그러하다. 먹을거리와 그것을 입에 넣는 절차에 대한 시시하고도 집요한 애착과 집착이 전시되는 그런 장면의 디테일들이 권여선의 소설에는 수다하다. 작가가 짐짓 무심하게 흩어놓은 듯한 그런 디테일들은 언뜻 소설의 주제선과 무관한 별 의미 없는 곁가지처럼 보일지 모르지만, 사실은 그렇지 않다. 권여선의 소설마다 곳곳이 빠지지 않고 등장하는바 저 먹고 마시는 사소한 행위에 집중하는 탐닉의 디테일은 실은 소설의 핵심과 맞닿아 있다.

진실을 말하자면 이렇다. 어느 면 다소 의외라 여길지도 모르지만, 그 디테일의 효과는 우선 독자를 인물과의 동일시로 슬그머니 이끌어가는 것이다. 그것을 매개하는 것은 이를테면 자의든 타의든 상투적 삶에 얽매여 살아가는 우리 모두를 보이지 않게 이어주는 공감의 유대다. 마치 의식儀式을 치르듯 먹고 마시는 대상과 그와 관련된 사소하고 하찮은 행위나 절차에 많은 애정과 시간을 소비하는 권여선 소설의 인물들은, 그와 방불한 자질구레한 자기만의 일상세사에 괜스레 집착하고 신경을 소비하면서 그것이 삶의 상투성으로부터 자신을 방어해주리라 생각하고 싶어 하는 우리들의 비루한 삶의 모습을 나름의 방식으로 여실히 재현하고 있다. 그럼으로써 예의 디테일의 나열은, 어떤 모습으로든 누구나 가지고 있지만 너무도 사소하고 때로는 치졸하기까지 해서 의식화하거나 언어로 발설할 생각을 못했던 독자들의 의지적·무의지적 생활습관과 감각경험을 자극해 (실은 그다지 친밀해지고 싶지 않은) 인물들에 대한 은밀한 공감과 친밀감을 유도한다. 그러다 보면 어느 순간 독자들은, 권여선 소설의 인물들이 대부분 그러하듯 낯설고 이질적이어서 그래서 공감하기 쉽지 않은 저 종자들의 비루하고 상투적인 삶이 따지고 보면 나의 것과 그리 다르지 않을뿐더러 차라리 저들의 일면이 바로 나의 모습이리라는 반성적 자각에 이르게 되는 것이다. 그리고 거기에는 가령 "내가 내 뒤통수를 내리찍는 이런 상쾌함"(《분홍 리본의 시절》, 73쪽) 같은 것이 필히 동반되어야 하는 것이겠다. 그것은 물론 그리 친절하지 않은 권여선 소설의 주제선과 감정선을 차근히 놓치지 않고 따라갈 때 이를 수 있는 길이기도 하다. 권여선 소설의 주제의식은 보통의 소설이 통상 그런 것처럼 어떤 명시적인 메시지를 통해 드러나기보다, 독자들이 밟아가는 이러한 행로에 작가 자신을 예외 없이 똑같이 얹어놓는 철저한 반성적 태도 속에서 구체화되는 것이라 보는 것이 옳다.

그렇게 시도 때도 없이 먹고 마시는 일의 디테일에 알게 모르게 탐닉하는 인물들이 보여주는 것은, 삶이 보잘것없고 치졸함을 알고 있음에도 불구하고 그 보잘것없음과 치졸함 자체를 어차피 거부할 수 없는 자신의 일면이자 운명으로 받아들일 수밖에 없는 자의 우울과 체념, 자기방어와 유머가 뒤엉켜 있는 독특한 자기위안법이다. 그 모든 것을 경유해, 권여선의 소설은 인간 존재의 보잘것없는 비루함과 삶의 상투성을 헤집어놓으면서 그 속에 웅크린 우리 삶의 불쾌한 운명적 진실을 응시한다. 그리고 그것은 그 우울하고 불편한 진실의 풍경 속에 가담하고 있는 '나'에 대한 집요한 해부이기도 하다. 작품집 《분홍 리본의 시절》에 묶인 저간의 소설들에서 우리가 이미 보았듯, 권여선 소설의 득의는 그 불편한 응시와 해부가 단순한 폭로와 해체에서 그치는 것이 아니라 저토록 치졸하고 비루하며 상투적인 우리 삶의 운명에 대한 역설적인 긍정으로 이어진다는 데 있다. 권여선 소설의 곳곳에서 의외의 유머가 적절한 순간 독특한 느낌으로 빛을 발하는 것 또한 따지고 보면 비루하고 때로는 수치스럽기까지 한 삶의 운명적인 하찮음을 회피하지 않고 저 자신의 중핵으로 끌어안고 어루만지는 그런 역설적 긍정의 태도에서 비롯되는 것이다. 그리고……, 권여선의 소설 〈사랑을 믿다〉에 대한 이야기는 이렇게 시작된다.

음주판의 임상진료

〈사랑을 믿다〉를 읽은 독자라면, 형태는 조금 다를지 몰라도 그 또한 권여선 소설의 이런 대략의 경향과 맥락에 닿아 있는 작품임을 이쯤이면 어렵지 않게 눈치 챘을 것이다. 우선 언뜻 보이는 단순한 외형부터가 인상적으로 그렇다. 화자는 소설 초두부터 단골 술집을 찾아가고, 먹음직스런 나물과 김치를 안주로 혼자 맛있게 소주 반병을 비우면서 이야기를 꺼내놓고 있는 데다가, 그 이야기란 것도 여자와 맛있는 안주를 놓고 감탄하며 술 마셨던 사연이 골조가 되고 있으니 말이다. 우리가 권여선의 소설에서 흔히 보았던 것처럼 안주를 주문하는 절차라든가 안주의 요리 방식, 그리고 속칭 '쏘맥'을 제조하는 방식 같은 잡스럽고 소소한 디테일을 소홀히 건너뛰지 않는 서술도 그렇다. 하지만 이 소설에는 그런 외형적 골조만으로 환원되지 않는 독특하고 흥미로운 설정이 있다. 그럼으로써 이 작품은 이전 소설들의 특징과 맥을 공유하면서도, 그와는 또 다른 심리적 풍경을 열어 보여준다.

그와 관련해 우선 형식의 차원에서 눈에 띄는 것은, 시간을 격해 세 개의 음주판이 겹쳐지며 소설 전체가 액자형식의 구조를 이루고 있다는 점이다. 즉 실연한 서른다섯 살의 남성 화자인 '나'가 현재 시점에서 혼자 술을 마시며 전달하는 내레이션이 소설의 바깥 이야기外話를 이루고, 삼 년 전의 '나'가 만난 '그녀'가 술집에서 들려주는 실연의 후일담이 그 안쪽에 삽입되며內話, 그 일 년 전 '그녀'가 실연한 친구를 위로해주는 술자리 이야기가 다시 그 안에 또 삽입되어 있다. 그러니 이 소설은 이를테면 (약간의 유머가 허용된다면) 한국 문학사상 최초의, 세 겹의 '음주 액자형식'으로 전달되는 세 겹의 실연담인 셈이다. 그렇다면 문제는, 이런 형식의 효과일 것이다.

그 효과를 직접 묻기 전에, 여기서 잠시 앞으로 되돌아가 권여선의 소설에는 이런 식의 술자리가 빠지지 않고 등장한다는 점부터 다시 한 번 떠올려보는 것이 새삼 유익하겠다. 그리고 심지어 〈위험한 산책〉의 경우에는 소설의 앞뒤 균형을 잡아주고 맥락을 이어주는 몸통의 역할까지도 하고 있다는 것도 기억해둘 만하다. 그것이 갖는 대강의 의미에 대해서는 먹고 마시는 행위의 디테일과 관련해 앞에서 이미 어느 정도 암시했다. 거기에 다시 덧붙여야 하는 것은, 〈분홍 리본의 시절〉과 〈위험한 산책〉 등에서 특히 그러하듯 권여선 소설 속의 그 술자리(혹은 술 마신 뒤끝)가 간혹 흥미롭게도 인물들의 트라우마와 심리 상태를 노출하거나 그로 인한 증상을 발화하는 임상진단의 현장이 되고 있다는 사실이다(이는 마치 홍상수 영화의 즉물적인 음주 장면이 대개 그런 것과 방불하다). 〈사랑을 믿다〉의 음주와 술자리 대화 장면이 바로 그렇다. 마침 소설의 서두에서 '나'도 그것을 증명이라도 하듯 단골 술집에서 술을 매개로 자기 삶과 '그녀'와의 관계를 회고적으로 재구성하며 고통스런 자기 분석에 돌입하고 있는 참이다.

빈대떡에 막걸리, 찌개에 소주, 몇 가지 나물들과 김치를 늘어놓고
혼자 술을 마시면서 하는 생각이란, 맞아 그때 그런 얘길 했었지라든
가 왜 그랬을까 그녀는, 하는 식의 소소한 과거사이다. 이 집에 발을
들여놓는 순간 나는 미래에 대한 불안이라든가 당장 해결해야 할 시
급한 문제로부터 자유로워진다. 이곳은 내게 오로지 기억, 기억, 그렇
게 속삭이는 장소가 되었다. 천천히 술을 마시다 보면 홀연, 낫 놓고
기억 자를 모르듯, 기억 속의 내가 뭣도 모르고 살아온 모양이 환등처
럼 떠오른다. 현실의 시간은 밤이지만 이곳에서 나는 기억의 한낮을
산다. 요즘 내가 그 기억의 땡볕 아래서 기다리는 인물은, 숨겨둔 단
골 술집처럼 나는 남몰래 마음에 두고 좋아하지만, 그쪽은 이제 나를
한낱 친구로만 여기고 잊었을 한 여자이다.

이렇게 '나'의 단골 술집은 이를테면 현실을 정지시키고 기억을
거슬러 올라가는 정신분석의 현장이 되고 있는 셈이다. 그 기억의
중심에는 '그녀'가 있고, '사랑에 대한 믿음'이 허망한 환상에 불과
함을 아프게 자각하게 되는 심리적 사건이 있다. 삼 년 전, 당시 다
른 여자에게 실연당한 후 삼 년 만에 다시 만난 '그녀'와 술을 마시
며 '그녀'의 실연 후일담을 듣고 나서 닥치는 마음의 파장과 깨달음
이 바로 그 심리적 사건이라 할 수 있겠다. 문제가 되는 그 사연의
골격만을 대강 요약하자면 '그녀'가 사랑한 것이 사실은 '나'였음을
'그녀'의 이야기를 듣고는 깨달았고, 그 사실을 모른 채 다른 여자와
연애를 하다가 실연을 당한 '나'는 자기로 인한 '그녀'의 실연 후일
담을 듣고는 이제 그 자신이 거꾸로 '그녀'를 잃은 뒤늦은 실연의 고
통을 앓게 되었다는 얘기다. 이때 '나'도 몰래 '그녀'에게 안겨주었

던 실연의 고통을 '그녀'가 어떻게 수습했는지를 '나'가 고백을 듣는 자의 위치에 서서 듣게 되는 술자리의 대화 또한 그 자체로 영락없는 분석상담의 현장이다. "너는 그때 어떻게 극복, 아니 수습? 너는 어떻게 했지?"

일반적인 임상현장의 실상과는 사뭇 달리, 그렇게 함으로써 오히려 고백을 듣는 자가 애초 없었던 실연의 고통을 소급적으로 만들어내게 되는 이 흥미롭고도 기묘한 위치 역전의 심리드라마를 통해 작가는 무엇을 말하고 있는 것인가? 아니 그 이전에 먼저, 대체 그녀에게는, 그리고 그녀의 얘기를 듣고 난 '나'의 심중에서는 정확히 무슨 일이 일어난 것인가?

실연과 연애의 교환경제, 그리고 체념의 윤리

'그녀'가 '나'에게 들려주었던 사연은 이렇다. "혹시 그 사람이 금전적인 문제로 자신을 떠났을지 모른다는 망상"에 사로잡힌 그녀는 어머니가 떠안겨준 무거운 선물 보따리를 들고 큰고모님 댁을 찾는다. 자식을 앞세운 큰고모님 부부의 명의로 된 삼층 건물이 조카딸인 그녀에게 상속될 가능성이 높다는 어머니의 기대에 못 이기는 척 따랐던 것인데, 그곳에서 그녀는 큰고모의 방을 점집으로 착각해 잘못 찾아온 여인네들의 신세 한탄과 끝없이 이어지는 무의미한 수다를 옆에서 듣게 된다. 그녀가 느끼기에 그들이 나누는 대화에는 "꿀이나 잼처럼 끈적하게 조이고 당겨오는 불행의 인력 같은" 기운이 감돌고 있었던 터, 집에 들어온 큰고모부에게 집을 잘못 찾아왔음을 지적받고 우르르 몰려나가는 여자들을 따라 덩달아 그 집을 나온 그녀는 그 사소한 경험을 통해 "스스로가 다른 사람이 된 것처럼" 느끼고 실연의 고통으로부터 자유로워진다. 이때 그녀를 찾아온 깨달음이란 가령 이런 것이었겠다. 그녀의 미래가 또한 그 여자들의 비루한 삶의 모습과 그다지 다르지 않으리라는 것, 개인의 서사란 저토록 상투적이고 졸렬한 것일진대 인생에 더 이상 희망이나 기대를 갖는 것은 무의미하리라는 것. 그러니 이제 너무 소소하고 초라하며 자질구레한 보잘것없는 세사에 집중하거나 "집중이 안 되면 마지못해서라도 감정이 그쪽으로 흐르도록 미세한 각도를 만들어"주는 사소한 감정의 경제가 유일한 삶의 선택이 될 수밖에 없으리라는 생각을 갖게 되는 것은 당연한 수순이다. 그녀가 사랑에 대한 믿음이나 기대를 철회하게 되는 것도 이런 맥락이다.

문제는 그런 이야기를 듣는 '나'와 '그녀'의 술자리 대화가 저도 몰래 '그녀'에게 주었던 실연의 고통을 이번에는 거꾸로 그 자신이 돌려받는 절차가 되고 있다는 사실이고, 그 자체가 두고두고 곱씹게 될 실연의 아픔은 물론이거니와 삶에 대한 '그녀'의 체념적 자각까지도 전이되는 과정이라는 사실이다. 실연의 경험과 감정을 뒤늦게 덤과 함께 되돌려 받게 되는 이 감정의 교환경제야말로 '나'가 겪는 심리적 사건의 핵심이다. 소설의 주제의식과 관련해 이런 교환의 경제가 흥미로운 것은, 그것이 거기에서 그치지 않고 전혀 다른 차원에서 사랑에 대한 생각과 감각의 변화로 이어지고 있기 때문이다. 그것은 삶이 그러하듯 사랑 또한 기댈 수 있는 그리 대단한 의미나 가치가 될 수 없으리라는, 예컨대 그것은 그저 뒤늦게 낡은 삼층짜리 건물과 감정적으로 교환될 수 있을 뿐인 사소하고 하찮은 것에 불과한 것이리라는 무의식적 감각이다. 그것은 가령 이런 모습으로 드러나는 것이다.

사랑을 잃는 것이 모든 것을 잃는 것은 아니라는 것쯤은 나도 안다. 그런데 희한한 건 그녀의 큰고모님 부부와 나의 질긴 인연이 아직 끝나지 않았다는 사실이다. 나는 옥상에 옥탑방을 얹은 낡은 삼층짜리 건물을 그냥 지나가지 못하며 가벼운 실수나 후회거리가 생기면 이렇게 말하곤 한다.

그때 찬물을 먹었어야 했는데.

그것은 '나'가 어긋난 사랑의 쓰라림을 내내 쓰다듬으며 아쉬워한다 하더라도 마찬가지다. 그러니 〈사랑을 믿다〉의 외화外話와 내화內話에서 술을 마시며 전개되는 독백과 대화는, 비유컨대 이렇게 사랑이라는 환상을 가로질러 삶과 사랑의 회피할 수 없는 하찮음을 다름 아닌 '나'의 운명으로 인정하고 보듬게 되는 과정에 이르는 고통스런 임상진료의 현장이자 보고서인 셈이다.

따라서 권여선의 소설 〈사랑을 믿다〉는 겉보기와는 달리 단순히 미묘한 사랑의 어긋남(라캉이라면 이를 '성관계는 없다'라는 명제의 전형적인 실례라고 말했을 것이다)과 그로 인한 실연의 회한과 사랑에 대한 믿음의 상실을 기록하는, 이를테면 잘 만들어진 감정교육 소설에서 그치는 것이 아니다. 이 소설은 그것을 통해 언뜻 큰 의미를 띠는 듯 보이는 사랑과 삶이라는 것이 따지고 보면 실은 그런 보잘것없는 것임을 헤집어 보여주면서도, 그럼에도 불구하고 그 보잘것없는 하찮음이 품고 있는 역설적인 비非가치의 가치를, 아무런 기대도 없는 삶에 대한 체념 뒤에 깊이 숨은 윤리적 진정성을 조용히 암시하는 작품이다. 그것은 '사랑'이나 '믿음' 따위의 추상적 가치에 들씌워져 있는 근거 없는 환상을 걷어내고 삶의 실상을 정직하게 직시하고자 하는 작가적 태도에서 비롯되는 것이다. 사랑을 포함해서 삶에 대한 믿음이나 기대를 철회하는 체념의 제스처가, 보잘것없는 삶의 비루한 진실을 있는 그대로 응시하고 받아들이는, 그리고 그 속에서 작지만 새로운 삶의 가능성을 탐구하는 태도와 맞닿아 있다는 바로 그 점에 권여선 소설의 개성이 있다고도 할 수 있을 것이다. 마침 '그녀'도 "희망을 훼방 놓는다"는 '그녀'의 아리송한 말이 무슨 뜻인지 의아해하는 '나'에게 이렇게 설명해주지 않는가. "그래야 거기 희망이 있다는 걸 알지. 뭔가 잔뜩 어질러놓아야 거기 공간이 있다는 걸 알듯이." 모든 걸 잃었다고 생각하는 순간에도 가만히 돌아보면 별로 보잘것없는 것들이긴 해도 무언가가 남아 있을 것이며 그 보잘것없는 것들을 인정하고 받아들이는 삶의 태도가 결국은 상황을 바꾸거나 더 나아가면 뒤집어놓을 수 있을 것이라는 '그녀'의 조언 또한 이와 무관하지 않은 것이다.

우리가 앞에서 보았던 권여선 소설의 예의 역설적 긍정은 이 지점에서 더욱 구체적인 윤리적 태도를 얻는다. 소설의 제목과 관련해 말한다면, 그런 측면에서 이 소설은 사랑을 믿었다가 외면당한 끝에 결국은 믿지 않게 된 사연을 그린 소설이 아니라, 사랑의 하찮고 보잘것없음을 긍정하면서 어떻게 다른 방식으로 사랑을 믿게 되었는가를 이야기하는 소설이다. 이 소설의 성취는 이 사랑에 대한 담론이 거기에서 그치지 않고 그렇게 초라한 삶의 진실을 응시하고 스스로 그 무게를 떠안는 삶에 대한 윤리적 담론으로 확장되고 있다는 데 있을 것이다. 소설의 마지막, '나'의 최후 진술은 삶에 대한 이런 권여선 소설의 태도를 암시하는 것으로 읽어도 무방하다.

그녀는 오지 않고 나는 사랑을 믿지 않는다. 돌이켜보면 엄청난 위로가 필요한 일이 아니었다. 사랑이 보잘것없다면 위로도 보잘것없어야 마땅하다. 그 보잘것없음이 우리를 바꾼다. 그 시린 진리를 찬물처럼 받아들이면 됐다.

관계의 탐사자

작가는 섣부른 동정과 연민을 거칠게 사양하며, 대신 인물을 향한 메스를 작가
자신을 포함한 우리 모두의 가식과 허위를 향한 메스로 바꾸어놓기를 주저하지
않는다. 권여선은 희미한 회중전등 빛에 의지해 관계라는 인간 동굴, 그 끝까지
내려가기를 자처한 우리 시대의 진정한 탐사자다.

차미령(문학평론가)

1986년 어느 봄으로부터

1986년 5월이 끝나갈 무렵, 한강에서는 한 건의 투신자살 사건이 발
생했다. 고인이 된 이의 이름은 박혜정. 대학생이었고, 그때 겨우 스
물한 살이었다. 발견된 짧은 유서에는 "아파하면서 살아갈 용기 없는
자, 부끄럽게 죽을 것"이라는 문장이, "제발 나를 욕해주기를, 욕하고
잊기를……"이라는 고통스런 당부가, 남겨져 있었을 뿐 자살과 관련
된 자세한 정황은 찾을 수 없었다. 그로부터 십 년 후인 1996년. 서울
대학교 인문대 건물 옆에는 고인을 기리는 열사 추모비가 세워졌고
조촐한 추모문집이 발간되었다. 그 문집에 고인을 회고하는 평전 형
식의 글을 쓴 이는, 투신 바로 전날까지도 함께했었던 고인의 절친한
친구 권희선이었다. 문학을 꿈꾸고 택시 운전사가 되기 위해 운전을

배웠던, 운동과 생활 사이에서 혹은 삶과 죽음 사이에서 끊임없이 고뇌했던, 여린 그 심성만을 남긴 채 먼저 떠난 한 청춘. 그녀를 애틋하게 그리워하던 그 친구는 다음과 같은 문장으로 글을 끝맺었다. "남은 자들의 부끄러움은 남은 자들의 힘이라고."

우연일까, 필연일까. 1996년 바로 그해 자연인 권희선은《푸르른 틈새》라는 소설을 펴내며 작가 권여선으로의 전신轉身을 감행한다. 이 책과 고인 사이의, 혹은 작가 권여선과 고인의 죽음 사이의 연관성은 아예 없거나 혹은 너무 많다. 권여선의 첫 소설에서 박혜정의 자취를 찾는 것은 그리 어려운 일은 아니다. 작중인물인 박해수에게도, 그리고 주인공 화자에게도 얼마간 그녀의 그림자가 드리워져 있으니까. 하지만 어떤 소설 속에서 작가의 자전적 흔적을 찾으려는 우리의 안간힘은 얼마나 부질없고 또 얼마나 추한 것인지.

2007년 권여선은 자신의 데뷔작을 재출간하며, '작가의 말'에 다음과 같이 쓴다. "스물한 살 봄에 떠난 친구 기일 즈음, 권여선." 1986년으로부터 2007년까지 꼬박 이십일 년이란 시간이 흐른 다음이었다.

이야기를 불러일으키는 상처, 상처를 환기하는 이야기

"일주일이면 이사를 한다"라는 간결한 문장으로 시작하는《푸르른 틈새》는, 서른 살의 봄을 맞은 화자 손미옥이 이 년간 세 들어 산 반지하 방에서 자신의 과거, 특히 이십대를 다시 쓰는 방식으로 진행된다. 습기와 취기로 감싸진 '젖은 방'은, '기억'이라는 하살의 과녁에 스스로를 내놓은 한 인간을 몇 갈래로 찢고 다시 그러모아 하나로 빚는 부엌이자,《푸르른 틈새》라는 한 권의 책을 잉태하는, '상상'이라는 양수로 둘러싸인 이야기의 자궁이다. 소설 전체는 7일이라는 시간에 맞추어 총 7개의 장으로 나뉘어 있으며, 각각의 장에는 다음의 네 가지 시간대가 시종 엇갈리며 흘러간다. 1) 외척들이 화자의 집에 들어와 기식하던 유년기, 2) 신입생 환영회, 교내 시위, 농활, 가투, 공활로 이어지던 80년대 대학 시절, 3) 휴학 이후 실직한 아버지와 함께하던 서른 직전까지의 나날들, 4) 복교 후 삼 년간 지속된 연애의 시작과 끝. 이렇게 특정 시기의 자신 '들'을 젖은 방으로 소환하여 그녀 '들' 삶의 조각을 현재라는 시간적 필터로 걸러 무대화하는 일주일간은, 인생의 다른 단계로 '이사'하여야 할 화자로 인해 어느 정도 (통과)제의적인 색채를 띠게 된다.

3)과 4)의 시간대를 조명하고 있는 후반부보다 더 흡인력이 있는 쪽은 1)과 2)의 시간대가 회고되는 소설의 전반부다. 2장의 첫머리에서 우리는 "어른이란 모름지기 '정치'와 '성'에 대해 확고부동한 입장을 갖추고 있어야 하는 법"이라 믿으며 하루빨리 나름의 "정치용어사전"과 "성용어사전"을 편찬해야 할 필요가 있다고 씩씩하게 단언하는 한 대학 풋내기, 아직은 소녀를 만난다. 비록 이 소설 특유의 유머러스한 화법을 빌려 제시되고는 있지만, 이때 '정치'와 '성'은 그저 '어른'이 아니라 '성인 남성'의 전유물로 명백히 성별화되어 있으며, "두 사전이 없으면 대학사회에서 운영되는 소통체계에 적응할 수 없었다"는 진술이 암시하듯이 화자에게는(그녀가 그 사실을 깨닫지 못했다 하더라도) 다분히 억압적인 것이다. 이 에피소드를 포함해《푸르른 틈새》의 전반부 스토리는 80년대 학번의 한 여자 대학생이 시대의 무거운 공기 아래서, 또 성인의 문턱 앞에서 왜 무릎 꿇어야만 했는지를, 왜 모든 것을 포기하고 집으로 돌아온 그녀가 자신의 자아 이미지를 결국 "부드럽고 따스하고 말랑말랑한 살덩어리가 날카롭고 단단한 막대기에 의해 관

통당하는 이미지"로 연상하게 되는지를 담담하게 조명하고 있다.

대학 신입생 환영회 자리에서부터, 낭만적인 자기 기원담인 손미옥의 '파랑새 신화'는 일률적이고 폭력적인 자기소개의 룰에 밀려 입 밖으로 꺼내어지지조차 못하고, '새가 어깨에 앉았다'로 표현되는 이성에 대한 서정적인 끌림은 적응의 시간을 통과하면서 남자 동료들 앞에서 아무렇지도 않게 음담패설을 뱉는 무심함으로 진화한다. "당시의 내게 여성성은 유혹과 매력이었고, 중성성은 당위이자 압력이었다"는 화자의 회고는 대학 시절 내내 지속된 그녀 고민의 한 축을 비교적 명료하게 드러내지만, 중성성과 여성성 사이에서 때때로 휘청거리는 손미옥이 둘 사이의 선택으로 인해 극심한 고통을 느꼈다고 보기는 어렵다. 무엇보다 손미옥이 말한 것처럼 '중성성(남성성)'이 그 시대의 당위였기 때문에, 그녀 자신이 강한 여자가 되기를, 그래서 당당한 동료로 거듭나기를 간절히 열망했기 때문에. 그러나 바로 그런 이유로 화자의 실패는 더 돌이킬 수 없는 것이 된다. 마구 휘둘러지는 전경의 곤봉으로 대표되는 남성적 폭력의 정점인 시위 속에서 무심코 집어 든 돌멩이 하나가 전부였던 손미옥은, 자신 안의 "정체불명의 계집애와 숨바꼭질하는 심정"으로 차츰 술에 의지하게 되고, 극도의 무기력에 빠진 끝에 간신히 이어오던 공활을 일주일 만에 포기하고 휴학한다.

소설의 전반부를 들여다보는 가장 간편한 독법은 1)과 2)의 시간대를 대비적으로 읽어내는 것이지만,《푸르른 틈새》에서 작가가 두 시간대를 축조하는 논리는 사실상 서로 상동적이다. 일 년의 팔 할을 집 밖에서 보내는 선원인 아버지를 둔 화자의 유년기 가정은, 외척들이 들이닥치면서 어머니, 언니, 외할머니, 둘째 이모와 그녀의 딸, 외숙

모와 그녀의 아들, 막내이모 등으로 이루어진 규모가 제법 큰 모계 공동체로 탈바꿈한다. 외가 식구들이 기식하기 전에는 기나긴 시를 암송하고 두 딸들을 살뜰하게 챙겼던 어머니는 말도 많고 탈도 많은 대가족을 규율하느라 여념이 없는 엄격한 모계—가부장으로 전신하고, 어머니의 관심과 사랑으로부터 내쳐진 어린 화자는 극심한 소외감에 시달린다. 대학 시절의 그녀가 집회의 '스크럼'에서 충만감을 느꼈던 것, 또 유년기의 그녀가 산더미 같은 일을 일사분란하게 척척 해내는 '여인 군단'의 위력에 매혹되었던 것을 보면, 이 소설의 주인공이 집단만이 제공할 수 있는 열정적 힘에 경도되는 성향이 있다는 것을 부인할 수는 없다. 그러나 화자는 집단과 무리 없이 섞여 들어가 집단이 요구하는 과업을 완수하는 데 실패하고, 그로 인한 열패감은 '시위 전 음주벽'(대학 시절)과 '도벽'(유년기)이라는 병리적인 증상으로 나타나기에 이른다.

소설 후반부의 가장 핵심적인 사건이자 '젖은 방'에서의 기억 행위의 가장 유력한 동기가 되는 연애의 저변에 깔린 심리 역시, 채 충족되지 못했던 부모의 사랑을 박해수와 임윤아라는 여자 친구와의 관계로 대체하려 했던 어린 시절 화자의 심리와 아주 다른 것은 아니다. 손미옥은 대학 시절의 실패, 나아가 아버지의 오랜 부재로 인한 뿌리 깊은 상실감을 한영과의 연애라는 개인적인 관계로 보상받고자 하지만, 섣부른 결별 선언이 낳은 이별의 고통은 느지막이 찾아온 사랑이 안겨준 기쁨을 간단히 압도한다. 소설의 마지막 장에서 작가는 거의 고전적인 수법으로 과거의 파편들과 연관된 파국적인 사건들을 한꺼번에 화자 앞에 펼쳐놓는다. 한영의 결혼 상대가 그들의 동기 미혜라는 사실도, 어린 시절의 친구 박해수가 한강에 투신했다는 사실도, 아버지가 교통사고로 즉사했다는 사실도 7장의 도입부에서 몰아쳐서 제시된다. 더 이상의 나락이 없을 것 같은 순간 이 소설이 준비한 마지막 압권은, 실직하고 집으로 귀환해 "이년들아, 이 손재우, 아직 안 죽었노라!"를 외침으로써 화자 자신의 거울상임을 증명하곤 했던 아버지의 영정사진을 배경으로, 화자가 자위를 시도하는 장면이다. 자기 성애, 그 외설적인 쾌락의 중심에 자신의 기원인 아버지를 개입시키고자 했던 그녀의 시도는 성공하지 못하고 이어진 자살 시도 역시 무위로 돌아간다. "아버지는 파랑새를 기르는 데 실패했고, 나는 젖은 새를 죽이는 데 실패했다"는 쓰라린 진술과 더불어 화자의 탄생과 함께했던 '파랑새의 신화'는 그렇게 종언을 고한다.

1996년 발표된 이 소설은 자전소설, 후일담소설, 성장소설이라는 몇 가지 레테르와 함께 소개되었다. 소설의 면면을 보자면 《푸르른 틈새》에 그런 요소가 있는 것을 부정할 수는 없다. 더욱이 《푸르른 틈새》에는 '몰락과 나락의 서사'라는 권여선 소설의 어떤 원형이 담겨 있기도 하다. 그러나 그보다 눈여겨볼 것은 《푸르른 틈새》가 권여선 소설에서는 극히 이례적으로 "상처로 열린 우리의 몸처럼, 기억의 빛살이 그 틈새, 그 푸르른 틈새를 비출 때 비로소 의미의 날개를 달고 찬란히 비상하는 우리의 현재처럼……"이라는 서정적인 문장으로 마무리되고 있다는 사실이다. 손미옥이 처한 상황으로부터 이런 낙관적 기대가 움틀 근거를 도출하기 어렵기 때문에, 보기에 따라서 이러한 결말은 갑작스럽고 성급한 봉합이라는 인상을 줄지도 모른다. 그러나 이 모든 나락을 이야기로 빚는 과정 자체를 새로운 재생의 과정과 연결시키고자 하는 작가의 작의作意는 다시금 곱씹어볼 필요가 있다. 손미옥이 '미완의 책' 《아라비안나이트》에서 낮의 상처와 밤의 이야기의 "고통에 찬 상호 승인"을 읽어내는 것처럼, 권여선의 소설 역시 상처와 이야기 사이의 "불확실한 교감" 안에서, 개인적 고통의 '깊이'를 서사(가 담을 수 있는 고통)의 무한한 '너비'로 치유하는 역설의 방향으로 지금껏 이어져왔기 때문이다.

운명, 그 악마적인 반복

《푸르른 틈새》이후 권여선의 행보는 더뎠다. 첫 번째 창작집《처녀치마》가 발간된 것은 상상문학상을 수상한 이후 팔 년 만인 2004년. 다소 통상적인 이해를 도모해보자면, 《처녀치마》의 소설들은 90년대에 유행했던 이른바 후일담계 소설이나 불륜서사와 어느 정도 친연성이 있다. 표면적으로는 그렇다. 소설의 인물들 대부분은 80년대를 통과하고 울화의 늪에서 헤어나오지 못하고 있는 삼, 사십대이며, 또 대부분은 제도적인 틀에서 용인되지 않는 연애를 관성적으로 지속하는 중이다. 젊은 날 배우고자 했던 것들로부터 너무나 멀어져버린 이들에게 지금 "망아적인 기쁨"을 선사하는 최대한의 위반이란, 무단횡단 벌금 고지서를 발행한 경관을 향해 함정단속이라며 이죽거리는 것(《12월 31일》)이나 한밤의 고성방가를 탓하는 경비원에게 개인의 사생활 구성권을 들먹이며 설전을 벌이는 것(《트라우마》)이 전부이며, 유부남 시인과 연애하며 가진 아이를 자신의 몸에서 지워낸 한 여자는 그들의 상황을 "서로의 몸을 하찮게 여기다 이제 서로의 모든 것을 하찮게 여기는 지경"(《수업시대》)으로 갈무리한다.

그러나 당연하게도 《처녀치마》의 정수는 이 인물들의 통속화된 면면에 있지는 않은데, 조금만 주의 깊은 독자라면 《처녀치마》의 권여선이 일견 당대의 다른 소설들과 비슷한 무대를 설치해놓고 인물들에

게 전혀 다른 연기를 주문하고 있다는 사실을 알아차릴 수 있을 것이
다. 요컨대 지금 우리가 '후일담'이나 '불륜'이란 말에서 아무런 문
학적 활력을 느끼지 못하는 것은 어떤 당혹스런 경험 때문이 아니겠
는가. 그 갸륵한 뜻에도 불구하고 결국은 스스로에게 반한 나르시시
스트의 얼굴과 마주하게 되거나, 가부장적 그늘을 벗어나기 위해 또
다른 가부장 애인을 열망하는 모순과 맞닥뜨려야 했던 그런 경험 말
이다. 세인과 다른 자기를 이상화하는 것도 또 바깥의 구원을 찾아 헤
매는 것도 결국 가야 할 길이 아니라면, 과연 어떤 길이 가능할까.

　이 책에 실린 소설들은 대부분 1990년대 후반과 2000년대 전반에 이
르는 시기 동안 집필된 것이지만, 이 시기 다른 소설들에 팽배해 있던
위반과 전복, 일탈과 반항, 냉소와 위악의 기운은 쉽게 찾아볼 수 없
다. 그러한 파토스 대신《처녀치마》에서 독자들이 발견하는 것은 앞
질러 운명을 확인하고 돌아선 자의, 감정을 으깨어 모두 지워버린 듯
한 무표정한 얼굴이다. 그 얼굴들 뒤편에서 작가는 이를테면 이런 문
장들을 심상하게 부려놓아, 읽는 이들의 가슴 한구석을 문득 움켰다
가 내려놓는다.

　　실 끝을 쥐고 이곳까지 찾아온 그 남자도 여관 마당에 서서 느꼈을
　　것이다. 산다는 일엔 애당초 그 어떤 아름다운 실마리도 없다는 걸,
　　누군가 우연히 제 손가락 마디를 이용해 실을 감고 조심스럽게 덧감
　　아 나가면서 만들어놓은 빈 공간, 누군가의 손가락이 빠져나가 버린
　　그 허사의 자리에 자신이 도착했다는 걸. (《처녀치마》)

이제 생엔 겨냥하며 걸어야 할 아무런 좌표도 없으며 삶을 영롱한

빛으로 채색했던 지나온 시절의 꿈 역시 텅 빈 하나의 공허일 뿐이라는 여자의 뒤늦은 깨달음, 그것은 《처녀치마》에 등장하는 모든 인물들의 행동의 근저에 자리한 어둡고 견고한 인식의 성채에 다름 아니다. 생물학적 나이와는 무관하게 '파안대소'와 '대성통곡'이 구별되지 않는 "둔탁한 사물의 세계"로 접어들었노라고, 이제는 "다 고아 먹은 사골"과 같은 삶을 살겠노라고 말하는 사람들. 한 남자는 학창 시절 연정을 품었던 동창과 육 년 만에 재회해 일회적인 섹스를 나누고 돌아서며 "제 몸의 녹이 뚝뚝 떨어져도 늙은 자는 더 이상 아프지 않으리라. 녹꽃은 더디게 피니, 그곳은 아주 오래전에 다친 곳"(《12월 31일》)이라 되뇌고, "사람이 얼마나 고귀해지면 자신의 비천함을 아무렇지 않게 받아들이게 되는지"를 묻는 한 여자는 "결코 매혹되지 않은 것들에 둘러싸여 살기"를 원하며 '순수한 형식' 혹은 '완벽한 인위'로서의 결혼 생활을 지속해나가며(《두리번거리다》), 동성 애인과 스스로도 이해할 수 없는 도돌이표를 그리며 인연을 이어가고 있는 한 소설의 주인공(《나쁜음자리표》)은 급기야 이렇게 단언한다. "이제 나는 양손의 패를 얌전히 뒤집는다. 다행이다. 둘 다 나쁘다."

얼핏 보기에 적당히 조로한 인간들의 무력한 자기변명과 애처로운 자기 위안을 실어놓은 듯한 이런 진술들이 싹트는 자리는 예상과는 달리 훨씬 근본적이며, 그래서 독자는 담담한 진술들의 문면에서 배어나오는 감정의 깊이를 보다 더 통렬하게 경험하게 된다. 《처녀치마》의 인물들은 삶에는 더 이상 아무 기대할 것도, 또 더 이상 삶이 나빠질 것도 없다고 믿는, 아니 정확히 말해 그런 진실을 '아는' 자들이다. 그러니 인물들이 무심히 뱉는 저 잠언과도 같은 말들은 빈약하고 얄팍한 내면을 가까스로 위장하려는 넋두리와는 아무런 관련이 없다. 이 소설들이 흔하디흔한 포즈로 전락하지 않는 것은 이러한 진실을 소설의 중추로 불러들이는 작가의 그 발본적인 태도에 있다. 그 중추, 다시 말해 《처녀치마》의 소설들을 관통하는 핵심이란 한마디로 '무의미한, 그래서 악마적인 반복'으로서의 삶이다. 나/당신은 언제나 스스로 원치 않는 그 일, 해서는 안 될 그 어떤 행위를 생의 어느 지점에서 반드시 되풀이하게 될 것이다. 나/당신이 언제나 돌아가게 되는 지점을 '덫'이라 해도 좋고, 그런 되풀이를 가장 친숙한 어법을 빌려 '운명'이라 해도 좋지만, 그 악순환의 고리를 끊을 길은 없다…….

이런 관점에서라면 차라리 지칠 줄 모르고 반복되는 것은 다시는 그러지 않겠다고 다짐하는 다분히 인간적인 후회일 뿐이다. 원치 않는 것을 거듭해야만 하는, 혹은 똑같은 그 자리로 매번 돌아가야만 하는, 그 힘에 자신의 몸을 빌려준 인간에게 어떤 아량도 허락하지 않는 모질고 강박적인 순환. 만약 우리 삶을 그러한 반복이 주관한다는 작가의 잔인한 통찰에 동의할 수 있다면, 우리가 그 악마적인 얼굴을 어떤 '관계'에서 가장 날카롭게 확인하게 된다는 사실 역시 별도리 없이 수긍하게 될 것이다. 그것이 가족 간이건 연인 간이건 아니면 생면부지의 타인들 간이건 인간이 관계 맺는 방식은 결코 변하지 않으며, 그 관계가 불량한 것일수록 인간은 그것이 낳는 해로움 자체에 쉽게 중독된다. 책을 펴내며 작가가 스스로의 소설을 "모든 관계의 형상"을 본뜬 '戀愛'라는 문자에 빗댄 것은 그런 의미에서 적확하다.

이 소설집의 모든 것을 응축하고 있는 가편 〈처녀치마〉에서, 작가는 이 테마를 어머니의 인생을 고스란히 되풀이하고 있는 한 여자의 귀향 스토리를 빌려 탐구한다. 주인공은 육 년 만의 귀향이 짐짓 아무

의미 없는 휴가인 양 꾸며대지만, 이 여자가 고향으로 떠난 이유는 실상 어떤 남자 때문이다. 경주마와 같았던 젊은 날을 뒤로하고 만신창이가 된 남자는, 두 번 이혼하고, 잠자리에서는 다른 여러 여자의 이름을 부르고, 만취하면 방 곳곳에 침을 뱉고 담뱃재를 터는, "회복할 수 없이 다친 괴물"과도 같은 위인이다. 문제는 그 점을 잘 알면서도 이 여자가 그 관계로부터 벗어나고자 하는 아무런 시도를 하지 않는다는 데 있다. 그런 주인공 여자에게 아마도 독자는 어서 빨리 사랑이라는 미혹에서 벗어나 제 갈 길을 가라고 충고하고 싶어질는지도 모른다. 그러나 그런 해결책은 그것이 바람직한 만큼, 단순하고 간편하다. 권여선은 그런 유익한 정답을 내놓는 대신, 여자가 허우적거리고 있는 악마적인 관계의 늪을 운명적인 스케일로 확대하는 길을 택한다. 영감을 주지 못한다는 자책 속에서 예술가 남편의 "쓰레기통, 타구통, 변기통"으로 평생을 산 어머니의 삶과 현재 주인공의 삶이 한 치도 다르지 않음을 보여주면서, 아무리 피하려 해도 어쩔 수 없는 것이 운명이라면 도망치려 하지 않고 그 운명을 온몸으로 끌어안을 용기가 있는지를 차라리 참혹하게 자문해보라고 주문하는 것이다.

《분홍 리본의 시절》이나 〈사랑을 믿다〉와 같은 근작들을 먼저 접한 독자들은, 《처녀치마》를 읽으며 권여선이 작가로서 어떤 문턱을 낮은 포복으로 힘겹게 넘고 있다는 인상을 어쩔 수 없이 받게 될는지도 모른다. 생일을 맞아 고향으로 여행을 떠나는 여자(《처녀치마》)나 하루가 지나면 마흔이 될 남자(〈12월 31일〉)처럼 이 작가가 자신의 세계로 데려다놓은 인물들이 바로 그 문턱에서 그러하듯이, 혹은 '두리번거리다'나 '수업시대' 등의 소설 제목이 이미 암시해주고 있듯이. 그리고 마침내 이 작가의, "고통을 죽을 때까지 반복해야 하는 운명"(《분홍 리본의 시절))에 대한 탐구는 《분홍 리본의 시절》에서 보다 더 힘 있는 문학적 의장을 얻게 된다.

관계, 그 잔혹한 희극

2007년 초 권여선이 펴낸 세 번째 책의 표제는 '분홍 리본의 시절.' '풀'의 빛깔에서 기원한, 청명한 하늘과 너른 들판을 떠올리게 하는, 덜 익었으되 맑고 신선한, 그래서 '틈새'라는 어휘와 잘 어울리는 '푸르른'이라는 첫 책의 수식어는, (과거의) 특정한 시기를 가리키는 '시절'이라는 단어와 함께 '분홍'이라는 색채어로 바뀌었다. 그런데 이 작가에게 분홍이라니. 분홍粉紅. 여인의 옷이나 입술을 단장하는 연하게 붉은, 진달래 등의 봄꽃들의 화사한, 핑크보다는 덜 경박하지만 덜 세련되게 느껴지는 이 빛깔에서 권여선의 독자들은 어떤 혼란을 느끼게 될지도 모른다. 아마도 그 혼란은 이 책에 수록된 한 소설에서, 어울리지 않는 분홍색 제복을 착용한 거구 여인의 이미지와 마주할 때의 당혹스러움과 비슷한 것이지 않을까. 만약 그런 느낌에 사로잡히게 된다면 우리는 이 작가를 제대로 읽고 있는 것이다. 낮은 채도의 탁함, 불안하게 넘실대는 색스러운 살의 기운, 조화롭지 않은 불편함, 그래서 종국에는 비유컨대 《당신들의 천국》(이청준)에서 인물들이 저주했던, 문드러져가는 분홍색에 가까운 빛이 될 그런 분홍. 그것이 권여선의 분홍이다.

이십 년이라는 시간의 더께와 함께 '푸름'이 '분홍'으로 변해가는 동안, 권여선은 자신의 작가적 색채의 프리즘을 보다 강렬한 잔기殘基를 남기는 쪽으로 꾸준히 이동시켜 왔다. 예컨대 읽는 이가 자기도 모르게 군침을 삼켜 혀를 적실 정도로 월등해진, 금방이라도 끓어 넘칠 듯한 탐심으로 꽉 찬 감각적 묘사를 보라. 맛집 술집 순례, 식당에서의 까다로운 주문, 공들여 차려진 음식 앞에서의 감격에 찬 논평 따위는 《푸르른 틈새》에서부터 여일한 권여선의 트레이드마크지만, 어느 페이지를 들추어보아도 어김없이 출몰하는 다양한 먹을거리와 그로부터 영감을 얻은 묘사는 《분홍 리본의 시절》을 기점으로 확실히 어떤 경지에 오른 느낌이 있다. 그러나 오감을 즐겁게 하는 그 음식들보다 더 이 작가를 매료시키는 것들은 따로 있으니, 역하고 비리고 독한 것들에 대한 맹목적인 끌림이야말로 권여선만의 작가적 인장이 아로새겨진 자리다. 이를테면 이 작가는 "시고 역한 갯내"(《약콩이 끓는 동안》)와 "독한 땀내"(《솔숲 사이로》), "쿰쿰한 진액"(《문상》)과 "살이 모조리 썩고도 껍데기만은 굳게 닫혀 껍데기 양 귀로 부글부글 독을 괴어 올리는 조개의 액 같은 역한 침 자국"(《위험한 산책》)에 거의 애착에 가까운 집념을 가지고 있다. 이러한 집념은 더 말할 것도 없이, 그 모든 시고 메스꺼운 것들을 매순간 뱉고 토해내고 또다시 제 속으로 집어삼킬 수밖에 없는 우리 일상인들의 심부를 낱낱이 파헤치고자 하는 지독한 열정의 산물이다.

《분홍 리본의 시절》은 여러모로 권여선식 인간 탐구의 중간 결산이라 할 만하다. 무슨 이유에선지, 또 언제부터인지, 심신의 시계추가 심각하게 고장이 나버린, 한 소설의 표현을 빌리자면 '흉물스러운 불구'들과 '실수투성이의 괴물'들이 이 무대의 주연들이다. 비루한 성욕과 누추한 이기심이 곳곳에서 똬리를 틀고, 더러는 위선적이고 더러는 위악적인 기만의 포즈들이 여기저기서 혀를 내밀며, 가학과 피학이 꼬리를 물고 얽힌 스산한 풍경. 그 풍경 속에서 가슴 깊숙이 도사리고 있던 증오는 순식간에 격발하고, 가지런히 정돈되어 보였던 일상은 짧은 파국과 함께 곰팡이 핀 이면을 드러내고야 만다.

정황이 이와 같으니, 온통 "내뿜하는 악기"와 "내지르는 악기"(〈약콩이 끓는 동안〉)로만 이루어진 권여선 악단의 연주는 오로지 평화로운 선율만을 듣기를 원하는 청중들에게는 낯설고 불쾌할 수도 있다. 그러나 세간의 오해와는 달리 이 작가의 미덕은, 인간의 어쩔 수 없는 나약함을 아낌없이 조롱하고 경멸하는 데 있지는 않다. 권여선 소설이 독자를 기습하는 힘은 그보다는 이 작가가 '어머니'(〈가을이 오면〉), N(〈반죽의 형상〉), 수림(〈분홍 리본의 시절〉), 우정미(〈문상〉), '남편'(〈위험한 산책〉) 등 일련의 적대적 캐릭터를 운용하는 방식으로부터 산출된다. 적대적 인물(과 그 인물이 주동인물과 관계 맺는 방식)은 처음에는 주동인물에 의해 신랄하게 해부되지만 사건이 진행되고 서사가 축적될수록, 반목과 질시를 거듭하며 애증으로 묶여 있던 이들이 결국은 다 똑같은 자들이라는 "뒤통수를 내리찍는"(〈분홍 리본의 시절〉) 듯한 진실이 베일을 벗는다.

가령, 치명적인 모녀관계를 다룬 엘프리데 옐리네크의 문제작 《피아노 치는 여자》를 연상시키는 〈가을이 오면〉에서 먼저 해부되는 쪽은 적대적인 인물인 어머니다. 어머니는 너무나도 우아한 여성이지만, 그러한 '우아'는 자신의 관객들을 매순간 의식하는 어머니에 의해 '연기'되는 것이며, 그 실체를 아는 사람은 스스로를 "어머니의 발톱 앞에 놓인 하나의 희생물"로 여기는 딸 로라뿐이다. 어머니에게 "조롱적일 만큼 낭만적인" 이름을 물려받은 딸 로라는 그래서 진물이 흐르는 얼굴을 하고 땡볕을 쏘다니는 자학으로, 어머니의 유일한 생산물이자 회피할 수 없는 증거인 자기 자신을 망침으로써 어머니의 우아를 최대한 모욕하는 길—그렇게 우아한 당신이 만든 이 창조물을 보라—을 택한다. 이 소설은 바로 그럼으로써 로라가 자신이 그토록 혐오하던 어머니와 닮은꼴이 되어버리는 역설적인 순간을 섬뜩하게 포착한다. 어머니의 연기에 들려 있는 한, 로라 역시 어머니라는 유일무이하고 절대적인 관객을 향해 끊임없이 '연기' 해야만 하는 악순환에서 결코 헤어나오지 못할 것이기 때문이다. 인간관계의 중심에 가로놓인 이 혹독한 진실은, 가벼운 어조로 중산층 부부의 안온한 일상을 까발리는 것으로 시작하였으나 그것을 이내 부차적인 문제로 돌리고 그들과 "추잡한 연루"를 꿈꿔온 주인공 '나' 안에 도사리고 있는 검은 심연을 냉엄하게 들여다보는 표제작 〈분홍 리본의 시절〉에서 다시 한 번 깊이 있게 묘파된다.

밥상 앞에서 침을 튀기며 곡예와도 같은 설전을 벌이는 모녀와 그 와중에도 이에 아랑곳하지 않고 밥 먹기에만 열중하는 남자를 포착하는 〈가을이 오면〉의 한 희극적인 장면을 잠시 떠올려보자. 엄마의 사랑에 감금된 딸과 두 모녀 사이에 끼어든 한 남자가 이루는 기묘한 심리적 트라이앵글을 절묘하게 숨겨놓은 이 짤막한 장면은 우스꽝스럽지만 동시에 잔혹하다. 권여선 소설의 갈피에서 이러한 장면들과 마주친 독자는 그리고 불현듯 알게 된다. 그들이 맺는 기이한 관계가 민망한 것은, 그들 삶의 단면이 우리가 일상에서 수없이 행하고 또 시시때때로 관찰하는 광경이기 때문이라는 것을. 권여선은 섣부른 동정과 연민을 거칠게 사양하며, 대신 인물을 향한 메스를 작가 자신을 포함한 우리 모두의 가식과 허위를 향한 메스로 바꾸어놓기를 주저하지 않는다. 그 메스에 의해 환부가 벌려지고 상처가 터져 고름으로 흘러내리는 모습은 고개 돌려 외면하고 싶을 정도로 비루하지만 바로 그렇기 때문에 권여선 소설에는 함부로 넘보기 힘든 품격이 굳건히 살아 있다. "네가 진정 가슴을 치고 울어본 적이 있느냐. 남자나 실연 때문이 아니라 네 하찮음, 네 우열함, 네 교정되지 않는 악마성 때문에 입술이 새파래지도록 삶을 저주해본 적이 있느냐"(《분홍 리본의 시절》)라는 사무치는 물음 앞에 부끄럽게 고개 숙이지 않을 수 있는 자, 과연 누구란 말인가. 권여선은 희미한 회중전등 빛에 의지해 관계라는 인간 동굴, 그 끝까지 내려가기를 자처한 우리 시대의 진정한 탐사자다.

'이상문학상'의 취지와 선정 방법
—알기 쉽게 풀이한 이상문학상 제도

1. **취지와 목적** : 〈문학사상사〉(이하 주관사라고 한다)가 제정한 '이상문학상(李箱文學賞)'(이하 '본상'이라고 한다)은 요절한 천재 작가 이상(李箱)이 남긴 문학적 업적을 기리며, 매년 가장 탁월한 소설 작품을 발표한 작가들을 표창하고, 《이상문학상 작품집》(이하 '작품집'이라고 한다)을 발행하여 널리 보급함으로써, 순수문학의 독자층을 확장케 하여 한국문학의 발전에 기여할 것을 목적으로 한다.

《이상문학상 작품집》에 대한 독자의 관심이 고조됨에 따라 순문학 독자층이 광범위하게 형성됨으로써, 일찍이 한국은 물론 다른 나라에서도 유례를 찾아보기 어려운 순문학 중·단편집의 초장기 베스트셀러시대가 실현되었다는 것이 문단의 정평이다.

2. **수상 대상 작품** : 전년도 심사 대상(對象) 작품의 마감 이후인 당해년도 1월부터 12월 말 사이에 발표된 작품은 모두 심사 대상에 포함된다. 문예지(월간지의 경우 당해년도 1월 초부터 12월 말일 이전에 발행된 '2월호'에서 다음 해의 '1월호'까지 포함된다)를 중심으로 해서, 각종 정기간행물 등에 발표된 작품성이 뛰어난 중·단편소설을 망라하여, 1년 내내 독특한 방법으로 예비심사를 거쳐 본심에 회부한다. 예비심사 과정에서는 물망에 오른 작품의 작가에 대하여, 대상 또는 우수작상으로 선정될 경우, 본상의 규정에 따른 수락 의사 유무를 직접 또는 간접적으로 타진한다. 중·단편소설을 시상 대상으로 하는 까닭은 문학의 중심이 장편소설에서 점차 중·단편소설로 이행하는 추세를 감안하고, 작품 구성과 표현에 있어서의 치밀성과 농축성으로, 짙고 강렬한 소설 미학의 향기와 감동을 자아내게 한다고 믿기 때문이다.

3. **상의 종류** : 본상은 대상(大賞) 1명과, 10명 이내의 대상에 버금하는 작품에 대한

우수상을 선정하되 경우에 따라 복수의 대상 수상자를 선정할 수 있다. 그리고 기수상작가를 포함하여 중견 및 원로작가의 문학적 공로도 감안해 당해년도의 뛰어난 작품에 수여하는 '이상문학상 특별상' 1명을 선정한다.

4. **포상의 방법** : 본상의 포상은 제3항에 명시된 각 상의 매절고료가 포함된 현상금을 일시불로 수여하는 방법과, 판매 실적을 감안하여 추가적인 상여금을 지급하는 두 가지 방법 중 수상자로 하여금 수상 수락 전에 서면으로 그중 한 방법을 자유롭게 선택게 한다.

5. **'본상'의 현상고료** : 위 제3항의 '본상'의 대상(大賞) 중 일시불 방식은 발행부수와 관련없이 3,500만 원을 지급하고, 우수상은 각각 300만 원을 지급한다.

위 항의 일시불 방식이 아닌, 발행 2년이 경과한 이후부터의 판매부수에 따른 추가적인 상여금을 원하는 수상자에게는, 2003년부터 1차로 시상 당시 대상(大賞) 수상자는 2,000만 원, 우수상 수상자는 200만 원을 지급하고, 작품집 발행 후 2년이 경과한 이후부터, 매년 말에 당해년도의 '작품집' 발행부수에 따라, 1부당 정가의 10%를 각 수상자별로 균분하여 10년간 지급토록 한다.

6. **특별상(현상고료)** : 특별상은, 기수상작가를 포함하여 한국문학 발전에 공로가 현저한 문단의 원로작가 또는 '본상'의 우수상을 3회 이상 수상한 작가로서, 당해년도에 우수 작품을 발표한 작가에게 '본상'의 대상(大賞) 작품과는 별도로 수여하며, 현상매절고료는 500만 원으로 정한다.

7. **예심 방법** : 예심은 월간 《문학사상》 편집진이 매 연도의 1년 동안 각 매체에 발표된 작품을 수집하여, 주관사의 편집위원과 편집주간 및 편집진으로 구성된 이상문학상 운영위원회에서 대학교수·문학평론가·작가·각 문예지 편집장·일간지 문학 담당 기자 등 약 100명에게 수시로 광범위하게 추천을 의뢰하여 비밀리에 예비심사를 진행한다. 3회 이상 우수상을 받은 작가는 당해년도에 발표된 작품 중 뛰어난 1편을 선정하여 본심에 회부할 수 있다.

그 모든 자료를 일괄하여 주관사 편집주간이 중심이 되어 편집위원들과 예심위원들의 의견을 수렴하여, 연간 2분기로 나누어 본심에 회부할 작품을 선별한다.

이와 같은 독특한 예심 방법은 소수의 예심 및 본심의 심사위원이, 짧은 시일 내에 수많은 작품 속에서 본심에 회부할 작품을 선정하고 본심 심사위원이 단시간에 여러 작품을 심사하고 수상 작품을 선정하는 일반적인 문학상 심사제도의 단점을 보완하고, 되도록 문학 발전에 관심이 깊고, 전문 지식을 지닌 다수의 전문가에 의해 장기간에 걸처 많은 작품을 수시로 검토하여 심사 대상에 망라함으로써, 신중하고 세심한 예심 과정을 밟기 위한 것이다.

8. **본심 방법** : 예심을 거쳐 본심에 회부된 작품은, 권위 있는 평론가와 작가로 구성된 5인 이상 7인 이내의 심사위원회에 넘겨져, 수일간 개별적인 검토를 거친 후 본심 회의에서 최종 결정을 한다. 본심 회의는 대체토론을 통해 본심에 회부된 작품 가운데 10편 내외의 작품을 먼저 선정한다. 이 작품 속에서 1편(예외적인 경우 2편)의 대상(大賞) 작품을 선정하고, 나머지 작품 중에서 우수상 작품을 선정한다. 수상 작품 결정에 있어 심사위원의 의견이 일치하지 않을 경우에는, 무기명 비밀 투표로써 다수결 원칙에 의하여 최종 결정을 한다.

그러므로 이상문학상의 대상과 우수상은 모두 거의 동일 수준의 작품이라고 볼 수 있으며, 전문 문학인이나 독자의 주관적인 판단에 따라 그 평가는 달라질 수 있을 뿐이다. 그 때문에 한 번 우수상을 받은 작가는 대부분 자주 우수상을 받게 되며, 3~4회 내지 5~6회 만에 대상을 받게 되는 경우가 대부분이다.

9. **저작권** : 대상(大賞) 수상 작품(이하 '대상 작품'이라고 한다)의 저작권은 본상의 수상 규정에 따라 주관사가 보유한다. 단, 2차 저작권(번역 출판권, 영화화·연극화 등의 저작권)은 저자에게 있고, 《이상문학상 작품집》 발행 후 3년이 경과하면 동 대상 작품을 저자의 작품집 또는 저자의 전집에 한해서 수록할 수 있다. 다만, 어떤 경우에도 《이상문학상 작품집》의 표제(대상 작품명)와 중복되거나, 혼동의 우려가 없도록 하기 위하여 대상 작품명을 대상 수상작가 작품집의 서명(書名, 표제작)으로는 쓰지 않기로 한다.

10. **이상문학상 작품집 발행** : 〈이상문학상 운영 규정〉에 따라 대상(大賞) 작품과 주관사가 본상의 규정에 따라 저작자의 승낙을 받은 저작권법상의 편집저작권을 보유한 우수상 작품 및 특별상 작품을 모아, 염가 대량 보급을 목적으로 《이상문학상 작품집》을 발행한다.

이 작품집은 이상문학상의 공정성과 권위를 독자에게 다시 묻고, 수록된 작품과 그 작가들에 대한 표창과 홍보의 뜻도 담고 있다. 한편 이 작품집은 해마다 문단의 작품 경향과 흐름을 알 수 있는 앤솔러지적인 성격을 띠고 있다. 또한 이 작품집은 아무리 세월이 흘러가도 한 사람이라도 독자가 있는 한 이윤을 초월해서 제한 없이 영구히 보급함으로써, 이상문학상과 그 수상작가에 대한 영원성과 영예를 오래도록 선양하고 세계에 그 유례를 찾아볼 수 없는 문학상 작품의 영원성을 유지케 한다.

그런 뜻에서 《이상문학상 작품집》은, 그 영예로운 작가와 작품을 일과성(一過性)이 아닌 영구적으로 널리 독자에게 보급하여 읽히게 하고, 그 작가에 대해 더욱 탁월한 작품을 창조하기 위한 끊임없는 격려와 기대의 뜻을 담고 지속적인 홍보와 보급에 힘쓰고 있다. 때문에 30여 년 전의 작품도, 계속해서 한결같이 널리 알리고 홍보를 계속하여, 독자의 관심권에서 벗어나지 않도록 하는 매우 독특한 작품집으로 정착되었다. 그러한 노력은 작품의 우수성과 더불어, 이 작품집이 매년 수많은 독자들에게 애독서로 선택되어, 20여 년 전의 《이상문학상 작품집》도 계속 새로운 독자가 끊이지 않고 있다. 그처럼 여러 작가의 작품을 보아 매년 한 권의 책으로 묶은 중·단편 창작 소설집이 장기간에 걸쳐 다량으로 발간되고 있는 것은 세계적으로도 매우 희귀한 예로 알려지고 있으며, 그것은 우리의 문학과 독자의 성장도와 함께 성숙도를 가늠케 하는 한국문학의 상징적 발전의 척도이기도 하다. 그 같은 예는 세계 제일의 출판대국이며, 인구만도 우리의 9배 내지 3배에 가까운 미국이나 일본에서도 찾아보기 어려운 순수문학 중·단편집의 대량 보급 현상과 아울러 순수문학 애호 인구의 엄청난 증가 현상을 말해 주고 있다.

11. 이상문학상 운영위원회 : 주관사의 발행인을 위원장으로 하고 월간 《문학사상》의 편집인과 편집주간 및 문학사상사 이사회가 선임한 3인의 위원으로 구성되며, 본상의 제도와 운영에 관한 모든 업무를 관장한다.

12. 이상문학상 심사위원회 : 이상문학상 운영위원회는 매 연도마다 5~7인의 이상문학상 심사위원을 위촉하여 이상문학상 심사위원회를 구성한다.

동 심사위원회는 주관사의 편집주간의 주재로, 이상문학상의 대상(大賞)과 우수상 그리고 특별상을 수여할 작품을 심의 결정한다. 수상자를 결정함에 있어 의견의 일치를 보지 못할 경우는 무기명 비밀 투표로써 결정한다.

13. 규정의 수정 : 본 규정은 이상문학상 운영위원회에서 3분의 2 이상의 찬성으로 수정할 수 있다.

2002. 12. 20. 개정
문학사상사
이상문학상 운영위원회

제32회 이상문학상 작품집

초판 1쇄 2008년 1월 18일
초판 30쇄 2020년 12월 1일

지은이   권여선, 정영문, 하성란, 김종관, 윤성희, 천운영, 박형서, 박민규
펴낸이   임지현
펴낸곳   (주)문학사상
주소   경기도 파주시 회동길 363-8, 201호(10881)
등록   1973년 3월 21일 제1-137호
전화   031)946-8503
팩스   031)955-9912
홈페이지   www.munsa.co.kr
이메일   munsa@munsa.co.kr

ISBN   978-89-7012-812-2 (03810)